企业人力资源管理师职业资格考试用书

企业人力资源管理师
应试题解

（一　级）

裴建国　主编

机械工业出版社

本书是根据 2010 年第 2 版"国家职业资格培训教程"《企业人力资源管理师（一级）》编写的应试题解，主要内容包括六大模块的单项选择题、多项选择题、专业技能题及其参考答案。为方便读者使用，题解中所给出的答案后均注有页码，标明此处内容在《企业人力资源管理师（一级）》中的位置。附录中还收录了最新的《劳动合同法》、《就业促进法》和《劳动争议调解仲裁法》，可以帮助读者掌握考试的相关内容。

　　本书内容实用，针对性强，是企业人力资源管理师应试人员不可多得的一本应试参考材料，同时也适合在校大学生、研究生复习考试使用。

图书在版编目（CIP）数据

企业人力资源管理师应试题解. 一级/裴建国主编. —北京：机械工业出版社，2010.4（2011.3 重印）
企业人力资源管理师职业资格考试用书
ISBN 978 – 7 – 111 – 30294 – 0

Ⅰ. ①企… Ⅱ. ①裴… Ⅲ. ①企业管理—劳动力资源—资源管理—资格考核—解题　Ⅳ. ①F272.92 – 44

中国版本图书馆 CIP 数据核字（2010）第 055316 号

机械工业出版社（北京市百万庄大街 22 号　邮政编码 100037）
策划编辑：何月秋　　责任编辑：刘本明　　封面设计：王伟光
责任校对：唐海燕　　责任印制：杨　曦
北京蓝海印刷有限公司印刷
2011 年 3 月第 1 版第 3 次印刷
184mm×260mm · 16.75 印张 · 407 千字
6501— 9500 册
标准书号：ISBN 978 – 7 – 111 – 30294 – 0
定价：45.00 元

前　言

为了更好地推动企业人力资源管理师国家职业资格考核认证工作的开展,我们根据新版考试大纲和《企业人力资源管理师(一级)》培训教程编写了此应试题解。

为方便读者使用,本书的编排顺序完全与 2010 年 1 月出版的第 2 版《企业人力资源管理师(一级)》教程一致。

本书按照六大模块编写,内容包括单项选择题、多项选择题、专业技能题及其参考答案。附录部分收录了三套仿真模拟题、考试大纲,以及最新的《劳动合同法》、《就业促进法》和《劳动争议调解仲裁法》,可以帮助读者掌握考试的相关知识。

该题解比较详细地将各个模块中所涉及的考点进行了细化,方便考生练习使用,在各类题中都附有参考答案,以及与教程相对应的页码,便于考生对照教程复习。

本书由裴建国主编,惠文平、裴培、张钧、邓晓辉参加编写。在编写过程中,编者得到了许多同行的帮助和支持,在此向为本书提供相关资料的学校及职业培训中心表示衷心的感谢。

由于时间仓促,编者水平有限,书中肯定有许多不足之处,希望有关企业人力资源管理人员及培训学校师生提出宝贵的意见和建议,以便补充改进。

咨询电话:(010)51859488　　　邮箱:pepe. jngo@yahoo. com. cn

编　者

目　　录

第一章 人力资源规划

第一节 企业人力资源战略规划

第一单元 战略性人力资源管理

一、单项选择题(每小题只有一个最恰当的答案,请将正确答案的序号填写在括号内)

1. 有关战略性人力资源管理以下提法中正确的是( )。

A. 战略人力资源管理   B. 人力资源战略管理

C. 战略上的人力资源管理   D. 人力资源策略管理

2. 港台人力资源管理专家将"strategic"一词译为( )更确切。

A. 战术   B. 战略   C. 策略   D. 对策

3. 战略性人力资源管理是现代人力资源管理发展的( )。

A. 一般阶段   B. 中级阶段   C. 更高阶段   D. 新的管理理念

4. 以下不是西方现代人力资源管理发展的历史提法是( )。

A. 经验管理时期   B. 科学管理时期   C. 现代管理时期   D. 理想管理时期

5. ( )被称为"科学管理之父"。

A. 泰勒   B. 谢尔曼   C. 雷特   D. 韦奥尔

6. 在科学管理时期,泰勒等人所倡导的是( )理论。

A. 科学实验方法   B. 动作与时间研究   C. 动作与时间探讨   D. 科学实验研究方式

7. 泰勒制不仅是一种新的科学管理方法,而且是一种( )的管理哲学。

A. 工业心理学   B. 变革性   C. 劳动心理学   D. 组织变革

8. 泰勒等管理学家所提倡的( ),不但极大地丰富了企业管理理论和方法,也为现代人力资源管理理论的发展奠定了坚实的基础。

A. 科学管理原理   B. 科学管理模式   C. 科学管理原则   D. 科学管理方法

9. 梅奥教授在著名的霍桑试验中探索了员工在企业生产中的人际关系,最终创立了( )学说。

A. 社会人   B. 经纪人   C. 经济人   D. 人际关系

10. 梅奥的人际关系学最终被( )替代。

A. 组织科学   B. 行为科学   C. 管理科学   D. 社会科学

11. 以下关于现代人力资源管理经历说法错误的是( )。

A. 传统人事管理由萌芽到成长迅速发展的阶段

B. 现代人力资源管理替代传统人事管理的阶段

C. 传统人事管理与现代人力资源管理的差异性

D. 现代人力资源管理由初阶向高阶发展的阶段

12. 人力资源管理在现代企业中已经上升到( )，它日益受到人们的普遍重视。

A. 主导地位 B. 替代地位 C. 变革地位 D. 指导地位

13. 凯兹、康恩、赖特和赛内尔提出的是( )。

A. 一般系统理论 B. 人力资源管理系统理论

C. 人力资本理论 D. 资源基础理论

14. 人力资源管理是一个组织中的子系统，其中员工的知识技能是( )。

A. 培训 B. 投资 C. 考核 D. 评价

15. 人力、人的知识和技能是( )的一种形态。

A. 人力资本理论 B. 资本 C. 资源理论 D. 成本理论

16. 以绩效为基础的计酬方法 3P 不包括( )。

A. 薪酬 B. 报酬 C. 岗位 D. 绩效

17. 战略性人力资源管理的角色转变中管理对象不包括( )。

A. 员工培训与开发 B. 员工的领跑者 C. 了解员工需求 D. 员工的贡献率

18. 战略性人力资源管理在管理思想和管理模式上发生了角度飞跃，突出表现不包括( )。

A. 管理的开放性和广泛性 B. 管理的开放性和适应性

C. 管理的系统性和动态性 D. 管理的针对性和灵活性

19. 为了实现更高更新的管理目标，要求战略性人力资源管理采用系统、权变的管理模式，因人、因事、因时、因地制宜才能达到( )。

A. 针对性 B. 灵活性 C. 理想的境界 D. 开放性

20. 以下提法不正确的是：人事经理的角色应重新定位，应由单一的亚角色转变为( )角色。

A. 一重 B. 二重 C. 三重 D. 四重

参 考 答 案

1. C,1⊖ 2. C,1 3. C,2 4. D,2～3 5. A,3
6. B,3 7. B,3 8. A,3 9. D,4 10. B,4
11. C,5～7 12. A,7 13. B,8 14. B,8 15. B,8
16. A,9 17. A,11 18. A,12 19. C,12 20. A,12

二、多项选择题(请将正确答案的序号填写在括号内，选项中有两个或两个以上正确答案，多选、错选、少选均不得分)

1. 人力资源战略是指企业在对所处的( )进行全面系统分析的基础上，从企业全局利益和发展目标出发，就企业人力资源开发和管理所作出的总体规划。

A. 总体战略 B. 内外部环境和条件

C. 各种相关因素 D. 地理位置

⊖ 答案选项后的数字为该答案对应《教程》的页码，下同。

E. 战略内涵

2. 人力资源战略管理就是对人力资源战略及其规划进行全方位的( )的过程。

A. 指挥   B. 监督   C. 协助   D. 协调   E. 控制

3. 对战略性人力资源管理概念的理解,专家、学者们认为是( )。

A. 它是"通过人实现可持续的竞争优势而设计的组织系统"

B. 它是"为促进企业规划性部署与活动方式"

C. 它是"为促进企业实现目标的规划性部署与活动方式"

D. 它是"把人力资源实践活动与业务战略联系起来的过程"

E. 它是"把企业目标与人力资源业务战略联系起来的过程"

4. 战略性人力资源管理的概念内涵需要探讨的有( )。

A. 战略性人力资源管理代表了现代企业一种全新的管理理念

B. 战略性人力资源管理是对人力资源战略进行系统化管理的过程

C. 战略性人力资源管理是现代人力资源管理发展的更高阶段

D. 战略性人力资源管理对企业管理人员提出了更高更新的要求

E. 战略性人力资源管理对企业专职人力资源管理人员和直线主管提出了更高的要求

5. 战略性人力资源管理更加突出了人力资源的( ),它要着眼于企业总体发展战略。

A. 方向性   B. 指导性   C. 时空性   D. 规划性   E. 控制性

6. 以泰勒为代表的泰勒制所阐明的各种原理包括( )。

A. 挑选使用一流工人承担岗位工作   B. 系统训练使工人掌握标准化操作方法

C. 实现工具、设备、材料以及作业环境的标准化

D. 为以后的心理学的建立创造了条件

E. 为以后的工业心理学、劳动心理学等学科的建立创造了条件

7. 泰勒在科学管理时期提出的( )也成为早期企业人事管理理论的基本范畴。

A. 构建激励性工资报酬制度   B. 实行职能制或直线职能制

C. 坚持例外原则   D. 进行有效的监督控制

E. 劳资双方建立融洽的协作关系

8. 泰勒的科学管理理论正确提法是( )。

A. 作业操作的合理化   B. 工作程序的科学化

C. 制定工作标准和时间定额   D. 实行有差别的计件工资

E. 加强研究劳动效率问题

9. 行为科学理论研究被推广并应用到企业人力资源管理活动的成果包括( )、生产安全与健康等。

A. 目标管理、参与管理   B. 工作分析与再设计

C. 岗位评价与分级   D. 薪酬福利制度变革

E. 工作条件和劳动环境改善

10. 现代人力资源管理的产生至少应当与以下因素有关:( )。

A. 工业革命所带来的技术更新

B. 劳资双方关系的紧张与自由劳资谈判的出现

C. 人事专家以及由这些专家组成的人事部门的出现

D. 芒斯特伯格创立的早期工业心理学

E. 20世纪60年代以后的社会劳动立法级法庭的判例

11. 欧美企业人事管理实践活动的特点是(　　)。

A. 人事管理活动被纳入了制度化、规范化的轨道

B. 管理工作的范围不断扩大和深入

C. 心理测量与面谈科学方法的运用

D. 企业雇主的认知发生了重大变化

E. 出现专职的人事管理主管和人事管理部门

12. 战略性人力资源管理基本特征的分析包括(　　)。

A. 分析研究战略性人力资源管理的区别

B. 将企业经营的长期性目标作为人力资源管理的战略目标

C. 集当代多种学科、多种理论研究的最新成果于一身

D. 人力资源管理部门的性质和功能发生了重大转变

E. 管理模式的转变

13. 从狭义的人力资源供给与需求的平衡计划,提升到广义的人力资源规划,其目的是(　　)。

A. 为了提高企业核心竞争力　　　　　　B. 增强企业总体竞争优势

C. 从企业经营战略出发　　　　　　　　D. 制订企业总体人力资源战略规划

E. 保证企业总体发展战略的重要性

14. 企业人力资源战略规划由多方面多层次的规划组成,具体可以区分为(　　)。

A. 人力资源总体战略规划　　　　　　　B. 配套的组织发展与变革

C. 人力资源管理制度　　　　　　　　　D. 薪酬福利保险与员工激励

E. 劳动关系与职业发展等多种年度计划或中长期规划

15. 战略性人力资源管理包括(　　)理论。

A. 一般系统理论　　B. 行为角色理论　　C. 人力资本理论　　D. 交易成本理论

E 资源基础理论

16. 一般系统理论认为,人力资源管理子系统是完全开放性的,并且在组织竞争力的管理模型中,要求是(　　)。

A. 替换功能　　　　　　　　　　　　　B. 提升组织效能

C. 员工的知识技能是"投入"　　　　　　D. 员工的行为是"转换"

E. 员工的满意度和绩效是"产出"

17. 战略性人力资源管理兼收并蓄,荟萃了(　　)等多种学科的成果。

A. 管理学、经济学　　B. 生理学、心理学　　C. 社会学、法学　　D. 政治学　　　E. 工程学

18. 战略性人力资源管理形成的理论和方法体系包括:人力资源战略规划基于企业战略管理的基础原理和方法,(　　)。

A. 员工培训与开发源于人力资本投资与教育经济学的理论

B. 员工的招聘与选拔运用了心理测量的方法

C. 员工的招聘与选拔运用了心理测量的技术

D. 人力资源基础管理技术出自生理学

E.人力资源管理技术出自人体工程学和工业工程学

19.战略性人力资源管理在不同发展阶段的转变过程的特点包括(　　)。

A.组织性质的转变　　　　　　　　B.管理角色的转变

C.管理职能的转变　　　　　　　　D.管理模式的转变

E.管理职能的扩展

20.管理角色的四个维度包括(　　)。

A.管理程序　　　　B.管理对象　　　　C.管理期限　　　　D.管理需求

E.管理性质

21.战略性职能是从企业的总体出发,(　　),不断提升人力资源竞争优势。

A.立足全局　　　　　　　　　　　B.关注长远

C.力求管理理念创新　　　　　　　D.力求组织制度创新

E.力求方法的创新

22.建立一个战略性人力资源管理的衡量标准模型是(　　)。

A.基础工作的健全程度　　　　　　B.组织系统的完善程度

C.领导观念的更新程度　　　　　　D.综合管理的创新程度

E.管理活动的精确程度

参 考 答 案

1. BC,1	2. ABDE,1	3. ACD,1～2	4. ABCE,2
5. ACD,2	6. ABCE,3	7. ABCDE,3	8. ABCD,3～4
9. ABCDE,4	10. ABCDE,5	11. ABDE,6	12. BCD,8～12
13. ABCD,8	14. ABCDE,8	15. ABCDE,8～9	16. CDE,8
17. ABCDE,9	18. ABCDE,9	19. ABCD,9～11	20. ABCE,10
21. ABCDE,11	22. ABCDE,12		

第二单元　人力资源战略规划的设计与实施

一、单项选择题(每小题只有一个最恰当的答案,请将正确答案的序号填写在括号内)

1.(　　)是企业使命和宗旨的具体化。

A.企业发展目标　　　　　　　　　B.企业发展条件

C.企业发展要求　　　　　　　　　D.企业发展方向

2.企业战略的形成过程也就是一项(　　)计划形成的过程。

A.战略　　　　B.战术　　　　C.战略管理　　　　D.战术管理

3.企业战略管理计划过程包括战略分析、战略选择及(　　)等内容。

A.战术制定　　　　B.战术选择　　　　C.战术方案　　　　D.战略方案的实施

4.(　　)是在未来相当长的一段时期内需要通过企业领导和全员的共同努力奋斗才能实现的。

A.企业战略准备　　　B.企业发展战略　　　C.企业发展目标　　　D.企业发展条件

5. 企业战略具有双重属性,它的第二个属性不包括(　　)。

A. 纲领性　　　　　B. 应变性　　　　　C. 竞争性　　　　　D. 风险性

6. 提高企业战略管理的应变性、竞争性以及抵御风险的能力是(　　)的管理。

A. 挑战性　　　　　B. 动态性　　　　　C. 例外的特殊问题　D. 多变性

7. (　　)是相对于其他物力、财力等资源的名称称谓。

A. 人力资源　　　　B. 人力资源管理　　C. 人事管理　　　　D. 人力资源战略

8. 企业战略的管理范畴不包括(　　)。

A. 总体战略　　　　B. 职能战略　　　　C. 业务战略　　　　D. 对策战略

9. 企业战略中涉及公司各个职能部门的可称为(　　)战略。

A. 总体　　　　　　B. 业务　　　　　　C. 职能　　　　　　D. 人事

10. 从时限上区分,长期战略规划应在(　　)年以上。

A. 2　　　　　　　B. 3　　　　　　　C. 4　　　　　　　D. 5

11. 中短期战略规划,即在近期的(　　)年内所采取的战略决策。

A. 1～2　　　　　　B. 1～3　　　　　　C. 3～5　　　　　　D. 4～5

12. 企业战略中,内部导向的发展战略是成功企业的(　　)。

A. 法宝　　　　　　B. 手段　　　　　　C. 核心　　　　　　D. 核心战略

13. 泛指企业战略管理中人力资源问题时使用的术语是(　　)。

A. 人力资源战术　　B. 人力资源战略　　C. 人力资源信息　　D. 人力资源策略

14. 独特性产品的竞争策略不是以"廉价"取胜,而是以"(　　)"取胜。

A. 物美　　　　　　B. 独特　　　　　　C. 好用　　　　　　D. 青睐

15. 采取吸引策略的企业,其竞争策略是以"(　　)"取胜。

A. 物美　　　　　　B. 廉价　　　　　　C. 好用　　　　　　D. 青睐

16. 企业决策权下放,员工参与管理,使员工有归属感;注重发挥绝大多数员工的积极性、主动性和创造性体现的是(　　)。

　　A. 发扬民主　　　　B. 群策管理　　　　C. 参与策略　　　　D. 互动策略

17. 员工绩效评估不具有的特点是(　　)。

A. 注重短线目标　　　　　　　　　　B. 以最终成果为评估标准

C. 注重长线目标　　　　　　　　　　D. 以个人考核为主体

18. 人力资源管理培训内容在吸引策略、投资策略、参与策略过程中不包括(　　)。

A. 应用范围有限的知识和技能　　　　B. 应用范围广泛的知识和技能

C. 应用范围适中的知识和技能　　　　D. 应用范围很窄的知识和技能

19. 人力资源管理策略中职位晋升阶梯在吸引策略中体现的是(　　)

A. 非常狭窄,不易转换　　　　　　　B. 广泛,灵活多样

C. 范围较大,确定较难　　　　　　　D. 较为狭窄,不易转换

20. 薪酬原则基本薪酬水平在人力资源管理中不恰当的提法是(　　)。

A. 对外公平,水平较高　　　　　　　B. 对外公平,水平较低

C. 对内公平,水平很高　　　　　　　D. 对内公平,水平适中

参 考 答 案

1. A,14	2. C,14	3. D,15	4. B,15	5. A,15
6. C,15	7. A,15	8. D,18	9. C,18	10. D,18
11. C,18	12. D,19	13. B,19	14. A,20	15. B,21
16. C,21	17. C,22	18. D,23	19. A,23	20. A,23

二、多项选择题(请将正确答案的序号填写在括号内,选项中有两个或两个以上正确答案,多选、错选、少选均不得分)

1. 从企业战略管理的不同层次上看,企业的职能战略是由人力资源、( )等战略构成的。

A. 市场营销 　　　　B. 技术开发 　　　　C. 生产制造 　　　　D. 供应管理

E. 财务管理

2. 企业战略所具有一般特点是( )。

A. 目标性 　　　　B. 全局性 　　　　C. 计划性 　　　　D. 长远性

E. 纲领性及应变性

3. 企业使命包括( )等具体内容。

A. 企业生存发展条件 　　　　　　　　B. 企业生存发展的目的

C. 企业宗旨 　　　　　　　　　　　　D. 管理哲学

E. 经营理念

4. 企业目标体系有( )。

A. 长期目标 　　　　　　　　　　　　B. 中短期目标

C. 总体的全局性战略目标 　　　　　　D. 局部的阶段性战役、战术目标

E. 分散集中战略战术目标

5. 企业目标基本要素综合平衡包括( )及社会责任。

A. 获利程度 　　　　B. 产出能力 　　　　C. 竞争地位 　　　　D. 技术水平

E. 员工发展

6. 企业战略计划是由( )及信息反馈等环节构成的。

A. 信息采集与分析　　B. 计划实施与检查　　C. 计划目标的定位　　D. 计划决策

E. 计划资源的供需平衡

7. 人力资源战略规划的定义:( )。

A. 它以企业在对其所处的外部环境、内部条件以及各种相关要素进行的系统分析为基础

B. 从企业的全局利益和发展目标出发

C. 对人力资源的开发利用

D. 提高和发展所作出的总体预测决策和安排

E. 对人力资源的开展利用

8. 企业战略两个鲜明的特点是( )。

A. 物质性 　　　　B. 精神性 　　　　C. 可调性 　　　　D. 可变性 　　　　E. 开发性

9. 在企业总体发展战略确定的情况下,制订人力资源战略规划具有的重要意义包括

( )等。

A. 有利于全体员工树立正确的奋斗目标

B. 有利于增强领导者的战略意识

C. 有利于发挥企业人力资源管理的职能以及相关政策的合理定位

D. 有利于保持企业人力资源长期的竞争优势

E. 有利于界定人力资源的生存环境和活动空间

10. 企业在关键时刻把握商机和关键性的资源是( )。

A. 核心技术　　　　B. 优秀人才　　　　C. 顶尖的专门人才　　D. 先进设备

E. 关键技术

11. 企业人力资源管理的职能包括( )方面。

A. 吸引　　　　　　B. 录用　　　　　　C. 保持　　　　　　D. 发展

E. 评价和调整

12. 企业领导者在人力资源战略中应掌握决策职能,这是因为( )。

A. 信息来自于企业各个部门,只有企业领导者才有可能接触和掌握

B. 只有居于高位的领导者能与外界保持着密切联系,掌握对手潜在竞争

C. 唯有企业领导者有权全面调节、配置和指派这些资源

D. 为了规避风险提高其效度和信度,唯有企业领导者可能具有这样的能力和远见

E. 企业人力资源战略决策所需的各种信息来自企业各个部门,只有企业领导者才有可能
   接触并掌握这些资料和数据

13. 人力资源战略,从层次和内容上可区分为( )。

A. 人力资源总体发展战略　　　　　　　　B. 组织变革与创新战略

C. 员工培训开发战略　　　　　　　　　　D. 绩效管理策略

E. 劳动关系管理策略

14. 内部导向的发展战略具有( )特点。

A. 建立在静态资源基础上

B. 建立在能创造不确定性资源的人力资源的基础上

C. 建立在动态性资源,如智力、信息、技术、组织等要素基础上

D. 建立在内部资源而不是外部约束条件的基础上

E. 建立在不确定性资源而不是确定性资源的基础上

15. 企业总战略第二层次的竞争战略或经营战略也可使用( )来替代。

A. 竞争策略　　　B. 竞争战术　　　C. 经营策略　　　D. 经营战术

E. 竞争和经营策略

16. 迈克尔·波特提出的企业产品或服务的特点是( )。

A. 理论性　　　　B. 学习性　　　　C. 指导性　　　　D. 独立性

E. 受到消费者的青睐

17. 以下关于企业根据自身的实际情况取得竞争策略的说法不正确的是( )。

A. 独特产品型策略　B. 廉价型竞争策略　C. 独特型竞争策略　D. 低价位型竞争策略

E. 占领市场型策略

18. 人力资源管理策略包括( )。

A. 吸引策略　　　　B. 投资策略　　　　C. 参与策略　　　　D. 创造策略

E. 创新策略

19. 泰罗制的特点包括(　　　)。

A. 中央集权　　　　　　　　　　B. 高度分工

C. 严格控制　　　　　　　　　　D. 依靠工资维持员工积极性

E. 依靠奖金维持员工积极性

20. 企业人力资源管理系统通过(　　　)等途径来影响企业精神。

A. 员工理念　　　　　　　　　　B. 物质性的管理活动的作用和影响

C. 企业各种有益信息的传递和灌输　　D. 员工精神

E. 员工理想

21. 企业所有的人力资源管理活动包括(　　　)。

A. 人员的甄选　　B. 人员调配　　C. 人员晋升　　D. 员工培训考评

E. 员工薪酬福利

22. 人力资源管理策略中,投资策略在绩效考评目标、行为与结果导向、个人与小组导向中的结论包括(　　　)。

A. 注重长期目标　　B. 注重中短期目标　　C. 重视行为与成果　　D. 以小组为主

E. 注重短期目标

参 考 答 案

1. ABCDE,13　　　2. ABCDE,14~15　　3. BCDE,14　　　4. ABCD,14

5. ABCDE,14　　　6. ABCDE,14　　　7. ABCD,15　　　8. BD,16

9. ABCDE,16~18　10. AC,17　　　　11. ABCDE,17　　12. DE,17

13. ABCDE,18　　14. BCDE,19　　　15. AC,20　　　　16. DE,20

17. BC,20　　　　18. ABC,21　　　19. ABCDE,21　　20. BC,22

21. ABCDE,22　　22. ACD,23

【能力要求】

一、单项选择题(每小题只有一个最恰当的答案,请将正确答案的序号填写在括号内)

1. 企业在一定时期内对具有一定数量和素质的劳动力的补充,形成了(　　　)。

A. 劳动力的供需　　　　　　　　B. 劳动力市场的需求方

C. 劳动力的供求方　　　　　　　D. 劳动力市场满足方

2. 各级各类(　　　)是唯一合法的代表企业员工合法权益的社团组织和法人。

A. 政府　　　　B. 企业管理者　　　C. 工会　　　　D. 社团组织

3. (　　　)的基本职责是维护职工的合法权益。

A. 政府　　　　B. 企业管理者　　　C. 工会　　　　D. 用人单位

4. 强调人际关系,企业如同一个大家庭,彼此关心爱护,忠心敬业,发扬企业良好传统称为(　　　)。

A. 家族式企业文化　B. 发展式企业文化　C. 市场式企业文化　D. 官僚式企业文化

5. (　　)强调市场导向,以产品为中心,强调员工按时按质按量完成工作任务和经营目标。

　　A.家族式企业文化　B.发展式企业文化　C.市场式企业文化　D.官僚式企业文化

6. (　　)强调创新和创业,企业组织比较松散,非正规化,一切注重发展与创新。

　　A.家族式企业文化　B.发展式企业文化　C.市场式企业文化　D.官僚式企业文化

7. (　　)强调规章至上,凡事循规蹈矩,要求员工有章可守,有法可依。企业强调组织结构的正规化,企业管理追求稳定性和持久性。

　　A.家族式企业文化　B.发展式企业文化　C.市场式企业文化　D.官僚式企业文化

8. 企业文化以企业精神为内核,最外层是企业物质文化层,也称为(　　)。

　　A.企业外观层　　　B.企业管理层　　　C.企业经营层　　　D.企业硬文化

9. 在企业文化中,企业领导体制、人际关系、各项生产经营管理制度是企业制度文化的(　　)层。

　　A.管理　　　　　　B.领导　　　　　　C.指挥　　　　　　D.中间

10. 企业竞争策略、人力资源策略与企业文化的相互关系中,企业文化不包括(　　)。

　　A.官僚式＋市场式　B.发展式＋市场式　C.家族式＋市场式　D.市场发展式

11. 企业竞争策略、人力资源策略与企业文化的相互关系中,企业竞争策略不包括(　　)。

　　A.吸引策略　　　　B.廉价竞争策略　　C.优质产品策略　　D.创新产品策略

12. 一个成功的业绩卓越的领导者,必须积极主动地参与企业战略管理的全过程,并能担当起(　　)指挥的重任。

　　A.战略　　　　　　B.战术　　　　　　C.生产　　　　　　D.变革

13. 以下不属于人力资源战略规划与管理的三个主要环节内容的是(　　)。

　　A.人力资源战略规划的设计与形成　　　B.对战略实施的全过程进行监控

　　C.战略规划的实施　　　　　　　　　　D.战略规划的评价与控制

14. 在SWOT会计人才竞争战略中,威胁(Threat)不包括(　　)。

　　A.国际人才竞争,优胜劣汰　　　　　　B.竞争意识不强,会计信息失真

　　C.国际竞争风险　　　　　　　　　　　D.知识爆炸,信息爆炸

15. 在SWOT会计人才竞争战略中,ST战略不包括(　　)。

　　A.改善知识结构,改革考试制度　　　　B.以会计为中心的管理模式

　　C.增强企业核心竞争力　　　　　　　　D.充分发挥CFO作用

16. 在SWOT会计人才竞争战略中,英文缩写"CFO"代表中文的(　　)。

　　A.创造型、符合型注册会计师　　　　　B.注册经济会计师

　　C.注册管理会计师　　　　　　　　　　D.财务总监

17. 企业人力资源战略规划形成之后,应对人力资源战略(　　)进行有效管理。

　　A.有计划的　　　　B.有目的　　　　　C.实施　　　　　　D.实行

18. 监测和衡量企业人力资源战略规划的具体指标和方法不包括(　　)等。

　　A.岗位员工的适合度　　　　　　　　　B.岗位人员配置与人员接替的及时率

　　C.员工的工作满意度　　　　　　　　　D.岗位工作的负荷率

19. 建立评价衡量标准时,员工心理和生理承受程度和状态通过测试、(　　)或面谈等方式掌握实际情况。

A. 测试法　　　　　B. 评估法　　　　　C. 问卷　　　　　D. 调查

20. 现代企业的生存与发展过程,实际上是"(　　)"循环。

　A. 制定战略—实施战略—实现战略目标—制定战略

　B. 制定战略—实施战略—实现战略目标—制定新战略

　C. 制定战略—实行战略—实现战略目标—制定新战略

　D. 制定战略—实施战略—实现战略措施—制定新战略

参 考 答 案

1. B,25	2. C,27	3. C,27	4. A,28	5. C,28
6. B,28	7. D,28	8. D,28	9. D,28	10. D,29
11. A,29	12. A,29	13. B,29	14. B,33	15. A,33
16. D,33	17. C,33	18. C,34	19. C,34	20. B,35

二、多项选择题(请将正确答案的序号填写在括号内,选项中有两个或两个以上正确答案,多选、错选、少选均不得分)

1. 人力资源战略规划的企业外部环境包括(　　)。

　A. 本行业发展状况与趋势　　　　　B. 劳动力市场的发展情况

　C. 劳动力的市场平衡情况　　　　　D. 国家劳动人事法律规章

　E. 工会组织健全完善程度

2. 人力资源战略中企业内在条件包括(　　)。

　A. 企业在市场上竞争策略的定位　　B. 企业竞争策略的定位

　C. 企业文化建设的情况　　　　　　D. 生产技术条件与装备

　E. 企业资本与财务实力

3. 影响企业外部劳动力市场的劳动供给的原因是(　　)。

　A. 劳动力参与率　　　　　　　　　B. 人口平均寿命

　C. 工作时间长度　　　　　　　　　D. 国家经济发展水平

　E. 产业结构的调整

4. 企业劳动力的补充来源是(　　)。

　A. 外部劳动力供给量　　　　　　　B. 外部劳动力市场

　C. 外部劳动力供给水平　　　　　　D. 内部劳动力相互调整

　E. 企业内在劳动力市场

5. 工会为了切实保障劳动者的合法权益,将会为劳动者提供的保护权益包括(　　)等。

　A. 劳动合同的签订　　　　　　　　B. 劳动关系的建立和调整

　C. 工资谈判与集体协商　　　　　　D. 劳动争议的处理

　E. 职工工资福利和保险

6. 昆恩划分企业文化的依据是企业的(　　)。

　A. 内向性　　　　B. 外向性　　　　C. 灵活性　　　　D. 稳定性

　E. 无固定型

7. 昆恩将企业文化划分为(　　)四种类型。

A. 家族式企业文化　B. 发展式企业文化　C. 市场式企业文化　D. 官僚式企业文化

E. 宽松式企业文化

8. 企业文化的最内层包括(　　)。

A. 行为规范　　　　B. 价值观念　　　　C. 群体意识　　　　D. 组织意识

E. 员工素质

9. 企业竞争策略、人力资源策略与企业文化的相互关系中,人力资源策略包括(　　)。

A. 聘用策略　　　　B. 吸引策略　　　　C. 参与策略　　　　D. 投资策略

E. 优选策略

10. 下列属于企业内部环境和条件的是(　　)。

A. 企业文化　　　　B. 生产技术　　　　C. 财务实力　　　　D. 人力资源管理制度

E. 人力资源战略

11. 企业战略管理的主要内容是(　　)。

A. 设计企业发展远景　　　　　　　　B. 明确企业的主要任务

C. 分析企业外部环境和条件　　　　　D. 掌握企业内部资源状况

E. 保证行动方案的落实

12. 企业人力资源战略规划各个基本要素的关系是(　　)。

A. 信念是企业文化的内涵,属于精神范畴

B. 远景是企业发展的宏伟蓝图

C. 任务是企业所肩负的责任和任务

D. 目标是对企业发展的长期、中期和短期目标的定位

E. 策略是实现战略的具体措施和办法

13. 企业人力资源外部环境分析的目的和内容包括(　　)。

A. 全面了解和掌握外部环境的状况及其变化的总趋势

B. 揭示企业在未来发展中可能遇到的机会

C. 社会环境分析

D. 劳动市场的环境分析

E. 对劳动力市场功能的分析

14. 企业人力资源内部能力分析是(　　)。

A. 从企业人力资源的现状出发,进行的全面深入的分析

B. 了解并掌握企业在未来发展中的优势和劣势

C. 为人力资源战略的确定提供依据

D. 对人力资源内部能力的客观、全面分析

E. 增强企业人力资源的竞争优势作出正确的决策

15. 企业人力资源内部能力分析的内容包括(　　)。

A. 企业人力资源现状分析　　　　　　B. 人员素质结构的分析

C. 企业组织结构的分析　　　　　　　D. 企业文化的分析

E. 人力资源管理规章制度以及相关的劳动人事政策的分析

16. 企业人力资源战略决策模型包括(　　)。

A. 扭转型战略　　　B. 机会战略　　　C. 进攻型战略　　　D. 防御型战略

E. 多样型战略

17. 一项成功的人力资源战略,不仅要紧紧把握全局性和关键性的问题,还要对( )等作出全面评析。

A. 人员招募、甄选、晋升和替换的模式　　B. 员工个体与组织绩效管理的重点

C. 员工薪资、福利与保险制度设计　　D. 员工教育培训与技能开发的类型

E. 劳动关系调整与员工职业生涯发展计划

18. 在 **SWOT** 会计人才竞争战略中,四个战略分别是( )。

A. SW　　　　B. SO　　　　C. WO　　　　D. ST　　　　E. WT

19. 在 **SWOT** 会计人才竞争战略中,外部环境是( )。

A. 机会　　　B. 条件　　　C. 方式　　　D. 决策　　　E. 威胁

20. 在 **SWOT** 会计人才竞争战略中,内部条件中优势包括( )。

A. 拥有 1200 万会计大军(数量优势)　　B. 国际会计准则的熏陶(理论准备)

C. 正在留学和已经毕业的海外会计人才　　D. 直接参与会计奥运会

E. 国际会计师事务所工作实践经验

21. 企业人力资源战略规划的实施包括( )。

A. 认真做到组织落实　　　　B. 实现企业内部资源的合理配置

C. 建立完善内部战略管理的支持系统　　D. 有效调动全员的积极因素

E. 充分发挥领导者在战略实施中的核心和导向作用

22. 企业人力资源战略规划的评价与控制过程包括( )。

A. 确定评价的内容　　　　B. 建立评价衡量标准

C. 评估实际绩效　　　　D. 根据分析结果采取行动

E. 战略规划实施的过程

23. 企业人力资源战略规划评价的具体内容是( )。

A. 企业战略使命与战略目标的执行情况

B. 在战略实施过程中局部工作与全局工作协调配合以及具体运作的情况

C. 影响战略实施的主要因素及其变化情况

D. 各个部门和员工对战略目标的实现所作出的贡献

E. 可以全面掌握战略实施的进度和所取得的业绩及成效

参 考 答 案

1. ABDE,25　　2. BCDE,25　　3. ABCDE,26　　4. BE,26

5. ABCDE,27　　6. ABCD,27　　7. ABCD,27~28　　8. ABCE,29

9. BCD,29　　10. ABC,27~28　　11. ABCDE,29　　12. ABCDE,30

13. ABCDE,30　　14. ABC,31　　15. ABCDE,31　　16. ACDE,32

17. ABCDE,32　　18. BCDE,33　　19. AE,33　　20. ABCE,33

21. ABCDE,33~34　　22. ABCD,34　　23. ABCD,34

第二节　企业集团组织规划与设计

一、单项选择题(每小题只有一个最恰当的答案,请将正确答案的序号填写在括号内)

1. 20 世纪 20 年代,一种新的垄断组织(　　)又在德国出现。

A. 卡特尔　　　　　B. 康采恩　　　　　C. 托拉斯　　　　　D. 辛迪加

2. 企业集团的各成员组成不包括(　　)。

A. 母公司　　　　　B. 子公司　　　　　C. 其他成员企业　　D. 核心成员

3. 从本质上说不能称其为企业集团的是(　　)。

A. 子母公司　　　　B. 辛迪加　　　　　C. 托拉斯　　　　　D. 控股公司

4. 以契约为联合纽带与企业集团有本质区别的联合体包括(　　)等。

A. 卡特尔　　　　　B. 子母公司　　　　C. 托拉斯　　　　　D. 康采恩

5. 根据各国经验,一般子公司不得对母公司反向(　　)。

A. 参股　　　　　　B. 持股　　　　　　C. 互相持股　　　　D. 联合持股

6. 绝对控股是指投资企业在被投资企业中的持股比例超过(　　)。

A. 50%　　　　　　B. 55%　　　　　　C. 60%　　　　　　D. 70%

7. 一般持股比例超过(　　)的企业就被称为集团控股成员企业。

A. 10%　　　　　　B. 20%　　　　　　C. 30%　　　　　　D. 35%

8. 企业产权结构和产权结构设计不包括(　　)。

A. 法人股东和个人股东之间的结构　　　　B. 选择公司的治理结构

C. 法人股东内部的结构　　　　　　　　　D. 公司进行控股管理

9. (　　)的公司治理结构是指有关董事会的功能、结构、股东的权力等方面的制度安排。

A. 广义　　　　　　B. 广泛　　　　　　C. 狭义　　　　　　D. 控制

10. 广义的公司治理是分配权等一整套法律、文化和(　　)的安排。

A. 权力　　　　　　B. 制度　　　　　　C. 方法　　　　　　D. 安排

11. 在企业集团中所有企事业法人相互之间在法律上是平等的,但也存在"大法人和小法人"等问题,在管理体制内部必须实行民主决策与(　　)机制。

A. 监事　　　　　　B. 监督　　　　　　C. 监察　　　　　　D. 监督制衡

12. 以下对国外企业集团管理体制理解错误的是(　　)。

A. 组织更加紧密　　B. 组织严密性　　　C. 因地制宜性　　　D. 重视人的作用

13. 母公司承担的经营责任不包括(　　)。

A. 对一般控股企业,母公司董事会成员必须遵守谨慎和规范的经营原则

B. 母公司违反规定且给子公司造成损失的,应负全责

C. 对有控制协议的子公司的盈亏负责

D. 对有利润上缴协议的子公司,母公司和子公司可以成为一个纳税单位

14. 事业部获得的利润,首先要交付集团本部的经营管理费、科研费,余下的一半还要上缴集团本部,各项合计大约应上缴的和剩余的事业部自己可支配的分别占(　　)。

A. 30%,40%   B. 40%,50%   C.55%,40%   D.60%,40%

15. 美国著名经济学家钱德勒在研究美国企业自主结构和经营战略的演变过程时,提出了( )的著名论断。

　　A. 组织行动战略　　B. 组织分工战略　　C. 组织跟进战略　　D. 组织演变战略

16. 企业集团的组织结构是指企业集团内部各成员企业相互发生作用的( )和关系形式。

　　A. 目标方式　　　　B. 确立联系　　　　C. 构成联系　　　　D. 联系方式

17. 企业集团的组织结构是指集团内部各成员企业和各部门的人员构成,以及这些企业、部门和( )之间的关系形式。

　　A. 成员　　　　　　B. 人员　　　　　　C. 经理人　　　　　D. 负责人

18. ( )是企业集团的组织意识和组织机制赖以存在的基础。

　　A. 组织结构　　　　B. 组织成员　　　　C. 组织关系　　　　D. 组织构成

19. 企业集团组织结构的功能特点不包括( )。

　　A. 核心企业　　　　B. 控股母公司　　　　C. 控股子公司　　　　D. 协作(关系)企业

20. 企业集团组织结构的联结方式不包括( )。

　　A. 层层控股型　　　B. 环状持股型　　　C. 资金借贷型　　　D. 分层控股型

参 考 答 案

1. B,37	2. D,38	3. C,37	4. A,37	5. B,38
6. A,38	7. C,38	8. D,39	9. C,40	10. B,40
11. D,44	12. A,47	13. B,48	14. D,48	15. C,49
16. D,49	17. B,49	18. A,49	19. B,49	20. D,52

二、多项选择题(请将正确答案的序号填写在括号内,选项中有两个或两个以上正确答案,多选、错选、少选均不得分)

1. 企业集团的基本特征是( )。

A. 企业集团是由多个法人企业组成的企业联合体

B. 企业集团是以产权为主要联结纽带

C. 企业集团是以分公司为主体

D. 企业集团是以母子公司为主体

E. 企业集团具有多层次结构

2. 在企业集团内部,集团公司依据产权关系做到( )。

A. 统一行使出资人所有权(产权)职能　　B. 统一投资决策

C. 统一配置资源　　　　　　　　　　　　D. 统一调整结构

E. 统一体制

3. 企业集团的第一层次企业实质上是( )。

A. 控股公司　　　　B. 母公司　　　　　C. 子公司　　　　　D. 分公司

E. 参股公司

4. 企业集团在国民经济发展中的主要作用有( )。

A. 企业集团是推动国家产业结构调整,促进产业升级的主导力量

B. 企业集团是国家技术创新、变革体系的支撑主体

C. 企业集团是国家技术创新体系的支撑主体

D. 企业集团是市场秩序的自主管理者,可以避免企业之间的过渡竞争、无序竞争

E. 能够很快形成在国际市场中竞争的实力,具有维护国家经济主权的战略作用

5. 企业集团的独特优势有( )。

A. 规模经济的优势 B. 分工协作的优势

C. 集团的"舰队"优势 D. "垄断"优势

E. 迅速扩大组织规模的优势

6. 企业集团具有其他组织形式中无法比拟的优势包括( )。

A. 无形资产资源共享优势 B. 战略上的优势

C. 技术创新的优势 D. "垄断"优势

E. 集团的"舰队"优势

7. 企业法人治理结构包括( )。

A. 股东大会、董事会、监事会和经理班子的建立及权力分配的制度安排

B. 股东(主要是法人股东)对董事会、经理人员和一般员工工作绩效监督和评价的制度安排

C. 对经理人员的激励和约束机制的设计及实施办法

D. 企业出现危机时,法人股东的行为方式

E. 股东是公司的出资人

8. 企业集团管理体制的特点有( )。

A. 管理活动的协商性 B. 管理体制的创新性

C. 管理内容的复杂性 D. 管理形式的多样性及协调的综合性

E. 利益主体多元性与多层次性

9. 正确处理集团利益关系的基本原则是( )。

A. 坚持等价交换原则 B. 坚持共同协商,适当让步原则

C. 坚持集团整体效益原则 D. 坚持集团整体成员企业利益统一的原则

E. 坚持平等互利的原则

10. 欧美型母公司的主要职能包括( )。

A. 生产、经营、计划的协调与控制 B. 组织管理与协调

C. 财务管理 D. 投资的协调与控制

E. 子公司高级职员的聘任

11. 日本、韩国的经理会的职能主要有( )。

A. 在集团成员公司之间进行整合调整 B. 在集团成员公司之间进行调整组合

C. 决定集团的对外活动 D. 决定集团成员公司组成共同投资公司

E. 决定成员公司领导层的人事问题

12. 国外企业集团内部集权与分权从( )分析。

A. 母公司型企业集团内部集权与分权 B. 子公司型企业集团内部集权与分权

C. 母子公司型企业集团内部集权与分权 D. 集团本部—事业部型企业集团内部集权

E. 集团本部—事业部型企业集团内部集权与分权

13. 集团本部控制事业部的措施主要有(   )。

A. 资金控制   B. 计划控制   C. 财务控制   D. 分配控制

E. 人事控制

14. 集团资金借贷不能按期还本付息属于经营管理不善,出现亏损时银行干预包括(   )。

A. 命令企业调整或改变经营方针   B. 迫使企业提交一部分股票给银行作为抵押

C. 解除企业高级领导人职务   D. 使银行对企业的所有权取得部分控制

E. 由银行派人担任董事长或总经理

参 考 答 案

1. ABDE,37   2. ABCD,37   3. AB,38   4. ACDE,38   5. ABCDE,39

6. ABDE,39   7. ABCD,40   8. ABCD,42   9. ABCDE,44   10. ABCDE,45

11. BCDE,46   12. CE,47~48   13. ABDE,48   14. ABCDE,54

【能力要求】

一、单项选择题(每小题只有一个最恰当的答案,请将正确答案的序号填写在括号内)

1. 影响集团组织结构变化的外在因素不包括(   )。

A. 市场竞争   B. 经营竞争   C. 产业组织政策   D. 反垄断法

2. 政府为实现产业组织政策而采取的手段不包括(   )。

A. 控制市场规模   B. 控制市场结构

C. 控制市场行为   D. 直接改善不合理的资源配置

3. 企业集团组织结构变化的内在因素不包括(   )。

A. 共同投资   B. 经营范围   C. 产业结构   D. 股权拥有

4. 以下不属于多种形式经营范围的是(   )。

A. 横向扩大   B. 纵向扩大   C. 全面扩大   D. 混合扩大

5. 业务协作型企业集团的业务范围不包括(   )。

A. 生产的分工与协调   B. 生产的分工与协作

C. 技术上的联合研究与开发   D. 原材料采购或产品销售方面的协作

6. 纵向结合型企业集团是由集团核心企业对其他层次企业采取(   )持股或控股而形成的组织形式。

A. 直接   B. 间接   C. 垂直   D. 横向

7. 集团控股公司总经理直接负责的职能部门是(   )。

A. 事业部   B. 职能部门   C. 成员企业   D. 监事会

8. 企业集团职能机构不包括的形式是(   )。

A. 依托型   B. 独立型

C. 智囊机构及专业公司和专业中心   D. 自主型

9. 所谓"两块牌子,一套管理人员"的管理体制也称(   )职能机构。

A. 独立型　　　　　　B. 依附型　　　　　C. 智囊机构　　　　　D. 集团型

10. 要使企业组织有效运行,必须正确处理好的三种重要关系不包括(　　)。

A. 直线主管与参谋人员的关系　　　　　　B. 组织集权与分权的关系

C. 主管与员工的关系　　　　　　　　　　D. 主管与下属的授权关系

11. (　　)与分权的关系,实质上是上级部门与下属部门之间纵向管理的协调关系。

A. 集权组织　　　　　B. 直线参谋　　　　　C. 职权组织　　　　　D. 组织集权

参考答案

1. B,54　　　　2. A,54　　　　3. C,55　　　　4. C,55　　　　5. A,56

6. C,56　　　　7. B,58　　　　8. D,59~60　　9. B,59　　　10. C,68　　　11. D,68

二、多项选择题(请将正确答案的序号填写在括号内,选项中有两个或两个以上正确答案,多选、错选、少选均不得分)

1. 企业集团组织结构按照结合形态的不同,可分为(　　)。

A. 正向结合型　　　　B. 横向结合型　　　　C. 复向结合型　　　　D. 纵向结合型

E. 复合结合型

2. 从企业结合形态的角度,企业集团可分为(　　)。

A. 多总部型企业集团　　　　　　　　　　B. 单总部型企业集团

C. 控股型企业集团　　　　　　　　　　　D. 直线职能型企业集团

E. 事业部型企业集团

3. 企业集团按照数量可分为(　　)。

A. 网络型企业集团　　　　　　　　　　　B. H 型结构企业集团

C. 单总部型企业集团　　　　　　　　　　D. U 型结构企业集团

E. M 型结构企业集团

4. 企业集团职能机构的职权是(　　)。

A. 为重大决策的磋商提供信息　　　　　　B. 拟定集团中长期计划

C. 拟定集团的年度生产计划　　　　　　　D. 抓好成员企业不能单独处理的有关业务工作

E. 对成员企业的生产、技术工作和经营管理进行协调与指导

5. "两块牌子,一套管理人员"管理体制的优缺点是(　　)。

A. 减少管理层次,精简机构和人员,提高工作效率

B. 集团公司的总经理与各职能机构彼此熟悉,容易开展工作

C. 具有较高的权威,容易协调、指挥集团和各成员企业的生产经营活动

D. 总经理和各职能部门原来任务就十分繁重,再兼任集团的管理工作,容易造成失误

E. 集团总经理和职能部门容易忽视其他成员企业的利益,袒护自己的企业,不敢果断处理问题

6. 为保障企业集团组织的有效运行集团公司人力资源管理部门应当采取的措施是(　　)。

A. 对组织机构的运行情况进行全面监控　　B. 建立健全各种原始记录和统计分析制度

C. 定期采集相关数据资料　　　　　　　　D. 对组织进行深入的诊断分析

E. 及时发现问题,提出改进对策

7. 对各级组织机构的工作效率进行评定的具体考评指标有( )。

A. 决策机构的反应速度　　　　　　　　B. 决策机构的效率与效果

C. 机构的执行能力与执行效率　　　　　D. 公文的审批效率

E. 公文的传递效率

参 考 答 案

1. BD,56　　　　　　2. ABCDE,59　　　　　3. ABCDE,59　　　　4. ABCDE,59

5. ABCDE,60　　　　6. ABCDE,67　　　　　7. ABCDE,67~68

第三节　企业集团人力资本战略管理

一、单项选择题(每小题只有一个最恰当的答案,请将正确答案的序号填写在括号内)

1. 在投资货币形态上不能表现的是( )等方面的费用支出。

A. 健康　　　　　　　B. 保健　　　　　　　C. 教育　　　　　　　D. 迁移

2. 人力资本是一切资本中最重要、( )且最具能动性的资本。

A. 最智慧　　　　　　B. 最有效　　　　　　C. 最宝贵　　　　　　D. 最能动

3. 世界各国经济增长的事实说明,( )比物力资本能更有效地推动社会经济发展。

A. 人力资源　　　　　B. 人力资本　　　　　C. 劳动者　　　　　　D. 生产力

4. 经济学中著名的柯布—道格拉斯生产函数说明的是( ),前者约为后者的 **3** 倍。

A. 人力资本的弹性远比物力的产量弹性大　　B. 人力的产量远比物力的产量弹性大

C. 人力的产量要比物力的产量弹性大　　　　D. 人力的产量远比物力的产量弹性大

5. 企业全体员工投入到企业中的能够为企业现在或未来创造收益的人的知识、技能和体能等投入量的价值,称为( )。

A. 有形资本　　　　　B. 无形资本　　　　　C. 人力资本　　　　　D. 企业人力资本

6. 以下关于企业总资本说法中错误的是( )。

A. 有形资本和无形资本　　　　　　　　B. 人力资本和组织资本

C. 潜在资本和顾客资本　　　　　　　　D. 顾客资本

7. ( )是经理们必须考虑的具有"特殊资产"的资源。

A. 人　　　　　　　　B. 物　　　　　　　　C. 财　　　　　　　　D. 权

8. 人力资本是蕴涵于人体之中且能够为企业创造现在或未来收益的人的( )、技能和体能。

A. 理想　　　　　　　B. 知识　　　　　　　C. 信心　　　　　　　D. 能动性

9. 在人力资本中对普通员工的监督和管理与高级管理人员相比( )。

A. 同样困难　　　　　B. 相对容易　　　　　C. 非常困难　　　　　D. 同样容易

10. 每个员工都是其自身人力资本的管理( )。

A. 主体　　　　　　　B. 客体　　　　　　　C. 权力　　　　　　　D. 资本

11. 企业集团人力资本管理的内容不包括(　　)。

A. 人力资本投资　　　　　　　　B. 人力资本的层次

C. 人力资本的价值计量　　　　　D. 人力资本绩效评价

12. 在企业集团人力资本战略实施过程中遇到问题时一般要坚持的原则不含(　　)。

A. 适当理由　　　　　　　　　　B. 适度合理

C. 集权与分权相结合　　　　　　D. 权变原则

参 考 答 案

1. A,69　　　2. C,69　　　3. B,69　　　4. D,69　　　5. D,71　　　6. C,71

7. A,72　　　8. B,72　　　9. B,73　　　10. A,75　　　11. B,76　　　12. A,79

二、多项选择题(请将正确答案的序号填写在括号内,选项中有两个或两个以上正确答案,多选、错选、少选均不得分)

1. 人力资本的概念包括(　　)。

A. 人力是生产力的一大要素

B. 人力与物力结合进行生产,推动着人类社会的发展

C. 对人力不断投资会导致相应的生产力的提高

D. 将人力视为通过投资便可提高其生产能力的资本

E. 扩大生产能力以及提高生产效率的物质称为资本

2. 生产力资本包括(　　)。

A. 设备　　　　B. 厂房　　　　C. 知识　　　　D. 技能　　　　E. 成果

3. 非物质资本在人力资源中的表现是(　　)。

A. 能力　　　　B. 数量　　　　C. 质量　　　　D. 标准　　　　E. 体能

4. 人力资本表现为(　　)。

A. 设备　　　　B. 智力　　　　C. 知识　　　　D. 技能　　　　E. 体能

5. 人力资本具有的基本特征是(　　)。

A. 人力资本是一种无形的资本　　B. 人力资本具有时效性

C. 人力资本具有收益递增性　　　D. 人力资本具有累积性

E. 人力资本具有无限创造性

6. 人力资本的基本特征有(　　)。

A. 人力资本具有个体差异性　　　B. 人力资本具有能动性

C. 人力资本具有无限创造力　　　D. 人力资本能使生产大力发展

E. 人力资本表现为累积性

7. 在界定企业人力资本的概念时,应特别强调的是(　　)。

A. 能为企业的生产未来创造收益的人力资本

B. 能够为企业创造现在收益的员工的知识和技能是企业的人力资本

C. 能够为企业创造未来收益的员工的知识和技能是企业的人力资本

D. 企业人力资本是全体员工实际投入到企业中的人力资本的价值量之和

E. 企业人力资本是企业内部员工人力资本集体协调与合作的"整合"

8. 企业最重要的人力资本包括( )。

A. 知识员工　　　　B. 企业家　　　　　　C. 技术创新者　　　D. 员工技能

E. 员工体能

9. 人力资本的范畴中,广义的人力资本包括( )。

A. 董事会成员　　　B. 董事会人力资本　C. 经理班子成员　　D. 技术人才

E. 管理人才和所有员工

10. 在人力资本的范畴中,狭义的人力资本主要包括( )。

A. 经理班子成员　　B. 高级管理人才　　C. 高级技术人才　　D. 技工

E. 其他员工

11. 人力资本管理的研究对象包括( )。

A. 各个层次人力资本管理主体与客体的工作性质

B. 岗位特点和智能以及它们之间的关系

C. 企业整体发展战略与人力资本之间的关系

D. 竞争优势和核心竞争力与人力资本战略之间的关系

E. 对人力资本进行有效配置和合理利用

12. 企业集团的人力资本应该包括( )。

A. 集团公司以及成员企业高层经理班子　B. 高级管理人才

C. 高级技术人才　　　　　　　　　　　D. 普通管理人才

E. 普通技术人才以及大多数员工

13. 企业集团人力资本管理的内容包括( )。

A. 人力资本的战略管理　　　　　　　　B. 人力资本的获得与配置

C. 人力资本的价值计量　　　　　　　　D. 人力资本激励与约束机制

E. 人力资本绩效评价

14. 企业集团人力资本管理的特点有( )。

A. 企业集团人力资本的整合与协同效应

B. 集团公司对成员企业人力资本的管理主要是以产权控制为主的间接控制

C. 以母子公司之间的人力资本管理为重点

D. 人力资本管理具有多种层次结构

E. 人力资本管理具有管理优势

15. 集团公司中子公司可分为( )。

A. 一级子公司　　　B. 二级子公司　　　C. 三级子公司　　　D. 四级子公司

E. 其他类子公司

16. 企业集团人力资本管理层次主要包括( )。

A. 集团总公司董事会对集团总公司经理班子的监督与管理

B. 集团经理班子对集团公司企业内部人力资本的管理

C. 集团公司对成员企业董事会及其他人力资本的管理

D. 成员企业内部的人力资本管理

E. 母公司对一级或多级子公司人力资本的管理

17. 企业集团人力资本管理的优势包括( )。

A. 可以在更广阔的领域获得和配置人力资本

B. 可以发挥团队优势和整体实力

C. 具有很强的吸引优秀员工的优势

D. 人力资本可以在企业集团内部转移

E. 具有很强的吸引优秀人才的优势

18. 制定与实施人力资本战略的主要任务是(　　　)。

A. 制订未来人力资本配置计划

B. 根据企业投入的人力资本的大小来获取相应比例的企业所有权

C. 控制人力资本的短期需求

D. 运用管理教育使人力资本不断增值

E. 致力于招募稀缺技能领域的人力资本以及各类特定的专门人才

19. 制定企业集团人力资本战略的重要作用是(　　　)。

A. 人力资本战略确定一个企业集团如何进行员工及其知识和技能的管理,以实现其战略目标

B. 人力资本战略有助于各级主管在明确发展方向和总目标的前提下,把握住赢得企业竞争优势的关键点

C. 人力资本战略有助于各级主管在明确发展方面和总目标的前提下,分清主次,抓住重点

D. 通过人力资本战略的制订,可以把人力资本管理与企业集团的总体战略联系在一起

E. 人力资本战略有助于指导所有人力资本管理活动,围绕企业集团发展中最主要、最具影响力的人力资本问题而展开

参 考 答 案

1. ABCD,69　　　　2. ABCD,69　　　　3. BC,69　　　　4. BCDE,69

5. ABCDE,69~70　6. AB,69~70　　　7. BCDE,71~72　8. ABC,73

9. ABCDE,74　　　10. ABC,74　　　　11. ABDE,75　　　12. ABCDE,76

13. ABCDE,76　　14. ABCD,77　　　15. ABC,77　　　　16. ABCDE,77

17. ABDE,77~78　18. ABCDE,78　　　19. ABCDE,78~79

【能力要求】

一、单项选择题(每小题只有一个最恰当的答案,请将正确答案的序号填写在括号内)

1. 人力资本战略作为企业集团的(　　　),必须服务和服从于企业集团总体战略。

A. 职权战略　　　B. 职务战略　　　　C. 管理战略　　　　D. 职能战略

2. 制定人力资本战略的基本方法不正确的说法是(　　　)。

A. 双向规划过程　　　　　　　B. 并列关联过程

C. 直列关联过程　　　　　　　D. 单独制定过程

3. (　　　)不属于人力资本战略单独制定的三种情况。

A. 人力资本战略的制定在企业集团总体战略制定之前单独进行

B. 人力资本战略与企业集团总体战略同时制定

C. 人力资本战略的制定在企业集团总体战略制定之后进行

D. 人力资本战略的制定需要在企业集团总体制定中完成

4. 关于单独制定人力资本战略的优点,提法错误的是(　　)。

A. 不依赖企业集团总体战略

B. 对某个具体问题或主题而独立制定

C. 可以在其他方面的计划、政策和活动中强调人力资本的重要作用

D. 影响人力资本战略整体措施

5. 关于单独制定人力资本战略的不足,提法错误的是(　　)。

A. 使人们认为这是职能部门的事情　　　　B. 使人们认为与自己关系不大

C. 容易引起关注　　　　　　　　　　　　D. 影响实施效果

6. 企业集团人力资本投资的是(　　)。

A. 聘请教师费　　　B. 教材费　　　　　C. 培训费　　　　　D. 派送学习费

7. 通常企业总是千方百计降低人员费用来增加(　　)。

A. 产值　　　　　　B. 收入　　　　　　C. 利润　　　　　　D. 企业收益

8. 关于人力资本投资的预算管理,错误做法是(　　)。

A. 外部环境不确定,预算必须灵活适应环境变化

B. 要防止一些人或组织为了个人或组织的局部利益而虚报预算

C. 预算只重视短期的问题,不重视中期的赢利能力

D. 预算既要重视短期重要问题,也有重视长期赢利能力

参 考 答 案

1. D,79　　　　　2. C,80～81　　　　3. D,81　　　　　4. D,81

5. C,81　　　　　6. C,81　　　　　　7. D,81　　　　　8. C,82

二、多项选择题(请将正确答案的序号填写在括号内,选项中有两个或两个以上正确答案,多选、错选、少选均不得分)

1. 企业集团的职能战略规划一般包括(　　)。

A. 企业集团的市场营销战略　　　　　　B. 财务战略

C. 信息战略　　　　　　　　　　　　　D. 研究与开发战略

E. 整体环境条件

2. 实施行动计划需要利用(　　)及其他一些手段。

A. 沟通　　　　　B. 培训　　　　　C. 工作绩效目标　　　D. 激励　　　　E. 促进

3. 人力资本管理活动所采用的定量的方法有(　　)等。

A. 人力资本流动率　　B. 工作态度　　　C. 生产率改进　　　D. 服务质量

E. 能力发展

4. 人力资本收益分配一般包括(　　)。

A. 员工薪资　　　B. 福利　　　　C. 股票　　　　　D. 期权　　　　E. 办公费

5. 人力资本常规管理费用包括(　　)。

A. 办公费　　　　　B. 差旅费　　　　　C. 会议费　　　　D. 项目费用

E. 人员重置成本

6. 关于预算的说法正确的是(　　　)。

A. 预算是资源分配的主要方式

B. 预算是管理人员进行资源分配的重要工具

C. 预算是一种管理过程中的工具

D. 预算通常也是衡量管理人员的主要工具

E. 预算通常也是衡量管理绩效的主要工具

7. 企业集团人力资本战略实施的四个阶段是(　　　)。

A. 统一认识阶段　　　　　　　　　B. 战略的计划阶段

C. 战略的组织阶段　　　　　　　　D. 战略的实施阶段

E. 控制与评估阶段

8. 人力资本战略实施的模式有(　　　)。

A. 指令型　　　　　B. 变革型　　　　　C. 合作型　　　　D. 文化型

E. 增长型

9. 人力资本战略评价与控制,应当做好的工作是(　　　)。

A. 环境评价　　　　B. 资源分配　　　　C. 问题确定　　　　D. 战略制定

E. 行动计划

参 考 答 案

1. ABCD,80　　　　　2. ABCD,81　　　　　3. ABCDE,81　　　　4. ABCD,81

5. ABCDE,81　　　　6. DE,82　　　　　　7. ABDE,82~83　　　8. ABCDE,83

9. ABCDE,85

专业技能题及参考答案

1. 简述现代企业人力资源管理各个历史发展阶段。

答:现代企业人力资源管理各个历史发展阶段如下:(P5~7)

1)传统人事管理由萌芽到成长迅速发展的阶段。从 20 世纪 20 年代开始到 50 年代后期,是西方传统人事管理由萌芽到成长迅速发展的时期。

2)现代人力资源管理替代传统人事管理的阶段。从 20 世纪 60 年代开始到 70 年代,是现代人力资源管理逐步替代传统人事管理的转换期。

3)现代人力资源管理由初阶向高阶发展的阶段。从 20 世纪 80 年代以来,现代人力资源管理的实践和理论,无论是在欧洲、美洲,还是在亚洲以及世界其他国家和地区都有了长足的进步。

2. 说明战略性人力资源管理的概念。

答:战略性人力资源管理的概念(P1):人力资源战略(规划)与战略性人力资源管理的概念内涵是完全不同的。人力资源战略是企业总体战略的下属概念,它是指企业在对所处的内外部环境和条件以及各种相关因素进行全面系统分析的基础上,从企业全局利益和发展目标出发,就企业人力资源开发与管理所作出的总体策划。人力资源战略管理就是对人力资源战略及其规划进行全方位的指挥、监督、协调和控制的过程。

3. 说明战略性人力资源管理的特征。

答：战略性人力资源管理的特征如下：(P8～12)

1)将企业经营的长期性目标作为人力资源管理的战略目标，由过去仅仅满足和实现企业年度生产经营计划的要求，提升到企业发展的战略层面，使企业人力资源管理系统成为企业总体发展战略的重要支持系统。

2)集当代多种学科、多种理论研究的最新成果于一身，从而极大地提升和丰富了战略性人力资源管理的基本原理和基本方法。它包括：①一般系统理论；②行为角色理论；③人力资本理论；④交易成本理论；⑤资源基础理论。

3)人力资源部门的性质和功能发生了重大转变。它包括：①组织性质的的转变；②管理角色的转变；③管理职能的转变；④管理模式的转变。

4. 说明战略性人力资源管理的衡量标准。

答：战略性人力资源管理的衡量标准如下：(P12)

1)基础工作的健全程度。企业人力资源管理的各项基础工作是否健全和牢固？如定编定岗定员定额标准化程度，各种规章制度的健全程度，人力资源信息管理的水平，包括信息输入、存储、处理与输出等环节的配套程度。

2)组织系统的完善程度。企业人力资源战略管理的子系统是否确立？内外系统的配套性和协调性如何？通过何种方法和途径保障系统运行的有效性，即从人力资源战略的制定到实施、监督、反馈和控制的机制是否确立？各个环节的运作是否顺畅？

3)领导观念的更新程度。企业高层决策者是否树立全新的战略性人力资源管理的理念，实质性地将人力资源管理部门提升到决策层面，视人事经理为自己的战略经营伙伴？人事经理的角色是否重新定位，是否由单一的亚角色转变为二重、三重或四重角色？

4)综合管理的创新程度。从企业文化、管理理念到组织结构、制度规范、管理模式和管理方法等诸多方面，是否有所更新、有所变化、有所发展？

5)管理活动的精确程度。人力资源管理的精确程度可以从多个角度去衡量，如企业人力资源规划的正确性和可行性，重大人力资源管理决策的效率和效果，基础性管理的精细化程度，管理评估的数量化、标准化程度等。

5. 说明企业人力资源战略规划的概念、特点、构成及其主要影响因素。

答：(1)企业人力资源战略规划的概念(P15)：人力资源是相对于其他物力、财力等资源的名称称谓。它是企业在一定时间、空间条件下劳动力数量和质量的总和。人力资源战略作为企业发展战略的下属概念，是实现企业发展战略目标重要的支撑系统。人力资源战略通常泛指在企业未来的发展中，人力资源开发与管理的总体方向、工作目标和主要任务，而人力资源战略规划是依据其发展方向和目标的定位，将其细化为一个具有科学性和可行性的工作计划。因此，可将人力资源战略规划定义为：它是企业在对其所处的外部环境、内部条件以及各种相关要素进行系统分析的基础上，从企业的全局利益和发展目标出发，对人力资源的开发、利用、提高和发展所作出的总体预测、决策和安排。

(2)企业人力资源战略规划的特点：(P14)

1)目标性。企业战略的第一个特点是它必须体现企业发展的总体目标的要求。企业发展目标是企业使命和宗旨的具体化。企业使命是指为了达到生存、发展和赢利等经济目的，对经营活动内容和业务范围即企业长期的战略意向，以及价值观、行为准则和经营理念所作出的正确定位。企业使命包括企业生存发展的目的、企业宗旨、管理哲学和经营理念等具体内容。企业目标是一个体系，既有长期目标，又有中短期目标；既包括总体的全局性战略目标，又包括局部的阶段性战役、战术目标。

2）全局性。可以推论，研究企业生存发展的、带有全局性的指导规律，应当是企业战略管理学的任务。

3）计划性。计划是由计划信息采集与分析、计划目标的定位、计划资源的供需平衡、计划决策、计划实施与检查、信息反馈等具体环节构成的。企业战略的形成过程也就是一项战略管理计划形成的过程。

4）长远性。企业战略是由总目标和若干分目标组成的，这些目标不是一时性权宜之计，而是具有前瞻性的长远大计，即需要从企业发展的大局出发，"不畏浮云遮望眼"，登高望远，经过充分的预测、考量、剖析和综合平衡而最终确定的。企业发展战略是在未来相当长的一段时期内需要通过企业领导和全员的共同努力奋斗才能实现的。

5）纲领性。企业战略是企业为了生存、发展和赢利，实现企业的使命和宗旨，达到一定时期的发展目标而提出的一个纲领性的文件。这个文件指明了企业发展的总体方向，规划了企业未来发展的总体框架，对经营活动领域、业务扩张范围、技术攻关重点、企业获利水平、市场营销策略等一系列关键性问题作了基本定位，但它不可能面面俱到，只能"写意"地画出粗线条，战略规划"具体细化"的任务是由企业中短期计划如年度计划来体现和完成的。企业年度计划是实施战略规划的具体操作计划，是实现战略规划目标的保障计划。

6）应变性、竞争性和风险性。总体而言，企业战略具有双重属性和特点，一方面是它的目标性、全局性、计划性、长远性和纲领性，另一方面是它的应变性、竞争性和风险性，前者是相对稳定的，而后者是动态的、随机可变的。由于企业外部社会经济环境和条件的复杂性和多变性，以及内部资源的多样性，将可能使企业遭遇到始料不及的各种挑战、压力和威胁，这些随机出现的困难和问题，既是一种挑战，又是企业发展的一种机遇。这就需要高度重视对企业战略"例外的特殊问题"的管理，提高企业战略管理的应变性、竞争性，以及抵御风险的能力。

（3）企业人力资源战略规划的构成：（P18）

1）总体战略，也称公司战略，是从事多种经营、多元化的大中型企业、企业集团（总公司）所制定的最高层次的战略。其战略重点是：公司内的资源如何有效配置组合和合理分配，各个下属单位如何提高绩效、相互协调聚集团体的竞争优势，根据公司的体制和战略目标如何开拓新的事业、进入新的领域等。总体战略经常涉及公司财务资金运作和组织结构变革创新等事关全局的重大战略问题。

2）业务战略，也称竞争战略、经营战略，是公司的二级战略或属于事业部层次的战略。它一般是指在单一生产经营的企业中，为了生存发展和赢利，实现总体战略目标，围绕企业的生产经营模式、增强市场竞争优势、提高整体绩效等问题所作出的战略决策。

3）职能战略，是涉及公司各个职能部门（如生产、技术、人事、财务、供应等），充分发挥其功能，以推动企业总体发展战略实现的具体的分支战略。因此，在专指某种职能战略如人力资源战略时，一些专家往往采用"人力资源策略"的提法。实际上，有些专家学者并没有完全将业务战略和职能战略严格区分开来，通常使用了"竞争策略""营销策略""人力资源策略"等提法。

（4）企业人力资源战略规划的主要影响因素如下（P25）：随着生产经营活动的不断拓展，

企业人力资源与企业其他资源一样,总是受到外部环境和内在条件的制约和影响,因此,在制订企业人力资源战略规划方案时,必须充分地把握企业内外部各种影响因素及其作用的程度,才能切实保证战略方案的科学性、合理性和可行性。企业人力资源战略规划的各种制约因素有:

1)企业外部环境和条件:①劳动力市场的完善和条件;②政府劳动法律法规的健全程度;③工会组织的作用。

2)企业内部环境和条件:

①企业文化。

●家族式企业文化

●发展式企业文化

●市场式企业文化

●官僚式企业文化

②生产技术。企业的生产技术水平与企业人力资源管理制度存在着非常密切的联系。

③财务实力。企业的财务状况直接关系到人力资源策略的定位,直接影响到企业的招聘能力、劳动关系、绩效考评、薪酬福利与保险、员工技能培训与开发等人力资源运作模式的选择,以及具体管理制度的制定。

6. 简述企业人力资源管理策略与经营策略的关系,以及人力资源战略规划设计的要求。

答:(1)人力资源管理策略如下:(P21)

1)吸引策略。当企业采取廉价竞争策略时,宜采用科学管理模式。

2)投资策略。当企业采取创新性产品竞争策略时,宜采用 IBM 公司投资策略模式。

3)参与策略。当企业采取高品质产品竞争策略时,宜采用日本企业管理模式。

4)廉价型竞争策略。企业在参与市场竞争的过程中,力求以低价来推销自己的产品或提供某种服务,从而抢占市场的制高点。

5)独特型竞争策略。企业在参与市场竞争的过程中,力求以独特性产品克敌制胜。

①创新竞争策略。企业在参与市场竞争的过程中,力求生产销售竞争对手所不能制造的创新性产品,以占领市场的制高点,获取竞争优势。

②优质竞争策略。企业在参与市场竞争的过程中,生产销售竞争对手所不能制造的优质产品。

(2)企业人力资源战略规划的设计要求(P29～30):应当充分体现信念、远景、任务、目标、策略等基本要素的统一性和综合性。

1)信念是企业文化的内涵,属于精神范畴。

2)远景是企业发展的宏伟蓝图,即企业将在国内或国外成为一家什么样的企业。

3)任务是企业所肩负的责任和义务,以及对社会和客户的承诺。

4)目标是对企业发展的长期、中期和短期目标的定位。

5)策略是实现战略的具体措施和办法。

7. 对企业人力资源的内外部环境进行分析。

答:(1)人力资源内部能力分析如下:(P31)

1)从企业人力资源的现状出发,通过全面深入的分析,了解并掌握企业在未来发展中的优势和劣势,为人力资源战略的确定提供依据。

2)通过对人力资源内部能力的客观、全面分析,将有利于企业针对人力资源存在的问题,有效克服各种妨碍企业战略目标实现的缺点或缺陷,并就如何继续保持和增强企业人力资源的竞争优势作出正确的决策。

3)企业人力资源的现状分析、各类专门人才(技术人才、管理人才和其他人才)的需求情况分析、人员素质结构的分析、员工岗位适合度与绩效情况的分析等。

4)企业组织结构的分析,通过组织分析和诊断,发现组织上的优势以及存在的主要问题,提出组织变革和创新的设想。

5)人力资源管理规章制度以及相关的劳动人事政策的分析:什么企业在劳动组织、分工与协作、工作小组、工时与轮班制度、安全生产与劳动卫生、薪酬福利与保险、劳动关系、劳动争议处理等方面存在的优势和劣势。

6)企业文化的分析:从企业精神的培育、员工信念的树立、企业价值观的认同、企业形象的设计方面,通过认真的检讨,找出企业文化的优势与缺陷、不足,并提出意见和建议。

(2)人力资源外部环境分析如下:(P30)企业人力资源外部环境分析的目的是:全面了解和掌握外部环境的状况及其变化的总趋势,并揭示企业在未来发展中可能遇到的机会(发展的机遇)和威胁(面临的风险)。

1)社会环境分析,主要是对社会经济、政治、科技、文化、教育等方面的发展状况和总趋势的分析。

2)劳动力市场的环境分析,包括对劳动力市场四大支持系统的分析。

3)劳动力市场功能的分析。

4)产业结构调整与变化对企业人力资源供给与需求的影响分析。

5)竞争对手的分析,掌握竞争对手的相关情况,如竞争对手采取何种策略吸引和留住人才。

6)企业文化状况与人力资源策略的分析,人力资源管理具体模式的分析等。

8. 说明企业人力资源战略的决策、实施与评价内容。

答:(1)企业人力资源战略的决策如下:(P32)

1)当外部环境遇到良好的机遇,企业人力资源内部能力与竞争对手相比却处于劣势时,宜确定扭转型战略。

2)当企业人力资源具有较强的优势时,则应采取进攻型战略。

3)当外部环境遇到巨大的威胁,企业人力资源内部能力与竞争对手相比却处于劣势时,宜确定防御型战略。

4)企业人力资源具有较强的优势时,则应运用多样型战略。

5)保证人力资源战略的整体性,一致性和正确性具体包括:①人员招募、甄选、晋升和替换的模式;②员工个体与组织绩效管理的重点;③员工薪资、福利与保险制度设计;④员工教育培训与技能开发的类型;⑤劳动关系调整与员工职业生涯发展计划;⑥企业内部组织整合、变革与创新的思路。

(2)人力资源战略规划的实施如下:(P33)

1)认真做到组织落实。为了切实保证人力资源战略决策的实现,企业首先应当组建起一支反应迅速、机动灵活、短小精悍的人力资源管理的专业队伍。具有竞争优势的专门管理人才是实现企业战略的组织保证。

2)实现企业内部资源的合理配置。人力资源战略的实施有赖于企业的技术、财力、物力、信息和人力等资源的合理配置和有效运作。企业应当根据战略规划的要求,制订职能部门项目规划和经费预算,将主要资源相对集中在全局的重点上,以确保战略目标的实现。

3)建立完善内部战略管理的支持系统。为了保证战略规划的实施,企业必须对原有的人力资源政策和规章制度进行全面检索,并作出必要的调整和更新,使它们成为战略规划实施的支撑点;建立畅通的信息传输、处理、存储和反馈渠道,有利于对战略规划实施的过程进行监控;优化职能和业务部门的办事程序,提高组织和人员的工作效率,增强实施战略目标的兼容性;建立机动灵活的内部监控和制衡系统,权限适当下移,重大问题由决策层定夺,一般问题由执行层落实,确保战略规划方向的准确性和不变性。

4)有效调动全员的积极因素。企业战略的实施有赖于全体员工的积极性、主动性和创造性。企业应通过企业精神的培育、良好工作氛围的营造、高尚品质和操守的追求、积极进取斗志的激发、一流业绩的倡导、物质与精神的双向激励,即通过一切有效的措施调动起员工的一切积极因素,以推动企业战略的实施。

5)充分发挥领导者在战略实施中的核心和导向作用。就实质而言,企业战略的制定与实施是企业领导者的神圣天职。在企业战略实施的过程中,企业领导者必须以战略家的眼光和胸怀,高瞻远瞩,审时度势,把握机遇,保持正确的航向,最终实现企业的战略目标。

(3)企业人力资源战略规划的评价如下:(P34)

1)确定评价的内容。其评价的具体内容是:①企业战略使命与战略目标的执行情况;②在战略实施的过程中局部工作与全局工作协调配合以及具体运作的情况;③影响战略实施的主要因素及其变化情况;④各个部门和员工对战略目标的实现所作出的贡献,通过对这些情况的分析评价,可以全面掌握战略实施的进度和所取得的业绩及成效;⑤人力资源战略与企业总体发展战略以及其他职能性战略的配套性和统一性,即对其实际发挥的作用作出评估。

2)建立评价衡量标准。监测和衡量企业人力资源战略规划的具体指标和方法主要有:岗位员工的适合度;岗位人员配置与人员接替的及时率;岗位工作的负荷率等;员工的工作满意度,既可以通过上下级之间的沟通和对话来了解实际情况,也可以通过劳动力流动率、岗位人员流失率等统计指标,或以发放调查问卷的方式来掌握实际情况;员工工作绩效,可以通过劳动生产率、出勤率、工时利用率、劳动定额完成率、文件传递速度、目标的实现率或工作进度、利润率、资金周转率等指标进行衡量;员工心理和生理承受程度和状态,通过测试、问卷或面谈等方式掌握实际情况;员工的收入水平,可以与社会平均水平、同行业同类岗位水平进行对比和评估;员工对企业文化的认知程度,通过面谈或问卷来掌握实际情况;员工接受培训以及素质提高的情况,通过各种统计资料、面谈以及调查问卷等手段采集相关信息等。根据这些指标可以提出具体评价标准。

3)评估实际绩效。在战略规划的评价内容和评价标准确定之后,应当定期定点地对企业人力资源运行的实际情况作出测量记录,为进行有效的战略控制提供必要的数据资料和信息依据。在这个工作阶段,应当注意采用定量分析与定性分析相结合的方法,深入实际进行调查,采集到第一手真实的数据资料,才能保证战略评估的全面性和准确性。

9.简述企业集团的概念、特征、作用和优势。

答:(1)企业集团的概念:企业集团是在现代企业高度发展的基础上形成的一种以母子公司为主体,通过产权关系和生产经营协作等多种方式,由多个法人企业组成的经济联合体。企业集团作为现代企业一种重要的组织形式,它是社会化大生产条件下企业之间分工协作高度发达的产物,是企业之间横向经济联合发展到一定阶段的必然结果。(P35～36)

(2)企业集团的基本特征如下:(P37)

1)企业集团是由多个法人企业组成的企业联合体。

2)企业集团以产权为主要联结纽带。

3)企业集团以母子公司为主体。

4)企业集团具有多层次结构。

(3)企业集团在国民经济发展中的主要作用如下:(P38)

1)企业集团是推动国家产业结构调整,促进产业升级的主导力量。

2)企业集团是国家技术创新体系的支撑主体。

3)企业集团是市场秩序的自主管理者,可以避免企业之间的过度竞争、无序竞争。

4)能够很快形成在国际市场中竞争的实力,具有维护国家经济主权的战略作用。

(4)企业集团具有其他企业组织形式无法比拟的优势,如:①规模经济的优势;②分工协作的优势;③集团的"舰队"优势;④"垄断"优势;⑤无形资产资源共享优势;⑥战略上的优势;⑦迅速扩大组织规模的优势;⑧技术创新的优势。(P38～39)

10. 简述企业集团的产权结构和治理结构。

答:(1)企业法人治理结构的性质由产权结构的性质所决定。产权是所有权、经营权、转让权和分配权等一系列权利的总称。企业产权结构从另一个角度看,是指企业所有者的结构,也就是企业股东的组成结构。企业的产权结构可以分为两个层次:第一个层次是法人股东和个人股东之间的结构,第二个层次是法人股东内部的结构。(P39)

(2)企业法人治理结构包括:①股东大会、董事会、监事会和经理班子的建立及权力分配的制度安排;②股东(主要是法人股东)对董事会、经理人员和一般员工工作绩效监督和评价的制度安排;③对经理人员的激励和约束机制的设计及实施办法;④企业出现危机时,法人股东的行为方式。(P40)

11. 说明企业集团的管理体制、组织结构的影响因素与变化趋势。

答:(1)企业集团的管理体制(P41～42):企业集团不同于单体大企业,是多法人的联合体。单体大企业中,管理显然是一种上下级的行政关系;企业集团内部既有经济关系,又有行政关系。说有经济关系,那是因为集团是各自独立的法人经济联合体,成员企业之间的关系是平等的,相互之间是某种程度的交易关系;说有行政关系,那是因为这些企业有着共同的整体性的利益,需要有一个机构对各自独立的法人进行协调。因此,这种交易关系不完全等同于市场交易,这种行政关系也不完全等同于单一企业内的纯行政关系。当然,由于企业集团是一种经济性的企业联合体,这种行政管理更不同于政府部门实施的国家行政管理。

企业集团规模大型化、布局分散化、成员多元化、结构层次化和经营多角化,必然使其管理体制具有符合自身发展的独特性。规模庞大的企业集团若没有完善而有效的内部管理体制,不要说高效运转,就连低效运转也将难以为继。深入研究这种管理体制,对于进一步完善和发展我国还处于发育阶段的企业集团,无疑具有十分紧迫的意义。

(2)企业集团组织结构的影响因素与变化趋势(P54～56):可以从外因和内因两个方面来分析说明。

1)变化的外在因素:企业集团组织结构的类型多样化,但影响集团组织结构变化的外在因素却是共同的,主要有市场竞争、产业组织政策和反垄断法。

①市场竞争:企业集团间的竞争由于市场的狭小和企业的增多而日趋激烈。随着企业集团开展多角化经营,这种市场竞争遍及各个产业,同时由于集团实力雄厚,竞争又趋向"重量级"。特别是近年来企业集团间高层次的竞争空前激烈,表现为整个集团层次上的相互竞争,尤其是各集团核心层大企业之间的激烈竞争。这是因为对于任何企业集团来说,其核心层企业的市场位置是否稳固,是决定该企业集团高层竞争力的基本因素。并且由于企业集团内成员企业还具有相对独立性,即使集团实力雄厚,在竞争中连核心层大企业也会随时破产甚至被兼并。市场竞争引起的企业集团成员企业的破产或被兼并,使得企业集团的组织结构必须进行调整,或是重新选择核心企业,或是增加集团的控股比例等。

②产业组织政策:产业组织政策的一般目标是维护市场的有效竞争,以提高资源在产业内的配置效率。政府为实现产业组织政策而采取的手段主要有:

● 控制市场结构,即对各个产业的市场结构的变动进行监测、控制和协调,维持某种合理的市场结构,改变不合理的市场结构,并防止不合理的市场结构的产生;

● 控制市场行为,即对企业市场行为进行监督、控制和协调,以维护市场竞争的公正性,防止并控制不正当竞争;

● 直接改善不合理的资源配置,实现产业组织政策手段中的控制市场行为,对企业集团组织结构具有直接的影响,因为这种控制市场行为的手段包括了禁止和限制竞争者的市场独占以及对企业规模的限制。

③反垄断法:为了实施产业组织政策,各国均制定了反垄断法。反垄断法对企业集团组织结构的影响最大,反垄断法从司法上对企业的垄断行为作了限制,主要内容包括:解散已经形成的垄断企业;限制企业进行横向或纵向的合并,防止生产过度集中而形成新的垄断企业;企业购股,转移业务达到一定规模时,必须申请或呈报,得到认可方可行动,禁止成立控股公司和违法占有股份。

2)企业集团组织结构变化的内在因素主要包括:共同投资、经营范围和股权拥有。

①共同投资。企业集团为了解决某些投资项目所需资本庞大、投资期限长、风险很大的问题,共同投资设立一个新企业。它虽然没有集中全部核心企业和成员企业参加,但确实是由相当多的企业共同投资设立的。

②经营范围。企业集团在形成和发展初期,其经营范围都是比较单一的,主要以一个行业或一种产品为主,很少有跨行业或多种产品。随着企业集团规模的扩大和实力的增强,跨行业或多品种经营成为一种需要和可能。经营范围的扩大,可以有多种形式:横向扩大、纵向扩大和混合扩大。横向扩大就是从事与集团原有行业不相关的行业经营,纵向扩大就是向集团原有行业的上游与下游方向扩张,混合扩大就是从事与集团原有行业不相关的行业经营,同时向集团原有行业的上游与下游方向扩张,呈现全方位扩大。

③股权拥有。企业集团的股权拥有是与集团的发展战略紧密相连的。

集团内成员企业如果属于集团的控股企业或集团的发展重点,那么集团肯定是该企业较大的股权拥有者或控股者;如果不属于集团的控股企业或集团的发展重点,那么集团就不一定是该企业较大的股权拥有者或控股者,只要拥有少量股权或以其他形式参与就可以了。集团对成员企业股权拥有多少的变化,会使企业集团组织结构发生变动,增加或减少控股企业,调整协作(关系)企业的数量。

3)企业集团随着规模的扩大和竞争力的增强,集团内部组织结构开始变得更为复杂,即组织结构的层次越来越多,各层次企业之间的关系也错综复杂。伴随着组织结构的复杂化,集团内半紧密型和松散型成员企业却迅速增加,并且已成为企业集团的一种结合方式。同时,由于市场竞争的日趋激烈,集团对半紧密型和松散型企业的影响和控制程度呈逐步增强趋势。

12.简述企业集团组织结构模式的选择。

答:企业集团组织结构按照结合形态的不同,可分为横向结合和纵向结合两种类型,其中纵向结合又可分为企业系列和控股系列。有关部门和相关企业在组建企业集团、设计组织结构时,可根据自身发展要求、生产经营特点以及财务实力等内外部环境和条件作出正确的选择。(P56)

13.简述企业集团的职能机构设计。

答:企业集团的职能机构有以下几种:(P60～61)

1)依托型的职能机构。也称依附型的职能机构,是指由一家实力雄厚的主体企业的职能机构同时作为企业集团本部的职能机构,即所谓"两块牌子,一套管理人员"的管理体制。

2)独立型的职能机构。它是在各成员企业之上,建立一套独立的、专门的企业集团的职能机构,负责集团的管理工作,指导并协调各成员企业的生产经营活动。

3)智囊机构及专业公司和专业中心。无论是依托型企业集团还是独立型企业集团,都可根据需要设立智囊机构及必要的专业公司和专业中心。

①成立智囊机构。有的也称集团的决策咨询委员会、战略研究部或信息公司。其任务是:收集、储存有关信息资料,对其进行综合整理,提供给集团协商议事的理事会作参考;参与编制集团的经营战略规划、中长期计划和年度生产经营计划;根据理事会的指示,为集团高层对重大问题的决策提供备选方案,参与集团的决策活动,为集团制定和实施正确的经营决策献计出力。(P62)

②设立专业公司和专业中心。规模大、经营业务繁重的企业集团,可以设立一些专业公司和专业中心。这些专业公司和专业中心是在集团负责人的指导下,从事某项专业活动,更好地发挥企业集团的整体优势,为集团和集团成员企业提供服务,减轻集团和集团成员企业的繁杂事务,实现集团的经营战略目标。这些专业公司和专业中心一般是独立核算、自负盈亏、自谋发展的法人实体。(P62)

14.简述人力资本的含义和特征,人力资本管理与人力资源管理的关系,人力资本管理的研究对象、主体,以及人力资本战略的内容。

答:(1)人力资本的含义:企业的总资本包括有形资本和无形资本,无形资本又可分为人力资本、组织资本和顾客资本。根据人力资本的定义,可将企业人力资本定义为:企业全体员工投入到企业中的能够为企业现在或未来创造收益的人的知识、技能和体能等投入量的价值。(P71)

(2)人力资本的特征(P69～70):①人力资本是一种无形的资本;②人力资本具有时效性;③人力资本具有收益递增性;④人力资本具有累积性;⑤人力资本具有无限创造性;⑥人力资本具有能动性;⑦人力资本具有个体差异性。

(3)人力资本管理与人力资源管理的关系如下:(P73～74)

1)与人力资源管理不同的是,人力资本管理更强调人的价值大小的差异,因而更重视高存量人力资本所有者的作用以及如何发挥他们的作用问题,也就是更重视对"知识员工"的管理或者对"企业家和技术创新者"的管理问题的研究和实践。

人力资本管理既要重视员工人力资本的当前存量,也要从发展的角度关注未来的人力资本的价值。

2)与人力资源管理的另一个差异是,人力资本管理对人力资本所有者在企业中地位的基本看法与人力资源管理不同。人力资源管理认为,员工是物质资本的被雇用者,而人力资本管理认为,人力资本所有者是企业的投资者。

将员工作为人力资本,强调人不是成本,而是企业的投资者,员工对企业投入人力资本并期望他们的投资得到回报。

3)人力资本管理可以合理地处理和解释人力资本所有者与物质资本所有者之间的地位和收益分配关系。

(4)人力资本管理的研究对象、主体如下:(P75)

人力资本管理的研究对象包括:各个层次人力资本管理主体与客体的工作性质、岗位特点和职能以及他们之间的关系;企业整体发展战略、竞争优势和核心竞争力与人力资本战略之间的关系;对人力资本进行有效配置和合理利用。

每个员工都是其自身人力资本的管理主体。因为员工对其自身的人力资本有着天然的控制权,因而他随时都掌握着对自身人力资本投资、工作和消闲合理组合的选择权,以实现自己的效用最大化。

(5)人力资本战略的内容包括:(P78~79)

1)制定与实施人力资本战略的任务。

2)制定企业集团人力资源战略的作用。

3)实施企业集团人力资本战略的基本原则。

15. 说明企业集团人力资本战略制定与实施的模式。

答:企业集团人力资本战略制定与实施的模式如下:(P83~84)

1)指令型。这种模式的特点是由高层领导指挥人力资本职能部门计划人员制定战略,然后强制下层管理者执行。这种模式适用于战略制定者与执行者目标比较一致,战略对企业运行系统不会构成威胁,集团内部采用高度集权式管理,环境比较稳定的企业集团。它的缺点是战略制定者与执行者分离,因而往往会导致执行者缺乏积极性。

2)变革型。这种模式的特点是高层经理重点考虑战略的实施问题,可能失去战略的灵活性。因此,该模式适用于环境确定性较大的企业集团。在战略实施过程中要在企业集团内部进行一系列变革,包括组织结构、激励手段和控制系统等。为了增加战略成功的机会,企业领导往往采用以下三种方法:①利用组织结构和参谋人员明确地传递集团优先考虑的事物信息,把注意力集中在所需要的领域上;②建立战略规划系统、效益评价系统和控制系统,采取激励政策支持战略实施;③使员工与集团的使命、愿景和价值观保持一致,以保证战略的实施。

3)合作型。该模式强调发挥集体的智慧,采取各种手段使集团高层管理者参与战略制定、实施和控制的各个阶段。总经理的任务是使其他高层管理者很好地合作。由于战略是建立在集体智慧的基础之上,从而提高了战略成功的可能性。它的不足是由于高层管理者会持有不同的意见和观点,导致最终形成的战略规划是各种不同意见的折中性产物,因而可能会降低其经济合理性。这种模式比较适用于处于较复杂而又缺少稳定性环境的企业。

4)文化型。这种模式强调企业集团的所有员工都参与战略的制定与实施,使集团上下、各成员企业的所有员工达成共识,形成具有共同愿景和价值观的企业文化,使集团战略实施迅速,风险小,集团发展迅速。其不足在于对员工素质要求高,战略的制定与实施耗费较多的人力、物力和财力,独特鲜明的企业文化和价值观可能会掩盖某些问题和不足,使企业为之付出一定的代价。

5)增长型。这种战略的制定与实施过程是自下而上的过程。其关键是高层管理人员如何激励下层管理人员创造性地制定和实施战略。这一模式对总经理的要求很高,因为在制定和实施战略过程中需要总经理对下层管理者的建议能够作出正确的评价,并进行合理的取舍。

16.说明企业集团人力资本战略实施过程评价与控制的方法。(P84~85)

答:战略实施过程及结果的评价与控制是指在企业集团人力资本战略的制定和实施过程中,检查各项战略活动的进展情况,评价实施战略后的企业绩效,确定企业实施战略的实际进展情况与战略目标之间的差异,分析偏差的原因并进行纠正,使人力资本战略的实施更好地与企业集团所处的内外部环境、战略目标协调一致,以便更好地实现战略目标。

人力资本战略实施的评价重点应放在结果评价上,而不是放在活动过程和运作效率上,因为这样可以保持将注意力始终集中在最初确定的重要问题上。实施人力资本战略的重点是在最终问题的解决上,而并不注重手段。但是,衡量解决问题的结果,要求更细致、全面地确定问题,还要求制订出管理行动计划。这样在战略制定和实施过程中就不仅要重视结果,而且要重视过程。从战略的实施过程来看,细节决定成败。人力资本战略实施过程要求管理人员对每一阶段的工作进展及任务完成情况都要进行检查,以确保战略实施的质量。

人力资本战略评价与控制应当做好以下四个方面的工作:①环境评价。主要考察环境评价是否全面、深入、客观、恰当,如果达到这些要求,就认为是可信的,否则还需要对有关方面进行重新评价。②问题确定。重点考察确定问题的过程中考虑的范围是否全面和符合标准、是否适合本企业的实际情况,如果符合以上要求就认为这些问题是可信的,是企业集团发展战略应该考虑的重要问题。③战略制定。主要考察形成战略的过程是否经过充分的酝酿、认真的思考,是否有真实可靠的数据分析依据,是否经过反复调整并针对重要问题,如果符合以上要求,就认为制定的战略目标、战略规划和行动方案是可信的。④行动计划和资源分配。主要考察行动计划的绩效标准和资源分配方案是否与战略目标紧密相关,如果是,则认为这个成果是可信的。

第二章　招聘与配置

第一节　岗位胜任特征模型的构建与应用

一、单项选择题（每小题只有一个最恰当的答案，请将正确答案的序号填写在括号内）

1. 我国将"competence（competences）"翻译为（　　）。

A. 胜任力或胜任能力　　　　　　　B. 胜任能力或胜任力

C. 胜任资质或胜任素质　　　　　　D. 胜任资质或胜任能力

2. 胜任特征是潜在的、深层次的特征，即（　　）。

A. 水面的冰山　　　B. 水中冰山　　　C. 水面上的冰山　　　D. 水面下的冰山

3. 在深藏内涵中作为自我评估、自我认识、自我教育体现的是（　　）。

A. 社会角色　　　B. 技能　　　C. 自我概念　　　D. 动机

4. （　　）是指确保劳动者能顺利完成任务或达到目标，并能区分绩优者和绩劣者的潜在的、深层次的各种特质。

A. 胜任能力　　　B. 胜任特征　　　C. 胜任资质　　　D. 胜任力

5. 胜任特征是对（　　）或组织的卓越要求。

A. 个体　　　B. 群体　　　C. 集体　　　D. 大家

6. （　　）是指采用科学的研究方法，以显著区分某类人群中绩效优异与一般员工为基础来寻求鉴别性岗位胜任特征，经过反复比较分析，最终确立起来的与绩效高度相关的胜任特征结构模式。

A. 胜任基本模型　　B. 胜任能力模型　　C. 胜任潜在模型　　D. 胜任特征模型

7. （　　）属于低任务具体性、非公司具体性和非行业具体性的胜任特征。

A. 元胜任特征　　B. 行业胜任特征　　C. 组织胜任特征　　D. 特殊胜任特征

8. （　　）属于高任务具体性、高公司具体性和高行业具体性的胜任特征。

A. 特殊技术胜任特征　　　　　　　B. 标准技术胜任特征

C. 行业技术胜任特征　　　　　　　D. 知识能力胜任特征

9. 关于促进企业营销绩效的全面提高的 KPI 全程监控实施过程，错误的提法是（　　）。

A. 潜质　　　B. 能力素质　　　C. 态度行为　　　D. 员工业绩

10. 员工的目标职业生涯规划不包括（　　）。

A. 自我评价　　　B. 自我评估　　　C. 自我研修　　　D. 自我完善

11. 胜任特征模型中访谈内容不包含的内容是（　　）。

A. 被访谈者的基本资料

B. 被访谈者列举自己三件成功事件和三件不成功事件

C. 被访谈者内容的回答逻辑性

D. 对被访谈者的综合评价

12. 构建岗位胜任特征模型的定性研究不包括(　　)。

A. 回归分析法　　　　B. 专家评分法　　　　C. 编码字典法　　　　D. 频次选拔法

13. 由专家根据经验列出胜任特征清单,并对各项胜任特征进行分级和界定的方法,称(　　)。

A. 编码字典法　　　　B. 专家评分法　　　　C. 频次选拔法　　　　D. t 检验分析法

14. 以下对专家评分法说法正确的是(　　)。

A. 专家分别对某个岗位所需要的胜任特征指标进行评估

B. 分别对不同专家的资料进行整理

C. 重新审视自己的思路和结论,得出新结论

D. 专家使用的是德尔菲法

15. 专家会议法与(　　)的主要区别在于是否匿名评议。

A. 回归分析法　　　　B. 德尔菲法　　　　C. 频次选拔法　　　　D. 编码字典法

16. t 检验分析与(　　)相类似,但利用 t 检验可以得到比较满意的结论。

A. 专家评分法　　　　B. 频次选拔法　　　　C. 编码字典法　　　　D. 德尔菲法

17. (　　)可以分为简单相关分析与偏相关分析。

A. 聚类分析法　　　　B. 相关分析法　　　　C. t 检验分析法　　　　D. 因子分析法

参 考 答 案

1. A,87	2. D,88	3. C,88	4. B,88	5. A,89	6. D,89
7. A,90	8. A,91	9. A,94	10. A,95	11. C,98	12. A,99
13. A,100	14. D,100	15. B,100	16. B,101	17. B,102	

二、多项选择题(请将正确答案的序号填写在括号内,选项中有两个或两个以上正确答案,多选、错选、少选均不得分)

1. 胜任特征的冰山模型可见表象知识包括(　　)。

A. 自我概念　　　　B. 知识　　　　C. 技能　　　　D. 社会角色　　　　E. 动机

2. 胜任特征的冰山深藏内涵包括(　　)。

A. 社会角色　　　　B. 自我概念　　　　C. 专业知识　　　　D. 自身特质　　　　E. 动机

3. 胜任特征必须是可以(　　)的。

A. 使用　　　　B. 量化　　　　C. 衡量　　　　D. 比较　　　　E. 可行

4. 胜任特征所指的可以是(　　)。

A. 单个特征指标　　　B. 多个特征指标　　　C. 一组特征指标　　　D. 多组特征指标

E. 集群特征指标

5. 胜任特征的两个概念是(　　)。

A. 基础性胜任力特征　　　　　　　　B. 基础性胜任特征

C. 确定性胜任特征　　　　　　　　　D. 区别性胜任特征

E. 鉴别性胜任特征

6.胜任特征模型的定义有( )几层含义。

A. 是建立在卓越标准基础之上的结构模式

B. 它反映了胜任特征的内涵

C. 胜任特征模型是在区别了员工绩效优异组和一般组的基础上经过深入的调查研究和统计分析而建立起来的

D. 建立胜任特征模型可采用 t 检验、回归等数量分析方法

E. 胜任特征模型是一组结构化了的胜任特征指标

7.胜任特征按运用情境的不同可分为( )

A. 技术胜任特征　　　B. 人际胜任特征　　　C. 概念胜任特征　　　D. 个人和组织胜任特征

E. 国家胜任特征

8.按内涵的大小胜任特征可分为( )。

A. 元胜任特征　　　　　　　　　　B. 行业通用胜任特征

C. 组织内部胜任特征　　　　　　　D. 标准技术和行业技术胜任特征

E. 特殊技术胜任特征

9.元胜任特征的知识、技能和态度,包括( )、谈判能力和适应变化的能力等。

A. 读写能力、学习能力　　　　　　B. 分析能力、创造力

C. 外语和文化知识　　　　　　　　D. 感知和操作环境信号与事件的能力

E. 容纳和掌握不确定性的能力、与他人沟通和合作的能力

10.岗位胜任特征模型分类是( )。

A. 按结构形式的不同　　　　　　　B. 按建立思路的不同

C. 按组织方式不同　　　　　　　　D. 按主体形式不同

E. 按岗位要求不同

11.胜任模型可分为( )。

A. 层级式模型　　　B. 簇型模型　　　C. 盒型模型　　　D. 锚型模型

E. 管理型模型

12.岗位胜任特征的意义和作用是( )。

A. 人员规划　　　B. 组织计划　　　C. 人员招聘　　　D. 培训开发

E. 绩效管理

13.岗位胜任特征使员工( )的培养也跻身于培训行列。

A. 潜能　　　　　B. 品质　　　　　C. 个性特征　　　D. 知识　　　　　E. 技能

14.胜任特征模型的绩效管理( )。

A. 为确立绩效考核指标体系提供了必要的保障

B. 为确立绩效考评指标体系提供了必要的前提

C. 为完善绩效考评管理上体系提供了条件和保障

D. 为完善绩效考评管理体系提供了可靠的保障

E. 为确立潜质和潜力提供了方法

15.绩效管理中克服的目标、保持的目标、追求的目标包括( )。

A. 能力　　　　　B. 行为　　　　　C. 机会　　　　　D. 激励　　　　　E. 绩效

16.构建岗位胜任特征模型的基本程序和步骤包括( )。

A.定义绩效目标 B.定义绩效标准

C.选取效标分析样本 D.获取效标样本有关胜任特征的数据资料

E.建立岗位胜任特征模型

17.建立岗位胜任特征模型中运用文字的能力包括( )。

A.起草一般信函、简报、便条、备忘录和通知

B.起草报告、汇报文件或总结

C.撰写、修改本部门专业文件草案或研究报告

D.撰写、修改、审定公司合同文本

E.撰写、修改、审定公司法律条文

18.岗位胜任特征诚信正直的行为是指( )。

A.在所有商业活动中都是诚信正直的 B.对待所有人都是诚信正直的

C.对待别人要求是适当的 D.做不到的事情不轻易承诺

E.在其他人心目中有很高的个人信誉

19.岗位胜任特征中创新能力包括( )。

A.用创新想象的方式进行思考

B.对现有做法提出质疑,努力寻找新方法加以解决

C.用长远的眼光看待战术问题,并强调达成战略目标的方法

D.提出可行性方法或解决方案

E.将创新的疑难问题加以解决

20.构建岗位胜任特征模型中,定量研究的主要方法有( )。

A. t 检验分析 B.相关分析 C.聚类分析 D.因子分析

E.回归分析

21.建立编码字典的具体步骤包括( )。

A.组建开发小组 B.建立能力清单 C.能力指标的删减 D.能力指标的概念界定

E.能力指标的分级定义

22.在胜任特征研究中采取独立样本 t 检验的步骤包括( )

A.将专家意见汇总为 A、B、C、D、E、F、G、H、I、J、K、L、M、N 共 14 项指标

B.依靠专家会议对 50 名员工是否具有各项指标进行标注

C.淘汰频次过低的指标

D.对优秀组和一般组的各项指标进行打分

E.直接平均专家的评分

参 考 答 案

1. BC,88	2. ABDE,88	3. CD,88	4. AC,88
5. BE,89	6. ABCDE,89	7. ABC,90	8. ABCDE,90
9. ABCDE,90	10. AB,91~92	11. ABCD,92	12. ACDE,92
13. ABC,93	14. BD,94	15. ABCDE,95	16. BCDE,96
17. ABCDE,97	18. ABCDE,98	19. ABCD,98	20. ABCDE,99
21. ABCDE,100	22. ABCDE,101		

第二节　人事测评技术的应用

第一单元　沙盘推演测评法

一、单项选择题(请将正确答案的序号填写在括号内,每小题只有一个正确答案)

1.沙盘模拟培训是通过引领学员进入一个模拟的(　　)。

A. 管理模式　　　　B. 竞争行业　　　　C. 管理思路　　　　D. 管理素质

2.沙盘推演测评法的操作过程不包括(　　)。

A. 决战胜负　　　　B. 评价阶段　　　　C. 评估阶段　　　　D. 阶段小结。

3.沙盘推演测评法中,实战模拟应控制在(　　)小时以内。

A. 2　　　　　　　　B. 3　　　　　　　　C. 4　　　　　　　　D. 5

参 考 答 案

1. B,107　　　　　　2. C,109　　　　　　3. D,109

二、多项选择题(请将正确答案的序号填写在括号内,选项中有两个或两个以上正确答案,多选、错选、少选均不得分)

1.在应用沙盘推演测评法之前,需要做好有关组织性和技术性方面的准备工作,包括(　　)。

A. 在沙盘之上,借助图形和筹码来清晰直观地显示企业的现金流量、产品库存、生产设备、银行借贷等信息

B. 每6人一组,分别扮演企业总裁、财务总监、财务助理、运营总监、营销总监、采购总监等重要角色

C. 面对来自其他企业(小组)的激烈竞争,根据对市场需求的预测和竞争对手的动向,决定企业的产品、市场、销售、融资及生产方面的长、中、短期策略

D. 按照规定流程运营

E. 编制年度会计报表,结算经营成果,讨论并制订改进与发展方案,继续下一年的经营运作

2.沙盘推演测评法具有的特点是(　　)。

A. 场景能激发被试的兴趣　　　　　　　B. 被试之间可以实现互动

C. 直观展示被试的真实水平　　　　　　D. 能使被试获得身临其境的体验

E. 能考察被试的综合能力

3.高级经理人面临的巨大挑战是(　　)。

A. 决策能力　　　　B. 风险与责任　　　　C. 预知风险　　　　D. 判断风险

E. 控制风险

4.沙盘推演测评法的操作过程包括(　　)。

A. 被试热身　　　　B. 考官初步讲解　　　　C. 熟悉游戏规则　　　　D. 实战模拟

E. 阶段小结

5. 沙盘推演评价阶段,考察的维度包括(   )。

A. 经营管理知识掌握的程度

B. 决策能力

C. 判断能力

D. 团队合作能力

E. 沟通能力

参 考 答 案

1. ABCDE,107   2. ABCDE,108   3. CDE,108   4. ABCDE,109   5. BCDE,109

第二单元 公文筐测试法

一、单项选择题(每小题只有一个最恰当的答案,请将正确答案的序号填写在括号内)

1. 公文筐测试也称为(   )。

A. 公文分类   B. 公文整理   C. 公文处理   D. 公文归类

2. 现代人力资源管理对中高级管理人员进行甄选多采用的方法是(   )。

A. 笔试   B. 面试   C. 情境模拟   D. 公文筐测试

3. 在公文筐测试前(   )分钟,由引导员将被试从休息室带到相应的测评室。

A. 20   B. 25   C. 30   D. 35

4. 《公文筐测试指导语》应在测试前(   )分钟宣布。

A. 3   B. 5   C. 7   D. 10

参 考 答 案

1. C,110   2. D,110   3. A,113   4. B,113

二、多项选择题(请将正确答案的序号填写在括号内,选项中有两个或两个以上正确答案,多选、错选、少选均不得分)

1. 公文筐测试的特点包括(   )。

A. 适应对象为中高层管理人员

B. 从两个角度对管理人员合理性测查

C. 对评分者要求高

D. 考查内容范围十分广泛

E. 情境性强

2. 公文筐测试的不足有(   )。

A. 评分较困难   B. 不够经济   C. 表达能力受到限制

D. 发挥受到书面表达能力的限制   E. 试题对被试能力发挥影响比较大

3. 公文筐测试材料涉及的工作包括(   )等。

A. 日常管理   B. 人事   C. 财务   D. 市场

E. 公共关系和政策法规

4. 公文筐的文件设计内容包括(   )。

A. 选择文件的类型

B. 备忘录、批示

C. 确定每种文件的内容

D. 选定文件预设的情境

E. 注意难度

5. 公文筐测试常见的测评维度包括( )及风险态度、信息敏感性等。

A. 个人自信心　　　　B. 组织领导能力　　　　C. 计划安排能力　　　　D. 书面表达能力

E. 分析决策能力

参 考 答 案

1. ABCDE,110~111　　　2. ABDE,111　　　3. ABCDE,111　　　4. ACD,112

5. ABCDE,112

第三单元　职业心理测试

一、单项选择题(每小题只有一个最恰当的答案,请将正确答案的序号填写在括号内)

1. 心理测试是指在控制情境的情况下,向被试提供一组标准化的( ),以所引起的反应作为代表行为的样本,从而对个人行为作出评价。

A. 要求　　　　　　　B. 方法　　　　　　　C. 刺激　　　　　　　D. 数量

2. 心理测试从内容上划分,可以分为个性测试、能力测试和( )。

A. 纸笔测试　　　　　B. 投射测试　　　　　C. 笔迹分析测试　　　D. 职业兴趣测试

3. 人的个性形成不包括( )因素。

A. 遗传　　　　　　　B. 职业　　　　　　　C. 环境　　　　　　　D. 重大生活经历

4. 心理测试的主要特点不包括( )。

A. 代表性　　　　　　B. 间接性　　　　　　C. 一致性　　　　　　D. 相对性

5. 投射技术只能有限地用于( )的选拔。

A. 高级工人　　　　　B. 高级技工　　　　　C. 高级人才　　　　　D. 高级管理人员

6. 如果心理测试结果稳定、可靠,将会有的特点不包括( )。

A. 重测信度高　　　　B. 重测稳定度高　　　　C. 同质性信度高　　　　D. 评分者信度高

参 考 答 案

1. C,116　　2. D,116　　3. B,117　　4. C,118　　5. D,120　　6. B,123

二、多项选择题(请将正确答案的序号填写在括号内,选项中有两个或两个以上正确答案,多选、错选、少选均不得分)

1. 心理测试从形式上划分为( )。

A. 纸笔测试　　　　　B. 心理实验　　　　　C. 投射测试　　　　　D. 笔迹测试

E. 能力测试

2. 人的个性包括( )等。

A. 需要、动机　　　　B. 兴趣、爱好　　　　C. 感情、态度　　　　D. 气质、价值观

E. 人际关系

3. 个性具有的基本特征包括( )。

A. 独特性　　　　　　B. 一致性　　　　　　C. 稳定性　　　　　　D. 特征性

E. 个人特性

4. 心理测试需要测量的心理特征及差异包括( )。

A. 职业素质　　　　B. 职业能力　　　　C. 能力倾向　　　　D. 兴趣　　　　E. 动机

5. 职业心理测试的主要手段是(　　)。

A. 学业成就测试　　B. 职业兴趣测试　　C. 职业能力测试　　D. 职业人格测试

E. 投射测试

6. 投射测试过程的不足之处主要表现为(　　)。

A. 投射测试结果的分析一般是凭主试的经验主观推断而来

B. 投射测试在计分和解释上相对缺乏客观标准

C. 对于投射技术是否能真正避免防御反应的干扰没有定论

D. 投射测试在应用时存在不便之处

E. 在评分上缺乏客观标准,难以量化

7. 职业人格类型包括(　　)。

A. 常规型　　　　B. 现实型　　　　C. 艺术型　　　　D. 管理型

E. 社会型

8. 一个具有良好使用价值的心理测试应具备(　　)条件。

A. 标准化　　　　B. 信度　　　　C. 效率　　　　D. 效度　　　　E. 常模

9. 选择测试方法时应考虑的因素有(　　)。

A. 时间　　　　B. 费用　　　　C. 实施　　　　D. 测试结果

E. 表面效度

10. 心理测试要达到测试的标准化,应做到(　　)。

A. 题目的标准化　　B. 施测的标准化　　C. 评分的标准化　　D. 解释的标准化

E. 信度的标准化

11. 应用心理测试应注意的问题是(　　)。

A. 要对心理测试的实验者进行专业训练　　B. 要将心理测试与实践经验相结合

C. 要妥善保管心理测试结果　　　　　　　D. 要作好使用心理测试方法的宣传

E. 要将心理测试的好处向实验者宣传

参 考 答 案

1. ABCD,116　　　　2. ABCDE,116　　　　3. ABCD,117　　　　4. BCDE,118

5. ABCDE,118～120　　6. ABCDE,121　　　7. ABCDE,122　　　8. ABDE,122～123

9. ABCDE,124　　　　10. ABCD,123　　　　11. ABCD,129～130

第三节　企业招聘规划与人才选拔

一、单项选择题(每小题只有一个最恰当的答案,请将正确答案的序号填写在括号内)

1. 制订招聘规划的原则不包括(　　)。

A. 充分考虑内外部环境的变化　　　　　B. 确保企业员工的合理安排

C. 确保企业员工的合理使用　　　　　　D. 组织和员工共同长期受益

2. 下面关于内部招聘环境变化的说法,不正确的是(   )。

A. 指挥组织的变化　　　　　　　　B. 组织战略的变化

C. 人力资源管理政策的变化　　　　D. 内部员工流动状况的变化

3. 外部招聘环境的变化不包括(   )。

A. 技术条件的变化　　　　　　　　B. 劳动力市场供给

C. 劳动力市场的变化　　　　　　　D. 法律法规的变化

4. 组织内部员工招聘不应考虑的是(   )

A. 人员流入预测　　　　　　　　　B. 人员流失预测

C. 内部员工流动预测　　　　　　　D. 内部员工供给预测

5. 产品、服务市场状况分析不含有(   )。

A. 市场状况对用工要求的影响　　　B. 市场状况对用工量的影响

C. 市场预期对劳动力供给的影响　　D. 市场状况对工资的影响

6. 人才选拔实际上是一个不断选择和(   )的过程,在整个招聘活动中处于核心地位。

A. 优选　　　　　B. 鉴定　　　　　C. 淘汰　　　　　D. 落选

7. 推荐信的真实性的确定方法不包括(   )。

A. 推荐人的日常表现　　　　　　　B. 推荐人的资格审定

C. 书写格式的规范化　　　　　　　D. 求职者联系方式的自由度

参 考 答 案

1. B,130　　　2. A,130　　　3. B,130　　　4. D,130　　　5. A,132　　　6. C,136　　　7. A,137

二、多项选择题(请将正确答案的序号填写在括号内,选项中有两个或两个以上正确答案,多选、错选、少选均不得分)

1. 制订招聘规划时组织所处的外部环境包括(   )。

A. 政治、经济　　　　B. 市场　　　　C. 法律　　　　D. 技术　　　　E. 文化

2. 要使组织和员工共同长期受益,在制订规划的过程中应做到(   )。

A. 要充分发挥组织中每个员工的主观能动性

B. 切实关心员工在物质方面的需要

C. 切实关心员工在精神和业务发展方面的需求

D. 帮助员工实现组织目标

E. 帮助员工实现个人目标

3. 招聘规划中高层管理者的具体任务是(   )。

A. 审核工作分析　　　　　　　　　B. 审核招聘计划

C. 制定招聘的总体政策　　　　　　D. 批准招聘规划

E. 确定招聘录用标准

4. 部门经理在招聘规划中的作用是(   )。

A. 掌握有关用人需求信息

B. 向人力资源管理部门提供本部门空缺岗位的数量

C. 向人力资源管理部门提出空缺岗位的类型和要求

D. 参加本部门应聘者的面试

E. 参加本部门应聘者的甄选工作

5. 企业一般在(　　　)情况下采用招聘。

A. 组织自然减员　　　B. 组织业务拓展　　　C. 人员配置不合理　　D. 新公司成立

E. 工作性质的变化

6. 人员招聘的外部环境分析包括(　　　)。

A. 技术变化　　　　　　　　　　　　B. 产品、服务市场状况分析

C. 劳动力市场　　　　　　　　　　　D. 竞争对手的分析

E. 新技术需求分析

7. 有关人员招聘的竞争对手分析主要包括(　　　)。

A. 竞争对手正在招聘哪类人员　　　　B. 竞争对手招聘条件是怎样的

C. 竞争对手采取怎样的招聘方式　　　D. 竞争对手提供的薪酬水平是怎样的

E. 竞争对手的用人政策是怎样的

8. 人员招聘的内部环境分析不包括(　　　)。

A. 组织战略　　　　　　　　　　　　B. 岗位性质

C. 组织内部政策与实践　　　　　　　D. 组织策略

E. 岗位要求

9. 人员招聘时组织内部的政策与实践包括(　　　)。

A. 人力资源规划要求　　　　　　　　B. 人力资源规划

C. 内部晋升政策　　　　　　　　　　D. 新鲜血液　　　　　E. 士气

10. 企业吸引人才的因素包括(　　　)。

A. 良好的组织形象和企业文化　　　　B. 增强员工工作岗位的成就感

C. 赋予更多、更大的责任和权限　　　D. 提高岗位的稳定性和安全感

E. 保持工作、学习与生活的平衡

11. 企业吸引人才的途径和方法包括(　　　)。

A. 向应聘者介绍企业的真实信息　　　B. 利用廉价的"广告"机会

C. 与职业中介机构保持密切联系　　　D. 建立自己的人际关系网

E. 营造尊重人才的氛围与巧妙获取候选人信息

12. 人才选拔的步骤包括(　　　)等。

A. 筛选申请材料　　　B. 预备性面试　　　C. 知识技能测验　　　D. 职业心理测试

E. 公文筐测试

13. 在人才招聘过程中最后的步骤包括(　　　)。

A. 结构化面试　　　B. 情境面试　　　C. 身体检查　　　D. 背景调查

E. 应聘申请表核实

14. 筛选申请材料时,应关注以下几方面的问题:(　　　)。

A. 学历、经验和技能水平　　　　　　B. 职业生涯发展趋势

C. 履历的真实可信度　　　　　　　　D. 自我评价的适度性

E. 毕业证的真实性

15. 预备性面试方法有(　　　)。

A. 对简历内容进行简要核对

B. 注意求职者仪表、气质特征是否符合岗位要求

C. 通过谈话考察求职者概括化的思维水平

D. 注意求职者的非言语行为

E. 与岗位要求的符合性

16. 评价中心的测试方法包括(　　)。

A. 无领导小组讨论　　B. 情境评价　　　　　　C. 角色扮演　　　　　　D. 演讲　　　　　　E. 笔试

17. 组织在背景调查时应注意的是(　　)。

A. 只调查与工作有关的情况　　　　　　　　B. 重点调查核实客观内容

C. 慎重选择第三者　　　　　　　　　　　　D. 评估调查材料的可靠程度

E. 利用结构化表格,确保不会遗漏重要问题

参 考 答 案

1. ABCDE,130　　　2. ACDE,131　　　3. ACDE,131　　　4. ABCDE,131

5. ABCDE,131　　　6. ABCD,131~133　　7. ABCDE,133　　8. DE,133~134

9. BC,134　　　　　10. ABCDE,135　　11. ABCDE,135　　12. ABCDE,136

13. ABCD,136　　　14. ABCD,137　　　15. ABCDE,137　　16. ABCD,138

17. ABCDE,138

第四节　人力资源流动管理

第一单元　员工晋升管理

一、单项选择题(每小题只有一个最恰当的答案,请将正确答案的序号填写在括号内)

1. 人力资源的流动可分为地理流动、职业流动和(　　)。

A. 水平流动　　　　　B. 垂直流动　　　　　C. 社会流动　　　　　D. 世界流动

2. 人力资源按照流动范围有(　　)和国内流动。

A. 世界流动　　　　　B. 地区流动　　　　　C. 国际流动　　　　　D. 需求流动

3. 下面说法中不是企业层次流动的是(　　)。

A. 流入　　　　　　　B. 流出　　　　　　　C. 内部流动　　　　　D. 需求流动

4. 按照人力资源流动的社会方向,人力资源流动可分为水平流动和(　　)流动两种。

A. 横向　　　　　　　B. 顺向　　　　　　　C. 垂直　　　　　　　D. 直接

5. 人力资源在不同行业和部门之间的流动,主要是由于(　　)而引发的。

A. 生产方式改变　　　B. 产业结构变化　　　C. 产品的滞销　　　　D. 新产品的开发

6. 晋升策略的选择不包括(　　)。

A. 以员工实际绩效为依据的晋升策略　　　　B. 以员工工作为依据的晋升策略

C. 以员工竞争能力为依据的晋升策略　　　　D. 以员工综合实力为依据的晋升策略

参 考 答 案

1. D,139　　2. C,139　　3. D,139　　4. C,139　　5. B,139　　6. B,143～144

二、多项选择题（请将正确答案的序号填写在括号内，选项中有两个或两个以上正确答案，多选、错选、少选均不得分）

1. 按照流动的意愿，可将流动分为(　　)。

A. 企业之间流动　　B. 企业内部流动　　C. 自愿流动　　D. 非自愿流动

E. 被迫流动

2. 水平流动发生在(　　)。

A. 企业之间　　B. 部门之间　　C. 行业之间　　D. 地区之间

E. 国家之间

3. 采用内部晋升制的作用主要有(　　)。

A. 企业现有的老员工接替更高级别岗位的工作，减少雇用新员工的人力、物力、财力

B. 企业可以构建和完善内部员工正常的晋升机制

C. 科学合理的企业内部晋升制，可避免人才流失，维持企业人力资源的稳定

D. 企业内部晋升制还有利于保持企业工作的连续性

E. 企业内部晋升制还有利于吸引企业外部优秀人才

4. 采取以年功为依据的晋升策略，存在的利弊包括(　　)。

A. 对企业老员工十分有利

B. 不利于调动年资浅但能力强、业绩好、贡献大的员工的积极性

C. 具有公平性、公正性

D. 很可能使庸者上能者下

E. 容易引发新老员工之间的对立和冲突，造成组织的不团结、不协调，涣散员工斗志

5. 实施晋升策略应采取的措施包括(　　)。

A. 管理者应该强调企业内部晋升政策

B. 鼓励直线经理和主管允许有能力的员工离开自己所负责的部门

C. 建立并完善企业工作岗位分析、评价与分类制度

D. 采取有效措施克服并防止员工晋升中的歧视行为

E. 保证企业员工晋升过程的正规化

6. 企业员工晋升的基本程序包括(　　)。

A. 部门主管提出晋升申请书　　B. 人力资源部门审核与调整

C. 提出岗位员工空缺报告　　D. 选择适合晋升的对象和方法

E. 批准和任命，结果评估

7. 人力资源部在审核各部门提出的晋升申请时，应注意的问题是(　　)。

A. 各部门的发展计划是否可行

B. 各部门员工流动数据是否属实

C. 各晋升候选人是否符合晋升要求和晋升政策

D. 调查各部门的岗位空缺情况，调整各部门的晋升申请

E.审核岗位空缺员工,及时调整各部门的晋升申请

8.对晋升员工的主要选拔标准是(   )。

A.工作绩效   B.工作态度   C.工作能力   D.岗位适应性

E.人品

9.在设计人事调动评价表时,主要应包括的内容有(   )

A.是否应用规范的晋升方法   B.是否符合晋升政策和条件

C.是否参考了岗位分析结果   D.是否记录了人事调动全部过程

E.是否引起了人事纠纷

10.选拔晋升候选人的方法有(   )。

A.配对比较法   B.主管评定法   C.评价中心法   D.升等考试法

E.综合选拔法

参 考 答 案

1. CD,139	2. ABCDE,139	3. ABCDE,141	4. ABDE,143
5. ABCDE,144~145	6. ABCDE,145~147	7. ABCD,146	8. ABCDE,146
9. ABCDE,147	10. ABCDE,147		

第二单元　员工调动与降职管理

一、单项选择题(每小题只有一个最恰当的答案,请将正确答案的序号填写在括号内)

1.员工调动是指员工在组织中的(   )流动,一般不意味着员工的晋升或降职。

A.横向   B.纵向   C.地区   D.国际

2.员工流失是员工(   )离开组织的行为。

A.被迫   B.主动   C.岗位不对口   D.能力不足

3.在企业中对有毒有害的工作岗位实行岗位轮换制度的好处是降低职业伤害和(   )。

A.职业疾病   B.职业损伤   C.职业疲劳症   D.职业病

4.(   )是企业员工由现有工作岗位向更低级别工作岗位移动的过程。

A.职业转换   B.职业调动   C.降职   D.更职

5.降职一般是企业处理工作多年的老员工时所采取的一种组织(   )措施。

A.管理   B.监督   C.人事   D.协调

6.员工调动管理包括异地调动的管理和(   )的管理。

A.企业之间调动   B.跨国调动   C.行业间调动   D.岗位间轮换调动

参 考 答 案

1. A,148   2. B,148   3. D,150   4. C,150   5. C,150   6. B,151

二、多项选择题(请将正确答案的序号填写在括号内,选项中有两个或两个以上正确答案,多选、错选、少选均不得分)

1.员工调动的种类有(   )。

A.升迁   B.降职   C.开除   D.主动   E.被动

2.员工调动的目的是(   )。

A.员工调动可以满足企业调整组织结构的需要

B.员工调动可以使晋升渠道保持通畅

C.员工调动可以满足员工的需要

D.员工调动是处理劳动关系冲突的有效方法

E.员工调动是获得不同经验的重要途径

3.一线员工工作岗位轮换给企业带来的好处是(   )。

A.生产效率提高　　　　　　　　B.解决了单一岗位索然寡味的问题

C.解决了"耗竭"精神问题　　　　D.经济收益大

E.解决了生理状态问题

4.员工在企业不同类型岗位之间实施必要的工作轮换的益处是(   )。

A.岗位轮换可以避免单一的工作内容天长日久令人厌倦

B.岗位轮换是一个学习过程

C.岗位轮换可以增加员工就业的安全性

D.岗位轮换实际上可以成为员工寻找适合自己岗位的一个机会

E.岗位轮换可以改善团队小环境的组织氛围

5.企业对调动应该有明确的管理政策,内容包括(   )。

A.如果是组织调动,应该提前多久让相关员工知道

B.组织应该向被调动的员工支付相关调动费用

C.员工提出调动,员工应该提前多长时间告知企业

D.企业应该在多长时间内让员工知道是否批准

E.将企业由员工调动所造成的损失减小到最低限度

6.企业对跨国调动应提供(   )帮助。

A.文化移情能力　　B.语言准备　　　C.家庭安置　　　D.子女教育

E.心理准备

7.跨国调动通常可以分为(   )。

A.预先分派阶段　　B.出国旅途阶段　　C.履行职责阶段　　D.回国准备阶段

E.回国旅途和回国后适应阶段

8.员工处罚的管理措施包括(   )等。

A.员工不能按照规定上下班　　　　B.员工不服从上级的领导

C.严重干扰其他员工或管理者正常工作　D.偷盗行为

E.员工在工作中违反安全操作规程的行为

9.对员工违纪行为所采取的措施方法有(   )。

A.谈话,即批评　　B.发出警告　　　C.惩罚性调动　　D.降职　　　E.暂时停职

参 考 答 案

1. AB,148　　　2. ABCDE;148~149　　　3. ABCDE,149　　　4. ABCDE,149~150

5. ABCDE,151　6. ABCDE,152　　　7. ABCDE,152　　　8. ABCDE,152

9. ABCDE,153

第三单元　员工流动率的计算与分析

一、单项选择题(每小题只有一个最恰当的答案,请将正确答案的序号填写在括号内)

1. 员工总流动率=某时期内员工流动总数/(　　)×100%。

A. 同期的员工人数　　　　　　　　　B. 同期的员工总数

C. 同期的员工平均人数　　　　　　　D. 同期的员工流动人数

2. 按照流动原因和具体类型计算的流动率,以下表达不正确的是(　　)。

A. 主动辞职率=某时期内主动辞职的员工总数/同期的员工平均人数×100%

B. 被动离职率=某时期内被动离职的员工总数/同期的员工平均人数×100%

C. 员工辞退率=某时期内因某种原因被辞退的员工数/同期的员工平均人数×100%

D. 员工辞退率=某时期内因某种原因被辞退的员工数/同期的员工总人数×100%

3. 对员工变动率主要变量的测量与分析一般不包括(　　)。

A. 对员工工作满意度的测量与分析评价　B. 员工对其在企业内未来发展的预期和评价

C. 对员工岗位满意度的测量与分析评价　D. 员工对企业外其他工作机会的预期和评价

4. 在多数高科技企业中,造成员工流失的最重要的原因是(　　)。

A. 薪酬水平没有竞争力　　　　　　　B. 竞争压力

C. 地域问题　　　　　　　　　　　　D. 缺乏发展机会

参 考 答 案

1. C,154　　　　　2. D,155　　　　　3. C,155~156　　　　　4. D,157

二、多项选择题(请将正确答案的序号填写在括号内,选项中有两个或两个以上正确答案,多选、错选、少选均不得分)

1. 企业员工流动率统计调查的内容包括(　　)。

A. 企业工作条件和环境方面的因素　　B. 员工家庭生活方面的影响因素

C. 员工个人发展方面的影响因素　　　D. 员工调动对其工作的影响因素

E. 其他影响员工流动的因素

2. 员工留存率与流失率的计算公式,正确的是(　　)。

A. 员工流失率=某时期内某岗位流出员工数/同期期初员工总数×100%

B. 员工流失率=某时期内某类别流出员工数/同期期初员工总数×100%

C. 员工留存率=某时期内某类别在职员工数/同期期初员工总数×100%

D. 员工留存率=某时期内某类别流出员工数/同期期初员工总数×100%

E. 员工留存率=1-员工流失率

3. 与员工工作满意度有关的指标通常包括(　　)。

A. 工作报酬　　　　　　　　　　　　B. 工作内容、直接主管

C. 工作合作伙伴　　　　　　　　　　D. 工作条件

E. 劳动环境

4. 对员工变动率主要变量的测量与分析包括(　　)。

A. 对员工工作满意度的测量与分析评价　B. 员工对其在企业内未来发展的预期和评价

C.员工对企业其他工作机会的预期和评价　　D.非工作影响因素及其对工作行为的影响

E.员工流动的行为倾向

5.员工流动率的分析方法包括(　　)。

A.对自愿流出者的访谈及跟踪调查　　　　B.群体批次分析法

C.成本收益分析法　　　　　　　　　　　D.员工流动后果分析

E.日常对员工流动分析

6.员工流动的诸多影响变量是(　　)。

A.员工工作的感觉和态度　　　　　　　　B.个人职业生涯发展

C.对其他职业机会的选择　　　　　　　　D.在企业内长期服务的意愿

E.员工个人价值观

参 考 答 案

1.ABCE,154　　　　2.BCE,155　　　　3.ABCDE,156　　　　4.ABCDE,154～157

5.ABCD,158～159　6.ABCDE,159

专业技能题及参考答案

1.简述岗位胜任特征的基本概念

答:岗位胜任特征的基本概念(P87):20世纪末21世纪初,competence(competences)和competency(competencices)这两个术语被引入我国。我国学者一般将前者翻译为胜任力或胜任能力,将后者翻译为胜任特征、胜任资质或胜任素质。

2.简述岗位胜任特征的种类。

答:岗位胜任特征的分类如下:(P90)

1)按运用情境的不同,胜任特征可分为技术胜任特征、人际胜任特征和概念胜任特征。

2)按主体的不同,胜任特征可分为个人胜任特征、组织胜任特征和国家胜任特征。

3)按内涵的大小,胜任特征可分为六种类型,即元胜任特征、行业通用胜任特征、组织内部胜任特征、标准技术胜任特征、行业技术胜任特征和特殊技术胜任特征。

3.简述岗位胜任特征的理论渊源。

答:岗位胜任特征的理论渊源如下:(P90～91)

1)元胜任特征,属于低任务具体性、非公司具体性和非行业具体性的胜任特征。它可用于完成大量不同的任务,包含广泛的知识、技能和态度。

2)行业通用胜任特征,属于低任务具体性、低公司具体性和高行业具体性的胜任特征。

3)组织内部胜任特征,属于低任务具体性、高公司具体性和高行业具体性的胜任特征。

4)标准技术胜任特征,属于高任务具体性、低公司具体性和低行业具体性的胜任特征。

5)行业技术胜任特征,属于高任务具体性、非公司具体性和高行业具体性的胜任特征。它在行业内可跨公司流动使用,并且仅可用来完成一项或少量有限的工作任务。

6)特殊技术胜任特征,属于高任务具体性、高公司具体性和高行业具体性的胜任特征。它仅在一个公司内完成一项或非常少的工作任务,包括与独特技术和日常操作相关的知识和技能。

4.简述开展岗位胜任特征研究的重要意义和作用。

答:(1)人员规划(P92):对于人员规划,岗位胜任特征的研究意义主要体现在工作岗位分析上。

(2)人员招聘:对于人员招聘,岗位胜任特征尤为重要。

1)岗位胜任特征的出现,改变了传统的招聘选拔模式,扭转了过于注重人员知识和技能等外显特征的情况,使得人才的核心特质和动机逐步成为招聘选拔的重点。

2)岗位胜任特征的引用解决了测评小组或面试官择人导向不一,甚至与企业文化相冲突的问题,同时保证了甄选出的人才符合组织和岗位要求,并能有效进行高绩效水平的工作。

3)基于岗位胜任特征模型的人员招聘机制建立在企业发展愿景、企业价值观和工作分析评价的基础之上,注重人员、岗位和组织三者之间的动态匹配,所招聘到的员工是能胜任该岗位工作的人员,员工与企业之间所确立的关系,是兼顾劳动契约和心理契约的双重契约关系。

(3)培训开发(P93):岗位胜任特征模型的建立,为促进企业人才培训开发体系的构建和完善提供了重要依据,它将使企业培训工作更具系统性、科学性、规范性和实用性。

1)岗位胜任特征改变了以往知识、技能培训一统天下的格局,使得员工潜能、品质和个性特征的培养也跻身于培训行列。

2)基于胜任特征分析,针对岗位要求并结合现有人员的素质状况,为员工量身制订培训计划,可帮助员工弥补自身"短板"的不足,有的放矢地突出培训重点,省去分析培训需求的烦琐步骤及不合理的培训开支,提高培训效率,取得更好的培训效果,进一步挖掘员工潜力,为企业创造更多的效益。

3)胜任特征研究有利于员工职业生涯的发展:

①胜任特征研究使得企业管理者可以比较清晰地了解每个员工的特质,并根据每个员工特质的不同对其进行定位培养;

②胜任特征研究使得员工可以根据自身特质与岗位胜任特征的匹配程度,对自己的职业生涯作出规划。因此,胜任特征研究加深了企业与员工之间的理解,促进了企业和员工的双赢。

(4)绩效管理:(P94)

1)胜任特征模型的建立为确立绩效考评指标体系提供了必要的前提。

2)胜任特征模型的建立为完善绩效考评管理体系提供了可靠的保障。

5.简述构建岗位胜任特征模型的程序、步骤和方法。

答:(1)构建岗位胜任特征模型的程序和步骤:①定义绩效标准;②选取效标分析样本;③获取效标样本有关胜任特征的数据资料;④建立岗位胜任特征模型;⑤验证岗位胜任特征模型。(P96~97)

(2)当前国内外学者曾经采用过多种多样的分析研究方法。属于定性研究的主要有编码字典法、专家评分法、频次选拔法等,而进行定量研究的主要方法有t检验分析、相关分析、聚类分析、因子分析、回归分析等。(P99)

6.简述沙盘推演测评法的内容和特点。

答:(1)沙盘推演测评法的内容:(P107)

1)在沙盘之上,借助图形和筹码来清晰直观地显示企业的现金流量、产品库存、生产设备、银行借贷等信息。

2)每6人一组,分别扮演企业总裁、财务总监、财务助理、运营总监、营销总监、采购总监等重要角色。

3)面对来自其他企业(小组)的激烈竞争,根据对市场需求的预测和竞争对手的动向,决定企业的产品、市场、销售、融资及生产方面的长、中、短期策略。

4)按照规定流程运营。

5)编制年度会计报表,结算经营成果。

6)讨论并制订改进与发展方案,继续下一年的经营运作。

(2)沙盘推演测评法具有以下特点:(P108)

1)场景能激发被试的兴趣。

2)被试之间可以实现互动。

3)直观展示被试的真实水平。

4)能使被试获得身临其境的体验。

5)能考察被试的综合能力。

7. 简述沙盘推演测评法的基本方法。

答:沙盘推演测评法的基本方法如下:(P109)

1)被试热身。与一般的测评方法不同,沙盘推演强调被试的参与性和互动性,要求被试以开放和积极的心态参与到"实践"中来,同组被试之间、被试与考官之间都应有很好的沟通。因此,在推演正式开始之前,一般会安排被试进行组合、给自己的团队取名字、定队徽、合唱队歌、设定企业目标、分配角色等活动。时间控制在1小时左右。

2)考官初步讲解。考虑到学员的专业背景和基础知识的不均衡性,考官会对模拟企业的初始状态(包括现金流量、产品库存、生产设备、银行借贷等)、企业运行条件、市场预测情况、企业内外部竞争环境等逐一进行介绍。时间控制在半小时左右。

3)熟悉游戏规则。在考官的指导下,各组按照统一规定,运行一个生产年度,目的是熟悉产品调研、市场分析、订单处理、生产销售、融资结算等各个过程,使所有的被试都能很快进入角色并全身心投入,各个成员也应进一步明确工作职责,为实战打好基础。时间控制在1小时之内。

4)实战模拟。各组在相同的初始条件下开始运作。各组被试分别进行分析、讨论和集体决策,目标是在激烈的竞争中占领市场,获得较好的经营业绩。被试要随时掌握并解析与竞争有关的所有信息,预测结果,同时也要学会沟通,学习集体决策、成败共担。可根据实际情况,选择6~8个经营年度进行模拟练习,时间不超过5小时。

5)阶段小结。在年度运营中,考官将会带领被试思考并讨论企业经营成功的基本条件,恰到好处地教授企业战略研究、市场调研方法、订单处理、营销技巧、生产运行、库存管理、财务管理以及沟通技巧等相关知识,这会使被试产生茅塞顿开的感觉,并可将所学到的知识立即在下一年度的运作中加以实践、思考和回味。各个年度间讲解内容程度递进,被试也会渐入佳境。时间掌握在每个运营年度之间,每次15~30分钟。

6)决战胜负。随着模拟财务年度的推进,各个企业会有越来越大的差距和变化。正如在现实社会中,有稳扎稳打的,也有一夜暴富的;有产品滞销的,也有拿不到订单的;有设备运行不良的,也有资金困难抵押厂房的;有苦苦支撑继而东山再起的,也有破产被大厂兼并的,等等。最后通过公平竞争,经营状况最佳的小组成为优胜者。

7)评价阶段。通过沙盘推演,被试将深刻体会到如何提升企业竞争力并增加收益,以及即使工作几年也不一定能体会到的企业运作的系统模式。最重要的是,通过"实践"他们将认识到必须同心协力、破除本位主义、充分沟通才能达到目标。考官在这一阶段,根据他们在整个游戏过程中的表现进行打分。考察的维度包括:经营管理知识掌握的程度、决策能力、判断能力、团队合作能力、沟通能力等。优胜的小组成员将得到更高的分数。小组得分加上个人表现得分成为个人的最终得分。

8.简述公文筐测试的含义、特点。

答:(1)公文筐测试的含义:公文筐测试,也称公文处理,是被多年实践充实、完善并被证明是很有效的管理人员测评方法,是对实际工作中管理人员掌握分析各种资料、处理信息以及作出决策等活动的高度集中和概括。(P110)

测试在模拟情境中进行。该情境模拟的是某公司在日常工作中可能发生的或者是经常发生的情境,比如下级的请示、客户的投诉、同级部门的协助请求、外部供应商提供产品信息等。提供给被试的公文有下级的请示、工作联系单、备忘录、电话录音等。除此之外,还会提供一些背景信息,如公司基本情况、市场信息、外部环境状况等。通过测试指导语的说明,让被试以管理者的身份假想自己正处于某个情境之中。该情境通常是模拟在一定的危急情况下,要求被试完成各种公文的处理。考官通过观察其处理公文的过程,对被试的计划能力、组织能力、协调能力、沟通能力、预测能力、决策能力等作出判断与评价。(P110)

(2)公文筐测试的特点:(P110～112)

1)公文筐测试的适用对象为中高层管理人员它可以帮助组织选拔优秀的管理人才,考核现有管理人员或甄选出新的管理人员。由于它的测试时间比较长(一般约为2小时),因此它常被作为选拔和考核的最后一个环节加以使用。

2)公文筐测试从以下两个角度对管理人员进行测查:一是技能角度,主要考察管理者的计划、预测、决策和沟通能力;二是业务角度,公文筐材料涉及财务、人事、行政、市场等多方面业务,它要求管理者对多方面管理业务具有整体运作的能力,包括对人、财、物流程的控制。

3)公文筐测试对评分者的要求较高,它要求评分者了解测试的本质,通晓每份材料之间的内部联系,对每个可能的答案了如指掌。评分前要对评分者进行系统培训,以保证测评结果的客观和公正。

4)考察内容范围十分广泛。纸笔形式的公文筐测试,测评被试的依据是文件处理的方式及理由,是静态的思维结果。因此,除了必须通过实际操作的动态过程才能体现的要素外,任何背景知识、业务知识、操作经验以及能力要素都可以涵盖于文件之中,借助于被试对文件的处理来实现对被试素质的考察。

5)情境性强。公文筐测试完全模拟现实中真实发生的经营、管理情境,与实际操作有高度相似性,因而预测效度高。测试材料涉及日常管理、人事、财务、市场、公共关系、政策法规等各项工作,从而能够对中高层管理人员进行全面的测试与评价。

9.简述公文筐测试试题的设计、操作程序和操作步骤。

答:(1)公文筐测试试题的设计如下:(P112)

1)工作岗位分析。在试题设计之前,应该深入分析工作岗位的特点,确定任职者应该具备哪些知识、经验和能力。工作岗位分析可以采用面谈法、现场观察法或问卷法。通过工作岗位分析,确定公文筐测试需要测评哪些要素,哪些要素可以得到充分测评,各个要素应占多大权重。

2)文件设计。包括选择哪些类型的文件,如信函、报表、备忘录、批示等;确定每种文件的内容;选定文件预设的情境等;需要特别注意文件与测评要素之间的关系。文件设计要准确把握测试材料的难度。材料难度过高,选拔的结果容易导致"大材小用";如果过于简单,测试会出现"天花板效应",被试都得高分,没有区分度。

3)确定评分标准。文件设计结束,接下来应该对文件处理的不同方法与手段进行不同的赋分。公文筐测试的评分标准设计是公文筐设计中的一个难点。该项工作最好放在测试结束以后进行。

(2)公文筐测试的操作程序(P112):首先向被试介绍有关的背景材料,然后告诉被试他/她现在就是某个职位的任职者,负责处理公文筐里的所有公文材料。常见的测评维度有:个人自信心、组织领导能力、计划安排能力、书面表达能力、分析决策能力、风险态度、信息敏感性等。接下来向每一位被试发一套(5~15份)公文,包括下级的报告、请示、计划、预算,同级部门的备忘录,上级的指示、批复、规定、政策,外部用户、供应商、银行、政府有关部门乃至来自社区的函电、传真以及电话记录,此外还有群众检举或投诉信等,这些都是经常会出现在管理人员办公桌上的公文。最后,把处理结果交给测评专家,按照既定的测评维度与标准进行评价。

(3)公文筐测试的操作步骤如下:(P113)

1)测试前20分钟,引导员将被试从休息室(候考室)带到相应的测评室。

2)监考人员到保管室领取公文筐测试试卷。

3)监考人员一一查验被试的准考证、身份证及面试通知单。

4)由主监考宣读《考场规则》,请纪检人员和被试代表查验试卷密封情况并签字。

5)测试前5分钟,由主监考宣布发卷并宣读《公文筐测试指导语》。

6)监考人员对答题要求和步骤进行具体指导。

7)考试时间到,由主监考宣布"应试人员停止答题",被试离开测评室,监考人员收卷密封。

8)主监考填写考场情况记录,监考人员和纪检人员签字后,将试卷袋送交保管室。

10. 简述职业心理测试及其相关概念、种类和主要内容。

答:(1)职业心理测试及其相关概念(P116):心理测试是指在控制情境的情况下,向被试提供一组标准化的刺激,以所引起的反应作为代表行为的样本,从而对个人行为作出评价。

(2)职业心理测试的种类及主要内容:(P118~120)

1)学业成就测试。学业成就测试是对经过训练所获得的某种知识、技能和成就的一种测试方法,其研究对象是比较明确的、相对限定范围内的学习结果。

2)职业兴趣测试。职业兴趣测试主要测查个人在进行职业选择时的价值取向,目前大量应用于职业咨询和职业指导中。

3)职业能力测试。职业能力测试是通过测试个人的非生活经验积累而形成的能力来预测被试在某一职业领域的发展潜能。职业能力测试可以划分为一般能力(智力)测试和特殊能力(能力倾向)测试。

4)职业人格测试。人格测试也即个性测试,它是对于人的稳定态度和习惯化的行为方式的测试。了解人格(个性)差异,对于合理配置人员,促进人的和谐发展具有重要意义。

5)投射测试。投射测试是指给被试提供一些意义不明确的刺激图形,让被试在完全不受限制的情形下自由作出反应,使其在不知不觉中表露出人格特点,也就是希望个体内在的动机、需要、态度、愿望、价值观等,经过无组织的刺激,在无拘无束的条件下投射出来。

★请考生认真阅读掌握《教程》中表2-3所示的公文筐测试试题的实例。

11. 简述职业心理测试设计的标准,实施心理测试时应把握的影响因素和具体要求。

答: (1)心理测试设计的标准如下:(P122~123)

1)题目的标准化。标准化的首要条件就是对所有被试施测的测试内容相同或等值。测试内容不同,将使得不同被试的测试结果无法进行比较。

2)施测的标准化。标准化的心理测试必须保证所有被试在相同的测试条件下接受测试。相同的测试条件包括:相同的测试环境、时间限制和指导语等。只有这样,才能确保测试结果不受其他无关因素的干扰。

3)评分的标准化。标准化的心理测试必须保证评分的客观性,这体现在不同评分者对同一被试的应答进行评分时所采取的方法和得出的结果是一致的;也体现在同一评分者对不同被试的应答进行评分时所采取的方法和尺度是一致的。

4)解释的标准化。必须保证分数解释的标准化。评分者对于同一个测试分数作出的推论和解释应是一致的,多数心理测试均依据常模作出解释,以保证解释的客观性。

(2)实施心理测试时应把握的影响因素和具体要求如下:(P124~125)

1)时间。测试的时间过长,容易引起被试的疲劳和反感,影响测试结果的稳定性和有效性。而且,测试时间过长容易给测试的具体实施带来困难,例如被试的时间安排问题、场地安排问题等。如果时间有限而又希望获得充分的数据,可以考虑以几个短测试来取代一个长测试,这样做既能使具体操作更加方便,也能获得真实的数据。

2)费用。以最低的投入取得最好的效果,这是测试选用时应该追求的目标。在不损害测试准确性和有效性的前提下,应该尽可能选用那些质优价廉、耗费较少的测试,并根据不同的测试目的和测试对象灵活选用。

3)实施。有些测试实施烦琐,从测试环境的布置、施测、计分到结果的解释与评价,均必须有受过专业训练的人员参加,才能有效地应用。有些测试则简单明了,除了结果的解释与评价需要专业人员参加外,其他步骤可交由一般人员完成。显然,除非专业人员足够,还是以采用简单且易于实施的测试为宜。

4)表面效度。所谓表面效度并不是指测试实际测量的是什么,而是指测试看起来是什么。如果测试的内容看起来与测试的实际测量目的无关,或所显示的内容太浅显或太深奥,被试就不会诚心合作。

5)测试结果。有些测试结果必须由专家来解释或应用,而有些测试结果所提供的各项事实,可能任何人都能了解;还有一些测试结果因资料有限,仅能应用一次;有些精密的测试结果,提供的资料可解答许多问题,并具有永久性的特点。测试结果的这些不同特点,都是选用测试时应加以注意的。

12. 简述制订企业人员招聘规划的原则、招聘规划的分工。

答: (1)制订企业人员招聘规划的原则:(P130)

1)充分考虑内外部环境的变化。

2)确保企业员工的合理使用。

3)组织和员工共同长期受益。

(2)招聘规划的分工:(P131)

1)高层管理者。高层管理者是指组织的主要负责人或人力资源的主管领导。

2)部门经理。作为空缺岗位所在部门的经理,在制订招聘规划的过程中也肩负着重要的责任。

3)人力资源经理。人力资源管理部门将具体负责执行招聘政策。

13.简述影响招聘规划的内外部因素,企业吸引和选拔专门人才的策略、程序和方法。

答:(1)影响招聘规划的外部因素:(P131)

1)技术的变化。

2)产品、服务市场状况分析:①市场状况对用工量的影响;②市场预期对劳动力供给的影响;③市场状况对工资的影响。

3)劳动力市场:①市场的供求关系;②市场的地域环境。

4)竞争对手的分析:①竞争对手正在招聘哪类人员? 招聘条件是怎样的? ②竞争对手采取怎样的招聘方式? ③竞争对手提供的薪酬水平是怎样的? ④竞争对手的用人政策是怎样的?

(2)人员招聘的内部环境分析:(P133)

1)组织战略。

2)岗位性质:①岗位的挑战性和职责;②岗位的发展和晋升机会。

3)组织内部的政策与实践:①人力资源规划;②内部晋升政策。

(3)吸引和选拔专门人才的策略:(P135)

1)向应聘者介绍企业的真实信息。

2)利用廉价的"广告"机会。

3)与职业中介机构保持密切联系。

4)建立自己的人际关系网。

5)营造尊重人才的氛围。

6)巧妙获取候选人信息。

(4)选拔人才的程序和方法:(P136~138)

1)筛选申请材料:①学历、经验和技能水平;②职业生涯发展趋势;③履历的真实可信度;④自我评价的适度性;⑤推荐人的资格审定及评价内容的事实依据;⑥书写格式的规范化;⑦求职者联系方式的自由度。

2)预备性面试:①对简历内容进行简要核对;②注意求职者仪表、气质特征是否符合岗位要求,服饰是否职业化;③通过谈话考察求职者概括化的思维水平;④注意求职者的非言语行为(如目光接触、面部表情、手势、体态、空间距离等)以及其中传达的一些信息;⑤与岗位要求的符合性(高分限制项目)。

3)职业心理测试。

4)公文筐测试。

5)结构化面试。

6)评价中心测试。

7)背景调查。

14.简述企业人力资源流动的种类。

答:人力资源的流动可以分为人力资源的地理流动、人力资源的职业流动和人力资源的社会流动等。按照流动范围,可以将人力资源分为国际流动和国内流动两种,而在国内流动中,又可以将其分为企业之间流动和企业内部流动两种。按照流动的意愿,可以将流动分为自愿流动和非自愿流动。企业层次的流动可以分为流入、流出和内部流动三种形式。按照人力资源流动的社会方向,可以将人力资源流动分为水平流动和垂直流动两种。水平流动指的是没有直接发生社会地位变化的流动,这样的流动可以是企业之间、部门之间、行业之间、地区之间和国家之间的流动。垂直流动则是指员工在企业内职位阶梯位置上发生的变化,员工可能向上运动,所处的地位上升,即企业员工的晋升;也可能向下运动,所处的地位下降,即企业员工的降职。(P139)

15. 简述员工晋升的定义、作用和种类。

答:(1)晋升的定义:(P141)

1)晋升是员工在组织中由低级岗位向更高级别岗位变动的过程。

2)在企业中,大多数员工都对自己的未来抱有美好憧憬,希望能够在自己工作和生活的道路上有所建树、有所发展、有所提高。

3)从管理者的角度来看,对那些具有较高忠诚度和专业技能并积极努力工作的员工,特别是那些对企业具有很高价值的专业人才,企业应当积极地为他们创造条件,使这些业务骨干和中坚力量的素质有所提高,岗位有所晋升,待遇有所改善,未来有所发展。

4)晋升通常能使员工获得更多的报酬,当然也使他们肩负更大的责任,这种责任会给他们带来更大的自我成就感和满足感。因此,大多数员工都希望得到晋升。

(2)晋升的作用:(P141)

1)由企业现有的老员工接替更高级别岗位的工作,能够减少雇用新员工所耗费的人力、物力和财力,节约一定时间和管理成本。

2)企业可以构建和完善内部员工正常的晋升机制,最大限度地激发各级员工的积极性、主动性和创造性,使他们更加注重自身素质的提高,不断学习新知识和新技能,更加努力地工作。

3)科学合理的企业内部晋升制,还可以使企业各类人才的晋升路线保持顺畅通达,避免各类专门人才的流失,从而维持企业人力资源的稳定,特别是有利于避免企业稀缺的专业技术、管理人才,以及对企业具有重要价值的技能人才的流失,同时有利于吸引企业外部优秀人才。

4)企业内部晋升制还有利于保持企业工作的连续性和稳定性,因为企业在比较长的时间内必然会发生因员工退休、退职、调动和升降所引起的岗位空缺现象。稳定可靠的内部晋升制度能够保证这些空缺得到及时填补。

(3)晋升的种类:(P142)

1)晋升制度有内部晋升制与外部聘用制之分。内部晋升制的对象和范围限于企业内部员工;外部聘用制的对象和范围限于企业外部应聘者。

2)按照晋升的幅度,企业员工内部晋升制可以分为常规晋升和破格晋升。

3)按照晋升的选择范围,企业员工内部晋升制还可以分为公开竞争型晋升和封闭型晋升。

16. 简述晋升策略选择的方法和注意事项。

答:(1)晋升策略的选择方法:(P143)

1)以员工实际绩效为依据的晋升策略。

2)以员工竞争能力为依据的晋升策略。

3)以员工综合实力为依据的晋升策略。

(2)晋升策略选择的注意事项:(P144)

1)管理者应该强调企业内部晋升政策。

2）鼓励直线经理和主管允许有能力的员工离开自己所负责的部门。

3）建立并完善企业工作岗位分析、评价与分类制度，通过工作岗位分析，明确岗位的职责范围、工作内容、工作要求和工作标准，绘制岗位晋升路线图，使每个员工都清楚地知道本岗位胜任者需要具备哪些知识、经验和专业技能，这样才能顺利地晋升到更高一级的岗位。

4）企业定期公布内部岗位空缺情况。

5）采取有效措施克服并防止员工晋升中的歧视行为。

6）企业员工晋升过程的正规化。为了充分发挥内部晋升制的激励作用，企业应当克服员工晋升非正规化的倾向。

17．简述企业员工晋升管理以及选择晋升候选人的方法。

答：(1)企业员工的晋升管理如下：(P145)

1）员工晋升的准备工作：①员工个人资料；②管理者的资料。

2）员工晋升的基本程序：①部门主管提出晋升申请书；②人力资源部审核与调整；③提出岗位员工空缺报告；④选择适合晋升的对象和方法；⑤批准和任命；⑥对晋升结果进行评估。

(2)选择晋升候选人的方法(P147)：①配对比较法；②主管评定法；③评价中心法；④升等考试法；⑤综合选拔法。

18．简述工作岗位的轮换与员工处罚、降职等的管理内容。

答：(1)工作岗位的轮换具有以下益处：(P149～150)

1）单一的工作内容天长日久会令人厌倦，进而导致士气低落，效率下降，而岗位轮换制可以避免这一情况。新我的工作或新的岗位往往能唤起员工的工作热情。

2）岗位轮换是一个学习过程。

3）岗位轮换也可以增加员工就业的安全性。

4）岗位轮换实际上可以成为员工寻找适合自己工作岗位的一个机会。

5）岗位轮换可以改善团队小环境的组织氛围，舒缓因为工作关系在员工之间所出现的不和谐、不团结的现象。

6）在企业中，对有毒有害的工作岗位实行岗位轮换制度，可以有效地降低职业伤害和各种职业病的发生率。

(2)员工处罚的管理内容：(P152)

1）员工不能按照规定上下班，如迟到、早退、无故缺勤等。

2）员工不服从上级的领导，拒绝执行上级的正当指示或者有意蔑视上级的权威。

3）严重干扰其他员工或管理者正常工作。

4）偷盗行为。

5）员工在工作中违反安全操作规程的行为。

6）其他违反企业规章制度的行为。

(3)降职的管理内容：(P150～151)

1）降职是企业员工由现有工作岗位向更低级别工作岗位移动的过程。所谓的更低级别是指由于这一岗位调动，员工所承担的工作岗位责任减少了，收入也降低了。

2）降职一般是企业处理工作多年的老员工时所采取的一种组织人事措施。

3）降职是把一个员工调动到低级别岗位工作的过程。

4）为了减轻降职对员工可能造成的精神创伤，企业应当建立更加完善的试用期考察制度。

19. 简述员工总流动率统计调查的内容。

答:员工总流动率统计调查的内容如下:(P154)

1)企业工作条件和环境方面的因素,如工资福利待遇、工作场所环境条件、工作时间、轮班制度、直接主管的人格和能力、合作伙伴的情况、工作的安全性、工作的意义、技能要求及运用、职业生涯发展机会、人事政策制度等。

2)员工家庭生活方面的影响因素,如闲暇时间、带薪假期、子女教育、住房、上下班交通、照顾子女、健康设施、配偶调动、结婚离婚、家庭成员生病或死亡、自己生病、自己受伤等。

3)员工个人发展方面的影响因素,如找到更适合自己的新岗位或更好的发展机会、回到学校深造、到军队服役、为政府工作、转到同类行业或企业、自己决定重新创业等。

4)其他影响员工流动的因素,如员工在被解雇之前提出辞职、企业违反劳动法规、员工试用期内不符合要求、员工拒绝降级使用和调任、员工不能胜任岗位工作、员工严重违纪被辞退、员工终止临时雇佣等。

20. 简述员工留存率、流失率的计算方法。

答:可以采用以下两种员工流动指标,对一定时期内的某类别或批次员工进行跟踪调查:(P155)

1)员工流失率＝某时期内某类别流出员工数/同期期初员工总数×100%。

2)员工留存率＝某时期内某类别在职员工数/同期期初员工总数×100%。

员工留存率＝1－员工流失率。

21. 简述员工变动率主要变量的测量与分析评价内容。

答:员工变动率主要变量的测量与分析评价内容包括:(P155~157)

1)对员工工作满意度的测量与分析评价。

2)员工对其在企业内未来发展的预期和评价。

3)员工对企业外其他工作机会的预期和评价。

4)非工作影响因素及其对工作行为的影响。

第三章　培训与开发

第一节　企业员工培训开发体系的构建

第一单元　员工培训开发系统的总体设计

一、单项选择题（每小题只有一个正确答案，请将正确答案的序号填写在括号内）

1. (　　)开发是企业对付经济与技术变化的第一道防线。

A. 员工技能　　　　B. 员工培训　　　　C. 员工管理　　　　D. 员工心理

2. 所谓(　　)就是为了实现某种特殊目的的一组有着内在联系的诸多部分的集合。

A. 管理　　　　　　B. 开发　　　　　　C. 系统　　　　　　D. 组织

3. 培训开发评估反馈是一个系统的收集有关人力资源培训开发项目的描述性和(　　)信息的过程。

A. 选择性　　　　　B. 判断性　　　　　C. 评判性　　　　　D. 开发性

4. 培训开发反馈子系统中要注意的是(　　)。

A. 成功的经验与失败的教训　　　　　　B. 成功的经验与教学不匹配

C. 发扬成绩与改进不足　　　　　　　　D. 提出对策与采取有效措施

参 考 答 案

1. B,161　　　　　2. C,161　　　　　3. C,164　　　　　4. A,164

二、多项选择题（请将正确答案的序号填写在括号内，选项中有两个或两个以上正确答案，多选、错选、少选均不得分）

1. 培训开发系统的设计与运行必须回答的三个问题是(　　)。

A. 培训的要求是什么　　　　　　　　　B. 培训的目标是什么

C. 开展哪些活动才能实现目标　　　　　D. 怎样检验目标是否达到

E. 建立一套有效的、完善的现代企业培训开放体系

2. 企业从自身的生产发展需要积极地通过培训员工要达到最终的目的是(　　)。

A. 提高员工的工作能力　　　　　　　　B. 提高员工的知识水平及潜力

C. 使员工的个人素质与工作需求相匹配　D. 促进员工现在和未来工作绩效的提高

E. 有效地改善企业的经营业绩

3. 制订企业员工培训开发规划的步骤包括(　　)。

A. 设计培训开发课程　　　　　　　　　B. 时空方式方法选择

C. 设施设备资源配置　　　　　　　　　D. 选定师资教材课件

E. 确定组织机构主管

4. 实施员工培训开发规划的内容包括(　　　)。

A. 落实时间地点　　　B. 核定培训经费　　　C. 保障资源配置　　　D. 组织运行控制

E. 组织运行监控

5. 员工培训开发效果评估包括(　　　)。

A. 实施过程评估　　　B. 教师教材评估　　　C. 教学环境评估　　　D. 组织管理评估

E. 成果应用反馈

参 考 答 案

1. BCD,162　　　2. ABCDE,162　　　3. ABCDE,163　　　4. ABCE,163　　　5. ABDE,163

第二单元　培训开发规划的制订

一、单项选择题(每小题只有一个正确答案,请将正确答案的序号填写在括号内)

1. 下列不属于外部培训资源的是(　　　)。

A. 企业人力资源部门　　　　　　　　B. 大学教师

C. 研究生　　　　　　　　　　　　　D. 专业培训机构

2. 矩阵模式的优点不包括(　　　)。

A. 有助于将培训与经营需要联系起来

B. 培训师可以通过了解某一些特定经营职能而获得专门知识

C. 培训师还要对培训部门主管负责

D. 培训部门计划很容易拟订

3. 企业办学中客户群不包括(　　　)。

A. 员工　　　　　　　　　　　　　　B. 经理

C. 消费者　　　　　　　　　　　　　D. 公司外部的相关利益者

4. 虚拟部训组织模式的运作遵循的三个原则不包括(　　　)。

A. 员工对学习负一般责任

B. 在工作中而不是在课堂上进行有效的学习

C. 员工对学习负主要责任

D. 经理与员工的关系对将培训成果换成工作绩效起着重要的作用

5. (　　　)是制订企业培训规划的前提与依据。

A. 企业外部因素　　　B. 企业内部环境　　　C. 企业内部因素　　　D. 企业外部环境

6. 侧重于新的市场和产品的开发、革新与联合的经营战略称(　　　)。

A. 外部成长战略　　　B. 内部成长战略　　　C. 市场需求战略　　　D. 紧缩战略

7. (　　　)强调经营的财务清算和业务剥离。

A. 市场需求战略　　　B. 内部成长战略　　　C. 紧缩投资战略　　　D. 外部成长战略

8. 集中战略的侧重点不包括(　　　)。

A. 提高市场份额　　　B. 提高市场信誉　　　C. 减少运营成本　　　D. 保持市场定位

9. 外部成长兼并战略的重点不包括(　　　)。

A.横向联合　　　　B.纵向联合　　　　C.国家指导联合　　　D.发散组合

参 考 答 案

1. A,165　　　2. D,166　　　3. C,166　　　4. A,167　　　5. C,167

6. B,167　　　7. C,167　　　8. B,168　　　9. C,168

二、多项选择题(请将正确答案的序号填写在括号内,选项中有两个或两个以上正确答案,多选、错选、少选均不得分)

1. 企业员工培训开发的发展趋势包括( )。

A.加强新技术在培训中的运用　　　　B.加强对智力资本的存储

C.加强对智力资本的运用　　　　　　D.加强与外界的合作

E.新型培训方式的实施与开发

2. 企业培训开发职能部门的设置可以采用( )模式。

A.学院　　　　B.客户　　　　C.矩阵　　　　D.企业办学

E.虚拟培训组织

3. 学院模式的优点是( )。

A.大量的专题培训项目是由客户开发出来的,这些项目的有效性可能会存在很大差异

B.在成为对企业有价值的培训师之前,他们必须花费相当多的时间来研究经营部门业务知识

C.培训师是他们所负责培训领域的专家

D.培训部门计划很容易拟订

E.计划的内容和进度主要根据受训者的空闲时间和专业水平而定

4. 企业员工培训开发规划主要应解决的问题是( )。

A.如何制订合适的中长期培训开发计划和年度计划

B.如何切实满足企业内部员工职业生涯发展需求

C.如何使培训开发规划符合投资效益,得到高层领导者的重视与支持

D.企业人力资源管理部门如何运行

E.企业员工培训开发规划如何贯彻实施

5. 企业经营战略主要有( )。

A.集中战略　　　　　　　　B.企业内部成长战略

C.外部成长战略　　　　　　D.扩大投资战略

E.紧缩投资战略

6. 年度培训计划的内容包括( )。

A.培训组织机构的建设　　　　B.培训项目的运作计划

C.资源管理计划　　　　　　　D.年度培训预算

E.培训开发机制建设

7. 年度培训计划制订的基本步骤包括( )。

A.前期准备　　　　　　　　B.培训调查与分析

C.年度培训计划主体内容的确定　　　D.年度培训计划客体内容的确定

E. 年度培训计划的审批以及开展

8.企业培训规划负责人应当达到的要求包括(　　)。

A. 了解企业的发展历程和发展战略,熟悉自身企业的文化

B. 对培训行业有相当的了解,熟悉大量的培训机构和培训讲师

C. 掌握培训需求调查的基本方法和手段,能够深入了解员工状况

D. 能够进行培训预算管理和培训实施管理

E. 掌握培训评估的主要方法和手段。

9.企业培训的具体内容主要包括(　　)。

A. 培训目的、目标及要求

B. 培训时间、地点、培训对象、讲师以及培训负责人

C. 培训方式:内容讲解、实地培训、实地模拟等

D. 培训内容:销售技巧、产品知识、营销策略等

E. 培训评估方式和指标,奖惩措施

参 考 答 案

1. ABCDE,165	2. ABCDE,165	3. CD,165~166	4. ABCE,167
5. ABCE,167	6. ABCDE,171	7. ABCE,172	8. ABCDE,176
9. ABCDE,176			

第三单元　企业培训文化的营造

一、单项选择题(每小题只有一个正确答案,请将正确答案的序号填写在括号内)

1.培训文化的建立可大致分为三个阶段,其中不包括(　　)阶段。

A. 发展　　　　　B. 萌芽　　　　　C. 运作　　　　　D. 成熟

2.美国培训与发展协会曾指出,判断从萌芽阶段进入发展阶段有三个重要标志,其中不包括(　　)。

A. 企业是否真正理解和认识了自身状况

B. 企业是否真正理解和认识了现代培训

C. 企业是否真正拥有了自己行之有效的培训规划与实施计划

D. 企业是否真正拥有了阶梯化的与需求很好匹配的培训课程体系

3.关于在学习型组织中领导者的角色,以下说法错误的是(　　)。

A. 领导者是设计师　B. 领导者是仆人　　C. 领导者是教练　　D. 领导者是督促者

4.(　　)的终身学习具有个体属性、社会属性、中介属性和发展属性。

A. 员工　　　　　B. 公民　　　　　C. 人　　　　　D. 集体

5.对信息的掌握并不停留于个人手中,而是要在正规组织中达成共识,体现的是组织学习力不同于(　　)的一个特征。

A. 个人学习力　　B. 集体学习力　　C. 员工学习力　　D. 个人能力

参 考 答 案

1. C,177	2. A,178	3. D,179	4. C,180	5. A,182

二、多项选择题(请将正确答案的序号填写在括号内,选项中有两个或两个以上正确答案,多选、错选、少选均不得分)

1.培训文化的建立是一个渐进的过程,可粗分为三个阶段,即( )。

A. 萌芽阶段　　　　B. 发展阶段　　　　C. 推广阶段　　　　D. 成熟阶段

E. 成长阶段

2.培训管理者对各部门培训担负的责任有( )。

A. 调查　　　　B. 引导　　　　C. 统筹　　　　D. 控制　　　　E. 评估

3.培训文化要区分三个阶段,可考察的指标是( )。

A. 培训的计划性　　　　　　　　B. 培训参与性

C. 培训的内容和形式　　　　　　D. 培训资源的利用程度

E. 培训基础平台的完善与企业战略之间的关系

4.创造学习型组织应坚持的行为准则有( )等。

A. 创造不断学习的机会　　　　　B. 促进学习者之间的探讨和对话

C. 鼓励共同合作和团队学习　　　D. 建立学习及学习共享系统

E. 促使成员迈向共同愿景

5.学习涉及的四个维度包括( )。

A. 个人　　　　B. 团体　　　　C. 学校　　　　D. 组织　　　　E. 社会

6.《第五项修炼》中提出的构建"学习型组织"的内容是( )。

A. 自我超越　　　　B. 改善心智模式　　　　C. 建立共同愿景　　　　D. 团队学习

E. 系统思考

7.企业在构建学习型组织时,应当达到的具体要求是( )。

A. 明确构建学习型组织的各类重要学习工具

B. 激励员工取得并保持参与学习活动中的优势

C. 将学习融入企业文化建设的各种活动之中,树立正确的学习价值观

D. 采取有效措施消除员工学习中的各种障碍

E. 对员工学习活动进行全面管理。

8.影响组织学习力的要素,具体环节包括( )。

A. 对未来的警觉程度,洞察是否准确　　B. 对事物的认知程度,掌握认知能力

C. 对信息的传递速度,沟通是否畅通　　D. 对变化的调整能力,应变是否及时

E. 对教材的理解程度

9.公司管理中倡导学习型组织管理模式的具体做法是( )。

A. 通过各类培训为员工创造了不断学习和交流的机会

B. 促进探讨和对话

C. 鼓励共同合作和团队学习,建立学习及学习共享系统

D. 学习共享系统的沟通形式是无限的

E. 促使成员迈向共同愿景,提倡一专多能,考核学习能力

参 考 答 案

1. ABD,177　　　　2. BCD,178　　　　3. ABCDE,178　　　　4. ABCDE,178

5. ABDE,178　　6. ABCDE,181　　7. ABCDE,181　　8. ABCD,182

9. ABCDE,183~184

第二节　创新能力培养

第一单元　思维创新

一、单项选择题（每小题只有一个正确答案,请将正确答案的序号填写在括号内）

1.创新是指（　　）为了一定的目的,遵循事物发展的规律,对事物的整体或其中的某些部分进行变革,从而使其得以更新与发展的活动。

A. 主体（人）　　　　B. 客体（人）　　　　C. 集体（人）　　　　D. 团队（人）

2.直线型思维障碍是指（　　）,生搬硬套现有理论。

A. 迂回思维　　　　B. 从侧面思维　　　　C.死记硬背现有答案　D. 阻碍思维

3.权威型思维障碍是指（　　）,不敢怀疑权威的理论或观点。

A. 迷信权威　　　　B. 创新思维　　　　C. 专家型思维　　　　D. 局限型思维

4.（　　）是指与人们通常考虑问题的方向相反的思考方法。

A. 突破思维法　　　B. 逆向思维法　　　C. 横向思维法　　　D. 扩散思维法

5.发散思维又称扩散思维、（　　）或多向思维。

A. 发散思维　　　　B. 横向思维　　　　C. 辐射思维　　　　D. 颠倒思维

6.发散思维的类型不包括（　　）。

A. 逆向思维法　　　B. 横向思维法　　　C. 颠倒思维法　　　D. 扩散思维法

7.根据心理学理论,可以把有意想象分为几种类型,其中不包括（　　）。

A. 再造型想象　　　B. 创造型想象　　　C. 思维型想象　　　D. 幻想型想象

8.抑制想象思维的障碍不包括（　　）。

A. 环境方面的障碍　B. 肢体障碍　　　　C. 内部心理障碍　　　D. 内部职能障碍

9.联想思维与想象思维的共同点不包括（　　）。

A. 它们都可以呈现为逻辑方式　　　　B. 它们都可以呈现为非逻辑形式

C. 它们都属于形象思维的范畴　　　　D. 两者可以互为起点

10.狭义上的逻辑,也就是形式逻辑,别称是（　　）。

A. 思维逻辑　　　　B. 通用逻辑　　　　C. 辩证逻辑　　　　D. 普通逻辑

11.广义上的逻辑包括形式逻辑和（　　）。

A. 辨别逻辑　　　　B. 辩证逻辑　　　　C. 推理逻辑　　　　D. 创新逻辑

12.逻辑思维在创新中的局限性不包括（　　）。

A. 常规性　　　　　B. 严密性　　　　　C. 推理性　　　　　D. 稳定性

13.（　　）,也称矛盾思维,是指按照辩证逻辑的规律,也就是唯物辩证法的规律进行的思维活动。

A. 辩证思维　　　　B. 辨别思维　　　　C. 推理思维　　　　D. 创新逻辑

14. 想象思维的训练包括一般训练和( )。

A. 工作训练　　　　B. 强化训练　　　　C. 学习训练　　　　D. 技能训练

15. 再造性想象是根据外部信息的启发,对自己脑内已存入的记忆表象进行( )的思维活动。

A. 再造　　　　B. 经验　　　　C. 检索　　　　D. 训练

16. ( )想象是在已有记忆表象的基础上展开的,但并不限于已有记忆表象的水平,而是通过对已有记忆表象的加工、改造、重组的思维活动,产生出新的形象。

A. 创造性　　　　B. 创新性　　　　C. 联想性　　　　D. 幻想性

17. ( )可以在日常生活中培养和自我训练,也可以在教师的指导下进行强化训练。

A. 情境思维　　　　B. 联想思维　　　　C. 虚拟思维　　　　D. 设身思维

18. ( )在许多情况下不能直接产生创新性的思维结果,但是离开它,创新思维也不能顺利进行,创新活动也就不能达到最终的目的。

A. 情境思维　　　　B. 创新思维　　　　C. 逻辑思维　　　　D. 虚拟思维

19. ( ),就是找主要矛盾,找矛盾的双方并明确各自的地位,或者把整体分解成局部,将诸多矛盾各个击破。

A. 整体分解方法　　　B. 特殊分析法　　　C. 辩证思维分析法　　　D. 分析的方法

参 考 答 案

1. A,184　　　2. C,185　　　3. A,185　　　4. B,186　　　5. C,186　　　6. D,186

7. C,187　　　8. B,188　　　9. A,188　　　10. D,189　　　11. B,189　　　12. C,190

13. A,190　　　14. B,192　　　15. C,193　　　16. A,194　　　17. B,195　　　18. C,197

19. D,200

二、多项选择题(请将正确答案的序号填写在括号内,选项中有两个或两个以上正确答案,多选、错选、少选均不得分)

1. 创新(innovation)包含的因素有( )。

A. 目的性　　　　B. 规律性　　　　C. 变革性　　　　D. 新颖性　　　　E. 发展性

2. 创造(creativation)的特征是( )。

A. 目的性　　　　B. 变革性　　　　C. 社会性　　　　D. 首创性　　　　E. 独创性

3. 常见的思维障碍有( )。

A. 习惯性思维障碍　　　　　　　B. 直线型思维障碍

C. 权威型思维障碍　　　　　　　D. 从众型思维障碍

E. 书本型思维障碍

4. 书本型思维障碍的特征是( )。

A. 迷信书本上的理论　　　　　　B. 不敢提出质疑

C. 不能纠正前人的失误　　　　　D. 不能探索新的领域

E. 不主动解决困难

5. 麻木型思维障碍的表现为( )。

A. 对生活、工作中的问题习以为常　　　B. 精力不集中,思想不活跃

C.行动不敏捷,不能抓住机遇　　　　D.不会主动寻找困难,迎接挑战

E.不能实现创新

6.联想思维的类型包括(　　)。

A.接近联想　　　　B.相似联想　　　　C.对比联想　　　　D.因果联想

E.评估联想

7.联想思维与想象思维的主要区别是(　　)。

A.联想只能在已存入记忆系统的表象之间进行,而想象则可以超出已有的记忆表象范围

B.想象可以产生新的记忆表象,而联想不能

C.联想思维的操作过程是一维的、线性的、单向的,想象思维则可以尽多维的、立体的、全方位的

D.联想思维的活动空间是封闭的、有限的,想象思维的活动空间则是开放的、无限的

E.想象思维的结果可以超越现实,联想思维的结果不能超越现实

8.逻辑思维在创新中的积极作用有(　　)。

A.发现问题　　　　B.直接创新　　　　C.筛选设想　　　　D.评价成果

E.推广应用,总结提高

9.辩证思维在创新中的作用包括(　　)。

A.统帅作用　　　　B.突破作用　　　　C.有效作用　　　　D.提升作用

E.运作作用

参　考　答　案

1. ABCDE,184　　　2. DE,184　　　3. ABCDE,184~185　　　4. ABCD,185~186

5. ABCDE,186　　　6. ABCD,188　　　7. ABCDE,189　　　8. ABCDE,189~190

9. ABD,190~191

第二单元　方法创新

一、单项选择题(每小题只有一个正确答案,请将正确答案的序号填写在括号内)

1.头脑风暴法又称(　　)。

A.启发联想法　　　B.智力激励法　　　C.设问检查法　　　D.技术能力法

2.奥斯本检核表法又称为(　　)。

A.稽核表法　　　　B.审核表法　　　　C.监稽表法　　　　D.检核表法

3.主体附加(添加)法是指以某一特定的对象为主体,通过置换或插入其他技术或增加新的附件而导致发明或创新的方法,它又可称为(　　)。

A.置换式组合　　　B.置换插入组合　　C.内插式组合　　　D.新附加组合

4.焦点法可以是发散式结构,也可是(　　)。

A.联想结构　　　　B.目标结构　　　　C.焦点结构　　　　D.集中式结构

5.(　　)是一种利用系统观念来网罗组合设想的创造发明方法。

A.形态分析法　　　B.特性列举法　　　C.要素形态法　　　D.评价筛选法

6.逆向转换型技法主要以(　　)的方式进行创新。

A. 逆向管理　　　　B. 逆向思维　　　　C. 逆向驾驭思维　　　　D. 逆向揭示思维

7. (　　)是美国布拉斯加大学教授克劳福特发明的一种创造技法。

A. 形态分析法　　B. 缺点列举法　　C. 特性列举法　　D. 主体附加法

8. (　　)是抓住事物的缺点进行分析,以确定发明目的的创造技法。

A. 主体附加法　　B. 特性列举法　　C. 形态分析法　　D. 缺点列举法

9. (　　)是通过提出来的种种希望,经过归纳,确定发明目标的创造技法。

A. 逆向转换型技法　　B. 希望点列举法　　C. 特性列举法　　D. 形式分析法

参 考 答 案

1. B,203　　　　2. A,205　　　　3. C,208　　　　4. D,209　　　　5. A,210

6. B,210　　　　7. C,211　　　　8. D,212　　　　9. B,212

二、多项选择题(请将正确答案的序号填写在括号内,选项中有两个或两个以上正确答案,多选、错选、少选均不得分)

1. 设问检查法是对拟改进创新的事物进行分析、展开、综合,以明确问题的性质、(　　)、责任等项,从而使问题具体化,以缩小需要探索和创新的范围。

A. 程度　　　　B. 范围　　　　C. 目的　　　　D. 理由　　　　E. 场所

2. 智力激励法的基本原则包括(　　)。

A. 自由畅想原则　　B. 延迟批评原则　　C. 以量求质原则　　D. 综合改善原则

E. 限时限人原则

3. 5W法实施程序是(　　)。

A. 为什么(Why),如为什么发光? 为什么漆成红色?

B. 做什么(What),如条件是什么? 目的是什么? 重点是什么? 功能是什么? 规范是什么? 要素是什么?

C. 何人(Who),如谁来办合适? 谁能做? 谁不宜加入? 谁是服务对象? 谁支持? 谁来决策? 忽略了谁?

D. 何时(When),如何时完成? 何时安装? 何时销售? 何时产量最高?

E. 何地(Where),如何地最适宜种植? 从何处着手才最经济? 从何处去买?

4. 和田十二法包括(　　)。

A. 加、减　　　　B. 扩、缩、变　　　　C. 改、联、学　　　　D. 代、搬　　　　E. 反、定

5. 主体附加法,具体步骤包括(　　)。

A. 有目的地选定一个主体

B. 运用缺点列举法,全面分析主体的缺点

C. 运用希望点列举法,对主体提出种种希望

D. 考虑能否在不变或略变主体的前提下,通过增加附属物以克服或弥补主体的缺陷

E. 考虑能否利用或借助主体的某种功能,附加一种别的东西使其发挥作用

6. 智力激励法的内容包括(　　)。

A. 加工整理　　B. 自由畅谈　　C. 明确问题　　D. 热身活动

E. 准备阶段

参 考 答 案

1. ABCDE,203
2. ABCDE,203~204
3. ABCDE,207
4. ABCDE,208
5. ABCDE.208
6. ABCDE,213~214

第三节　企业员工培训开发成果的转化

一、单项选择题(每小题只有一个正确答案,请将正确答案的序号填写在括号内)

1. 有三种影响培训设计的培训转化理论,其中不包括(　　)。

A. 多因素理论　　　B. 同因素理论　　　C. 激励推广理论　　　D. 认知转换理论

2. 促进同事支持的方法不包括(　　)。

A. 在受训者之间建立支持网

B. 培训教师利用内部简讯的形式指导受训者进行培训成果的转化

C. 培训教师向受训者推荐一名以前参加过同样的培训项目的员工作为咨询人员

D. 培训教师向受训者进行培训知识的转换

3. 受训者的特征不包括(　　)。

A. 培训动机　　　B. 培训要求　　　C. 文化水平　　　D. 基本技能

4. 执行机会的多少具体体现在几个方面,其中不包括(　　)。

A. 受训者是否执行过该类型任务

B. 受训者执行了多少次该类型任务

C. 可用于工作当中的培训内容的数量

D. 难度大且富有挑战性的该类型任务的执行情况

5. 电子执行支持系统(EPSS)能够按要求提供的内容不包括(　　)。

A. 信息资料　　　B. 专家建议　　　C. 内部信息　　　D. 技能培训

6. 建立合理考核奖励机制的措施不包括(　　)。

A. 制定配套的合理考核机制　　　　B. 组织配套的评比活动

C. 对重点考核对象给予特别关注　　　D. 提供配套的奖励措施

参 考 答 案

1. A,215　　2. D,218　　3. B,218　　4. C,219　　5. C,219　　6. C,222

二、多项选择题(请将正确答案的序号填写在括号内,选项中有两个或两个以上正确答案,多选、错选、少选均不得分)

1. 培训成果转化的层面包括(　　)。

A. 依样划瓢　　　B. 举一反三　　　C. 融通记忆　　　D. 融会贯通

E. 自我管理

2. 影响管理者对培训支持水平的因素有(　　)等。

A. 我知道本门课是关于哪方面的

B. 我们可用于课堂讨论的工具和技术

C. 有可靠的方法证明培训会有助于我们部门工作绩效的改进

D. 我已和将要参加培训的员工讨论了课程的内容

E. 在绩效评价中,我能对员工在培训班上所学的内容进行评价

3. 环境支持机制包括(　　)。

A. 管理者支持
B. 同事支持

C. 受训者的配合
D. 应用所学技能的机会

E. 技术支持

4. 在培训管理者最大转化成果中培训者对管理者支持包括的因素有(　　)。

A. 我知道本门课是关于哪方面的

B. 我明白组织为什么愿意提供培训

C. 在绩效评价中,我能对员工在培训班上所学的内容进行评价

D. 我对培训有足够的了解,可在员工返回工作岗位时对其提供支持

E. 他们知道我关心课程的内容

5. 管理者为获得尽可能高的支持,可以采取的方法有(　　)。

A. 培训组织者向管理者简要介绍培训项目的目的

B. 培训组织者鼓励受训者

C. 聘请管理者作为培训讲师

D. 聘请有经验的专家教授作为培训师

E. 安排受训者与他们的上级共同完成行动计划

6. 使受训者更好地配合培训采取的措施是(　　)。

A. 分析确定培训对象时应有所选择

B. 要求受训者端正学习态度和学习动机

C. 通过自我学习提高一些基本技能

D. 考核优秀设置奖惩项目,并与薪酬、晋升等挂钩

E. 培训实施前可将培训设计的一些资料印发给受训员工

7. 为巩固培训效果,培训人员可建议管理者采取的方法是(　　)。

A. 建立学习小组　　B. 行动计划　　　C. 多阶段培训方案　　D. 应用表单

E. 营造支持性的工作环境

8. 许多企业的培训没有效果的原因是(　　)。

A. 缺乏可应用的工作环境
B. 缺乏上级和同事的支持

C. 学习的内容无法进行转移
D. 受训者改变工作行为的意图不成功

E. 管理者对下属不了解

9. 促进培训成果转化的技巧包括(　　)。

A. 关注培训讲师的授课风格

B. 培训技巧及相关内容要在工作上立即应用

C. 培训讲师建立适当的学习应用目标

D. 在课程进行期间,讨论在工作中如何运用培训内容

E. 建立合理的考核奖励机制

第四节　职业生涯管理

第一单元　组织的职业生涯管理

一、单项选择题(每小题只有一个正确答案,请将正确答案的序号填写在括号内)

1. 组织应明确地建立直接上级参与组织职业生涯管理的工作体系,包括对直接上级参与员工的职业生涯发展进行评估以及对直接上级进行职业生涯管理的(　　)。

A. 指导　　　　　　　B. 评价　　　　　　　C. 评估　　　　　　　D. 专项培训

2. (　　)的设计有利于鼓舞和激励在工程、技术、财务、市场等领域中的贡献者。

A. 双重职业路径　　　B. 传统职业路径　　　C. 横向职业路径　　　D. 职业路径

3. 传统职业路径以及由其改良来的(　　)都是基于晋升而设计的职业路径。

A. 双重职业路径　　　　　　　　　　B. 网状职业生涯路径

C. 横向职业路径　　　　　　　　　　D. 职业路径

4. 提供职业生涯发展通道不包括(　　)。

A. 帮助员工制订和执行职业生涯规划　　　B. 组织要为员工提供职业通道

C. 设置多条临近主干道　　　　　　　　　D. 组织要为员工疏通职业通道

5. 组织在为员工提供生涯发展通道方面应注意的问题不包括(　　)。

A. 基于组织前途建立员工的职业发展档案

B. 基于组织前途建立员工的职业发展愿景

C. 明晰组织职业生涯发展途径

D. 注重工作与职业的弹性化

二、多项选择题(请将正确答案的序号填写在括号内,选项中有两个或两个以上正确答案,多选、错选、少选均不得分)

1. 组织职业生涯管理中的角色包括(　　)。

A. 组织最高领导者　　　　　　　　　B. 人力资源管理部门

C. 职业生涯委员会　　　　　　　　　D. 职业生涯指导顾问

E. 直接上级

2. 职业生涯指导顾问的任务主要有(　　)。

A. 直接为员工的职业生涯发展提供咨询

B. 帮助各级管理人员做好组织职业生涯管理工作

C. 协助组织做好员工的晋升工作,通过一系列方法,来明确可以提供的工作岗位、员工发展的愿望、人事变动的条件等

D. 协助组织做好各部门管理人员间的薪酬平衡,使之不要因为所处岗位级别及部门情况的不同而差距过大,避免薪酬政策间的差距阻碍组织内部的人事变动

E. 负责研究有关管理人员的聘用和管理问题

3. 在组织职业生涯管理中,要基于( )开展活动,对职业目标与规划的内容进行确定和调整。

A. 个人能力   B. 人格特征   C. 职业意愿   D. 组织和外部环境

E. 设定的职业发展目标

4. 组织进行职业生涯年度评审的目的是( )。

A. 使员工发现自己的缺点,并促使其改正   B. 使员工知道别人怎样看待他的工作

C. 使员工能够无拘无束地讲述自己的才干   D. 使员工讲出自己所遇到的困难及愿望

E. 消除组织内可能存在的误解

5. 通过职业生涯面谈,可以帮助员工发现其职业生涯规划与发展中的问题有( )。

A. 人生目标选择不当   B. 生涯通道设计不当

C. 生涯规划不够周密   D. 培训不足

E. 生涯发展设计不当

6. 年度职业生涯评审会谈中容易忽视和需要关注的是( )。

A. 员工反馈的意见   B. 员工的品德

C. 谈失败需要勇气   D. 工作与品行需要平衡发展

E. 能力上的差距

参 考 答 案

1. ABCDE,228～229   2. ABCD,229   3. ABCDE,235   4. ABCDE,238～239

5. ABCD,239   6. CD,240

第二单元　分阶段的职业生涯管理

一、单项选择题(每小题只有一个正确答案,请将正确答案的序号填写在括号内)

1. 职业选择与职业准备阶段,组织的主要任务不包括( )。

A. 做好招聘、挑选和配置工作   B. 组织上岗培训

C. 考察评定新员工   D. 调查每个员工的具体情况和需求

2. 对员工进行提拔晋升的主要途径不包括( )。

A. 职务的提拔晋升   B. 分配有意义的工作

C. 转变职业   D. 承担重要的技术项目任务

3. 员工职业生涯中期的组织管理措施不包括( )。

A. 赋予员工以良师益友角色   B. 提供适宜的职业机会

C. 培养他们的学习意识能力　　　　　　D. 实施灵活的处理方案

4. 帮助员工寻找职业锚的三个步骤不包括(　　　)。

A. 收集个体的集体资料

B. 组织从收集的具体资料中,归纳出一般结论

C. 为员工提供信息资料,从中认识自己

D. 帮助员工从他们自己所提供的大量信息资料中,逐渐认识自己的一般形象

5. 从组织的角度讲,关于如何进行职业锚的开发,以下叙述错误的是(　　　)。

A. 分配给员工以挑战性工作,为其提供建立职业锚的机会

B. 帮助和指导员工寻觅职业锚

C. 指导员工确认职业锚和职业发展通道

D. 积极地进行职业锚的开发

参 考 答 案

1. D,241　　　　2. B,245　　　　3. C,247　　　　4. C,249　　　　5. D,248~250

二、多项选择题(请将正确答案的序号填写在括号内,选项中有两个或两个以上正确答案,多选、错选、少选均不得分)

1. 职业生涯管理的阶段分为(　　　)。

A. 职业萌芽阶段　　　　　　　　　　B. 职业选择和准备阶段

C. 职业生涯早期　　　　　　　　　　D. 职业生涯中期

E. 职业生涯后期

2. 职业生涯后期阶段,组织的任务是(　　　)。

A. 要鼓励老员工继续发挥自己的才能和智慧

B. 要鼓励老员工传授自己的经验

C. 要帮助员工作好退休心理准备

D. 要帮助老员工作好退休后的生活安排

E. 要作好人员更替计划和认识调整计划

3. 组织对新员工的接纳方法有(　　　)。

A. 正面的实绩评定　　　　　　　　　B. 分享组织的"机密"

C. 流向组织内核　　　　　　　　　　D. 提升,增加薪资

E. 分配新工作,仪式活动

4. 促进员工职业向顶峰发展的具体措施是(　　　)。

A. 提拔晋升,保证职业通路畅通　　　B. 安排富有挑战性的工作和新的工作任务

C. 实施工作轮换　　　　　　　　　　D. 继续教育和培训

E. 赋予员工以良师益友角色,提供适宜的职业机会

5. 职业生涯相互接纳过程中的问题与解决方法是(　　　)。

A. 对新员工的第一次正面的实绩考察与测评

B. 尽早向新员工分配由其负责的、有意义的工作

C. 组织与新员工都不能完全相信彼此交换的信息,造成心理上的隔阂

D. 将相互接纳过程中建立起来的心理契约固化

E. 掌握下属的真实期望和要求,听取下属的意见和建议

6. 员工提拔晋升的主要途径有(　　)。

A. 职务的提拔晋升　B. 员工绩效晋升　　　C. 转变职业　　　　　D. 跳槽选择新职业

E. 承担重要的技术项目或任务,督促员工提高技术,成为技能专才

7. 员工职业生涯后期的计划安排包括(　　)。

A. 因人而异,帮助每一个即将退休者制订具体的退休计划,尽可能地把退休生活安排得
丰富多彩又有意义

B. 组织要以多种形式关心退休员工

C. 经常召开退休员工座谈会,向退休者通报企业发展情况,互通信息

D. 有些员工的贡献能力不会随着正式退休而完结,组织可以采取兼职、顾问或其他某种
方式聘用他们

E. 减少他们退休后所产生的迷茫和失落感

8. 对于新员工来讲,所谓挑战性工作,主要是(　　)。

A. 独立完成某一具体工作任务

B. 主持某项工作,成为该项工作小组的临时负责人

C. 承担比较重要的、关键性的工作任务

D. 承担某项要求高、时间又紧迫的工作任务

E. 承担某项技术性较强的工作

9. 帮助和指导员工寻觅职业锚的步骤包括(　　)。

A. 收集个体的具体资料

B. 组织从收集的具体资料中,归纳出一般结论

C. 帮助员工从他们自己所提供的大量信息资料中,逐渐认识自己的一般形象

D. 员工的职业发展和职业锚选定的责任,最终还是落实在员工自己身上

E. 帮助员工从实际工作经验中正确了解、认识和评价自我

10. 指导员工确认职业锚和职业发展通道包括(　　)。

A. 通过对员工工作实践的考察以及了解员工个人评价的结果,掌握有关信息

B. 组织职业岗位的梳理和广泛的工作分享研究,确定职业需求

C. 员工个人目标与组织需求相匹配

D. 为每个员工设置职业通道,并制订实施计划

E. 实施计划方案

参 考 答 案

1. BCDE,241~242	2. ABCDE,242	3. ABCDE,243~244
4. ABCDE,245~247	5. ABCD,244	6. ACE,245	7. ABCD,248
8. ABCDE,248~249	9. ABC,249	10. ABCDE,250

第三单元　职业生涯的系统管理

一、单项选择题(每小题只有一个正确答案,请将正确答案的序号填写在括号内)

1.职业生涯系统的内容不包括(　　)。

A. 层次系统　　　　B. 管理系统　　　　C. 过程系统　　　　D. 保障系统

2.保障系统涉及的内容不包括(　　)。

A. 思想建设　　　　B. 组织建设　　　　C. 制度建设　　　　D. 管理建设

3.组织职业生涯系统化管理方法中不会给员工造成压力的是(　　)。

A. 员工的适应能力　B. 竞争　　　　　　C. 迅猛发展的技术　D. 员工构成的变化

参 考 答 案

1. B,251　　　　　　　2. D,251　　　　　　3. A,255

二、多项选择题(请将正确答案的序号填写在括号内,选项中有两个或两个以上正确答案,多选、错选、少选均不得分)

1.组织职业生涯开发是一个融(　　)于一体的过程系统。

A. 招聘　　　　　B. 培养　　　　　C. 考评　　　　　D. 晋升　　　　　E. 提高

2.职业生涯开发的制度建设包括(　　)

A. 为企业职业生涯开发提供信息资料　　B. 对职业生涯状况作客观评价

C. 建立培训工作的计划、审核、实施、评估、修改和完善制度

D. 制定与岗位知识技能及与企业贡献挂钩的收入分配制度

E. 发掘企业职业生涯开发的潜力

3.组织应采用的职业生涯开发策略与方法主要有(　　)。

A. 将职业生涯发展规划与组织业务战略规划融为一体

B. 加强员工需求与组织需求的有机结合

C. 加强职业生涯开发与其他人力资源管理系统之间的联系

D. 通过技能培养和责任制加强管理人员在职业生涯开发中的作用

E. 提供各种工具和方法,让职业生涯开发系统更具开放性

4.保持员工职业生涯开发工作活力的有效措施有(　　)。

A. 以切实可行的活动对实施情况进行追踪　B. 尽可能与其他管理活动相结合

C. 持续不断地交流与计划　　　　　　　　D. 赋予管理人员以培养人才的责任

E. 不懈地监督、评估和修改

参 考 答 案

1. ABCDE,251　　　2. ABCDE,252　　　3. ABCDE,252～253　　　4. ABCDE,255

专业技能题及参考答案

1.简述企业员工培训开发系统的构成。

答:人力资源管理专家认为"员工培训开发是企业应对经济与技术变化的第一道防线"。

员工的培训与开发是企业经营管理系统的重要组成部分,员工培训工作成为企业管理的重要内容。但随着社会经济和生产技术的迅速发展和变化,非正式的培训程序已难以保证培训开发的效率和质量。企业越来越重视员工的技能培训和开发规划的制订与实施,并通过精心的系统设计,把企业的员工培训需求转变为常态的运行机制

现代人力资源管理系统强调系统论的思想,所谓系统就是为了实现某种特殊目的的一组有着内在联系的诸多部分的集合。

有效的现代企业培训开发系统,是指企业从自身的生产发展需要出发,积极通过学习训练等手段提高员工的工作能力、知识水平及潜力,最大限度地使员工的个人素质与工作需求相匹配,促使员工现在和未来工作绩效的提高,最终能够有效地改善企业的经营业绩这样一个系统化的行为改变过程。(P161~162)

2. 简述企业培训开发规划的内容,制订培训规划的步骤以及注意事项。

答:(1)企业培训开发规划的内容(P167):企业员工的培训开发规划是从企业人力资源战略规划所确立的发展方向和总体目标出发,结合企业与员工共同发展的需求,在充分考虑企业人力资源配置的状况,以及人才培养及其培训效果的基础上,对企业员工未来(5年乃至更长期)的培训开发目标、培训内容及培训方式等所作出的预测、决策和总体安排。

(2)制订培训规划的步骤如下:(P170~171)

1)全面掌握各类员工的知识、技能等方面素质的状况。

2)结合企业总体发展的战略规划以及企业人力资源战略规划的基本要求,确立企业员工培训开发的总目标和总任务。

3)将员工培训开发的总目标、总任务与企业员工队伍的现状相对照。

4)初步拟订企业员工的培训开发规划草案。

5)反复征求各级职能、业务部门及其主管的意见,对规划草案进行必要的修改和调整。

6)上报企业主管领导审批,发现问题及时修正。

7)各下属部门根据企业员工培训规划的要求,分别制订年度培训计划,将企业培训开发规划的目标和要求落到实处。

8)企业人力资源管理部门应当对各个部门的培训开发年度计划进行审核,并对年度计划的执行情况进行必要指导、监督和检查,提供各种技术支持和专业服务。

9)每年对企业员工培训开发规划的贯彻执行情况进行一次评估,对比培训开发的目标、内容、要求和效果,进行阶段性总结,及时修正培训规划,提出新的要求。

(3)制订培训规划的注意事项如下:(P175~176)

1)高度重视培训规划的制度。企业要想作好切实可行又能够为企业带来明显效益的培训规划,首先必须从根本上重视培训规划,不要仅仅将培训看成可有可无的事情。

2)培训开发规划应落实到部门。企业员工培训开发规划制订和实施的关键是落实到具体的负责部门、岗位人员。

3)清晰界定培训开发的目标和内容。培训目标要明确,培训内容一定要符合实际需要。

4)重视培训方法的选择。不同的培训方法有不同的侧重点,因此必须根据培训对象的不同选择适当的培训方法。

5)重视培训学员的选择。除普遍轮训之外,参加培训的学员必须经过适当的挑选。

6)重视培训师的选择。选择培训师对于培训的顺利进行也非常重要。

3.简述企业培训文化的含义和功能,学习型组织的特征。

答:(1)企业培训文化的含义:培训文化是企业文化的重要组成部分,是知识经济时代企业文化的重要特征,是衡量培训工作完整性的工具,更是考察组织中培训发展现状的重要标志。(P177)

(2)企业培训文化有以下一些功能:(P177)

1)衡量培训工作的完整性。

2)体现培训工作在组织中的重要性。

3)检验培训的发展水平。

4)明确培训资源的状况。

5)提高员工积极参与的意识。

6)审查培训与组织目标、员工具体需求的相关性。

7)体现培训信息的交流和培训内容的资源共享程度。

8)明确组织文化及其发展需求,并加以传播和建设。

9)明确培训工作存在的问题,以及解决方法。

(3)学习型组织具有以下特征:(P178~180)

1)愿景驱动型的组织。

2)组织由多个创造型团队组成。

3)自主管理的扁平型组织。

4)组织的边界将被重新界定。

5)注重员工家庭生活与职业发展的平衡。

6)领导者扮演新的角色。

7)善于不断学习的组织。

8)具有创造能量的组织。

4.简述学习型组织的功能。

答:由于组织学习是在个人、团体、组织、社会四个层次上进行,因此其功能也可以从这四个层次加以说明。从个人层面来看,学习型组织要为个人创造不断学习的机会,促进组织中员工之间探讨和对话氛围;从团体层面来看,学习型组织有利于鼓励员工共同合作,增强团队的凝聚力;从组织层面来看,学习型组织有助于建立学习及学习共享系统,并促使成员迈向共同愿景;从社会层面来看,学习型组织促进了组织与环境相适应,有助于企业为社会、为广大人民大众服务,尽到应尽的责任,给人民带来福音。(P180)

5.简述创新能力的含义。

答:创新能力是指在前人发现或发明的基础上,通过自身努力,创造性地提出新的发现、发明或改进革新方案的能力。创新能力在创新过程、创新活动中主要由提出问题、解决问题这两种能力构成。提出问题又叫形成问题,它是创新者在已有的知识、信息、经验的基础上,对问题情境、状态、性质的新的确认。它的过程包括发现问题、寻找资料、弄清问题。解决问题是面对问题尚无现成的方法可用时,把问题的初始状态向目标状态转化直至达成目标的全过程。(P184)

6.简述常见的思维障碍。

答:常见的思维障碍有(P184~186):①习惯性思维障碍,又称思维定式;②直线型思维障碍;③权威型思维障碍;④从众型思维障碍;⑤书本型思维障碍;⑥自我中心型思维障碍;⑦自卑型思维障碍;⑧麻木型思维障碍。

7. 简述发散思维与收敛思维、想象思维与联想思维、逻辑思维与辩证思维的含义。

答:(1)发散思维的含义(P191):在训练时,要求对所遇到的问题,通过发散性的想象活动,将脑内已有的表象和概念进行反复的重组、改造而产生大量设想。对这些设想可以不去选择(选择是逻辑思维或收敛思维的方式),只要全力以赴地发散想象就行。

(2)收敛思维的含义(P192):一般来说,发散思维与收敛思维不应单独使用,应在发散思维的基础上运用收敛思维,进行发散思维的时候,不追求产生最优的结果,但应尽可能多地写出可能的方案,收敛思维则须考虑到各个方案的经济性、可行性,确定最佳方案,并作出说明。

(3)想象思维的含义(P192~193):想象思维的训练包括一般训练和强化训练。一般训练是指个人随时随地都可以进行的自我训练,这种训练与实际工作、学习、生活相结合,比如,在工作中,你可以想象,如果换一种工作方式将会怎样?在学习中,你可以用质疑的眼光去看待书本上写的或老师讲的观点、方法,想象用另一种观点、另一种方法,甚至相反的观点、方法会出现什么样的结果?在生活中,这种训练更是随处可以进行。强化训练是指在较短时间内,完成大量的有关想象力的训练科目的训练方式。一般要由教师指导,但也可以几个人互相训练,在掌握了训练要求后,个人自己也能进行。

进入无意想象状态后,把要解决的问题联系起来,就是所谓"冥想创新思维法"。即使没有实际解决什么问题,无意想象的训练也可以锻炼我们的想象力,把想象的结果记下来,也可能成为创新的参考。

(4)联想思维的含义(P195~196):联想思维可以在日常生活中培养和自我训练,也可以在教师的指导下进行强化训练,主要以回答问题的方式进行。须注意的是,在读完题目后,要立即进入题目的情境,设身处地地进行联想,虚拟的情境越逼真效果就越好;开始联想后,每联想到一件事物,就填写在题目后的表中,直到不能再想为止,但不要急于求成;一般可用2~3分钟完成一道题目,时间一到,马上转入下一题目。

(5)逻辑思维的含义(P197):尽管逻辑思维在许多情况下不能直接产生创新性的思维结果,但是离开逻辑思维,创新思维也不能顺利进行,创新活动也就不能达到最终的目的。逻辑思维解决的是准确性问题,创新思维解决的是新颖性问题,只有把这两者结合起来,才能使思维结果既新颖又准确。因此在重视创新思维的同时,也不可忽视逻辑思维。

(6)辩证思维的含义(P198):我们根据国外学者的实验研究方法,从14个方面进行训练,这14个方面基本反映了辩证思维方法的全部特点。据国外实验的结果,12岁以上的人在教师的帮助下,都能够顺利地进行这些思维活动,并显著地提高了思维水平。

8. 简述设问检查法、组合技法、逆向转换型技法、分析列举型技法、智力激励法。

答:(1)设问检查法(P203):设问检查法实际上就是提供了一张提问的清单,针对所需解决的问题,逐项对照检查,以期从各个角度较为系统周密地进行思考,探求较好的创新方案。

(2)组合技法:(P208~209)

1)主体附加法:主体附加(添加)法是指以某一特定的对象为主体,通过置换或插入其他技术或增加新的附件而导致发明或创新的方法,它又可称为内插式组合。此法常适于对产品作不断完善、改进时使用。如最初的洗衣机只是代替人的搓洗功能,以后增加了甩干、喷淋装置使其有了漂洗和晾晒功能。

2)二元坐标法:在平面坐标轴上标上不同的事物,那么横轴与纵轴的交叉点就是两个事物的组合点,这样即可借助坐标系把所列的客观事物相互联系起来了,然后对每组联系作创造性想象,从中产生前所未有的新形象、新设想。最后经可行性分析,确定成熟的技术创造课题逆向转换型技法。

(3)逆向转换型技法(P210):逆向转换型技法主要以逆向思维的方式进行创新,在经济管理中常用的主要是缺点逆用法,即利用事物的缺点,化弊为利进行创新的方法。

(4)分析列举型技法:(P211~212)

1)特性列举法:特性列举法是美国布拉斯加大学教授克劳福特发明的一种创造技法。它通过对需要革新改进的对象作观察分析,尽量列举该事物的各种不同的特征或属性,然后确定应改善的方向及如何实施。

2)缺点列举法:缺点列举法是抓住事物的缺点进行分析,以确定发明目的的创造技法。此法直接从社会需要的功能、审美、经济等角度出发,研究对象的缺陷,提出改进方案,简便易行。

(5)智力激励法(P213):智力激励法又称头脑风暴法,它以会议的形式为与会者创造一种能积极思考、启发联想、大胆创新的良好环境,充分激发个人的才智,为解决问题提供大量的新设想。

9.简述培训成果转化理论、机制和方法。

答:(1)培训成果转化理论(P215):有三种影响培训设计的培训转化理论,分别是同因素理论、激励推广理论和认知转换理论。

(2)培训成果转化机制:(P217~220)

1)环境支持机制:①管理者支持;②同事支持;③受训者的配合;④应用所学技能的机会;⑤技术支持。

2)激励机制:培训激励机制是指通过与企业内部其他管理激励机制联结来强化受训者培训转化行为的过程与结果。培训是组织对受训者个人的一种开发,是企业对受训者的重视和尊重,它本身就是一种激励。但是培训正在逐渐由以往的激励因素向保健因素转变,对组织的作用更多地表现为增加员工的忠诚度和减少不满意感,对培训成果的转化并没有直接的作用,所以不管任何形式的培训,培训转化中的激励都是非常必要的。

(3)培训成果转化方法(P220~221):①建立学习小组;②行动计划;③多阶段培训方案;④应用表单;⑤营造支持性的工作环境。

10.分析促进培训成果转化的技巧。(P221~222)

答:(1)关注培训讲师的授课风格:绝大多数企业非常重视培训讲师,但它们通常只关注培训师的知名度与所在企业的背景,很少关注他们的授课风格。实际上,培训讲师的授课风格与培训成果的转化也是息息相关的。比如,有些培训讲师会在培训课程中间要求每一个人就培训体会与学习到的内容依次上台作一个报告,向其他人讲授新学习到的内容,受训者会在讲授中积极分享在培训课程中的体会,并把碰到的较为突出的问题与情况提出来与大家讨论,这样既能充分利用学员这一教学资源,又有利于培训成果的转化。

(2)培训技巧及相关内容要在工作上立即应用:"使用它或是丢失它"是培训的一个普通法则,也是一个再真实不过的描述。以应用导向的培训为例,如软件培训,如果他们在参加这个课程之前首先在程序上进行试验,培训会更有效果。即使战略性技巧的培训,如绩效反馈与团队建设等培训,在多数情况下,应用也应该是即时的、经常进行的,这才可能帮助学习人员保持培训知识。

(3)培训讲师建立适当的学习应用目标:培训讲师在开始课程讲授之前对培训参与者的期望管理是非常重要的,因为员工在后面的课程中将一直以这个目标为导向。参与者需要了解他们参加这个课程的期望值是什么,这个目标是易于实现的还是不可能实现的? 同时,培训讲师要强调"我在这个课程中是什么角色?"员工在整个培训过程中则强调"在这个课程中我是什么?"

(4)在课程进行期间,讨论在工作中如何运用培训内容:一般情况下,培训讲师并不能为受训人员准备一个与他们能应用培训内容的工作岗位相类似的现实情境,培训讲师应设法在他们能控制的范围内消除绩效阻碍,即根据评估需求分享资料,分析阻碍,提出解决这些问题的方法。同时培训讲师也可以与员工的经理或同事一起讨论潜在的目标,员工则可根据他们的反馈进行实践。换句话说,培训讲师可以分享员工将他们在培训课程中学习到的内容转化到实际工作中的体会,提出的解决方法等。

(5)建立合理的考核奖励机制:

1)制定配套的合理考核机制:与培训内容相配套的考核机制能够督促受训人员将培训内容落到实处,产生实际效果。

2)组织配套的评比活动:与培训内容相配套的评比活动,能够在工作中以形象生动的方式再次强化受训人员对培训内容的掌握,帮助他们把培训内容中的每一个具体标准变成日常工作中的良好习惯,提高工作业绩。

3)提供配套的奖励措施:配套的奖励措施能够有效激励受训人员快速且准确地将培训内容用于实践,转化成生产力。除了一般的工作任务完成奖励措施外,针对上述相应的重点考核内容及各项评比活动,同样要给予不同程度的奖励,提高受训人员的积极性。不仅能保证此次培训能够有效执行,同时还能激发员工自动自发的培训需求。

11.简述组织职业生涯管理的概念、目标、原则和任务,并具体说明制订组织职业生涯发展规划的要求,以及员工职业生涯路径设计的方法。

答:(1)组织职业生涯管理的概念:(P223)

1)职业生涯管理是指在一个组织内,组织为其成员实现职业目标,确定职业发展道路,充分挖掘员工的潜能,使员工贡献最大化,从而促进组织目标实现的活动过程。

2)在职业生涯管理的实践活动中,按照管理主体和客体的不同,可以将职业生涯管理区分为个人的职业生涯管理与组织的职业生涯管理。

3)个人的职业管理与组织的职业生涯管理密不可分,两者相互影响、相互作用,如果两方面的计划吻合,对于个人和组织来讲最为有效。

(2)组织职业生涯管理的目标:(P225～226)

1)实现员工的组织化。

2)实现员工发展与组织发展的统一。

3)实现员工能力和潜能的发展。

4)促进企业事业的长久发展。

(3)组织职业生涯管理的原则(P226～227):①利益整合原则;②机会均等原则;③协作进行原则;④时间梯度原则;⑤发展创新原则;⑥全面评价原则。

(4)组织职业生涯管理的任务:(P227～228)

1)帮助员工开展职业生涯规划与开发工作。

2)确定组织发展目标与职业需求规划。

3)开展与职业生涯管理相结合的绩效评估工作。

4)职业生涯发展评估。

5)工作与职业生涯的调适。

6)职业生涯发展。

(5)制订组织职业生涯发展规划的要求如下:(P231)

1)为员工考虑新的或非传统的职业通道。

2)应该使跨越不同的部门、专业和岗位的职业通道得到拓展。

3)为所有的员工提供均等的就业与发展的机会。

4)注重员工个人发展需要的满足。

5)通过由横向与纵向工作的变换而提供的在职培训来改善业绩。

6)确定培训和发展需要的方法。

(6)员工职业生涯路径设计的方法(P231～233):传统职业生涯路径;网状职业生涯路径;横向职业路径;双重职业路径。

12. 简述企业与个人在职业生涯管理中的工作重点。

答:(1)企业在职业生涯管理中的工作重点如下:(P224)

1)确定企业人力资源的需求与预测。

2)将人力资源计划与企业目标相结合,发挥效能。

3)依照企业的需求、特性,培养企业所拥有的人才,以提升其人力素质。

4)确认工作规范与职位说明,并进行必要的职位调整。

5)拟订企业的人才培育计划;有系统地提升生产效率,激发潜能。

6)制订企业内晋升与轮调的计划。

7)进行工作评价与人力配置的整合。

8)增加员工对公司的忠诚度及向心力。

9)显现企业持续发展的经营理念。

10)协助员工辨别工作上的风险与机会。

11)降低员工的流动率与离职率。

12)更有效地运用员工们的潜能,以促进组织的发展成效。

(2)员工在职业生涯管理中的工作重点如下:(P225)

1)获得充分的企业发展信息。

2)辨别工作形态,增进适应新工作的能力。

3)对自己的工作进行恰当的自我评价。

4)参与发展、训练方案,以提升自我,促进自我启发。

5)通过企业的协助,确认自我生涯发展路径。

6)增进自我的工作能力和技术。

7)促进自我成长,并争取向上升迁的机会。

8)使自我的潜能更有效地被激发出来。

9)结合个人的特质进行职业生涯的选择,建立职业生涯发展目标,并执行职业生涯发展计划。

13. 简述建立职业记录及职业公告的制度、帮助员工设计职业生涯的规划方案、开展职业生涯年度评审的内容和要求。

答:(1)建立职业记录及职业公告的制度(P234):为落实组织职业生涯管理目标,大多数比较先进的企业都建立了职业记录及职业公告制度。这种制度的基本目的在于确保内部候选人的职业目标技能与各种晋升机会公开、公正、有效地匹配起来。

(2)帮助员工设计职业生涯的规划方案如下:(P237~238)

1)帮助员工制订和执行职业生涯规划。

2)组织要为员工提供职业通道。

3)组织要为员工疏通职业通道。

(3)开展职业生涯年度评审的内容和要求如下:(P238~240)

1)职业生涯年度评审的目的和意义:年度评审是职业生涯规划与管理的一项重要手段。

2)组织职业生涯年度评审的方式:职业生涯规划年度评审的具体方法包括自我评价、直线经理评估和全员评估。

3)职业生涯年度评审会谈:年度评审之后,往往要进行职业生涯年度会谈,并采取职业生涯规划调整措施。

14. 说明职业生涯的早、中、晚期各个阶段管理的内容和方法。

答:(1)职业生涯早期阶段管理的内容和方法(P241):在本阶段,新员工和组织之间相互认识,组织通过试用和新工作的挑战,发现员工的才能,帮助员工确立长期贡献区,即帮助员工建立和发展职业锚。

(2)职业生涯中期阶段管理的内容和方法(P242):在本阶段,个人事业发展基本定型或趋向定型,个人特征表现明显,人生情感复杂化,容易引发职业生涯中期的危机。面对这一复杂的人生阶段,组织要特别加强职业生涯管理。一方面,通过各种方式,帮助员工解决诸多实际问题,激励他们继续奋进,将危机作为成长的机会,顺利渡过职业阶段中期的危险期;另一方面,针对各人的不同情况进行分类指导,为其开通职业生涯发展通道。

(3)职业生涯后期阶段管理的内容和方法(P242):在本阶段,员工年老即将结束职业生涯,组织的任务依然很重:一方面,要鼓励、帮助员工继续发挥自己的才能和智慧,传授自己的经验;另一方面,要帮助员工作好退休的心理准备和退休后的生活安排。此外,还要适时作好人员更替计划和人事调整计划。

15. 说明职业锚开发的基本方法。 (P248~250)

答:(1)分配给员工以挑战性工作,为其提供建立职业锚的机会。员工虽然进入企业时间不长,但是组织要对员工充满信任,大胆使用,敢于分配其富于挑战性的工作。对于新员工来讲,所谓挑战性工作,主要是:

1)独立完成某一具体工作任务。

2)主持某项工作,成为该项工作小组的临时负责人。

3)承担比较重要的、关键性的工作任务,或者某项要求高、时间又紧迫的工作任务。

4)承担某项技术性较强的工作。

富于挑战性的工作,可以给员工真正审视、了解和评价自我的机会,充分展现自己的机会,也可以给组织全面、真实地考察和评定员工的机会。与此同时,初次工作的挑战性,易使员工热爱自己的职业工作,有利于其职业锚的确定,并使其在今后的职业生涯中保持自己的竞争能力和旺盛的工作热情,清楚地认识到自己的责任。

(2)帮助和指导员工寻觅职业锚。员工的职业发展和职业锚选定的责任,最终还是落实在员工自己身上,组织的任务是适时地为员工提供帮助和指导。如何帮助员工寻找职业锚?组织可以举行讲习班,帮助员工从实际工作经验中正确了解、认识和评价自我。具体可分为以下三个步骤:

1)收集个体的具体资料。建议采用美国哈佛商学院研究的六种方法:

①写自传。员工提供个人有关背景情况、生活情况(如居住过的地方、接触过的人、生活中的事件等)资料,谈论个人未来的打算等。这些是分析其他问题和情况的基础资料。

②志趣考察。请员工填写有关志趣、爱好的调查问卷,例如愿意从事什么职业,喜欢何种类型的人,对什么样的课程学习感兴趣等。

③价值观研究。请员工从不同事物中,选出若干认为最有价值的事物,以此来研究和判断其在理论、审美、社会、经济、政治、宗教信仰等方面的价值观。

④24小时日记。请员工记录他们一个工作日中的活动,以及一个非工作日中的活动。以这种日常活动记录,证实某些相关信息。

⑤与别人面谈。员工分别与自己的两位朋友、同事、亲戚或配偶等面谈,请他们谈一谈对自己的看法,并将谈话记录下来。

⑥生活方式描述。员工可以各种形式(语言、照片、图画等)描述自己的生活方式。

2)组织从收集的具体资料中,归纳出一般结论。这是由特殊到一般的归纳推理过程。例如,借助具体资料,总结出企业内员工的不同类型,如事业型、生活型、技术操作型、管理指挥型、创新型、安于现状型等。

3)帮助员工从他们自己所提供的大量信息资料中,逐渐认识自己的一般形象。

①通过对信息资料的研究分析,对自己的价值观、职业期望、个人能力、个人生活方式与追求诸多单方面情况分别作结论,继而与组织归纳的一般结论作对照比较,对自己作出全面结论,得到一个较为全面、客观、真实的自我评价。

②将员工自我评价结果用于员工职业指导。在自我评价完成以后,各部门经理人员开始约见下属谈话,了解员工职业期望与要求,了解他们欲抛锚的职业目标;根据员工自我评价结果,帮助他们分析适宜于哪种类型和哪一种职业工作。

③将员工职业目标、适宜的工作记录下来,作为组织为其开辟职业通道的信息资料与依据。

(3)指导员工确认职业锚和职业发展通道:

1)通过对员工工作实践的考察以及了解员工个人评价的结果,主要掌握:

①员工职业的追求、愿望、价值观和职业锚。

②员工个人的职业工作能力,如体能、智力、知识、技能、人际关系能力,以及工作所要求的诸多其他具体能力。

③员工所适宜的职业。

2)组织职业岗位的梳理和广泛的工作分析研究,确定职业需求。首先分析、研究工作,根据工作情况,进行工作岗位分类,如可分为不动岗、空缺岗、近期调换岗、轮换岗。而后就发生变动的工作岗位,确定其实际需要,特别是制定需求的具体标准和条件,以及工作规范。

3)员工个人目标与组织需求相匹配。在上述职业岗位需求确定的基础上,在综合掌握员工个人职业工作的前提下,对两者进行对照分析,当企业未来需要与员工能力及职业锚目标相一致时,组织将每个员工的职业锚结合到工作目标中,使两者相匹配,帮助员工对号入座。

4)为每个员工设置职业通道,并制订实施计划。即为员工实现职业锚制订切实可行的计划和实施方案。

5)实施计划方案。应当依照既定计划方案落实兑现,或者使员工尽快到达职业锚目标岗位,或委以重任,或适时升迁,以使员工顺利地建立起自己职业工作的长期贡献区。

16. 说明组织职业生涯系统化管理的策略和方法。

答:(1)组织职业生涯系统化管理的策略:(P252~254)

1)将职业生涯发展规划与组织业务战略规划融为一体,在公司的各个层级上建立两者的明确联系。让管理人员和员工参加到对业务发展方向的分析过程中来,然后让他们对发展需求与战略的意义进行评估。如果根据公司的业务需求来进行设计,员工职业生涯开发体系的实效性会大幅度提高。

2)加强员工需求与组织需求的有机结合。当个人结合总体业务战略和发展方向来规划自己的个人职业生涯时,可以为双方带来重大的收益。

3)加强职业生涯开发与其他人力资源管理系统之间的联系。如何将各项员工职业生涯开发工作综合在一起,并使它们与其他人力资源系统和活动相互作用,是做好组织职业生涯开发工作的重要思路。

4)通过技能培养和责任制加强管理人员在职业生涯开发中的作用。由于在职业生涯开发系统中,管理人员起着关键的联系和纽带作用,所以他们的参与是至关重要的。因此,必须保证管理人员对其下属员工开发工作的责任。

5)提供各种工具和方法,让职业生涯开发系统更具开放性。员工职业生涯开发的主体是员工,管理人员不能越俎代庖,但要适当放权,并保证员工职业生涯开发系统的每一位参与者都可以调用资源、反馈有关新机会的信息。

6)重视工作内容的丰富化及平级调动,不断发现和开发可转移的能力。成功的定义应与传统的升迁及升职区分开来。因为晋升的机会将越来越少,所以职业生涯开发工作应该大力强调在自己当前的岗位上发展和学习的观念,同时通过探索本公司内部其他领域来保持工作的挑战性。

7)对职业生涯开发工作进行评估、改进和推广。持续的评估、修改和完善适用于多数最先进的系统。在实施员工个人职业生涯发展系统的各个阶段,也应该坚持评估与持续改进。此外,组织应该进行"宏观"评价,以评估人才开发对总体业务业绩的影响程度。

8)在组织职业生涯开发活动中纳入对价值观和生活方式的分析。员工所作出的离开或留在本企业的决定,以及他们是否敬业,均受到其价值观与本企业的价值观的匹配程度的影响(而且常常是下意识的)。重要的是,要将这些价值观揭示出来,以便对它们进行充分的分析并留住优秀员工。

9)坚持研究全球最佳的实践和企业员工职业生涯开发工作。无论是企业进行自我探索,还是借助独立的研究机构进行研究,重要的是要从全球范围的传统基准出发。

(2)组织职业生涯系统化管理的方法:(P255)

1)以切实可行的活动对实施情况进行追踪:

①"边干边学"项目,帮助员工掌握具体的胜任能力并丰富他们的工作内容。

②以小组或"一对一"的形式提供指导和组成个人职业生涯行动团队(面向员工和管理人员的持续支持及技能共享小组)。

③辅导诊所(常常提供某种技能或解决某一方面的问题)。

④管理人员/员工信息交流会。

2)尽可能与其他管理活动相结合:

①绩效评估:区分针对当前需求的开发工作和针对未来需要的开发工作。

②全面质量管理:将重点放在持续改进的共同目标上。

③胜任能力:在员工个人职业生涯规划工作中纳入对他们来说具有现实和紧迫意义的内容。

④引导:理顺并强化结盟过程,留住优秀员工。

⑤人员接替规划:确保对人才的培养,作好替换现任管理人员的准备。

⑥报酬:对不但完成本职工作而且有增值业绩的人进行奖励。

3)持续不断地交流与计划:

①依靠规划小组掌握公司各个部门的情况。

②与公司的其他单位结成战略同盟。

③利用公开评审和其他开放式座谈来共享信息、相互促进和同庆成功。

④利用一个创意来宣传另一个创意。

4)赋予管理人员以培养人才的责任:

①明确人才开发的关键性技巧和标准。

②向管理人员提供对他们技巧的反馈意见。

③为技能开发提供机会。

④将员工的发展与奖惩结合起来。

5)不懈地监督、评估和修改:

①采用多种评估手段,对工作态度、行为和学识进行评价。

②根据第一线的需要,为实施基准评价而收集数据。

③提供奖励。

④保证过程的促进性、开放性和无威胁性。

第四章 绩效管理

第一节 企业绩效管理系统设计与运行

第一单元 绩效管理系统设计的基本内容

一、单项选择题(每小题只有一个正确答案,请将正确答案的序号填写在括号内)

1. 通常绩效管理系统不含(   )方面的关系。

A. 要素与要素　　　　B. 要素与结构　　　　C. 要素与系统　　　　D. 系统与环境

2. 绩效管理系统的结构方式是横向分工与(   )。

A. 整体分工　　　　B. 纵向分工　　　　C. 纵向分解　　　　D. 横向分解

3. (   )是指绩效工作的展开按照企业部门的业务分工不同,各自负责分内的工作,这是由各部门的职能所决定的,由绩效考评具体体现。

A. 整体分工　　　　B. 纵向分工　　　　C. 横向分解　　　　D. 横向分工

4. (   )是指层层落实战略目标,这是使战略落实到实处的必要工作,体现在绩效指标的分解和绩效考评的层层推进中。

A. 纵向分解　　　　B. 横向分解　　　　C. 纵向分工　　　　D. 横向分工

5. 绩效管理作为企业人力资源管理的重要组成部分,即(   ),与人力资源管理其他子系统之间存在着极为密切的关系,这种关系主要体现在绩效指标的制定以及绩效结果的应用上。

A. 人力资源管理系统

B. 人力资源管理体系

C. 人力资源管理系统的子系统

D. 人力资源管理绩效

6. (   )为员工培训提供了依据。

A. 绩效分析　　　　B. 绩效考评　　　　C. 绩效管理　　　　D. 绩效评估

7. 企业用人要扬长避短,对于工作岗位的客观要求,可以通过工作岗位分析来衡量和(   )。

A. 确定　　　　B. 考察　　　　C. 决定　　　　D. 检验

8. 绩效管理系统设计方法体系不包括(   )。

A. 目标管理　　　　B. 综合管理　　　　C. 关键绩效指标　　　　D. 平衡计分卡

9. 以下与目标管理的基本思想有抵触的是(   )。

A. 以目标为中心　　B. 以管理实现目标　　C. 重视人的因素　　D. 强调系统管理

10. 企业可在三个层次上阐述其组织目标,其中不包括(   )。

A. 精神　　　　B. 愿景　　　　C. 战术　　　　D. 战略

11. 战略目标可以运用各种管理技术识别,其中最不易识别的是(   )。

A. 价值链分析　　　　B. CSF 分析　　　　C. SWOT 分析　　　　D. PEST 分析

12. 对战略目标进行分析,就能找出影响成功的(　　　)。

A. CSF　　　　B. SWOT　　　　C. PEST　　　　D. KPI

13. 绩效管理系统可分为三个子系统,其中不包括(　　　)。

A. 绩效管理指标体系　　　　　　　　B. 绩效指标体系

C. 考评运作体系　　　　　　　　　　D. 结果反馈体系

参 考 答 案

1. B,258　　　2. C,259　　　3. D,259　　　4. A,259　　　5. C,259　　　6. C,260

7. A,260　　　8. B,260　　　9. B,261　　　10A,262　　　11. B,262　　　12. A,262

13. A,262

二、多项选择题(请将正确答案的序号填写在括号内,选项中有两个或两个以上正确答案,多选、错选、少选均不得分)

1. 通常绩效管理系统的定义包括(　　　)四个概念。

A. 系统　　　　B. 要素　　　　C. 结构　　　　D. 步骤　　　　E. 功能

2. 绩效管理系统是由(　　　)组成的有机整体。

A. 考评者　　　　B. 被考评者　　　　C. 绩效指标　　　　D. 考评方法

E. 考评程序与考评结果

3. 绩效管理系统的功能有(　　　)。

A. 战略导向　　　　B. 过程监测　　　　C. 问题诊断　　　　D. 进度控制

E. 人员激励

4. 关于绩效管理系统与人力资源管理其他子系统之间的关系,以下描述正确的是(　　　)。

A. 工作分析是绩效指标设定的基础　　　　B. 工作中的行动指南与行为规范

C. 绩效管理为员工培训提供了依据　　　　D. 绩效管理为人员配置提供了依据

E. 绩效管理是薪酬调整的依据

5. 目标管理的步骤也不尽相同,一般可分为(　　　)。

A. 建立目标体系　　　　B. 系统实施　　　　C. 组织实施　　　　D. 考评结果

E. 新的循环

6. 企业应根据绩效考评的结果开展各项管理工作,具体表现在(　　　)等方面。

A. 人员规划、人事调整　　　　　　　　B. 员工激励、培训开发

C. 员工流动　　　　　　　　　　　　　D. 兑现薪酬

E. 劳动关系的调整

7. 绩效管理系统设计的具体步骤是(　　　)。

A. 前期准备工作　　　　　　　　　　　B. 指标体系设计

C. 绩效管理运作体系设计　　　　　　　D. 绩效考评结果反馈体系设计

E. 制定绩效管理制度

参 考 答 案

1. ABCE,258　　　2. ABCDE,258　　　3. ABCDE,258　　　4. ACDE,259~260

第二单元 绩效考评指标体系设计

一、单项选择题(每小题只有一个正确答案,请将正确答案的序号填写在括号内)

1. 以下在战略地图中学习与成长层面的概念,提法错误的是(   )。

A. 人力资本   B. 人力资产   C. 信息资本   D. 组织资本

2. 岗位职责指标的内容与 KPI 指标的内容有相同、重叠的地方,则应该化为(   )范围。

A. PRI   B. WAI   C. KPI   D. PCI

3. (   )是工作能力向工作业绩转换的"中介"。

A. 工作表现   B. 工作能力   C. 工作业绩   D. 工作态度

4. (   )是根据企业的实际情况而设定的最关键的指标。

A. 否决指标   B. 暂缓指标   C. 延后指标   D. 推迟指标

5. (   )是对指标的性质和内容进行详细的描述。

A. 客户满意度   B. 服务满意度   C. 指标的定义   D. 设定目的定义

参 考 答 案

二、多项选择题(请将正确答案的序号填写在括号内,选项中有两个或两个以上正确答案,多选、错选、少选均不得分)

1. 绩效棱柱包含相互关联的几个方面,即(   )。

A. 利益相关者的满意   B. 利益相关者的贡献

C. 战略   D. 流程   E. 能力

2. 战略地图中内部流程层面包括(   )流程。

A. 创新   B. 顾客管理   C. 运营管理   D. 法令   E. 社会

3. 从平衡计分卡的角度进行 KPI 设计和指标分解,内容包括(   )

A. 战略地图   B. 任务分工矩阵

C. 目标分解鱼骨图   D. 确定关键绩效指标的原则

E. 关键绩效指标的内容与分解

4. 用石川图可以从(   )等方面来分析出现质量问题的原因。

A. 管理   B. 人   C. 方法   D. 物资   E. 机械

5. 确定关键绩效指标的 SMART 原则包括(   )。

A. 明确性原则   B. 可测性原则   C. 可达成原则   D. 相关性

E. 时限性原则

6. 一个完整的 KPI 包括指标的(   )及考评周期等内容。

A. 编号、名称、定义   B. 设定目的、责任人   C. 数据来源   D. 计算方法

E. 计分方式

7. 工作态度考评的项目包括(   )等。

A. 积极性   B. 主动性   C. 工作热忱   D. 责任感

E. 纪律性

8. 按照时间周期的维度，可以把所有绩效指标的考评分为(　　)等。

A. 年度　　　　　　B. 半年度　　　　　　C. 季度　　　　　　D. 月度　　　　　E. 周期

参 考 答 案

1. ABCDE,266　　　　2. ABCDE,267　　　　3. ABCDE,266～271　　　　4. ABCDE,269

5. ABCDE,270　　　　6. ABCDE,270　　　　7. ACDE,276　　　　　　8. ABCD,278

第三单元　绩效管理运作体系设计

一、单项选择题(每小题只有一个正确答案,请将正确答案的序号填写在括号内)

1. 绩效日常管理小组不包括(　　)。

A. 战略规划部　　　　B. 战术规划部　　　　C. 财务部　　　　D. 人力资源部

2. 绩效考评管理中必然会遇到组织的绩效和组织领导人的绩效关系,常用的处理办法是将组织的 **KPI、PRI、WAI、NNI** 作为组织领导人的对应绩效考评,再加上该领导人自己的(　　)考评得分就是该领导人的绩效考评的最终得分。

A. KPI　　　　　　B. NNI　　　　　　C. WAI　　　　　　D. PCI

3. 绩效合同是进行考评的依据,其内容一般不包括(　　)。

A. 工作的准备描述　　　　　　　B. 工作目的的描述

C. 员工认可的工作目标　　　　　D. 员工认可的衡量标准

4. 在绩效管理过程中,员工发现不公正、不公平、不合理的地方可以向人力资源部或绩效管理委员会提出申诉,如果调查后发现员工反映的问题属实,应对有关责任人提出(　　)。

A. 警告　　　　　　B. 惩罚　　　　　　C. 惩戒　　　　　　D. 降级

参 考 答 案

1. B,280　　　　2. D,281　　　　3. A,286　　　　4. C,288

二、多项选择题(请将正确答案的序号填写在括号内,选项中有两个或两个以上正确答案,多选、错选、少选均不得分)

1. 绩效管理运作体系设计主要包括(　　)。

A. 考评的组织设计　　　　　　B. 考评流程设计

C. 考评的方式方法设计　　　　D. 考评工具设计

E. 考评评估设计

2. 绩效管理委员会的主要职责包括(　　)。

A. 领导和推动企业的绩效管理工作　　B. 研究绩效管理重大政策和事项

C. 设计方案与实施控制　　　　　　　D. 解释现行绩效管理方案的具体规定

E. 临时处理涉及绩效管理但现行政策未作规定的重大事项

3. 国有企业的绩效管理可根据业务进行组织分工,分为(　　)。

A. 党委　　　　　　B. 工会　　　　　　C. 纪检　　　　　　D. 生产　　　　　E. 经营

4. 360 度考评模式内容包括(　　)。

A. 上级对我   B. 自己对我   C. 客户对我   D. 同事对我

E. 下属对我

5. 根据指标的类别不同,可以把考评方式分为(　　　)。

A. 上级考评   B. 考核   C. 评议   D. 360 度考评

E. NNI 考评

6. 绩效考评的程序包括(　　　)等。

A. 确定考评指标、考评者和被考评者   B. 确定考评的方式和方法

C. 确定考评的时间   D. 进行考评

E. 计算考评的成绩

7. 传统绩效考评的目的是通过对员工的工作业绩进行评估,将评估结果作为确定员工的 (　　　)的依据。

A. 薪酬   B. 奖惩   C. 晋升   D. 降级   E. 惩罚

8. 绩效管理诊断的具体内容包括(　　　)。

A. 对管理制度的诊断   B. 对绩效管理体系的诊断

C. 对绩效考评指标体系的诊断   D. 对考评全面全过程的诊断

E. 对绩效管理系统与人力资源管理其他系统的衔接的诊断

9. 绩效管理调查问卷的内容包括(　　　)。

A. 基本信息   B. 问卷说明   C. 主体部分   D. 意见征询

E. 整理、反馈

参 考 答 案

1. ABCD,279   2. ABCDE,280   3. ABCDE,280   4. ABCDE,282

5. BC,281   6. ABCDE,287   7. ABCD,288   8. ABCDE,292

9. ABCD,293

第四单元　绩效考评结果应用体系设计

一、单项选择题(每小题只有一个正确答案,请将正确答案的序号填写在括号内)

1. (　　　)是绩效管理体系中重要的子系统,其主要功能是通过面谈向被考评者反馈绩效 考评的结果。

A. 绩效面谈的分选   B. 绩效考评结果反馈

C. 绩效运行的检查反馈   D. 绩效考评结果总结

2. 员工培训的需求分析可以从(　　　)、组织层次和个人层次进行。

A. 战略层次   B. 战术层次   C. 总体层次   D. 考评层次

3. 个人培训需求＝(　　　)一实际工作绩效。

A. 规定工作绩效   B. 理想工作绩效   C. 绩效考评   D. 愿望工作绩效

4. 绩效矩阵除了可以为企业在员工的加薪方面提供依据外,还可以帮助企业确定并维持 员工的(　　　)。

A. 薪酬水平   B. 薪酬幅度变化   C. 工资增长水平   D. 市场工资水平

参考答案

1. B，289　　　　2. A，290　　　　3. B，290　　　　4. D，291

二、多项选择题（请将正确答案的序号填写在括号内，选项中有两个或两个以上正确答案，多选、错选、少选均不得分）

1. 绩效面谈包括（　　）等步骤。

A. 为双方营造一个和谐的面谈气氛　　B. 说明面谈的目的、步骤和时间

C. 讨论每项工作目标考评结果　　　　D. 分析成功和失败的原因

E. 与被考评者讨论考评的结果

2. 绩效面谈时，考评者应关注的技巧有（　　）。

A. 考评者一定要摆好自己与被考评者的位置，双方应当是具有共同目标的交流者，具有同向关系，双方是完全平等的交流者。面谈不是宣讲，而是沟通

B. 通过正面鼓励或者反馈，关注和肯定被考评者的长处

C. 要提前向被考评者提供考评结果，强调客观事实。这里，尤为重要的是提请员工注意在绩效指标的标准设计中、在绩效合同中双方达成一致的内容，提示员工事先的承诺

D. 应当鼓励被考评者参与讨论，发表自己的意见和看法，以核对考评结果是否合适

E. 针对考评结果，与被考评者协商，提出未来计划期内的工作目标与发展计划

3. 绩效考评的培训开发，对员工培训可以分为（　　）。

A. 计划阶段　　　B. 培训准备阶段　　　C. 培训实施阶段　　　D. 评估阶段

E. 总结阶段

4. 培训员工实施阶段主要是（　　）。

A. 选择培训员工　　　　　　　B. 选择培训方法

C. 选择培训学习方式　　　　　D. 选择培训场地

E. 选择员工的需求

5. 员工培训需求分析有（　　）层次。

A. 战略　　　　　B. 战术　　　　　C. 组织　　　　　D. 群体　　　　E. 个人

参考答案

1. ABCDE，289　　2. ABCDE，289　　3. ACD，290　　4. BC，290　　5. ACE，290

第五单元　绩效管理系统的诊断与维护

一、单项选择题（每小题只有一个正确答案，请将正确答案的序号填写在括号内）

1. 绩效诊断是对绩效管理中各个环节和（　　）进行全面监测分析的过程。

A. 条件　　　　　B. 管理　　　　　C. 工作要素　　　　D. 工作要求

2. 绩效管理诊断的方法中最重要的一个设计手段是（　　）。

A. 管理制度的诊断　　　　　　B. 绩效管理调查问卷

C. 绩效管理体系　　　　　　　D. 绩效全面指标体系诊断

3. 员工绩效管理诊断问卷中的主体部分主要是问卷的（　　）部分。

A. 问题　　　　　　B. 基本信息　　　　　C. 意见征询　　　　D. 说明

参 考 答 案

1. C,292　　　　　　2. B,293　　　　　　3. A,293

二、多项选择题（请将正确答案的序号填写在括号内,选项中有两个或两个以上正确答案,多选、错选、少选均不得分）

1. 绩效管理诊断的具体内容包括(　　　)。

A. 对管理制度的诊断　　　　　　　　B. 对绩效管理体系的诊断

C. 对绩效考评指标体系的诊断　　　　D. 对考评全面全过程的诊断

E. 对绩效管理系统与人力资源管理其他系统的衔接的诊断

2. 绩效考评指标体系与考评评价标准包括(　　　)。

A. 是否全面完整　　B. 是否强调事实　　C. 是否有吸引力　　D. 是否科学合理

E. 是否切实可行

3. 对绩效管理系统与人力资源管理其他系统的衔接的诊断主要观察(　　　)。

A. 绩效考评　　　　B. 绩效评估　　　　C. 绩效管理与培训　　D. 薪酬

E. 年度先进评选

4. 绩效管理诊断问卷的内容包括(　　　)。

A. 基本信息　　　　B. 问卷说明　　　　C. 主体部分　　　　D. 意见征询

E. 总结评估

参 考 答 案

1. ABCDE,292　　　　2. ADE,292　　　　3. CDE,292　　　　4. ABCD,293

第二节　平衡计分卡的设计与应用

一、单项选择题（每小题只有一个正确答案,请将正确答案的序号填写在括号内）。

1. 传统的绩效评价体系的缺点不包括(　　　)。

A. 传统的绩效评价体系对无形资产和智力资产难以衡量

B. 对企业经营绩效的评价注重于企业内部的管理水平和生产效率,而忽视了企业外在因素

C. 企业必须加大对资本的投入和经营

D. 传统绩效考评制度与企业的战略和竞争优势关系不大,并且只看重短期绩效,忽视企业长期需要

2. 新的绩效管理(评价)工具不包括(　　　)。

A. 目标管理理论　　　　　　　　　　B. 关键绩效指标理论

C. 平衡计分卡　　　　　　　　　　　D. 财务分析体系

3. 企业内部的业务不包括(　　　)。

A. 革新过程　　　　B. 变革方式　　　　C. 营运过程　　　　D. 售后服务过程

4. 内部业务流程指标主要不包括(　　)

A. 评价企业创新能力的指标　　　　B. 评价企业生产经营绩效的指标

C. 评价企业售后服务绩效指标　　　　D. 评价客户服务满意的成本指标

5. 学习与成长绩效指标不包括(　　)。

A. 评价员工技能的指标　　　　B. 评价员工能力的指标

C. 评价企业信息能力的指标　　　　D. 评价激励、授权与协作的指标

6. 运用企业平衡计分卡的前提条件不包括(　　)。

A. 企业的战略目标能够层层分解

B. 平衡计分卡所解释的四个方面指标之间存在明确的因果驱动关系

C. 企业内部与实施平衡计分卡相配套的其他制度比较健全

D. 绩效考评相配套的人力资源管理的其他环节

7. 在平衡计分卡的实施过程中,企业管理水平的高低决定了(　　)的运行效率。

A. NNI　　　　B. PCI　　　　C. PRI　　　　D. BSC

8. 企业的管理水平、管理环境的状况会直接影响平衡计分卡的有效运行,下列因素无关的是(　　)。

A. 组织与管理系统方面的障碍　　　　B. 信息交流方面的障碍

C. 对绩效考评认识方面的障碍　　　　D. 企业人数的多少

9. 运用平衡计分卡设计绩效管理系统,主要体现在运用平衡计分卡的理论进行企业(　　)指标体系的设计。

A. KPI　　　　B. BSC　　　　C. PRI　　　　D. NNI

10. 在制订 KPI 时要明确指标的种类不含(　　)。

A. 业绩指标和驱动指标　　　　B. 财务和非财务指标。

C. 内部指标和外部指标　　　　D. NNI 指标

参 考 答 案

1. C,296~297　　2. D,297　　3. B,299　　4. D,299　　5. A,299

6. D,304　　7. D,305　　8. D,305~306　　9. A,307　　10. D,307~308

二、多项选择题(请将正确答案的序号填写在括号内,选项中有两个或两个以上正确答案,多选、错选、少选均不得分)

1. 平衡计分卡的指标包括(　　)。

A. 客户满意度　　B. 内部流程　　C. 学习与成长　　D. 财务指标

E. 战略指标

2. 平衡计分卡的内容包括以下几个方面(　　)。

A. 财务方面　　B. 客户方面　　C. 业务方面　　D. 内部流程方面

E. 学习与成长方面

3. 平衡计分卡最突出的特点是(　　)。

A. 将企业的愿景与企业的绩效评价系统联系起来

B. 将企业发展战略与企业的绩效评价系统联系起来

C. 把企业的使命作为具体的目标和评测指标

D. 实现战略和绩效的有机结合

E. 战略转变为具体的目标和评测指标

4. 平衡计分卡的优点突出表现在以下几个方面( )。

A. 外部衡量和内部衡量之间的平衡

B. 期望的成果和产生这些成果的动因之间的平衡

C. 定量衡量和定性衡量之间的平衡

D. 短期目标和长期目标之间的平衡

E. 外部目标和内部目标之间的平衡

5. 平衡计分卡将关键性衡量指标分为( )。

A. 结果性指标和驱动性指标　　　　　B. 定性指标和定量指标

C. 财务指标和非财务指标　　　　　　D. 内部指标和外部指标

E. 短期指标和长期指标

6. 以平衡计分卡作为核心来完成战略管理的过程分为( )。

A. 建立企业使命、愿景、价值观、长期目标　　B. 对企业所处的内外部环境进行分析

C. 制定企业战略目标　　　　　　　　D. 战略执行与跟踪

E. 战略的评估与控制

7. 设计平衡计分卡的技术障碍主要体现在( )。

A. 绩效体系设计的相关工作中　　　　B. 考评体系设计的相关工作中

C. 企业管理技术的相关工作中　　　　D. 企业管理水平的相关工作中

E. 绩效管理体系设计的相关工作中

8. 平衡计分卡应用中技术上的障碍包括( )。

A. 指标的创建和量化　　　　　　　　B. 平衡计分卡所包含的各个指标数值的确定

C. 平衡计分卡各指标的权重如何设置　D. 如何处理企业级 BSC 与部门级 BSC 的关系

E. 如何实现组织考评与个体考评的衔接

9. 企业在实施平衡计分卡的时候,大体可以总结为以下几步( )。

A. 建立企业愿景与战略　　　　　　B. 建立平衡计分卡　　　C. 数据处理

D. 将指标分解到企业、部门和个人,并将指标与目标进行比较,从而发现数据变动的因果关系

E. 预测并制定每年、每季、每月的绩效衡量指标的具体数字,并与企业的计划和预算相结合

10. 设计绩效管理系统(体系)可以按照( )等步骤进行。

A. 准备工作　　　　B. 指标体系设计　　C. 运作体系设计　　D. 结果应用体系设计

E. 制度设计、方案实施

11. 运用平衡计分卡的理论设计企业绩效指标体系的主要程序是( )。

A. 建立企业的愿景与战略

B. 围绕企业的愿景和战略设计企业层面的 KPI

C. 利用战略地图等工具设计平衡计分卡

D. 设计岗位(个人)的平衡计分卡

E. 将企业、部门、班组、个人的平衡计分卡进行汇总,组成体系

12. 企业运用战略管理工具SWOT要回答的问题是(　　)。

A. 企业的优势在哪里?企业长久的竞争优势是什么?

B. 要成功实施商业战略,哪些方面需改进?

C. 什么是企业可能的机会?

D. 企业应该聚焦哪些关键业务?

E. 企业未来的战略重点应该是什么?

13. 平衡计分卡数据处理的步骤是(　　)。

A. 定性数据的处理　　　　　　　　B. 定量指标的处理

C. 确定平衡计分卡的评价指标的权重　　D. 数据综合处理　　　　E. 数据的比较分析

参 考 答 案

1. ABCD,297　　　　2. ABDE,298　　　　3. ABCDE,300　　　　4. ABCD,300～301

5. ABCDE,302　　　6. ABCDE,302　　　7. AB,304　　　　　8. ABCDE,304～305

9. ABCDE,306　　　10. ABCDE,306　　11. ABCDE,307　　　12. ABCDE,307

13. ABCDE,311～312

专业技能题及参考答案

1. 简述绩效管理系统的构成,以及绩效管理系统与人力资源其他子系统的关系。

答:(1)绩效管理系统的构成(P258):在绩效指标上有考评者、考评程序、考评方法、被考评者;在横向分工与纵向分解上以考评结果为主;在功能上,包括战略导向、过程监测、问题诊断、进度控制、人员激励。

(2)绩效管理系统与人力资源其他子系统的关系(P259):

1)工作分享是绩效指标设定的基础。绩效指标体系包括关键绩效指标、岗位职责指标以及岗位胜任特征指标等。

2)绩效管理为员工培训提供了依据。员工培训需求的来源大致有两个:工作分析和绩效管理。工作分析提供了员工胜任工作的标准能力水平,而绩效考评的结果反映了员工现有水平和标准水平的差距,为培训提供了依据。

3)绩效管理为人员配置提供了依据。在企业中,工作岗位所要求的专业知识和技能水平都不同,而员工又都各具优势和劣势。企业用人就要扬长避短,对于工作岗位的客观要求,可以通过工作岗位分析来衡量和确定。

4)绩效管理是薪酬调整的依据。企业应该尽可能使绩效考评评价系统与报酬升降之间有比较直接的关系,即按照考评结果决定工资报酬的升降幅度,从而充分调动员工的积极性。

2. 说明如何建立企业的关键绩效指标体系。(P266)

答:关键绩效指标中"关键"两字的含义是指在某一阶段一个企业战略上要解决的最主要的问题。因此KPI,尤其是企业层面的KPI来源于企业的战略目标或企业的年度重点工作计划。在企业的战略体系建立以后,接下来的工作就是建立相应的绩效指标体系以追踪和检查这些战略目标的完成情况。至于怎样从目标转化为指标体系,需要用到不同的工具。下面就

主要介绍如何从平衡计分卡的角度进行 KPI 设计和指标分解。

1) 战略地图:战略地图用来描述"企业如何创造价值",确切地说是描述组织如何通过达到企业战略目标而创造价值。战略地图在企业的战略与企业实际工作之间搭建了桥梁,也在企业的战略和绩效指标之间建立了联系。

2) 任务分工矩阵:战略地图完成了战略的分解以及企业年度 KPI 的制订,但是为了完成企业的战略目标,需要把企业的战略落实到各部门乃至基层。任务分工矩阵就是为了完成任务分工而设计的工具。根据企业各部门的职责分工和业务流程,把战略地图中的战略性衡量项目落实到各部门,可以把企业的所有战略目标分解为一系列的工作任务(比如利润增加、顾客满意等),把所有的工作任务列在矩阵第一列,在矩阵第一行,列出企业的所有部门(比如企管部、人事部等)。

3) 目标分解鱼骨图:在绩效管理中,通过运用鱼骨图进行目标分解,其主旨是将通过任务分工矩阵分解到部门的工作任务,运用鱼骨图分解为部门 KPI;同样,这种方法也适用于班组和岗位 KPI 的设计。运用鱼骨图分解目标并提炼 KPI,可以帮助企业在实际工作中抓住主要问题,解决主要矛盾。

4) 确定关键绩效指标的原则:

①在设计关键绩效指标的时候,必须符合 SMART 原则。KPI 必须是明确的、具体的,以保证其明确的导向性;

②可测性原则:KPI 必须是可衡量的,必须是明确的衡量指标;

③可达成原则:KPI 必须是可以达到的,不能因指标的无法达成而使员工产生挫折感,但这并不否定其应具挑战性;

④相关性:KPI 必须是相关的,它必须与企业的战略目标密切联系,不然也就谈不上是关键指标;

⑤时限性原则:关键绩效指标必须以时间为基础,即必须有明确的时限要求。

5) 关键绩效指标的内容:一般来说,完整的 KPI 包括指标的编号、名称、定义、设定目的、责任人、数据来源、计算方法、计分方式、考评周期等内容。在企业所有 KPI 设计完毕后,可以把企业所有的 KPI 总在一起,组成 KPI 库。每年在进行战略规划部署的时候,可以根据实际需要从 KPI 库中抽取相关指标对战略的实施进行实地跟踪,以考评企业各部门和岗位在各层面的工作实际情况,及时发现战略的偏差,及时纠正。

6) 关键绩效指标的分解:以上所制订的指标都属于年度 KPI,为了更好地跟踪年度指标的完成情况,保证其顺利完成,有必要在时间的维度上对指标进一步分解,按照考评周期的不同,把年度指标分解为季度指标以作为季度考评的对象与依据,还可以进一步分解到月份、周甚至工作日的层次,对指标的完成情况进行追踪。当然,为了完成各种 KPI,各层级部门和人员都要制订相应的工作计划,所有工作都要围绕计划进行。绩效计划就体现了绩效指标的目标导向性,即各级绩效计划的完成就意味着绩效指标的达成。

3. 简述绩效考评运作体系的基本内容。(P280)

答:(1)考评组织的建立:考评的组织工作主要包括两部分:一是建立绩效管理工作组织部门,包括绩效管理委员会和负责绩效数据收集与核算的日常管理小组;二是绩效管理工作在企业展开的组织工作。

考评组织部门的建立:①绩效管理委员会;②绩效日常管理小组。

(2)考评的组织实施:横向分工;纵向分工。

4. 简述绩效管理系统的基础理论——关键绩效指标与目标管理理论的内容和特点。

答:(1)关键绩效指标的内容(P262):关键绩效指标的概念、KPI 定义和衡量企业目标的过程,就是 KPI 产生的过程。任何企业都可以至少在三个层次上阐述其组织目标,即愿景、战略和战术。

1)愿景或使命是表达企业成立以及存在的最基本原因。

2)战略目标是企业面对内外环境,在今后一段时间必须应对的战略焦点,通过战略目标的实现,企业一步步达到愿景。

3)战术目标是战略目标更具体化的表述。

(2)目标管理理论的内容和特点(P260~261):

1)以目标为中心。目标管理强调明确的目标是有效管理的首要前提,并把重点放在目标的实现上,而不是行动的本身。

2)强调系统管理。组织目标的实现有赖于组织的各分目标的实现,总目标和各分目标之间以及分目标和分目标之间是相互关联的,强调目标的整体性和一致性。

3)重视人的因素。目标管理是一种参与式的、民主的、自我控制的管理模式,也是一种把个人的需求与组织目标结合起来的管理方式。只有能使员工发现工作的兴趣和价值,享受工作带来的满足感和成就感,目标管理才能真正成功。

5. 简述绩效考评面谈的程序和技巧,并举例说明如何应用绩效考评的结果。

答:(1)绩效考评面谈的程序(P289):

1)为双方营造一个和谐的面谈气氛。

2)说明面谈的目的、步骤和时间。

3)讨论每项工作目标考评结果。

4)分析成功和失败的原因。

5)与被考评者讨论考评的结果,特别是双方要围绕优势与不足、存在的重要困难和问题、在计划期内亟待改进的方面,进行深入的讨论,并达成共识。

6)与被考评者围绕培训开发的专题进行讨论,提出培训开发的需求,共同为下一阶段的员工培训开发工作设定目标。

7)对被考评者提出的需要上级给予支持和帮助的问题进行讨论,提出具体的建议。

8)双方达成一致,在绩效考评表上签字。

(2)绩效考评面谈的技巧(P289):

1)考评者一定要摆好自己与被考评者的位置,双方应当是具有共同目标的交流者,具有同向关系,双方是完全平等的交流者。面谈不是宣讲,而是沟通。

2)通过正面鼓励或者反馈,关注和肯定被考评者的长处。

3)要提前向被考评者提供考评结果,强调客观事实。这里,尤为重要的是提请员工注意在绩效指标的标准设计中、在绩效合同中双方达成一致的内容,提示员工事先的承诺。

4)应当鼓励被考评者参与讨论,发表自己的意见和看法,以核对考评结果是否合适。

5)针对考评结果,与被考评者协商,提出未来计划期内的工作目标与发展计划。

(3)说明如何应用绩效考评的结果(P290):绩效考评结果的应用主要体现在绩效管理与人力资源管理其他子系统之间的关系上,具体来说,绩效考评的结果可以作为培训、人事变动、薪酬变动的依据。这里仅就绩效考评结果在培训和薪酬体系的设计与变动方面的应用作出简要说明。

1)基于绩效考评的培训开发。从管理方面看,员工培训基本上可以分为计划阶段、培训实施阶段、评估阶段。在计划阶段,主要是确定培训目标和培训内容,即要进行培训的需求分析;在培训实施阶段,主要是选择培训方法、学习方式以及具体实施培训的过程;在评估阶段,主要内容是培训成效的具体测定与衡量。

2)基于绩效考评的薪酬调整。基于绩效考评结果的薪酬变动主要表现在薪酬等级的变动和奖金额度的确定两个方面。而第一个方面主要和个人的岗位等级挂钩,比如企业可以规定连续两年绩效评价总分在本单位所属系统内排名第一位的,可以上浮一级岗级;年度考评为不合格的,下浮一级岗级或调整工作岗位。岗位等级的变动,必然伴随着薪酬等级的变动。

6. 说明平衡计分卡的内容和特点。

答:(1)平衡计分卡的内容(P297~300):平衡计分卡的内容包括财务、客户、内部流程、学习与成长四个方面。

1)财务方面:平衡计分卡的财务方面强调企业要从股东及出资人的立场出发,树立"只有满足投资人和股东的期望,才能取得立足与发展所需要的资本"的观念。从财务的角度看,企业包括"成长""保持(维持)"及"收获"三大战略方向,与此相配合,就会形成三个财务性主题:"收入—成长""成本降低—生产力改进""资产利用—投资战略"。企业应根据所确定的不同的战略方向、战略主题而采用不同的业绩衡量指标。

财务绩效指标主要包括:收入增长指标、成本减少或生产率提高指标、资产利用或投资战略指标。当然,也可以根据企业的具体要求,设置更加具体的指标,如经济增加值、净资产收益率、资产负债率、投资报酬率、销售利润率、应收账款周转率、存货周转率、成本降低率、营业净利润额和现金流量净额等。

2)客户方面:客户(顾客)因素在平衡计分卡中占有重要地位,因为如果无法满足或达到顾客的需求时,企业的愿景及目标是很难实现的。企业要想取得长期的经营绩效,就必须创造出受客户青睐的产品与服务,因此企业的活动必须以客户价值为出发点。

客户方面绩效指标主要包括:①市场份额,即在一定的市场中(可以是客户的数量,也可以是产品销售的数量)企业销售产品的比例;②客户保留度,即企业继续保持与老客户交易关系的比例,既可以用绝对数来表示,也可以用相对数来表示;③客户获取率,即企业吸引或取得新客户的数量或比例,既可以用绝对数来表示,也可以用相对数来表示;④客户满意度,即反映客户对其从企业获得价值的满意程度,可以通过函询、会见等方法来加以估计;⑤客户利润贡献率,即企业为客户提供产品或劳务后所取得的利润水平。

3)内部流程方面:通常说来,企业内部的业务包括以下三个方面:①革新过程;②营运过程;③售后服务过程。企业因资源有限,为有效地运用内部资源,首先需要以客户的需求和股东的偏好为依据,重视价值链的每个环节,创造全面和长期的竞争优势。

因此,内部业务流程指标主要包括三个方面:①评价企业创新能力的指标,如新产品开发所用的时间、新产品销售额在总销售额中所占的比例、比竞争对手率先推出新产品的比例、所耗开发费用与营业利润的比例、第一设计出的产品中可完全满足客户要求的产品所占的比例、在投产前需要对设计加以修改的次数等;②评价企业生产经营绩效的指标,如产品生产时间和经营周转时间、产品和服务的质量、产品和服务的成本等;③评价企业售后服务绩效的指标,如企业对产品故障的反应时间和处理时间、售后服务的一次成功率、客户付款的时间等。

平衡计分卡在内部业务流程方面的优势在于它既重视改善现有流程,也要求确立全新的流程,并且通过内部流程将企业的学习与成长、客户价值与财务目标联系起来。对内部业务流程的分析有助于管理层了解其业务运行情况,以及其产品和服务是否满足客户需要;同时,企业可以评估在行动方法上的有效性,以便及时发现组织内部存在的问题,并采取相应措施加以改进,进而提高组织内部的管理效率。

4)学习与成长方面:平衡计分卡的设计体现了以学习和成长为核心的思想,将企业的员工、技术和组织文化作为决定因素,分别衡量员工保持率、员工生产力、员工满意度的增长等指标,以考评员工的才能、技术结构和企业组织文化等方面的现状与变化。如果企业改善了这些方面,则员工的潜能就可能得以充分发挥,而企业的技术结构就会进一步得到提高,企业的组织文化氛围就会向更好的方向发展。

学习与成长绩效指标主要包括三个方面:

①评价员工能力的指标,如员工满意程度、员工保持率、员工工作效率、员工培训次数、员工知识水平等;

②评价企业信息能力的指标,如信息覆盖率、信息系统反应的时间、接触信息系统的途径、当前可能取得的信息与期望所需要的信息的比例等;

③评价激励、授权与协作的指标,如员工所提建议的数量、所采纳建议的数量、个人和部门之间的协作程度等。

平衡计分卡四个方面的内容虽然各自有特定的评价指标,但彼此之间存在着密切的联系:

①财务指标是根本,而其他三方面的指标最终都要体现在财务指标上。

②四个方面不是相互独立的,它们之间存在某种"因果关系",比如:由于关注员工技能的提升,会使得产品的过程质量和生产周期得以保证;由于内部业务运作的高效,使得产品能按时交付,顾客满意度不断提高,最终财务指标——资本回报率得以提高。

(2)平衡计分卡的特点(P300):将企业的愿景、使命和发展战略与企业的绩效评价系统联系起来,它把企业的使命和战略转变为具体的目标和评测指标,以实现战略和绩效的有机结合。

7. 如何运用平衡计分卡设计企业绩效指标体系?

答:利用平衡计分卡设计企业绩效指标体系(P306):设计绩效管理系统(体系)可以按照"准备工作、指标体系设计、运作体系设计、结果应用体系设计、制度设计、方案实施"等步骤进行。运用平衡计分卡设计绩效管理系统,主要体现在运用平衡计分卡的理论,进行企业 KPI 指标体系的设计。其主要程序是:

1)建立企业的愿景与战略。企业的愿景与战略要简单明了,并对每一部门均具有意义,使每一部门可以采用一些业绩衡量指标去完成企业的愿景与战略。

2)围绕企业的愿景和战略,从财务、客户、内部流程、学习与成长四个方面设计企业平衡计分卡,即从平衡计分卡的角度设计企业层面的 KPI。

3)利用战略地图、任务分工矩阵等工具设计部门与班组级平衡计分卡,即企业下属组织单位的平衡计分卡。

4)设计岗位(个人)的平衡计分卡。

5)将企业、部门、班组、个人的平衡计分卡进行汇总,组成体系,即从平衡计分卡的角度建立企业的 KPI 库。

8. 平衡计分卡区别于传统的绩效管理工具的特点有哪些?

答:平衡计分卡最突出的特点是(P300):将企业的愿景、使命和发展战略与企业的绩效评价系统联系起来,它把企业的使命和战略转变为具体的目标和评测指标,以实现战略和绩效的有机结合。另外,相比于传统的绩效管理工具,平衡计分卡还具有其不可比拟的优点,这些优点突出表现在以下四种"平衡"上:

(1)外部衡量和内部衡量之间的平衡。平衡计分卡将评价的视野由传统的只注重企业内部评价,扩大到企业外部,包括股东、顾客;同时以全新的眼光重新认识企业内部,将以往只看内部结果,扩展到既看结果同时还注意企业内部流程及企业的学习和成长。平衡计分卡还把企业管理层和员工的学习成长视为将知识转化为发展动力的一个必要渠道。

(2)期望的成果和产生这些成果的动因之间的平衡。企业应当清楚其所追求、所期望的成果,如利润、市场占有率,以及产生这些成果的动因,如新产品开发与投资、员工培训开发、信息系统的更新等。只有正确地找到这些动因,企业才可能获得所要的成果。平衡计分卡正是按照因果关系构建的,同时体现了指标间的相关性。

(3)定量衡量和定性衡量之间的平衡。

1)定量指标(如利润、员工流动率)的特点是较准确、客观,而且数据也容易获得,这也正是其在传统业绩评价中得以应用的一个主要原因。

2)定量数据多基于过去,因此,定量数据的分析必须保证未来的趋势是可预测的。

3)目前企业所面临的未来越来越具有不确定性,导致用过去预测未来存在着风险。

4)定性指标由于具有相当的主观性,所以往往不具有准确性,有时还不容易获得,因而在应用中受到的重视不如定量指标,但这并不影响定性指标的相关性与可靠性,而这两个性质正是业绩评价中所需要的。

5)平衡计分卡引入定性的指标以弥补定量指标的缺陷,使评价体系具有新的应用价值。

(4)短期目标和长期目标之间的平衡。

1)平衡计分卡克服了传统绩效评价体系只关注短期绩效的问题。

2)平衡计分卡使企业不但要注意短期目标(如利润),还要关注长期目标(如顾客满意度、员工训练成本与次数),而且还要制订出相应的考评指标,保证企业的发展方向。

9. 如何处理平衡计分卡的指标数据?

答:当企业绩效指标体系建立以后,另一个关键步骤是对数据进行综合处理。平衡计分卡的指标可以分为两种类型:一类是定性指标;另一类是定量指标,这类指标应该占指标的大多数。数据的处理可以按照以下步骤进行:(P311)

(1)定性数据的处理:定性数据的处理国际通用的方法是采用问卷调研法。因此,对指标体系中的定性数据需要设计调研问卷。为避免主观判断所引起的失误,增加定性指标的准确性可采用隶属度赋值方法,将定性指标分成 5 个档次(好、较好、一般、差、很差),分别对应 5 到 1 分。1~5 表示不同的等级,等级之间只是对指标看法的程度不同。由于在赋值判断过程中已内含标准,可以直接计算评价值。用加权平均的方法对调查结果进行计算。

(2)定量指标的处理:定量指标的数据值按照指标的释义和企业的具体情况进行收集,数据的收集需要不同部门配合。由于各项定量指标的内容、量纲各不相同,直接综合在一起十分困难。例如某企业销售部 10 月份的顾客满意度是 95%,而成本降低额却是一个较大的值(50

万元),两个指标间的值相差太大,并且它们的单位也不同。此外,在进行横向或纵向比较时,因企业各自的具体情况不尽相同,如果不进行必要的技术处理,难以保证评价结果的可靠性和正确性。因此,必须将各类相关指标进行无量纲处理,即将定量指标原值转化为评价值。

(3)确定平衡计分卡的评价指标的权重:指标的权重是指该指标在本层指标中所占的相对其他指标的重要程度,一般以100%为最高值,对本层指标内的各项指标的重要程度进行分配。确定权重时一个较为简便和合理的方法就是通过专家打分。专家的组成结构要合理,要有本企业的中高层管理人员、技术人员,也要有基层的技术和管理人员,还要有企业外的对本企业或本行业熟悉的专家,如行业协会的成员、大学或研究机构的成员。同时,对不同的企业权重选择应根据不同行业、不同企业的特点进行打分。如对大型企业而言运作流程的顺畅就显得很重要,因而该指标所占权重也相对较大;对银行等金融企业而言,财务指标事关重大,该指标的权重自然也较大。

(4)数据综合处理:在确定了定量、定性数据值及各项指标的权重值后,就要对数据进行综合处理。数据处理的顺序是逆序法,即先计算最低层次指标值,然后计算较高层次指标值,最后是第一层指标值。每层次指标值,是根据求得的每层定性和定量指标值与对应的指标权重相乘而得到。最终得到整个平衡计分卡的总体得分。

(5)数据的比较分析:求得最终值的绝对值并没有多大意义,需要对这些数据进行比较。比较可分横向与纵向、内部与外部、客观与主观、短期与长期等几个层面进行,如企业与企业的平衡计分卡比较、企业内部的部门与部门的平衡计分卡比较及员工个人与员工个人的平衡计分卡比较。

第五章　薪酬管理

第一节　企业薪酬的战略性管理

第一单元　整体薪酬战略的制定与实施

一、单项选择题（每小题只有一个正确答案，请将正确答案的序号填写在括号内）

1. 企业薪酬战略的基本前提是：薪酬制度体系必须服从并服务于企业经营战略，并与企业发展（　　）和总目标密切地结合起来。

A. 目的　　　　　　B. 要求　　　　　　C. 方向　　　　　　D. 总方向

2. 构建企业薪酬战略所强调的基本目标不含（　　）。

A. 效率　　　　　　B. 公正　　　　　　C. 公平　　　　　　D. 合法

3. 在确立薪酬战略的发展方向和目标时，作为企业薪酬战略的制定和执行者，需要正确地回答的基本问题中不包含（　　）。

A. 企业所确立的薪酬方向和目标，是否能够在未来的五年甚至更长的时期内，吸引并留住企业所需要的具有良好的职业品质、经验丰富、技艺娴熟的业务骨干和专门人才？

B. 企业的薪酬战略政策和策略，是否能最大限度地激发员工的积极性，是否有利于提高个体和总体的劳动效率？

C. 企业的员工是否感受到了薪酬体系的公平性和合理合法性？

D. 是否能进一步压低劳动成本？

4. 如果经常变动企业的薪酬制度必然会给企业带来震荡，甚至引发一系列问题，给企业带来（　　）。

A. 困难　　　　　　B. 灾难　　　　　　C. 倒闭　　　　　　D. 无法生存

5. 企业要可持续发展，必须解决的价值分配中的矛盾不包括（　　）。

A. 现在与将来的矛盾　　　　　　　　B. 老员工与新员工的矛盾

C. 个体与团体的矛盾　　　　　　　　D. 经营者和员工之间的矛盾

6. 企业个性的系统化的薪酬体系设计的层面不包含（　　）。

A. 战略　　　　　　B. 战术　　　　　　C. 制度　　　　　　D. 技术

7. 在企业整个人力资源战略中，薪酬战略既可以处于主导地位，也可以成为企业人力资源管理制度变革的（　　）。

A. 方式　　　　　　B. 指导　　　　　　C. 诱因　　　　　　D. 因素

8. 下列不是薪酬战略与企业发展阶段的是（　　）。

A. 合并或迅速发展阶段　　　　　　　　B. 正常发展至成熟阶段

C. 无发展或衰退阶段　　　　　　　　D. 企业战略目标阶段

9. 通过对国外专家们研究成果的分析和比较,我们至少可以得出以下推论(　　)。

A. 对企业来说,薪酬战略没有最好的只有最适合的

B. 薪酬战略的制定与实施必须坚持系统性、配套性和实用性,实施薪酬战略比制定薪酬战略更具重要性

C. 企业薪酬不会影响员工工作行为和组织绩效

D. 包括薪酬在内的人力资源战略可以发挥积极的引导作用,赢得企业竞争的优势

参 考 答 案

1. D,323　　　　　2. B,323　　　　　3. D,327　　　　　4. B,327　　　　　5. D,328

6. B,329~330　　　7. C,332　　　　　8. D,333　　　　　9. C,339

二、多项选择题(请将正确答案的序号填写在括号内,选项中有两个或两个以上正确答案,多选、错选、少选均不得分)

1. 从广义角度看,薪酬是指员工作为劳动关系中的一方,从用人单位——企业所得到的各种回报,包括(　　)。

A. 物质的　　　　　B. 精神的　　　　　C. 货币的　　　　　D. 非货币的

E. 食物的

2. 从劳动力市场上求职者的视角看,下列描述准确的是(　　)。

A. 薪酬是选择职业的重要尺度

B. 大多数求职者总是倾向于选择薪酬高的工作岗位

C. 年薪高的工作岗位无人问津

D. 薪酬水平很低的岗位则无人问津

E. 福利不是他们关心的问题

3. 薪酬的表现形式有(　　)。

A. 基本工资　　　　B. 法定假期　　　　C. 绩效工资　　　　D. 激励工资

E. 员工福利保险

4. 薪酬战略的中心任务是(　　)。

A. 确立可行的薪酬管理体系　　　　　　B. 制定正确的薪酬政策

C. 采取有效的薪酬策略

D. 支持并帮助企业赢得并保持人力资源竞争的优势

E. 有力地支持和帮助企业提高生产效率

5. 成本领先战略以效率为中心,还包括(　　)及详细而精确地规定工作量。

A. 少用人　　　　　B. 多办事　　　　　C. 降低成本　　　　D. 鼓励提高生产率

E. 以顾客为中心

6. 薪酬战略的基本内容包括(　　)。

A. 内部一致性　　B. 外部竞争力　　C. 员工的贡献率战略　　D. 薪酬体系管理

E. 薪酬运作管理

7. 视外部竞争情况而定的薪酬决策对薪酬目标的影响有(　　)。

A. 确保薪酬的吸引功能　　　　　　B. 确保薪酬足够吸引和留住员工

C. 以劳动成本为中心　　　　　　　D. 控制劳动力成本

E. 使本企业的产品或服务具有较强的竞争力

8. 基于战略的企业薪酬分配的根本目的可总结为(　　)。

A. 促进企业的可持续发展　　　　　B. 强化企业的核心价值观

C. 能够支持企业战略的实施　　　　D. 有利于培育和增强企业的核心能力

E. 有利于营造响应变革和实施变革的文化

9. 不同的交易模式可分为(　　)。

A. 高薪—低责任　　B. 高薪—高责任　　C. 低薪—低责任　　D. 低薪—高责任

E. 与交易收益关联

10. 不同的交易模式的另一种描述是(　　)。

A. 雇用式　　　　　B. 家庭式　　　　C. 宗教式　　　　D. 商品式　　E. 收益式

11. 构建企业薪酬战略的基本步骤是(　　)。

A. 评价整体性薪酬战略的内涵　　　B. 评价整体性薪酬战术的要求

C. 使薪酬战略与企业经营战略和环境相适应

D. 将企业整体薪酬战略的目标具体化

E. 重新衡量薪酬战略与企业战略和环境之间的适应性

12. 影响薪酬战略的因素包括(　　)。

A. 企业文化与价值观　　　　　　　B. 社会、政治环境和经济形势

C. 来自竞争对手的压力　　　　　　D. 员工对薪酬制度的期望

E. 工会组织的作用

13. 对企业薪酬战略及制度、政策产生影响的因素包括(　　),以及工会组织的要求、薪酬与其他人力资源体系的适应性等。

A. 企业经营战略　　　　　　　　　B. 组织文化和价值观

C. 环境特点　　　　　　　　　　　D. 外部的竞争压力

E. 员工个人的需要

14. 企业的薪酬战略方案提出之后,应当从(　　)方面对薪酬战略能否增强企业的竞争优势作出全面的检测和判断。

A. 薪酬战略所提出的各种决策能否为企业创造价值

B. 企业薪酬管理体系与经营战略之间是否相互适应、相互促进、相互影响

C. 企业薪酬体系与人力资源其他模块之间的适应性和配套性

D. 企业薪酬体系运行的系统性和可靠性

E. 在企业人力资源管理的活动中,始终坚持"实践—认识—再实践—再认识"的原则

参 考 答 案

1. ABCD,320　　2. ABD,320　　　　3. ACDE,321～322　　4. ABCD,323

5. ABCD,323　　6. ABCD,325～326　　7. ABDE,326　　　　8. ABCDE,328

9. ABCD,332　　10. ABCD,331　　　11. ACDE,332　　　　12. ABCDE,333～335

13. ABCDE,336　14. ABCD,336～337

第二单元 薪酬外部竞争力:薪酬水平的控制

一、单项选择题(每小题只有一个正确答案,请将正确答案的序号填写在括号内)

1. 劳动边际生产力递减工资理论认为,( )取决于劳动的边际生产力。

A. 薪酬 　　　　 B. 薪资 　　　　 C. 工资 　　　　 D. 福利

2. 构成现代西方工资理论的两个主要基础理论是边际生产力工资理论和( )。

A. 实际工资基本理论 　　　　　　 B. 均衡价格工资理论

C. 集体谈判工资理论 　　　　　　 D. 人力资本工资理论

3. 从劳动力的供给看,工资取决于两个因素,一是劳动者及家属的生活费,二是( )。

A. 劳动报酬 　　　 B. 劳动者薪金 　　 C. 劳动者工资水平 　 D. 劳动的负效用

4. 人力资本投资不包括( )。

A. 有形支出 　　　 B. 无形支出 　　　 C. 心理损失 　　　 D. 物质成本

5. 对劳动力需求模型修正的三种理论不包括( )。

A. 薪酬差异理论 　 B. 劳动效率理论 　 C. 效率工资理论 　 D. 信号工资理论

6. 对劳动力供给模型修正的三种理论不包括( )。

A. 保留工资理论 　 B. 劳动力成本理论 　 C. 岗位竞争理论 　 D. 效率工资理论

7. 工资效益常用的统计指标不包括( )。

A. 每百元工资产品产量 　　　　　 B. 每百元工资产品产值

C. 每百元工资利润额 　　　　　　 D. 每百元工资劳动量

8. 影响企业薪酬水平,进而影响外部竞争力的因素不包括( )。

A. 产品市场 　　　 B. 劳动力市场 　　 C. 资源市场 　　　 D. 企业组织

9. ( )薪酬策略强调高薪用人,突出高回报,以高于市场竞争对手的薪酬水平增强企业薪酬的竞争力。

A. 领先型 　　　　 B. 先进型 　　　　 C. 第一型 　　　　 D. 突出型

10. 在经济萧条时期,或者企业处于创业、转型、衰退时期,企业应选择( )薪酬策略。

A. 滞后 　　　　　 B. 混合 　　　　　 C. 等待 　　　　　 D. 跟随

11. 员工可以通过绩效工资或激励工资得到更高水平的报酬,企业应采用( )薪酬策略。

A. 领先型 　　　　 B. 跟随型 　　　　 C. 混合型 　　　　 D. 等待型

参 考 答 案

1. C,341 　　　 2. B,342 　　　 3. D,342 　　　 4. D,344 　　　 5. B,345 　　　 6. D,347

7. D,348 　　　 8. C,349 　　　 9. A,350 　　　 10. A,351 　　　 11. C,351

二、多项选择题(请将正确答案的序号填写在括号内,选项中有两个或两个以上正确答案,多选、错选、少选均不得分)

1. 边际生产力工资理论的前提是一个充满竞争的静态社会,它的特征是( )。

A. 在整个经济社会中,不论是产品市场还是要素市场均是完全自由竞争的市场,价格和
　　工资不由政府或串通的协议操纵

B. 假定每种生产资源的数量是已知的,顾客的爱好或者工艺的状态都没有发生变化,即年年都是用相同的方法生产出同等数量的相同产品

C. 假定资本设备的数量是固定不变的,但是这些设备的形式可以改变,可以与可能得到的任何数量的劳动力最有效地配合

D. 假定工人可以相互调配,并且具有同样的效率,也就是说,完全没有分工,对同行业的工人只有单一的工资率,而不是多标准的工资率

E. 劳动和资本是两个重要的生产要素,每个要素的实际贡献按其投入的量的多少而变动,并且呈边际收益递减的趋势

2. 现代西方工资决定理论包括(　　　)。

A. 边际生产力工资理论　　　　　　B. 均衡价格工资理论

C. 集体谈判工资理论　　　　　　　D. 人力资本理论

E. 人力资源理论

3. 薪酬差异理论的负面特性包括(　　　)。

A. 培训费用高　　　B. 工作安全性差　　　C. 工作条件差　　　D. 成功的机会少

E. 控制参与差

4. 高薪酬可以提高企业效率的原因是(　　　)。

A. 可以吸纳高素质应聘人员

B. 可以减少跳槽人数,降低员工的流失率

C. 员工对企业的高度认同感会激发员工更加努力地工作

D. 因为被解雇的代价增加,工人尽量避免"怠工"

E. 可以减少管理及其相关人员的配备

5. 企业薪酬水平的控制关系到的两个基本目标为(　　　)。

A. 企业薪酬战略的总任务和总目标的实现

B. 企业劳动力成本的控制

C. 选择并提出具有竞争力的薪酬策略

D. 对中高级人才的吸纳和维系能力

E. 各类专门人才和一般员工的吸纳和维系

6. 企业管理者为"跟随型"策略归纳的理由是(　　　)。

A. 薪酬水平低于竞争对手会引起企业员工的不满,导致生产效率下降

B. 薪酬水平低还会制约和影响企业在劳动力市场上的招聘能力

C. 关注同行业的市场薪酬水平是企业高层决策者的责任

D. 薪酬水平的合理确定关系到外部的竞争力

E. 薪酬水平关系内部人工成本合理确定的问题

参 考 答 案

1. ABCD,341　　　2. ABCD,340~343　　　3. ABCD,345

4. ABCDE,345　　5. BE,349　　　6. ABCDE,349

第三单元　薪酬内部公平性：薪酬制度的完善与创新

一、单项选择题（每小题只有一个正确答案，请将正确答案的序号填写在括号内）

1.赫兹泊格将需要层次分为比较低级层次的需要和（　　）。

A. 比较高级的需要　　　　　　　　B. 比较中层的需要

C. 比较需求的需要　　　　　　　　D. 比较激励的需要

2.麦克莱兰和亚特金森的需要分类法是从人们想得到结果的类别对需要分为三类，它不包括（　　）。

A. 权力需要　　　　B. 成就需要　　　　C. 亲和需要　　　　D. 愿望需要

3.维克多·弗罗姆认为人的动机取决于三个因素，其中不包括（　　）。

A. 效价　　　　B. 愿望　　　　C. 期望　　　　D. 工具

4.利润分享也是一种（　　）。

A. 工资形式　　　　B. 薪酬形式　　　　C. 分配形式　　　　D. 分享形式

5.销售人员具体的薪酬政策和措施不包括（　　）。

A. 薪酬取决于企业效益，通常享有利润分享

B. 由于中高级营销人才相对短缺，因此薪酬可能较一般管理人员、工程人员要高

C. 对于市场开发、市场占有率有重大突破者，应给予特殊奖金

D. 销售人员的薪酬应低于工程人员

参 考 答 案

1. A,352　　　2. D,353　　　3. B,353　　　4. A,353　　　5. D,357

二、多项选择题（请将正确答案的序号填写在括号内，选项中有两个或两个以上正确答案，多选、错选、少选均不得分）

1.马斯洛的需求层次包括（　　）。

A. 生理需要　　　　B. 安全需要　　　　C. 社会的需要　　　　D. 自尊的需要

E. 自我实现的需要

2.（　　）属于高级需要。

A. 自尊　　　　B. 自我实现　　　　C. 安全　　　　D. 薪酬

E. 福利

3.满足比较高级层次需要的因素是激励因子，包括（　　）。

A. 工作丰富化　　　B. 承担责任　　　C. 成就感　　　D. 认同感

E. 有挑战性的工作机会

4.激励理论包括（　　）。

A. 需要层次论　　　B. 双因素理论　　　C. 需要类别理论　　　D. 期望理论

E. 分享理论

5.利润分享的具体形式包括（　　）。

A. 无保障工资的纯利润分享　　　　B. 有保障工资的部分利润分享

C. 按利润的一定比重分享　　　　　D. 年终或年中一次性分红

E. 从利润中提取一定比例进行分红

6. 外部激励的特征有(　　)。

A. 人的行为完全取决于自身　　　　　　　　B. 使人在行动中获得愉悦和满足

C. 是在外界的需求和外力作用下人的行为　　D. 需要外力驱使

E. 通过将行为结果和渴望的回报联系起来达到刺激人采取行动的目的

7. 社会感情激励通常要用(　　)等手段,与物质需要相比,社会感情激励是较高层次的。

A. 友谊、温暖　　　　　　　　　　　　　　B. 表扬、尊重

C. 特殊的亲密关系　　　　　　　　　　　　D. 信任、认可

E. 荣誉等社会感情性的资源

8. 对企业人员产生外部激励作用的因素有(　　)等。

A. 物质报酬激励　　　B. 基本工资　　　C. 绩效工资　　　　　D. 奖金、福利待遇

E. 分享系数

9. 非物质报酬激励,包括(　　)和良好的工作条件与环境等。

A. 赏识　　　　　　B. 荣誉　　　　　　C. 地位　　　　　D. 培训　　　　　E. 晋升

10. 企业各类人员薪酬分配的难点,对研发人员而言是(　　)。

A. 工作价值的衡量　　　　　　　　　　　　B. 人员素质的特殊要求

C. 具体的薪酬政策和策略　　　　　　　　　D. 决定着企业技术产品是否能够适应竞争市场

E. 激发其潜能智慧在企业中的充分发挥

11. 高级主管具体的薪酬政策和措施包括(　　)。

A. 薪酬取决于企业规模、员工人数及福利能力

B. 薪酬取决于企业效益,通常享有较高的分红及奖金

C. 通常享有特别的绩效奖金或者目标达成奖金

D. 通常享有额外之福利,如汽车、保险及各种科协会员资格证等

E. 通常享有非财务性补偿,如头衔、秘书、名片、车位、办公室、弹性工作时间等

12. 销售人员素质的特殊要求包括(　　)。

A. 工作价值取决于正确的经营思想、经营销售艺术和策略技能

B. 工作价值取决于企业整体的绩效

C. 通常是年富力强、知识面广多专长的人员

D. 销售人员较多的是重视"激励成果"及"承诺"

E. 擅长沟通和对信息的定夺

13. 从劳动者的角度看,薪酬制度应当达到以下要求(　　)。

A. 简单明了,便于核算　　　　　　　　　　B. 工资差别是可以认同的

C. 同工同酬,同绩效同酬　　　　　　　　　D. 至少能保证基本生活

E. 对企业未来有安定感

14. 从企业的角度看,薪酬制度应当达到以下要求(　　)。

A. 提高企业的经济效益　　　　　　　　　　B. 发挥员工的劳动潜能

C. 有助于员工之间的团结协作　　　　　　　D. 至少能保证基本生活

E. 能够吸引高效率的、合格的劳动力

15. 工资方案的评价内容主要有(　　)。

A. 对工资方案管理状况的评价   B. 对工资方案明确性的评价

C. 对工资方案能力性的评价   D. 对工资方案激励性的评价

E. 对工资方案安全性的评价

参 考 答 案

1. ABCDE,352	2. AB,352	3. ABCDE,352	4. ABCD,352~353
5. ABCD,354	6. CDE,354	7. ABCDE,355	8. ABCDE,355
9. ABCDE,355	10. ABC,355	11. ABCDE,357	12. CDE,357
13. ABCDE,357	14. ABCE,357	15. ABCDE,358	

第二节   各种薪酬激励模式的选择与设计

第一单元   经营者年薪制的设计

一、单项选择题（每小题只有一个正确答案,请将正确答案的序号填写在括号内）

1. 企业经营者年薪收入包括基本收入和(   )两部分。

A. 基本年薪   B. 效益年薪   C. 年薪工资   D. 效益收入

2. 经营者年薪的主要结构模式不包括(   )。

A. 年薪收入＝基薪收入＋风险收入＋年功收入＋特别年薪奖励

B. 年薪收入＝基本年薪＋增值年薪＋奖励年薪

C. 年薪收入＝年薪工资＋风险工资＋重点目标责任工资

D. 年薪收入＝年薪工资＋风险工资＋优质项目奖励

3. 在 WX 模式中,经营者每年风险工资收入的(   ),应用于增加风险抵押金。

A. 20%～50%   B. 25%～50%   C. 30%～50%   D. 35%～50%

4. B 模式规定,经营者持股的出资额一般不得少于(   )万。

A. 5   B. 7   C. 8   D. 10

5. B 模式规定,经营者所持股份一般以出资额的(   )倍确定。

A. 1～2   B. 1～3   C. 1～4   D. 1～5

参 考 答 案

1. D,365   2. D,365   3. A,375   4. D,384   5. C,384

二、多项选择题（请将正确答案的序号填写在括号内,选项中有两个或两个以上正确答案,多选、错选、少选均不得分）

1. 年薪制中的经营者是指具有法人代表资格的(   )。

A. 董事长   B. 技术人员   C. 企业厂长   D. 企业经理

E. 销售人员

2. 经营者年薪制的特点包括(   )。

A. 其核心和宗旨是把企业经营者的利益同本企业职工的利益相分离,以确保资产所有者的利益

B. 能够从工资制度上突出经营者的重要地位,增强经营者的责任感,强化责任、生产经营成果和应得利益的一致性

C. 能够较好地体现企业经营者的工作特点。企业一般以一年作为一个生产经营周期,因此,以年度为单位考核确定经营者的收入水平,能够更好地将收入与业绩联系起来,使其收入较充分地体现付出的劳动和经营的业绩

D. 使经营者的收入公开化、规范化。实行年薪制以后,经营者的收入由其年薪主管部门确定,并经过考核、审计等严格的程序后再行支付

E. 经营者按年薪取得收入后,除了按法律法规的规定享受社会保险、福利和住房等待遇外,不得再获取企业内部的工资、奖金、津贴、补贴等其他收入

3. 根据我国的具体国情,可以实行年薪制的企业主要有以下几种(　　)。

A. 在某地区依法设立的市属国有全资企业、国有独资公司、国有控股的有限责任公司和股份有限公司

B. 在某地区依法设立的国有企业以及国有资产占控股地位的股份制企业

C. 由某地区政府授权经营的集团公司,省、市重点集团公司,国有独资公司;部分经营者素质较高、效益较好、有一定发展潜力的国有(集体)控股的股份制企业和国有(集体)企业

D. 在某地区依法合资的控股企业

E. 由某地区的有关行政部门指定的跨国集团

4. 经营者年薪的支付形式与结构模式包括(　　)。

A. 基本年薪加效益年薪

B. 基本年薪加效益年薪,其中效益年薪部分用于购买本企业股份

C. 基本年薪加认股权

D. 年薪收入＝基本收入＋风险收入＋年功收入＋特别年薪奖励

E. 年薪收入＝基本年薪＋增值年薪＋奖励年薪

参 考 答 案

1. CD,363　　　　2. ABCDE,363~364　　　　3. ABC,364　　　　4. ABCDE,365

第二单元　股票期权的设计

一、单项选择题(每小题只有一个正确答案,请将正确答案的序号填写在括号内)

1. 国外公司经理人员的薪酬计划,一般不包括(　　)。

A. 基本工资　　　　　　　　　　B. 年度津贴或奖金

C. 股票期权、业绩股　　　　　　D. 优质奖励金

2. 20 世纪 90 年代美国经理人的薪酬总额中,长期激励机制的收益一直稳定在(　　)。

A. 10%~30%　　　B. 20%~30%　　　C. 25%~30%　　　D. 25%~35%

3. ESO 的授予一般每年进行一次。ESO 的授予数量及授予条件由(　　)薪酬委员会

决定。

    A. 董事长   B. 监理会   C. 监事会   D. 董事会

4. 在美国,按照是否符合《国内税务法则》有关特殊税务处理的规定,ESO 分为两种类型,即激励型期权(法定股票期权)和(　　)。

    A. 法定型期权   B. 指定型期权   C. 奖励型期权   D. 非法定股票期权

5. 一般来说,(　　)的主要对象是公司的经理。

    A. SEO   B. ESO   C. EOS   D. OSE

6. 股票期权的行权价的确定方式不包括(　　)。

    A. 低于现值   B. 高于现值

    C. 等于现值   D. 低于股票期权授予日的公平市场价格

7. 期权的行使期限一般不超过 10 年,强制持有期为(　　)年不等。

    A. 2~3   B. 3~5   C. 2~5   D. 3~4

8. 计算期权份数的正确的计算公式是(　　)。

    A. 期权份数＝期权薪酬的价值(期权行使价格×2 年平均利润增长率)

    B. 期权份数＝期权薪酬的价值(期权行使价格×3 年平均利润增长率)

    C. 期权份数＝期权薪酬的价值(期权行使价格×4 年平均利润增长率)

    D. 期权份数＝期权薪酬的价值(期权行使价格×5 年平均利润增长率)

9. 股票期权的执行方法不包括(　　)。

    A. 证券行权   B. 现金行权   C. 无现金行权   D. 无现金行权并出售

参 考 答 案

1. D,377   2. B,377   3. D,377   4. D,377   5. B,378

6. D,378   7. B,379   8. D,380   9. A,381

    二、多项选择题(请将正确答案的序号填写在括号内,选项中有两个或两个以上正确答案,多选、错选、少选均不得分)

1. 股票期权的特点是(　　)。

    A. 股票期权是权利而非义务   B. 这种权利是公司无偿"赠送"的

    C. 股票不能免费得到,必须支付"行权价"   D. 期权是经营者一种不确定的预期收入

    E. 它将企业的资产质量变成了经营者收入函数中的一个变量

2. 国外公司经理人员的薪酬计划一般包括(　　)。

    A. 业绩股   B. 基本工资   C. 年度津贴   D. 奖金   E. 股票权

3. 股票期权的行权价确定方式包括(　　)。

    A. 低于现值   B. 高于现值   C. 等于现值   D. 股票日现价

    E. 股票实时价值

4. 股票赠与时机一般是在经理人(　　)时。

    A. 受聘   B. 辞职   C. 升职   D. 业绩评定   E. 出色

5. 授予期权数量的确定方法有(　　)。

    A. 利用经验公式   B. 根据要达到的目标决定期权的数量

C. 利用模型   D. 利用 Black-Scholes 模型

E. 期权为获受人私有

6. 股票期权与期股的区别是( )。

A. 购买时间不同   B. 获取方式不同   C. 约束机制不同   D. 适用范围不同

E. 购买数量不同

7. 期股的形成主要来源于( )。

A. 在企业改制的基础上,调整原有股本结构,建立新的股本结构,形成经营者的期股

B. 通过企业股权转让形成经营者的期股

C. 企业增资扩股中形成经营者期股

D. 企业减少资本时形成经营者期股

E. 企业经营者业绩延期兑现转换的期股

参 考 答 案

1. ABCDE,376   2. ABCDE,377   3. ABC,378   4. ACD,379

5. ABD,379~380   6. ABCD,382   7. ABCE,384

第三单元　期股制度的设计

一、单项选择题(每小题只有一个正确答案,请将正确答案的序号填写在括号内)

1. ( )是指企业出资者同经营者协商确定的股票价格。

A. 期股   B. 股份   C. 股值   D. 红股

2. 期股适用于所有企业,期权只适用于( )。

A. 国有企业   B. 上市公司   C. 外资企业   D. 私营企业

3. ( )规定:经营者的期股每年所获得红利,要按协议规定全部用于补入所认购的期股。

A. J 模式   B. B 模式   C. A 模式   D. S 模式

参 考 答 案

1. A,382   2. B,383   3. B,385

二、多项选择题(请将正确答案的序号填写在括号内,选项中有两个或两个以上正确答案,多选、错选、少选均不得分)

1. 期股的获取方式有( )。

A. 出资购买   B. 赠与   C. 继承期股   D. 奖励   E. 转让

2. 股票期权与期股的区别是( )。

A. 购买时间不同   B. 获取方式不同   C. 约束机制不同   D. 适用范围不同

E. 购买数量不同

3. 经营者期股红利的兑现方式有( )。

A. A 模式   B. S 模式   C. J 模式   D. T 模式   E. B 模式

参 考 答 案

1. ABD,382   2. ABCD,382   3. BCE,384

第四单元　员工持股制度的设计

一、单项选择题(每小题只有一个正确答案,请将正确答案的序号填写在括号内)

1. (　　)是由企业员工拥有本企业产权的一种股份制形式,起源于美国。

A. 员工购买企业股份　　B. 员工持企业股　　C. 员工持股制度　　D. 员工有效股

2. 凯尔索等人设计了"员工持股计划",其主要内容不包括(　　)。

A. 企业成立一个专门的员工持股信托基金会

B. 基金会由企业全面担保

C. 基金会贷款认购企业股票

D. 员工离职时股票作废

3. 德国企业内部员工股的形式不包括(　　)。

A. 员工沉默股份　　　　　　　　B. 员工优先股

C. 企业内部利润分配权　　　　　D. 分配期限

4. 风险交易型员工持股不包括(　　)。

A. 日本模式　　　　　　　　　　B. 美国模式

C. 合作制企业的员工持股　　　　D. 企业资本资源的提供者

5. 企业内部员工股的特点不包括(　　)。

A. 内部员工股一般不可以流通、上市、上柜、继承、赠送

B. 内部员工持股自愿原则

C. 内部员工股同其他股份一样同股同权同利

D. 内部员工股不享有股票权

6. 在国外,实施 ESOP 的资金,其主要来源是金融机构的贷款,而就我国目前的情况来说,则仍然以(　　)为主,企业只提供部分低息借款。

A. 外部集资　　　　B. 员工自有资金　　　　C. 银行贷款　　　　D. 集体融资

7. 我国要实行员工持股的企业要注意的事项不包括(　　)。

A. 员工持股试点企业的条件　　　　B. 持股人员的参与范围

C. 员工持股比例和股份认购　　　　D. 确定员工总股金发行比例

参 考 答 案

1. C,385　　　　2. D,386　　　　3. D,387　　　　4. D,388

5. D,389～390　　6. B,391　　　7. D,391～392

二、多项选择题(请将正确答案的序号填写在括号内,选项中有两个或两个以上正确答案,多选、错选、少选均不得分)

1. 关于员工持股计划,以下讲述的基本原则正确的是(　　)。

A. 广泛参与原则　　B. 有限原则　　　　C. 认购期原则　　　　D. 无限期原则

E. 按劳分配原则

2. 福利分配型员工持股的主要形式和做法包括(　　)。

A. 年终分享利润以股票形式发放。这种情况在英国比较普遍

B. 美国的员工持股计划

C. 按月、按季或年终时向员工赠送股票或期权

D. 向员工提供购买企业股票的权限和优惠

E. 储蓄换取购买股票的权利

3. 我国还没有关于实施员工持股计划的统一的法规,因此在实施中多数属于探索性质,但以下内容具有指导意义(　　)。

A. 员工持股计划可行性研究　　　　B. 对企业进行全面价值评估

C. 聘请专业咨询机构参与计划的制订　　D. 明确员工持股的管理机构

E. 确定员工持股的份额和分配比例

4. 制订详细的 ESOP 实施程序和步骤主要应体现在员工持股的章程上,包括对(　　)等一系列问题作出明确的规定。

A. 计划的原则　　　　　　　　　　B. 参加者的资格

C. 财务政策、分配办法　　　　　　D. 股份的回购　　　　　　E. 员工责任

5. 我国各地的企业要想使 ESOP 得以实施,一般应当通过必要的审批程序,经过(　　)等部门审批。

A. 集团公司　　　B. 体改办　　　　C. 国资管理部门　　D. 工会组织

E. 经委

6. 员工持股的股金来源可考虑以下途径(　　)。

A. 员工个人出资购买　　　　　　　B. 历年工资储备金节余或公益金节余

C. 企业担保员工个人贷款

D. 用企业的奖励基金和福利基金直接奖励给优秀员工

E. 科技人员科技成果折股

参 考 答 案

1. ABE,386～387　　　　　2. ABCDE,387　　　　　3. ABCDE,390

4. ABCDE,391　　　　　　5. ABCE,391　　　　　　6. ABCDE,392

第五单元　特殊群体的薪资制度设计

一、单项选择题(每小题只有一个正确答案,请将正确答案的序号填写在括号内)

1. 设计专业技术人员工资收入的出发点不包括(　　)。

A. 收入水平要高　　　　　　　　　B. 重在激励,鼓励科技创新

C. 重视和尊重他们的工作　　　　　D. 激励方式结合本企业实际

2. 以下关于专业技术人员主要的薪酬模式的说法,错误的是(　　)。

A. 单一的高工资模式　　　　　　　B. 较高的工资加奖金

C. 较高的工资加科技成果转化提成制　　D. 科技薪酬

3. 企业采用工资成熟曲线图将员工分为表现合格者、能够胜任者和表现最佳者,他们分别获得( )工资标记。

A. 10P、50P、70P   B. 20P、55P、75P

C. 25P、50P、70P   D. 25P、50P、75P

参 考 答 案

1. C,394   2. D,394   3. D,401

二、多项选择题(请将正确答案的序号填写在括号内,选项中有两个或两个以上正确答案,多选、错选、少选均不得分)

1. 专业技术人员薪资制度设计的原则包括( )。

A. 人力资本投资补偿与回报原则   B. 高产出高报酬的原则

C. 反映科技人才稀缺性的原则   D. 竞争力优先的原则

E. 尊重知识、尊重人才的原则

2. 专业技术人员的薪酬模式包括( )。

A. 自助餐法   B. 单一的高工资模式

C. 较高的工资加奖金   D. 较高的工资加科技成果转化提成

E. 股权奖励

3. 对外派员工的定价方式包括( )。

A. 谈判法   B. 当地定价法   C. 平衡定价法   D. 一次性支付法

E. 自助餐法

4. 高层管理者的薪酬管理策略包括( )。

A. 将高层经营管理人员的薪酬与经营风险联系在一起

B. 确定正确的绩效评价方法

C. 实现高层管理者和股东之间的平衡

D. 更好地支持企业文化

E. 采用当地定价法

5. 销售人员薪酬方案的设计步骤包括( )。

A. 评估现有的薪酬计划   B. 设计新的薪酬方案

C. 执行新的薪酬方案   D. 评价新的薪酬方案

E. 计划的发布与沟通

6. 在工资管理中,成熟曲线的作用可以归纳为( )。

A. 明确企业工资水平的市场地位   B. 决定员工的工资等级

C. 满意度调查   D. 作为工资调整的依据

E. 工资调查

7. 进行企业薪酬系统竞争评价的方法有( )。

A. 诊断法   B. 满意度调查

C. 招聘结果调查   D. 骨干员工流失率调查

E. 薪酬激励调查

1. ABCDE,393　　　　2. BCD,293～394　　　　3. ABCDE,394　　　　4. ABCD,396

5. ABCD,397～398　　6. ABD,400　　　　　7. ABCD,401

第三节　企业福利制度的设计

一、单项选择题（每小题只有一个正确答案,请将正确答案的序号填写在括号内）

1. 所谓福利就是企业向所有员工提供的,用来（　　）和方便员工生活的间接薪酬。

A. 创造良好工作环境　　　　　　　B. 创造良好工作场地

C. 创造良好的光照度　　　　　　　D. 创造无噪声的环境

2. 在企业员工的薪酬体系中,除了基本工资、绩效工资和激励工资外,还有比较重要的一部分内容就是（　　）。

A. 物品　　　　　B. 物质　　　　　C. 生活实用品　　　　D. 福利

3. 福利的特点不包括（　　）。

A. 稳定性　　　　B. 潜在性　　　　C. 延迟性　　　　　D. 实用性

4. 关于福利的作用的描述,不准确的是（　　）。

A. 福利能满足员工的某些需要,解决后顾之忧,为员工创造一个安全、稳定和舒适的工作和生活环境

B. 福利能够增加员工对企业的认同感、忠诚度,从而激励员工充分发挥自己的潜能,为企业的发展作出贡献

C. 福利能使员工提高流动性

D. 可以塑造良好的企业形象,提高企业的知名度

5. 当要确定整套福利方案中应包括哪些项目时,应该至少考虑的三个问题不包括（　　）。

A. 总体薪酬战略　　B. 企业发展目标　　C. 企业战略　　　　D. 员工队伍的特点

6. 弹性福利计划,又称"（　　）",它起源于 20 世纪 70 年代。

A. 西方弹性福利计划　　　　　　　B. 自助餐式的福利计划

C. 福利自选计划　　　　　　　　　D. 公助餐式的福利计划

7. 弹性福利计划不包含的类型是（　　）。

A. 全部福利项目均可自由挑选　　　B. 有些福利项目可以自选

C. 所有福利项目均不可挑选　　　　D. 可选择的福利项目比较有限

1. A,405　　2. D,405　　3. D,405　　4. C,406　　5. C,407　　6. B,409　　7. C,409

二、多项选择题（请将正确答案的序号填写在括号内,选项中有两个或两个以上正确答案,多选、错选、少选均不得分）

1. 福利有多种多样的形式,一般可以划分为（　　）。

A. 保险福利　　　　B. 非工作日福利　　C. 员工服务福利　　D. 额外津贴

E. 生活福利

2.《中华人民共和国劳动保险条例》规定的劳动保险有(　　)。

A. 员工因工负伤、残废、死亡保险。员工因工负伤、残废、死亡时的医疗和生活补助

B. 员工非因工负伤、残废、死亡保险。员工在非因工负伤、残废、死亡时的医疗和生活补助

C. 员工的医疗保险。员工在生病期间的医疗和生活补助

D. 员工养老保险。劳动者丧失劳动力之后,在养老期间的医疗和生活补助

E. 员工生育保险。员工在生育时的补助和医疗保障

3. 企业还向员工提供其他各种各样的服务和额外津贴,常见的形式有(　　)。

A. 以成本价向员工出售住房,或向员工提供房租补贴等

B. 提供免费班车,或向员工提供交通补助等

C. 免费工作餐、误餐补助或发放一些日常生活物品等

D. 生日 PARTY、举办卡拉 OK 比赛、各种文艺晚会、春游、各种运动会或者比赛等

E. 培训和教育的福利:建图书馆,组建各种兴趣小组或者协会,提供子女教育资助等

4. 企业向员工提供的福利包含(　　)等。

A. 法律咨询　　　　B. 心理咨询　　　　C. 性骚扰保护　　　D. 隐私保护　　　E. 奖金

5. 企业应当着重从(　　)方面入手提供福利。

A. 了解国家立法　　　　　　　　B. 开展福利调查

C. 作好企业的福利规划与分析　　D. 对企业的财务状况进行分析

E. 了解集体谈判对于员工福利的影响

6. 企业应定期向员工公布有关福利的信息,包括(　　)。

A. 福利计划的适用范围　　　　　B. 福利水平

C. 福利计划对每个员工的价值是什么　　D. 组织提供这些福利的成本

E. 解释企业提供给员工的各项福利计划

7. 企业可根据需要选择切实可行的措施作为员工的可选福利,如(　　)等。

A. 员工进修补助、教育训练　　　B. 子女教育补助、托儿补助

C. 伙食津贴、住宿津贴、购房利息补助

D. 交通补助、购车利息补助、旅游补助、团体保险

E. 健康检查、生日礼金、节日贺礼、结婚礼金、生育补助、带薪假期

参 考 答 案

1. ABCD,406　　　2. ABCDE,406　　　3. ABCDE,407　　　4. ABCD,407

5. ABCDE,409　　6. ABCDE,410　　　7. ABCDE,410

专业技能题及参考答案

1. 简述薪酬的含义和形式,制定薪酬战略的意义,以及薪酬战略与薪酬制度的关系。

答:(1)薪酬的含义(P320):从广义角度看,薪酬是指员工作为劳动关系中的一方,从用人单位——企业所得到的各种回报,包括物质的和精神的、货币的和非货币的。从一般意义上

看,薪酬是指劳动者付出自己的体力和脑力劳动之后,从企业一方所获得的货币收人,以及各种具体的服务和福利之和。

(2)薪酬的形式(P321):从广义上说,企业员工的薪酬范围很广,既包括直接的货币收益,也包括间接的非货币收益、相关性收益,如职业安全、个人地位、晋升机会、富于挑战性的工作等。货币收益是员工薪酬中的主要部分,即直接以现金形式支付的工资(如基本工资、绩效工资、激励工资等)。此外,企业还通过福利和服务,如养老金、医疗保险、带薪休假等形式,使员工获得一定的非货币性薪酬。企业设计员工的薪酬分配方案时,可以采用多种不同的形式。薪酬主要包括四种形式:基本工资、绩效工资、短期和长期的激励工资、员工福利保险和服务。

(3)制定薪酬战略的意义:(P323)

1)企业在选择经营什么、生产什么,或者不经营什么、不做什么的过程中确立了自己的总体发展战略,即站在未来发展的高度上,作出了全局性和前瞻性的选择——我们该经营什么产品,提供什么服务?

2)在企业总体发展战略的统领之下,从业务部门的层面来看,这种选择就变成"我们应该如何赢得和保持竞争优势,我们怎样才能从中获胜。"

3)同样,从人力资源管理职能部门的层面来看,这种战略性选择就变成"我们应当如何构建包括薪酬在内的整体性人力资源战略,有力地支持和帮助企业赢得并保持竞争的优势?"

4)薪酬战略的中心任务就是:确立科学的薪酬管理体系,制定正确的薪酬政策,采取有效的薪酬策略,支持并帮助企业赢得并保持人力资源竞争的优势。

(4)薪酬战略与薪酬制度的关系如下:(P323)

1)在市场经济条件下,很多成功企业灵活地运用整体性薪酬战略的思想,设计出适合于企业内部与外部、主观与客观环境条件的薪酬管理政策和策略的支持体系,承受了周围环境中来自社会、竞争对手、劳动力市场以及法律法规等各方面的压力,实现了经营战略目标,赢得并保持了竞争优势。

2)企业薪酬战略的基本前提是:薪酬制度体系必须服从并服务于企业经营战略,并与企业发展总方向和总目标密切地结合起来。因此,不同的经营战略就会具体化为不同的薪酬制度。

3)一般来说,创新战略强调冒险,其方式是不再过多地重视评价和衡量各种技能和岗位,而是把重点放在激励工资上,以此鼓励员工在新的生产流程中大胆创新,缩短从产品设计到顾客购买产品之间的时间差;成本领先战略以效率为中心,强调少用人,多办事,其方式是降低成本、鼓励提高生产率、详细而精确地规定工作量;以顾客为核心的战略强调取悦顾客,按照顾客满意度支付员工的工资。总之,不同的发展战略要求有不同的薪酬制度体系相配合,并不存在"放之四海而皆准"的薪酬制度。

2. 说明薪酬战略的目标和构成、设计的技术,以及什么是交易收益与关联收益。

答:(1)构建企业薪酬战略应当强调三大基本目标(P323~324):一是效率;二是公平;三是合法。

1)效率目标:效率是企业制定整体性薪酬战略优先考虑的目标。效率等于企业工作产出与员工劳动投入的比值。企业员工同等的劳动投入带来的工作产出越多,说明企业的效率也就越高,反之亦然。它有局部效率与总体效率、企业效率与个体效率、生产效率与工作效率、设备效率与劳动效率、当前效率与长远效率等多种表现形式。在确立企业薪酬战略时,薪酬的效率目标可以分解为:①劳动生产率提高的程度;②产品数量和质量、工作绩效、客户满意度等;

③劳动力(人工)成本的增长程度。

2)公平目标:实现公平是薪酬制度的基础,也是企业制定整体性薪酬战略必须确保的目标。公平应当体现在三个方面,即对外的公平、对内的公平和对员工的公平。

3)合法目标:合法作为企业薪酬战略的决策目标之一,包括遵守各种全国性和地方性的法律法规。

(2)薪酬战略的构成(P325):每个企业高层管理者都必须致力于研究企业薪酬战略所采用的具体政策和策略,这些政策和策略是建立企业薪酬制度的基石,也是指导薪酬管理达到既定战略目标的行动纲领。它包括以下四个方面的基本内容:

1)内部一致性。内部一致性是指在同一企业内部不同岗位之间或不同技能水平员工之间的比较。这种对比是以各自对完成企业目标所作的贡献大小为依据。如何合理拉开不同岗位的员工之间的收入差距,这是管理者所面临的重大挑战。

2)外部竞争力。外部竞争力是指企业参照外部劳动力市场和竞争对手的薪酬水平,给自己员工的薪酬水平作出正确定位的过程。虽然越来越多的企业声称,它们的薪酬制度是根据劳动力市场的价位决定的。然而,劳动力市场决定企业薪酬的机制在实践中会有不同的解释。有些企业为了吸纳最好的应聘者,可能支付比同行者更高的薪酬。当然,前提是企业能从大批的应聘者中识别并招聘到最优秀的人才。

3)员工的贡献率战略。员工贡献率是指企业相对重视员工的业绩水平。如果某一个操作工的业绩突出,或工龄较长,那么,他是否应该获得更高的工资?或者是否所有员工都应该通过利润共享来平均分担公司的赢利?生产率高的团队是否应该得到更为丰厚的报酬?

4)薪酬体系管理。在确定薪酬战略后,便可以构建企业的薪酬体系。薪酬政策和策略是保持企业薪酬战略方向的正确性,促进薪酬战略目标实现的基本保障。企业设计出一套完整的包括内部一致性、外部竞争力、员工贡献率在内的薪酬管理制度体系,但如果管理不善,则不可能达到预定目标。关键是通过科学化的管理,促进企业薪酬体系的良性循环。

企业经营管理者必须从薪酬的三大目标出发,有的放矢地制定和选择正确的薪酬形式、薪酬政策和策略,在强调薪酬制度内部一致性、外部竞争力和员工贡献率的基础上,将基本工资、绩效工资、短期和长期激励工资等形式有效地结合在一起,并纳入薪酬管理制度体系的战略规划之内,才能充分发挥薪酬管理在企业人力资源开发中的战略性、引导性和整体性的积极作用。

总之,在确立薪酬战略的发展方向和目标时,作为企业薪酬战略的制定和执行者,需要正确地回答以下几个基本问题:

①企业所确立的薪酬方向和目标,是否能够在未来的五年甚至更长的时期内,吸引并留住企业所需要的具有良好的职业品质、经验丰富、技艺娴熟的业务骨干和专门人才?

②企业的薪酬战略政策和策略,是否能最大限度地激发员工的积极性,是否有利于提高个体和总体的劳动效率?

③企业的员工是否感受到了薪酬体系的公平性和合理合法性?他们对薪酬决策的形成过程是否有所了解?绩效较好、收益丰厚、市场占有率较高的企业是如何向员工支付薪酬的?与同行比较,本企业的劳动成本是高了还是低了?

(3)薪酬战略设计的技术(P330):与上述薪酬战略的三大目标和四个组成部分紧密相关的是运用什么样的技术和技巧制定和实施企业的薪酬战略。

薪酬内部一致性策略的推行往往从工作岗位分析开始,需要采集相关工作岗位的信息,并在收集整理的基础上,进行工作岗位的评价、设计、分类和分级,从而构建起以岗位相对价值为依据的基本工资框架体系。这里所要应用的技术技巧属于工作岗位研究的范畴。同时,为了正确描述企业内部各类各级工作岗位与员工的技能或者能力之间的关系,还需要借助员工绩效考评、人员素质测评等相关技术和技巧。工作岗位分析与评价的技术是以某项工作在完成企业既定目标的过程中所体现出的重要性为基础,根据工作岗位的责任权限、劳动强度、工作条件和技能要求四个基本要素,经过科学的测定和评价,从而确立了企业各个岗位的相对价值和相互之间的层级关系。以这种框架设计的基本薪酬制度,不但能够支持企业生产经营活动正常运行,还从根本上确保企业薪酬目标的实现,同时又能维护企业内部员工基本工资分配的客观性和公平性。薪酬制度的公平性反过来又影响员工的工作态度和工作行为,有利于企业各种规章制度的贯彻和落实。

外部竞争力是企业通过薪酬的市场调查,参照同行类似岗位的薪酬等级水平而确立起来并诉诸实施的一种薪酬策略。企业在分析研究外部劳动力市场的工资价位时,需要经过以下几个步骤:第一,界定同业相互竞争的劳动力市场及其调查范围;第二,进行薪酬的市场调查,弄清竞争对手是如何支付员工薪酬的,其变动的范围和浮动幅度如何;第三,根据调查结果及企业的自身财力和预算,对被调查岗位的薪酬水平作出正确的定位;第四,根据综合分析和评价,对某一类岗位的薪酬水平提出具有吸引力和竞争力的报价,企业采用这种专门技术设计出来的薪酬框架,不但提高了企业吸纳和留住人才的竞争力,也增强了把握劳动力成本的控制力。

此外,企业对员工贡献率的衡量和兑现,也需要借助专门的技术技巧,如绩效或工龄加薪、激励方案、股票期权等方面的设计经验和技巧。在员工的绩效考评、短期和中长期员工激励方案、企业利润分享制度等方面取得了极其丰富的经验和积极的成果,这些成果所运用的方法技术对我国企业整体性薪酬战略的制定具有十分重要的参考价值。

(4)交易收益与关联收益(P331):美国的薪酬专家认为,在隐含的雇佣关系里,薪酬采取交易收益和关联收益两种形式。这些隐含的交易反映了企业薪酬战略。在一些薪酬结构里,交易收益占的比重大,强调现金和福利形式。而在其他的薪酬结构里关联收益成分多,更注重员工的社会心理需求。

1)薪酬低、关联收益也低的组织又叫做"商品"。这些组织把劳动力当做商品,与其他加入生产流程的东西一视同仁。在美国,移民工人也许就是这种"商品"。

2)薪酬高、关联收益也高的组织就像一个宗教信仰组织,员工的言行表达了他们对组织的高度信任和责任感:"成为科技核心,对工作产生影响力;与优秀的人一起工作,创造良机;输送优质产品,打败竞争者。"

3)一些组织采取家庭式管理,即薪酬低、关联收益相对高,星巴克公司就是一个例子。有些专家把它称为"细腻的咖啡公司"。

4)最后是类似房地产经纪人或汽车销售商所采用的高薪、低责任的雇佣式,即全部薪酬都是交易收益,只谈论钱的多少。

不同的交易模式里提出的四种薪酬的交易模型,有助于企业对现实的薪酬策略进行分析研究。例如,星巴克公司的CEO声称他支付的薪酬比竞争对手要高,他还给员工和合伙者提供医疗保险和"咖啡豆股份"。然而,星巴克公司所采取的家庭式低薪—高责任的薪酬策略,并没有使大多数合伙者在本企业工作很长的时间,该公司员工的离职率高达60%。可见,薪酬是雇佣关系的重要组成部分,但不是全部。如何使企业与员工建立稳固的劳动关系才是最具有战略意义的。

3.说明企业构建薪酬战略的步骤,分析薪酬战略的影响因素。

答:(1)企业构建薪酬战略的具体步骤如下:(P332)

1)评价整体性薪酬战略的内涵。本阶段需要明确掌握以下信息:企业文化与价值观,企业的外部环境,社会政治与经济形势,全球化竞争的压力(国外与国内市场的状况),员工或工会组织的需要,企业总体战略对人力资源战略以及薪酬的影响,现行人力资源管理制度体系以及薪酬管理的现状等。

2)使薪酬战略与企业经营战略和环境相适应,薪酬决策与薪酬战略相适应。即如何保证薪酬目标、企业内部一致性、外部的竞争力、员工的贡献率和薪酬管理体系等策略,与企业发展的总方向和总目标保持配套性、统一性和协调性,在此基础上,确立企业薪酬发展的总方向和总目标,并提出相应企业整体性薪酬战略规划。

3)将企业整体性薪酬战略的目标具体化,即提出薪酬的具体政策和策略,设计出具体薪酬制度以及实施的步骤、技术和技巧,使薪酬战略更具操作性,并转变为实践活动。

4)重新衡量薪酬战略与企业战略和环境之间的适应性,在实施中及时发现问题和不足,并根据企业发展战略的变化进行必要的修正和调整,保持企业薪酬制度体系的动态性和适应性。

对企业薪酬战略的内涵进行必要的分析评价,是制定薪酬战略的第一步,它有助于企业制定出更具适应性的薪酬战略。作出与企业总体战略和环境背景相适应的薪酬目标、内部一致性、外部竞争力、员工贡献和薪酬管理五种薪酬决策,这是构建薪酬战略模型的第二步。不同的薪酬决策支持不同的经营战略,因此要根据企业的总目标和总任务,作出正确的薪酬决策。必须指出,企业薪酬战略模型正是由上述五种薪酬决策构成的。薪酬战略的第三步是通过制定薪酬制度体系使薪酬战略成为现实。第四步是对薪酬战略重新作出评价和调整,并使该战略的各个工作步骤形成环状的循环结构。

(2)薪酬战略的影响因素如下:(P333)

1)企业文化与价值观:企业文化是其在长期的社会实践活动中逐步形成的行为方式、经营理念和价值观。因此,企业在构建薪酬战略过程中,应当使薪酬政策和策略充分体现出企业文化的内涵和价值观。

2)社会、政治环境和经济形势:企业外部的环境包括社会环境、政治环境和经济条件等多方面的因素,这些因素同样也会影响企业薪酬战略的选择。

3)来自竞争对手的压力:当确立薪酬战略时,如何评价来自企业竞争对手的压力显得日益重要。

4)员工对薪酬制度的期望:企业制定薪酬制度时,往往容易忽视员工个人在薪酬问题上各种不同的态度和偏好。

5)工会组织的作用:企业薪酬战略的制定还必须充分考虑工会组织的要求。在不同的国家里,工会在薪酬决策中所起的作用大不相同。例如在欧洲,工会是薪酬决策的主角,是任何薪酬策略必须考虑的因素。特别应当强调的是,企业制定薪酬策略时,一定要重视工会的作用。

6)薪酬在整个人力资源管理中的地位和作用。

4.简述现代西方市场经济条件下的工资决定、对劳动力供求模型的理论修正和工资效益的理论。

答:(1)现代西方市场经济条件下的工资决定:(P340)

1)边际生产力工资是理论；

2)均衡价格工资理论；

3)集体谈判工资理论；

4)人本资本理论。

(2)对劳动力供求模型的理论修正：(P345)

1)对劳动力需求模型修正的三种理论：

①薪酬差异理论，负面特性包括：

●培训费用很高；

●工作安全性差；

●工作条件差；

●成功的机遇少。

②效率工资理论，提高企业效率：

●吸纳高素质应聘人员；

●减少跳槽人数，降低员工的流失率；

●员工对企业的高度认同感；

●因为被解雇的代价增加，工人会尽量避免"怠工"；

●减少管理及其相关人员的配备。

③信号工资理论，两种薪酬决策：

●基本工资低于市场工资率，但奖金丰厚，培训机会多；

●基本工资与市场工资率相当，但没有与业绩挂钩的奖金。

2)对劳动力供求模型修正思维的三种理论：①保留工资理论；②劳动力成本理论；③岗位竞争理论。

(3)工资效益的理论(P348)：工资效益是指工资投入所产生的直接经济效益，即每支付一定量工资产生多少产品或创造与实现多少价值，它反映投入的工资成本所能得到的利润。工资效益是决定工资水平的重要依据。只有企业经济效益好，有了财务支付能力，员工的工资水平才能提高；工资的增长，对员工劳动的认同，必然会激励员工更加有效地劳动，为企业进一步提高效益创造条件，实现了工资、效益的良性循环。反之，工资提高，效益下降，会导致通货膨胀，物价上涨，经济衰退，企业的人工成本提高，产品的市场竞争力下降，效益下滑。

5. 简述薪酬外部竞争力的含义、薪酬竞争策略的内容以及选择、界定的具体方法。

答：(1)薪酬外部竞争力的含义：(P348)

1)薪酬外部竞争力是指不同企业之间的薪酬关系，即本企业与外部竞争对手相比所控制和达到的薪酬水平。它是企业薪酬战略决策的基点，也是保障薪酬制度体系有效性的重要策略。

2)薪酬的外部竞争力一般是通过选择高于、低于或与竞争对手相同的薪酬水平来实现的。

3)无论从企业外部的竞争对手来看，还是从薪酬可以发挥的作用来看，企业薪酬水平都具有相对性。尽管有效地控制薪酬水平是一种重要的决策，但薪酬的竞争力还表现在其他薪酬形式的选择上，如年终分红、员工持股计划、灵活的福利制度、个人的职业发展、职位晋升的机会、具有挑战性的工作等。

(2)薪酬竞争策略的内容及选择、界定的具体方法如下(P350～351)：企业薪酬战略的总任务和总目标的实现，需要企业根据外部产品与劳动力市场的变动情况，以及自身的资源条件,选择并提出具有竞争力的薪酬策略。一般来说,企业可以根据自己的情况,选取领先型、跟随型、滞后型和混合型四种不同的薪酬策略。

1)跟随型薪酬策略:在这四种不同的薪酬策略中,跟随型策略是企业最常用的方式。长期以来,企业管理者为"跟随型"策略归纳了三点理由:

①薪酬水平低于竞争对手会引起企业员工的不满,导致生产效率下降;

②薪酬水平低还会制约和影响企业在劳动力市场上的招聘能力;

③关注同行业的市场薪酬水平是企业高层决策者的责任,薪酬水平的合理确定不仅关系到外部的竞争力,还关系内部人工成本合理确定的问题。

2)领先型薪酬策略:领先型薪酬策略强调高薪用人,突出高回报,以高于市场竞争对手的薪酬水平增强企业薪酬的竞争力。领先型薪酬策略能最大限度地发挥组织吸纳和留住员工的能力,同时,把员工对薪酬的不满意度降低到最低水平。而且它能弥补岗位工作存在着的一些困难和不足,如工作条件恶劣、内容单调乏味、劳动强度大、缺乏安全保障、经常出差等。同时,也应当看到领先型薪酬策略的推行,可能会给企业带来以下一些问题:人工成本的加大,不但产生财务方面的压力,还会影响到产品或服务的竞争力;由于一些企业的薪酬在总成本中比例并不高,因此导致一些企业,即便是管理比较规范的企业,也可能将高薪转嫁到消费者身上;企业单凭领先型策略不一定能挑选到最优秀的员工,即便是招收到了高素质员工,也不一定能给企业带来较高的生产率,或提高产品质量,降低单位成本。

3)滞后型薪酬策略:滞后型薪酬策略强调企业薪酬低于或者落后于市场的薪酬水平及其增速,实行本策略也许会影响企业吸纳和留住所需要的人才。但是,如果企业能保证员工在未来可以得到更高的收入,如享受年终分红、股票期权、期股、员工参股等,那么员工的责任感会提高,团队精神也会增强,从而企业的劳动生产率也会提高。

一般来说,滞后型薪酬策略宜在经济萧条时期,或者企业处在创业、转型、衰退等特殊的时期采用。

4)混合型薪酬策略:跟随型、领先型和滞后型都是传统的薪酬策略。有些企业采用非传统的薪酬策略方式,它们根据不同的员工群体制定不同的薪酬策略,以便在选择薪酬决策类型时,更具有灵活性。

采用混合薪酬策略的企业,只要它的效益好,员工就可通过绩效工资或激励工资得到更高水平的报酬。

6.说明现代各种行为激励理论和分享理论,以及企业激励员工可以采取的措施。

答:(1)行为激励理论:(P352)

1)需要层次论:马斯洛的需求层次理论要点是:人类的需要并不是相同的,人的需要由低到高分为五种类型。五种需要中生理需要、安全需要、社会的需要属于基本需要,这些需要的满足主要依靠外部条件或因素;自尊的需要、自我实现的需要属于高级需要,这些需要的满足主要依靠内在因素。

①生理需要:指对食物、水、掩蔽场所、睡眠、性等身体方面的需要。

②安全需要:指针对身体安全和经济安全,如脱离危险的工作环境,如不解雇的承诺或合适的退休计划等的需要,以避免身心受到伤害。

③社会的需要:指情感、归属、被接纳、友谊等的需要。

④自尊的需要:包括内在的尊重,如自尊心、自主权、成就感等需要;还包括外在的尊重,如

地位、认同、受重视等的需要。

⑤自我实现的需要：包括个人成长、发挥个人潜能、实现个人理想的需要。

人均有这五种需要，只是在人的不同时期需要有所不同。已经被满足的需要不再具有激励作用，只有未被满足的需要才是重要的激励源泉。员工的低层次需要得到满足后，才会追求高层次的需要。

2）双因素理论：赫兹泊格将马斯洛的五个需要层次分为两类，前三个层次为比较低级层次的需要，后两个层次是比较高级的需要。

①他认为满足比较低级需要的因素是保健因子，如果薪酬、比较好的工作环境等。保健因子不足，员工会产生不满。使用这些保健因子进行激励不是非常好的激励方式，因为这些需要很快能够得到满足，一旦被满足后，除非有大幅度的上升，否则不会产生激励作用。所以这些保健因子只有在原有水平很低时才会起激励作用。

②满足比较高级层次需要的因素是激励因子，如工作的丰富化、承担责任、成就感、认同感、有挑战性的工作机会等。一般来说，这些需要很难得到满足，因此是效率比较高的激励因子。

3）需要类别理论：麦克莱兰和亚特金森的需要分类法是从人们想得到结果的类别对需要分为三类：成就需要、权力需要和亲和需要。

①成就需要是指追求优越感的驱动力，或者参照某种标准去追求成就感、追求成功的欲望。成就需要高的人往往有较强的责任感，愿意选择适度的奉献、喜欢能够及时得到绩效反馈。提供有挑战性的工作对成就需要高的人具有激励作用。

②权力需要是指促使别人顺从自己的愿望，权力需要比较高的人喜欢支配、影响别人，十分重视争取自己的权力和影响力。提供权力、地位对权力需要高的人具有激励作用。

③亲和需要是指寻求与别人建立友善、亲近的人际关系的欲望。亲和需要高的人往往重视被别人接受、喜欢和追求友谊、合作等。亲和需要高的人对团队建设有积极作用，建立融洽的上下级、同事间合作关系对亲和需要高的人有激励作用。

每个人都有这三类需要，只是不同的人身上这三种需要的比例有所不同。

4）期望理论：维克多·弗罗姆认为人的动机取决于三个因素：效价（一个人需要的报酬数量）、期望（个人对努力所能产生成功绩效的概率估计）、工具（个人对绩效与得到的薪酬之间的估计）。

最强的动机来自于最强的效价、最强的期望、最强的工具。如果三个因素有一个比较低，都会使动机弱下来。

（2）分享理论（P353）：利润分享也是一种工资形式，它使员工报酬的多少与企业利润直接相关，是员工参与企业税后利润分配的一种形式。采用利润分享形式，员工的收入不仅取决于本人的努力和生产量，还取决于影响企业赢利状况的诸因素，如企业管理效率、机器设备质量、生产组织情况、产品市场等因素。所以，虽然利润分享能刺激员工努力工作，避免消极怠工，但这种刺激是有限的。从各国实行利润分享的情况看，利润分享的具体形式有以下几种：

1）无保障工资的纯利润分享。无保障工资的纯利润分享，是指员工工资的多少完全取决于企业利润大小。如果企业当年利润为负，则员工不仅得不到任何收入，还要支付一定费用，以弥补损失，这是一种极端的情况。

2）有保障工资的部分利润分享。员工收入不完全取决于企业利润，而是部分取决于企业利润,另一部分是以工作时间计算的保障工资。

3)按利润的一定比重分享。比如,企业在实行计时工资制的同时,规定一定比例让员工分享企业利润。

4)年终或年中一次性分红。员工在一年内的其他时间仍按计时工资获取报酬,只是在年终或年中一次性根据企业利润提取一定比例进行分红。

(3)企业激励员工可以采取的措施:(P354)

1)内部激励。内部激励的三个特征为:

①人的内在动机,人的行为完全取决于自身,并没有外界刺激迫使他采取行动;

②内部激励是人为了自我实现而采取的行动,无须外力驱使;

③内部激励使人在行动中获得愉悦和满足。

对企业人员产生内部激励作用的因素有:工作本身,如喜欢的工作、工作具有挑战性、工作内容丰富化、工作自主性、工作稳定性、工作交流与反馈、学习与成长机会等;工作结果,如业务成就、创新、团结、参与等;个人因素,如个人目标设定、个体发展、自我实现、帮助他人的欲望等;另外,闲暇时间、与上级的良好关系也能产生内部激励作用。

2)外部激励。与内部激励的概念相对应,外部激励是指由外在动机引起的人的行为。外部激励的特征有:

①外部激励是在外界的需求和外力作用下人的行为;

②需要外力驱使;

③外部激励通过将行为结果和渴望的回报联系起来达到刺激人采取行动的目的。

外部激励分为物质激励和社会感情激励。物质激励通常是指那些由工资、奖金、其他各种福利待遇等物质性的资源来满足员工的需要。社会感情激励通常要用友谊、温暖、特殊的亲密关系、信任、认可、表扬、尊重、荣誉等社会感情性的资源来满足。与物质需要相比,社会感情激励是较高层次的。

对企业人员产生外部激励作用的因素有:物质报酬激励,如基本工资、绩效工资、奖金、福利待遇、分享系数等;非物质报酬激励,如赏识、荣誉、地位、培训、晋升和良好的工作条件与环境等;另外,惩罚与监督也能起到外部激励作用。内部激励与外部激励是相辅相成、相互作用的,外部激励可以提升内部激励的激励力度。因此,制定企业人员有效的激励措施时,既要包括内部激励,又要包括外部激励。

7. 说明各类人员薪酬分配的难点和对策,评价薪酬制度的目的、特征和步骤。

答:(1)各类人员薪酬分配的难点和对策:(P355、P357)

1)研发人员的薪酬:研发人员的工作是决定着企业技术产品是否能够适应竞争市场的需要,它是企业长远目标实现的有力保证,是企业发展的动力源。

①工作价值的衡量:

●工作价值取决于创造力、解决问题的能力及专业智能;

●工作成效不能立竿见影,有时甚至没有结果,难以在短时间予以衡量。

②人员素质的特殊要求:

●通常是高学历,并且是经验丰富的人才;

●重视工作成就和工作内容(志趣相符);

●自我期望较高,对工作环境要求也高。

③具体的薪酬政策和策略：

●研发人员的薪酬着眼于对外具有竞争性，薪酬取决于市场的供需情况；

●市场供应不足，研发人员的薪酬可能较一般工程人员的薪酬要高。

④特别在激励措施上，对于产品开发成功时，可酌情给予产品开发奖金，或者根据贡献的效率增幅给予一定的利润分享，以期鼓励其自身价值的体现，又能影响这部分人的团队效应的馈赠，激发其潜能智慧在企业中的充分发挥。

2)高级主管的薪酬：高级主管人员是企业的中坚力量，是企业目标的发展、实现的中间重要环节，是落实企业方针、目标的重要组织者。

①工作价值的衡量：

●工作价值取决于部门的职权及管理幅度；

●工作价值取决于企业整体绩效及部门团体绩效。

②人员素质的特殊要求：

●通常是较资深且多专长的人员；

●较多的是重视"名"甚于"利"；

●擅长沟通、领导及规划。

③具体的薪酬政策和措施：

●薪酬取决于企业规模、员工人数及福利能力；

●薪酬取决于企业效益，通常享有较高的分红及奖金；

●通常享有特别的绩效奖金或者目标达成奖金；

●通常享有额外之福利，如汽车、保险及各种科协会员资格证等；

●通常享有非财务性补偿，如头衔、秘书、名片、车位、办公室、弹性工作时间等。

3)销售人员的薪酬：销售人员是企业掌握市场信息，贯彻"以销定产"原则基础上的超前力量，是实现企业经营计划目标的重要前提。

①工作价值的衡量：

●工作价值取决于正确的经营思想、经营销售艺术和策略技能；

●工作价值取决于企业整体的绩效。

②人员素质的特殊要求：

●通常是年富力强、知识面广多专长的人员；

●销售人员较多的是重视"激励成果"及"承诺"；

●擅长沟通和对信息的定夺。

③具体的薪酬政策和措施：

●薪酬取决于企业效益，通常享有利润分享；

●由于中高级营销人才相对短缺，因此薪酬可能较一般管理人员、工程人员要高；

●对于市场开发、市场占有率有重大突破者，应给予特殊奖金。

(2)评价薪酬制度的目的、特征：(P357)

1)评价薪酬制度的目的：①不断完善企业员工的薪酬激励方案；②提出更加适合企业自身特点的薪酬激励方案；③充分发挥薪资福利制度的保障与激励职能。

2)优化薪酬制度的特征，从劳动者的角度看，薪酬制度应当达到以下要求：①简单明了，便于核算；②工资差别是可以认同的；③同工同酬，同绩效同酬；④至少能保证基本生活；⑤对企业未来有安定感,能调动工作积极性。

3)从企业的角度看,薪酬制度应当达到以下要求:①提高企业的经济效益;②发挥员工的劳动潜能;③有助于员工之间的团结协作;④能够吸引高效率、合格的劳动力。

8. 说明经营者年薪制、股票期权、期股制度和员工持股制度的设计原则和分类。

答:(1)经营者年薪制:(P363)

1)经营者是指具有法人代表资格的企业厂长、经理。

2)经营者年薪制是以年度为单位确定经营者的基本收入,并视其经营成果分档浮动支付效益年薪的工资制度。

3)年薪制设计是指以年度为单位对经营者收入所作的全面系统的考虑和安排,并以文字性方案表述出来,形成一份确定和处理经营者收入直接依据的具有法律效力的文件。

(2)股票期权(P376):股票期权,又称购股权计划或购股选择权,即企业赋予某类人员购进本公司一定股份的权利,是指买卖双方按事先约定的价格,在特定的时间内买进或卖出一定数量的某种股票的权利。其基本内容是公司赠与被授予人在未来规定时间内以约定价格(行权价格)购买本公司股票的选择权。行权前被授予人没有任何现金收益,行权后市场价格与行权价格之间的差价是被授予人获得的期权收益。公司股票价格是公司价值的外在体现,两者之间在趋势上是一致的。因此,期权是公司赠与被授予人在未来才能实现的一种不确定收入。

(3)期股的含义(P382):期股是指企业出资者同经营者协商确定股票价格,在任期内由经营者以各种方式(如个人出资、贷款、奖金转化等)获取适当比例的本企业股份,在兑现之前,只有分红等部分权利,股票将在中长期兑现的一种激励方式。

(4)员工持股制度的设计原则:(P386)

1)广泛参与原则。即要求公司员工广泛参与,至少要求70%的员工参与。

2)有限原则。即限制每个员工所得股票的数量。

3)按劳分配原则。凡付出劳动的员工就应获得收入,如同投入资本,就能获得利润一样。

(5)员工持股制度的设计分类:(P387)

1)福利分配型员工持股:这类员工持股一般是一种福利或奖励,如向优秀员工赠股、年终赠股代替年终奖金、利润分享采用股票形式支付、员工股票期权、企业贷款为员工购股等。它的主要特点是一种福利并分配赠与,因此往往不需要个人作出长期决策。福利性质的员工持股一般也没有集中运用员工的投票权,即参与权。福利性员工持股与其他福利没有本质的区别,而企业提供这些福利的目的是吸引员工和调动员工的积极性。

2)风险交易型员工持股:这种类型的员工持股一般需要个人有所付出,是劳资交易行为,需要员工作出长期性决策。这种员工持股具有明显的新制度资源引入性,而缺少短期获利的意向性,员工具有投票权和参与管理权。如果制度引入失败或无效,则需要员工承担投资和工资降低的双重风险。

9. 简述专业技术人员薪资制度设计的原则和基本方法。(P393)

答:1)人力资本投资补偿与回报原则:专业技术人员在进入劳动领域之前,一般都进行了高于一般水平的人力资本投资;进入劳动领域之后,由于要不断地进行知识更新,并开拓新的科学技术领域,因此仍要继续进行高水平的人力资本投资。这就要求专业技术人员的工资报酬不仅要补偿他们的人力资本投资,使专业技术人员的收入首先反映从事科技工作的劳动力的生产成本,这是决定专业技术人员价值的一个方面,而且还应按照市场规律以高于一般物质资本投资的内在报酬率使专业技术人员获得人力资本投资的收益。

2）高产出高报酬的原则：在进入劳动领域之后，由于科技是第一生产力，专业技术人员创造的劳动价值远远高于一般劳动者，即其边际生产率远远高于一般劳动者的边际生产率。按照现代工资决定理论，从需求的角度讲，工资水平的高低是由边际生产率决定的。既然专业技术人员创造了较高的生产率，那么，付给他们较高的劳动报酬也就理所当然了。

3）反映科技人才稀缺性的原则：在市场条件下，工资水平是由供求的均衡价格决定的。其中，供不应求，即稀缺的劳动力，其工资价格往往高于其价值。因此，不能把供不应求的专业技术人员的劳动报酬简单地同供过于求的一般劳动力的工资水平作比较。在专业技术人员极为稀缺的情况下，主动适应专业技术人员价位上扬的态势，按照高于专业技术人员价值的价格决定专业技术人员的报酬，是企业主动运用价值规律的明智选择。

4）竞争力优先的原则：对内平等、对外具有竞争力是目前企业设计员工工资水平的一个重要原则。对内平等，即在内部分配中，强调多劳多得、同工同酬。对外具有竞争力，即不仅做到薪资留人，而且做到薪资吸引人。但在处理对内平等和对外具有竞争力的关系中，应把专业技术人员的薪资对外具有竞争力放在第一位。否则，就做不到薪资留住人才、吸引人才，甚至有流失的危险。而科技人才一旦流失，补充起来又是相当困难。

5）尊重知识、尊重人才的原则：首先，应当重视科技人才的投资，就是要把钱用在刀刃上，企业没钱也不能穷了专业技术人员，要在收入水平上充分体现知识和人才的价值，使专业技术人员对自己的收入具有满足感，从而振奋精神投入科研工作。其次，知识劳动者在很大程度上是自我激励，而不是在别人的督促之下工作，只要工作环境氛围好，他们的积极性和创造性就容易被开发出来。所以，管理者主要是给他们创造良好的工作氛围，即珍视他们劳动的独立性，在工作中提供协助和爱护，重视和尊重他们的工作，吸收他们参与决策等。

10. 简述企业福利的含义、特点、作用和种类，福利总量的选择和构成的确定，以及灵活性福利制度的内容。

答：（1）企业福利的含义（P405）：在企业员工的薪酬体系中，除了基本工资、绩效工资和激励工资外，还有比较重要的一部分内容就是福利。所谓福利就是企业向所有员工提供的，用来创造良好工作环境和方便员工生活的间接薪酬。

（2）企业福利的特点（P405）：与基本工资、绩效工资和奖金相比，福利具有明显的特点：

1）稳定性。与企业薪酬的其他部分相比，福利项目具有更大的稳定性。一般在确定以后，很难更改或取消。

2）潜在性。福利消费具有一定的潜在性。基本工资、绩效工资以及奖金是员工能拿到手中的货币支付工资，而福利则是员工所消费或享受到的物质或者服务。所以，员工可能会低估企业的福利成本，并抱怨其某些要求得不到满足。同样，管理人员也可能不能意识到福利的成本及其作用。

3）延迟性。福利中的很多项目是免税的或者税收是延迟的。这无形中就减少了企业的开支，使企业能把更多的资金花在改进工作效率或者改善工作条件、提高员工的福利水平上。

（3）企业福利的作用（P406）：

1）福利能满足员工的某些需要，解决后顾之忧，为员工创造一个安全、稳定和舒适的工作和生活环境。

2）福利能够增加员工对企业的认同感、忠诚度，从而激励员工充分发挥自己的潜能，为企业的发展作出贡献。

3)可以塑造良好的企业形象,提高企业的知名度。

(4)企业福利的种类:福利有多种多样的形式,一般可以划分为如下几类:非工作日福利、保险福利、员工服务福利和额外津贴。

(5)福利总量的选择(P407):福利总量的选择常常牵涉到它与整体薪酬其他部分的比例,也就是它和基本薪酬、奖励薪酬的比例。一个致力于提供工作安全感和长期雇佣机会的企业,其福利支出可能占总薪酬的很大一部分。一旦决定了福利总量,接下来就可以编制福利预算确定各福利构成部分的成本额。

(6)福利总量的构成确定(P407):当要确定整套福利方案中应包括哪些项目时,应该至少考虑如下三个问题:总体薪酬战略、企业发展目标和员工队伍的特点。

1)总体薪酬战略。企业应基于有利于吸引优秀员工加盟的总体薪酬战略来选择福利构成,管理者应在制订福利方案时密切关注:在人才市场上,和本企业争夺人才的对手是谁,它给它的员工提供什么类型的福利。

2)企业发展目标。福利构成也应随企业发展目标的不同而有所变化。假如某高科技企业的组织目标可能是吸引敢于冒险和富有创新精神的青年员工,那它就可能不提供失业保险或退休福利。例如,苹果电脑公司就不提供退休福利,因为它认为,退休福利并不能吸引它所需要的创业者。

3)员工队伍的特点。企业员工队伍的结构和特点,在确定福利构成的时候也应该予以特别关注。假如某公司的员工大部分由青年妇女组成,那么,照顾婴幼儿之类的福利就显得很重要;如果员工的文化程度普遍较高,那么,就应当增加一些文化方面的福利服务项目等。

(7)灵活性福利制度的内容(P407):一般来说,企业需要建立一套完整的福利制度。在统一的制度下,所有员工都享受着同样的福利待遇。

1)提供什么样的福利:在考虑到底设立什么样的福利计划时,企业应当着重从以下几个方面入手:①了解国家立法;②开展福利调查;③作好企业的福利规划与分析;④对企业的财务状况进行分析;⑤了解集体谈判对于员工福利的影响。

2)为谁提供福利:如果组织仅仅希望保留某些特定的员工群体,而对其他员工群体的去留并不十分关心,那么不同的员工群体就有可能会得到不同的福利组合。这是成本/福利问题的延伸——福利支出和组织的其他支出一样,应该为组织创造价值。大多数企业至少都有两种以上的福利组合,一种适用于管理人员,一种适用于其他普通员工。很多组织对普通员工也进行分门别类的对待,例如对销售类员工和技术类员工的福利待遇作出区别对待。出于对福利成本的考虑,很多企业还雇用非全日制员工来代替雇用全日制员工。

第六章　劳动关系管理

第一节　我国劳动合同与劳动争议处理立法的新发展

一、单项选择题（每小题只有一个正确答案，请将正确答案的序号填写在括号内）

1. 全国人大常委会劳动法执法检查显示，有（　　）以上的用人单位与劳动者签订的劳动合同是短期合同。

A. 60％　　　　　　B. 50％　　　　　　C. 40％　　　　　　D. 30％

2. 关于《劳动合同法》的立法原则，以下提法不正确的是（　　）。

A. 以毛泽东思想理论为基础

B. 以邓小平理论和"三个代表"重要思想为指导

C. 针对现实生活中迫切需要规范的问题，明确劳动合同双方当事人的权利和义务

D. 体现劳动合同法作为社会法的性质和特点

3. 《劳动合同法》的制定的主要目的不包括（　　）。

A. 便于用人单位解决纠纷　　　　　　B. 发展和谐稳定的劳动关系

C. 保护劳动者的合法权益　　　　　　D. 促进社会和谐

4. 劳动关系当事人是否遵循法律规范和（　　）是劳动争议产生的直接原因。

A. 劳动关系　　　B. 劳动合同　　　C. 劳动法律　　　D. 合同规范

5. 劳动争议的实质是劳动关系（　　）的利益差别而导致的利益冲突。

A. 主体　　　　　B. 客体　　　　　C. 个体　　　　　D. 集体

6. 作为社会救济与公力救济相结合的权利救济机制的劳动争议仲裁，与其他救济机制相比较的显著特征不含（　　）。

A. 贯彻"三方原则"　B. 国家强制性　　C. 劳动法制性　　D. 严格的规范性

7. 《劳动争议调解仲裁法》已于 2007 年 12 月 29 日第十届全国人民代表大会常务委员会第三十一次会议通过，并于 2008 年（　　）起开始实施。

A. 1 月 1 日　　　B. 3 月 1 日　　　C. 5 月 1 日　　　D. 7 月 1 日

8. 《劳动合同法》规定劳动合同由用人单位与（　　）在劳动合同文本上签字或者盖章生效。

A. 职工代表　　　B. 工会代表　　　C. 雇佣者　　　　D. 劳动者

9. 建立劳动关系，应当订立书面劳动合同。已建立劳动关系，未同时订立书面劳动合同的，应当自用工之日起（　　）内订立书面劳动合同。

A. 一个月　　　　B. 二个月　　　　C. 三个月　　　　D. 六个月

10. 用人单位与劳动者在用工前订立劳动合同的，劳动关系（　　）建立。

A. 一周内　　　　B. 二周内　　　　C. 一个月内　　　　D. 用工之日起

11. 用人单位自用工之日起超过一个月不满一年未与劳动者订立书面劳动合同的,自第二个月起应当向劳动者每月支付(　　)的工资。

A. 一倍　　　　B. 两倍　　　　C. 三倍　　　　D. 一倍或两倍

12. 非全日制用工可以不订立书面劳动合同,非全日制用工双方当事人可以(　　)并建立劳动关系。

A. 订立口头协议　　B. 订立许诺协议　　C. 订立承诺协议　　D. 订立启事协议

13. 劳动合同有三种不同期限,其中不包括(　　)。

A. 固定期限劳动合同　　　　　　B. 无固定期限劳动合同

C. 以完成一定工作任务为期限的劳动合同　　D. 短时间的劳动合同

14. 为了便于劳动者尽快找到新工作,用人单位应当为劳动者出具解除或者终止劳动合同的证明,并在(　　)内为劳动者办理档案和社会保险关系转移手续。

A. 5 日　　　　B. 10 日　　　　C. 15 日　　　　D. 20 日

15. 用人单位对已经解除或者终止的劳动合同的文本,至少保存(　　)备查。

A. 6 个月　　　　B. 一年　　　　C. 18 个月　　　　D. 两年

16. 关于《劳动争议调解仲裁法》的主要任务,提法不正确的是(　　)。

A. 公正及时解决劳动争议　　　　B. 保护当事人合法权益

C. 促进劳动关系和谐稳定　　　　D. 保证劳动者人身安全

17. 劳动争议处理中的调解是社会对劳动关系运行中出现矛盾的一种自我化解形式,其基本特点不包括(　　)。

A. 群众性　　　　B. 自治性　　　　C. 非强制性　　　　D. 自愿性

18. 新《劳动争议调解仲裁法》规定,对因追索劳动报酬、工伤医疗费、经济补偿或赔偿金案件实行"(　　)"制度。

A. 一裁终局　　　　B. 协商　　　　C. 共商　　　　D. 商定

19. 《企业劳动争议处理条例》规定,劳动争议当事人应自劳动争议发生之日起(　　)日内向劳动争议仲裁委员会提出书面申请。

A. 15　　　　B. 20　　　　C. .30　　　　D. 60

20. 《劳动争议调解仲裁法》第二十七条规定:劳动争议申请仲裁的时效期间为(　　)。

A. 半年　　　　B. 一年　　　　C. 18 个月　　　　D. 20 个月

21. 《劳动争议调解仲裁法》规定,案情复杂确需延期的,经法定程序批准可适当延期,但延期不得超过(　　)日。

A. 10　　　　B. 15　　　　C. .20　　　　D. 30

22. 《劳动争议调解仲裁法》缩短了仲裁审理时限,规定应当自受理仲裁申请之日起(　　)日内结束。

A. 10　　　　B. 15　　　　C. 30　　　　D. 45

参 考 答 案

1. A,414　　2. A,415　　3. A,415　　4. D,416　　5. A,416　　6. C,417

7. C,417　　8. D,417　　9. A,418　　10. D,418　　11. B,418　　12. A,418

13. D,418　　14. C,422　　15. D,422　　16. D,423　　17. D,423　　18. A,423
19. D,423　　20. B,424　　21. D,424　　22. D,424

二、多项选择题（请将正确答案的序号填写在括号内,选项中有两个或两个以上正确答案,多选、错选、少选均不得分）

1. 劳动者合法权益受侵害的现象主要表现在以下几个方面（　　）。

A. 劳动合同签订率低

B. 劳动合同短期化,劳动关系不稳定

C. 用人单位利用自身在劳动关系中的强势地位侵犯劳动者的合法权益

D. 劳动法的监督检查薄弱

E. 劳动监察大队不健全

2. 用人单位侵犯劳动者的合法权益的手段有（　　）。

A. 违反国家法律法规　　　　　　　　B. 拖延、克扣工人工资

C. 不按国家规定缴纳社会保险　　　　D. 不支付加班费

E. 不按规定给予探亲假

3. 劳动法的监督检查薄弱表现在（　　）。

A. 劳动监察机构执法不力

B. 有些地方当地政府把吸引投资置于保护劳动者合法权益之上

C. 有些地方对劳动监察机构执法设置重重障碍

D. 有些执法人员对劳动者态度淡漠,不履行其法定职责

E. 有些地方规定不得对"重点保护企业"进行监督检查

4. 制定《劳动合同法》的好处包括（　　）。

A. 是构建与发展和谐稳定劳动关系的需要　B. 是强化劳动立法的需要

C. 是完善我国劳动法律制度的需要　　　　D. 是为劳动者工作生活提供保障的需要

E. 是保障《劳动法》落实到劳动者的需要

5. 劳动权利义务的内容涉及（　　）等各个方面,内容十分复杂,任何一种不规范的行为都有可能产生争议。

A. 就业、工资、工时　　　　　　　　B. 保险福利、培训

C. 奖励惩罚　　　　　　　　　　　　D. 劳动保护　　　　　　　E. 民主管理

6. 劳动争议的解决机制包括（　　）方式。

A. 自力救济　　　　　　　　　　　　B. 社会救济

C. 公力救济　　　　　　　　　　　　D. 社会救济与公力救济相结合

E. 社会救济与自力救济相结合

7. 《劳动合同法》规定:订立劳动合同,应当遵循（　　）的原则。

A. 合法　　　　B. 公平　　　　C. 平等自愿　　　　D. 协商一致

E. 诚实信用

8. 劳动者的权利和义务包括（　　）。

A. 同工同酬的权利　　　　　　　　B. 及时获得足额劳动报酬的权利

C. 拒绝强迫劳动、违章指挥、强令冒险作业的权利。

D. 要求依法支付经济补偿的权利　　　　E. 劳动者的诚信与守法义务

9. 用人单位的权利和义务包括(　　)。

A. 依法约定试用期和服务期的权利　　　B. 依法约定竞业限制的权利

C. 依法解除劳动合同的权利　　　　　　D. 尊重劳动者知情权的义务

E. 劳动合同解除或终止后对劳动者的义务

10.《劳动争议调解仲裁法》是关于(　　)的程序规范。

A. 劳动争议协商　　　B. 调解　　　　　C. 仲裁　　　　　　　D. 当事人解决劳动争议

E. 设立调解委员会

11.《劳动争议调解仲裁法》规定:发生劳动争议,当事人可以到(　　)申请调解。

A. 企业劳动争议调解委员会　　　　　　B. 当地劳动监察部门

C. 依法设立的基层人民调解组织　　　　D. 在乡镇设立的具有劳动争议调解职能的组织

E. 街道设立的具有劳动争议调解职能的组织

12. 关于劳动争议处理新的制度设计包括(　　)。

A. 强化了劳动争议调解程序　　　　　　B. 实行有条件的"一裁终局"制度

C. 对申请劳动争议仲裁时效期间作了更为科学的规定

D. 缩短了劳动争议仲裁审理期限,并明确了先行裁决的条件

E. 合理分配举证责任和减轻了当事人的经济负担

参 考 答 案

1. ABCD,413　　　　2. ABCDE,414　　　3. ABCDE,414　　　4. ABC,415

5. ABCDE,416　　　6. ABCD,416　　　　7. ABCDE,417　　　8. ABCDE,419~420

9. ABCDE,420　　　10. ABCDE,422　　　11. ACDE,423　　　12. ABCDE,423~424

第二节　集体协商的内容与特征

一、单项选择题(每小题只有一个正确答案,请将正确答案的序号填写在括号内)

1.《集体合同规定》第三条规定:"本规定所称集体合同,是指用人单位与本单位职工根据法律、法规、规章的规定,就劳动报酬、工作时间、休息休假、劳动安全卫生、职业培训、保险福利等事项,通过(　　)签订的书面协议。

A. 集体面议　　　B. 集体协商　　　　C. 专项面议　　　　D. 协商会议

2. 用人单位与本单位职工签订集体合同或(　　),以及确定相关事宜,应当采取集体协商的方式。

A. 专项面议合同　　　B. 专项集体合同　　　C. 专项合同　　　D. 采用协商合同

3. 劳动力需求曲线的弹性越大,则与任何既定工资水平提高程度相联系的就业量降低幅度就(　　)。

A. 越大　　　　　B. 越强　　　　　　C. 越低　　　　　　D. 越高

4. 集体谈判的特征,是谈判问题的特殊复杂性和(　　)。

A. 特殊性　　　　　B. 多变性　　　　　C. 艰难性　　　　　D. 不确定性

5. 集体协商的不确定性和特殊复杂性,决定了劳动关系双方在谈判中的基本(　　)。

A. 政策　　　　　B. 战略　　　　　C. 策略　　　　　D. 态度

6. 以下叙述不正确的是(　　)。

A. 工资率的变动与劳动生产率的提高息息相关

B. 劳动关系双方共同决定劳动条件是经济运行规律得以发挥作用的形式

C. 劳动立法规定的促进产业民主的规范也不过是对经济运行规律认识的结果

D. 工资和生产劳动力的过盛造成劳动率或生产力的变化

参 考 答 案

1. B,425　　　2. B,425　　　3. A,428　　　4. D,434　　　5. C,434　　　6. D,436

二、多项选择题(请将正确答案的序号填写在括号内,选项中有两个或两个以上正确答案,多选、错选、少选均不得分)

1. 集体谈判双方坚持点的确定,主要取决于(　　)。

A. 劳动力市场劳动力供求状况　　　　　B. 宏观经济状况

C. 企业货币工资的支付能力　　　　　D. 其他工会组织的集体谈判结果的影响效应

E. 道德因素与社会舆论倾向等诸多影响

2. 集体谈判的约束条件,包括(　　)等事项通常是由政府立法强制规定下来的。

A. 最低工资标准　　　　　B. 最长劳动时间标准

C. 劳动安全卫生标准　　　　　D. 法定社会保险　　　　　E. 休假

3. 劳动力需求的工资弹性主要取决于(　　)。

A. 生产过程中以其他要素投入替代劳动力的难易程度

B. 产品需求的价格弹性

C. 其他要素投入的供给弹性

D. 劳动力成本占总成本的比重

E. 劳动力需求的工资弹性

4. 下面说法正确的有(　　)。

A. 如果劳动力成本占总成本的比重很小,劳动力的需求就会缺乏弹性,工资的提高也不会因就业量的减少而受阻

B. 劳动力需求弹性越大,工会赢得工资增长的可能性越小

C. 约束条件限制了工会实现目标的能力,工会必然会通过一些方式来弱化这些约束条件

D. 劳动力需求曲线越富有弹性,与工资增长一定百分比相对应的就业量下降的百分比就越大

E. 工会对工资的影响集中于力求降低劳动力需求的工资弹性

5. 集体协商的特点中,工会与雇主之间集体谈判的不确定性可以概括为(　　)。

A. 谈判本身的不确定性　　　　　B. 谈判未来的不确定性

C. 谈判机能的不确定性　　　　　D. 谈判组织的不确定性

E. 谈判之中的不确定性

6. 集体谈判中谈判问题的特殊复杂性源于(   )。

A. 劳动力本身的复杂性   B. 集体谈判涉及问题的复杂性

C. 工人与雇主之间关系的长期性   D. 谈判本身的不确定性

E. 谈判未来的不确定性

7. 集体谈判不仅仅涉及工资的决定问题,而且必然涉及劳动条件的其他方面,诸如(   )及其他一系列问题。

A. 工作规则   B. 晋升和培训   C. 劳动安全   D. 附加福利

E. 裁员条款

8. 在集体协商中,信息对于协商双方来说具有巨大的价值。协商应掌握(   )信息等。

A. 地区、行业、企业的人工成本水平和地区、行业的平均工资水平

B. 当地政府发布的工资指导线、劳动力市场工资指导价位

C. 本地区城镇居民消费价格指数

D. 企业劳动生产率和经济效益及企业资产保值增值

E. 上年度企业工资总额和平均工资水平

9. 集体谈判中经常运用的技巧是(   )。

A. 根据企业的生产经营状况确定几套方案

B. 预计达到的期望值一般要低于谈判时提出的目标,确保能实现期望值

C. 掌握好进退度,有进有退,每次妥协要通过集体讨论,适时让步

D. 掌握的材料按重要程度确定顺序,依谈判情况确定提交的材料

E. 当谈判陷入僵局时,可以采取让其他代表发言或休会等方式加以解决

参 考 答 案

1. ABCDE,426～427   2. ABCDE,428   3. ABDE,429   4. ABDE,429

5. AB,433～434   6. ABC,434   7. ABCDE,434   8. ABCDE,435

9. ABCDE,435

第三节　集体劳动争议与团体劳动争议

一、单项选择题(每小题只有一个正确答案,请将正确答案的序号填写在括号内)

1. 集体劳动争议与团体劳动争议的区别不包括(   )。

A. 当事人不同   B. 内容不同   C. 处理程序不同   D. 仲裁裁决不同

2. 集体劳动争议是指有共同理由、劳动者一方当事人在(   )人以上的劳动争议。

A. 5   B. 8   C. 10   D. 15

3. 团体劳动争议的主体一方是用人单位或其组织(雇主组织),另一方是(   )——工会组织或职工代表,而不是劳动者个人。

A. 雇佣者   B. 员工   C. 劳动者团体   D. 劳动者

4. 团体劳动争议的特点不含(   )。

A. 争议主体的团体性 　　　　　　　B. 争议内容的特定性

C. 影响的广泛性 　　　　　　　D. 争议客体特性

5. 仲裁庭应按照就地就近原则进行处理,开庭场所可设在发生争议的(　　)或其他便于及时办案的地方。

A. 政府 　　　　B. 企业 　　　　C. 街道办事处 　　　　D. 所在地

6. 劳动争议仲裁委员会对受理的劳动争议及其处理结果应及时向当地(　　)汇报。

A. 行政部门 　　　　　　　B. 主管部门

C. 人力资源和社会保障部门 　　　　D. 政府

7. 因集体劳动争议导致停工、怠工的,(　　)应当及时与有关方面协商解决,协商不成的,按集体劳动争议处理程序解决。

A. 职工代表 　　　　B. 工会代表 　　　　C. 工会 　　　　D. 主管部门

8. 对劳动争议协调,应自决定受理之日起 15 日内结束,争议复杂或因其他客观因素影响需要延期的,延期最长不得超过(　　)日。

A. 10 　　　　B. 15 　　　　C. 20 　　　　D. 25

参 考 答 案

1. D,436 　　　　2. A,436 　　　　3. C,437 　　　　4. D,437

5. B,438 　　　　6. D,438 　　　　7. C,438 　　　　8. B,439

二、多项选择题(请将正确答案的序号填写在括号内,选项中有两个或两个以上正确答案,多选、错选、少选均不得分)

1. 集体劳动争议处理的特别程序与普通程序相比,其特点是(　　)。

A. 仲裁委员会应当自收到集体劳动争议申诉书之日起 3 日内作出受理或不予受理的决定

B. 劳动争议仲裁庭为特别合议仲裁庭,由 3 人以上的单数仲裁员组成

C. 劳动者一方当事人应当推举代表参加仲裁活动,代表人数由仲裁委员会确定

D. 影响范围大的集体劳动争议案件,县级仲裁委员会认为有必要,可以将集体劳动争议报请市(地、州、盟)仲裁委员会处理;仲裁委员会在作出受理决定的同时,组成特别仲裁庭,以通知书或布告形式通知当事人;决定不予受理的,应当说明理由

E. 集体劳动争议应自组成仲裁庭之日起 15 日内结束,需要延期的,延长期限不得超过 15 日

2. 因签订或变更集体合同发生争议的处理程序是(　　)。

A. 当事人协商 　　　　　　　B. 工会协商

C. 由劳动争议协调处理机构协调处理 　　　　D. 劳动行政部门代表政府协调

E. 与用人单位平等协商

3. 劳动行政部门作为团体劳动争议协调处理机构协调处理争议的程序是(　　)。

A. 申请和受理

B. 劳动争议协调处理机构在调查了解争议情况的基础上,针对争议内容制订协调处理方案,提出解决问题的具体办法

C. 向政府报告情况并提出建议

D. 协调处理

E. 制作《协调处理协议书》

4. 根据《集体合同规定》的规定，进行集体协商、签订集体合同或专项集体合同，应当遵循的原则是（　　）。

A. 遵守法律、法规、规章及国家有关规定　　B. 相互尊重，平等协商

C. 诚实守信，公平合作　　　　　　　　　D. 兼顾双方合法权益

E. 不得采取过激行为

5. 企业劳动争议调解委员会不能调解因履行集体合同所发生的争议，其处理程序是（　　）。

A. 当事人协商

B. 劳动争议仲裁委员会仲裁

C. 法院审理

D. 由工会代表或集体协商的职工代表代表全体劳动者与用人单位发生的以全体劳动者的权利义务为标的的争议

E. 企业不得解除与工会代表或职工代表的劳动关系

参 考 答 案

1. ABCDE,438　　　2. AC,438　　　3. ABCDE,439　　　4. ABCDE,439　　　5. ABC,440

第四节　重大突发事件管理

一、单项选择题（每小题只有一个正确答案，请将正确答案的序号填写在括号内）

1. 劳工问题就是对劳动者和社会整体造成负面影响，占社会主导地位的利益群体和组织不能接受，因而需要采取（　　）行动进行干预的社会现象。

A. 政府　　　　　　B. 集体　　　　　　C. 工会　　　　　　D. 官方

2. 在社会中存在着社会分层现象，依据一定（　　），将具有相对稳定特征的社会群体称为劳工阶层。

A. 要求　　　　　　B. 细则　　　　　　C. 标准　　　　　　D. 规定

3. 在西方社会学史上，最早提出社会分层理论的是德国社会学家（　　）。

A. 帕森斯　　　　　B. 马克思　　　　　C. 亨利　　　　　　D. 韦伯

4. 韦伯提出划分社会层次结构的三重标准不包含（　　）。

A. 政府—经济标准　　　　　　　　　　B. 财富—经济标准

C. 威望—社会标准　　　　　　　　　　D. 权力—政治标准

5. 所谓（　　），是指那些有着相同或相似的生活方式，并能从他人那里得到等量的身份尊敬的人所组成的群体。

A. 社会身份群体　　B. 社会阶层群体　　C. 社会等级群体　　D. 社会划分群体

6. 韦伯的社会分层标准不包括(　　)。

A. 社会标准　　　　B. 政治标准　　　　C. 权力标准　　　　D. 生产资料标准

7. 突发事件处理对策一般是突发事件的事前和(　　)及应对处理办法。

A. 事件发生征兆　　B. 事件发生中　　　C. 事后管理　　　　D. 事发后调查

8. 突发事件处理对策的基本要素是突发事件预警和(　　)。

A. 突发事件预测　　　　　　　　　　B. 突发事件预防

C. 突发事件控制　　　　　　　　　　D. 突发事件处理

9. 建立企业突发事件预警机制不包括(　　)。

A. 健全重大事件预防机制　　　　　　B. 健全突发事件防范制度

C. 保障突发事件信息传导畅通　　　　D. 设计应对突发事件的措施

10. 企业出现重大劳动安全卫生事故的处理程序首要任务是(　　)制度。

A. 事故报告　　　　B. 事故告知　　　　C. 事故申报　　　　D. 事故处理

11. 企业出现重大伤亡事故,一次死亡(　　)人以上报至国务院主管部门、劳动和社会保障部门。

A. 3　　　　　　　　B. 5　　　　　　　　C. 8　　　　　　　　D. 10

12. 企业出现重大劳动安全卫生事故后,构成犯罪的,由(　　)依法追究刑事责任。

A. 公安机关　　　　B. 司法机关　　　　C. 检察院　　　　　D. 法院

13. 一般事故调查小组组成不包括(　　)。

A. 企业劳动安全卫生第一负责人　　　B. 企业生产、技术、劳动部门

C. 工会成员　　　　　　　　　　　　D. 现场生存人员

14.《工会法》规定:"企业、事业单位发生停工、怠工事件,工会应当代表职工同企业、事业单位或者有关方面协商,反映(　　)的意见和要求并提出解决意见。

A. 职工　　　　　　B. 员工　　　　　　C. 劳动者　　　　　D. 雇员

参 考 答 案

1. B,440　　　　2. C,441　　　　3. D,442　　　　4. C,442　　　　5. A,442

6. D,442　　　　7. C,447　　　　8. D,447　　　　9. A,447　　　　10. A,449

11. A,449　　　　12. B,450　　　　13. D,450　　　　14. A,452

二、多项选择题(请将正确答案的序号填写在括号内,选项中有两个或两个以上正确答案,多选、错选、少选均不得分)

1. 当代的劳工概念中,雇主包括(　　)。

A. 社会中的工资收入者　　　　　　　B. 政府

C. 国有企业　　　　　　　　　　　　D. 股份制公司　　　　　　　　E. 私人企业

2. 当代的工会会员包括(　　)。

A. 工厂工人、农场工人　　　　　　　B. 教育工作者、医务人员、体育明星

C. 工程技术人员　　　　　　　　　　D. 全日工、半日工、钟点工

E. 失业者

3. 马克思主义阶级分层理论对阶级与阶层作出了全面的阐述和深刻的分析,要点

有( )。

A. 阶级的存在仅仅同生产发展的一定历史阶段相联系,是私有制社会的普遍现象

B. 划分阶级的标准是人们在生产关系中所处的地位

C. 阶级内部成员具有共同的经济地位与共同的利益,他们的行为表现一致性程度较高

D. 每一阶级内部又分为若干阶层

E. 阶级存在是私有制社会不平等现象的主要表现形式

4. 劳工问题的特征有( )。

A. 客观性   B. 主观性   C. 社会性   D. 历史性

E. 阶段性

5. 劳动关系运行中突发事件的重要表现形式有( )。

A. 重大劳动安全卫生事故   B. 集体劳动争议

C. 团体劳动争议   D. 劳资冲突

E. 其他突发事件

6. 不论是重大劳动安全卫生事故、重大集体劳动争议或团体劳动争议,还是劳资冲突,都具有的特点是( )。

A. 突发性和不可预期性   B. 群体性

C. 劳动关系性   D. 社会的影响性

E. 利益的矛盾性

7. 对突发事件的预防包括( )。

A. 规避   B. 评估   C. 控制   D. 解决

E. 应变措施

8. 企业突发事件预警信息包括( )、人力资源流动率等。

A. 财务指标   B. 生产率   C. 变动趋势   D. 劳动争议

E. 出勤率

9. 影响企业生产经营环境的重大事件,包括( )。

A. 资本市场的变化   B. 劳动力市场的变化

C. 技术市场的变化   D. 国家重大劳动安全卫生标准的变化

E. 企业人事变动

10. 突发事件处理包括( )。

A. 突发事件处理的准备   B. 突发事件确认

C. 突发事件控制   D. 突发事件评估

E. 突发事件解决

11. 事前评估的主要内容可以从( )等方面进行预测性分析。

A. 事故发生的可能性   B. 事故所处阶段特征的预先描述

C. 事故损害度的预先评估   D. 事故可能涉及的法律、法规

E. 事故可能涉及的赔偿范围及事故管理费用

12. 发生重大劳动安全卫生事故,企业负责人必须及时了解事故情况,并应立即报告( )。

A. 当地综合经济管理部门   B. 劳动行政部门

C. 公安部门　　　　　　　　　　D. 检察院　　　　　　　　　　E. 工会

13. 企业出现重大劳动安全卫生事故后,企业负责人必须做到(　　)。

A. 不隐瞒　　　　B. 不谎报　　　　C. 不迟报　　　　D. 不故意破坏现场

E. 应承担行政责任

14. 死亡或重大伤亡事故调查由一定级别以上的(　　)联合组成调查组进行事故调查。

A. 综合经济管理部门　　　　　　　　B. 劳动行政部门

C. 同级工会　　　　　　　　　　　　D. 公安部门、监察部门、检察院

E. 有关专家

15. 在劳动争议处理活动中,企业应充分行使劳动争议当事人的权利,包括(　　),以及胜诉者要求向人民法院申请强制执行的权利等。

A. 申诉的权利　　　　　　　　　　　B. 委托代理人的权利

C. 申请回避的权利　　　　　　　　　D. 提供证据的权利、辩论的权利

E. 申请调解或拒绝调解的权利

参 考 答 案

1. BCDE,441　　　2. ABCDE,441　　　3. ABCDE,441～442　　4. ABCD,443

5. ABCDE,444　　6. ABDE,445～446　　7. ABCDE,447　　　　8. ABCDE,447

9. ABCD,448　　　10. ABCE,448　　　11. ABCDE,449　　　　12. ABCDE,449

13. ABCD,449　　　14. ABCDE,450　　15. ABCDE,450

第五节　和谐劳动关系的营造

第一单元　工会组织与企业社会责任运动

一、单项选择题(每小题只有一个正确答案,请将正确答案的序号填写在括号内)

1. 工会的职能不包括(　　)。

A. 工会的建设职能　　　　　　　　　B. 工会的参与职能

C. 工会的教育职能　　　　　　　　　D. 工会的赢利职能

2. 经济责任、法律责任与伦理责任构成企业的(　　)。

A. 利润　　　　　　B. 社会责任　　　　C. 发展　　　　D. 地位

3. 1997 年,由总部设在美国的社会责任国际组织(SAI,该组织为民间组织)发起并联合欧美跨国公司和其他国际组织,制定了 SA 8000 社会责任国际标准,它是全球首个(　　)国际标准。

A. 行为规范　　　　B. 道德规范　　　　C. 国际组织规范　　　D. 社会责任规范

参 考 答 案

1. D,456　　　　2. B,457　　　　3. B,457

二、多项选择题（请将正确答案的序号填写在括号内,选项中有两个或两个以上正确答案,多选、错选、少选均不得分）

1.《工会法》全面规定了工会的(　　)等重大问题。

A. 性质　　　　　　B. 职能　　　　　　C. 职责　　　　　　D. 任务　　　　E. 组织原则

2. 工会组织建设的法律保障主要体现在(　　)方面。

A. 组织建设保障　　　　　　　　　　B. 工会干部保护

C. 工会经费保障　　　　　　　　　　D. 工会组织　　　　　　　　　E. 工会权能

3. 工会维护职工合法权益的职能通过(　　)等途径来实现。

A. 工会帮助、指导职工与企业以及实行企业化管理的事业单位签订劳动合同

B. 企业、事业单位处分职工,工会认为不适当的,有权提出意见

C. 企业、事业单位违反劳动法律法规规定的,工会有权干涉

D. 工会依照国家规定对新建、扩建企业和技术改造工程中的劳动条件和安全卫生设施与主体工程同时设计、同时施工、同时投产使用进行监督

E. 工会有权对企业、事业单位侵犯职工合法权益的问题进行调查,有关单位应当予以协助

4. 企业、事业单位侵犯职工劳动权益情形表现在(　　)。

A. 克扣职工工资的　　　　　　　　　B. 不提供劳动安全卫生条件的

C. 随意延长劳动时间的　　　　　　　D. 侵犯女职工和未成年工特殊权益的

E. 其他严重侵犯职工劳动权益的

5. 企业社会责任的基本含义是(　　)。

A. 创造利润

B. 对股东利益负责的同时,还要承担对员工的社会责任

C. 对消费者的社会责任

D. 对社区的社会责任

E. 对环境的社会责任

6. 企业社会责任包括(　　)。

A. 遵守商业道德　　　　　　　　　　B. 生产安全

C. 职业健康　　　　　　　　　　　　D. 保护劳动者的合法权益

E. 保护环境、参与社会公益活动、保护弱势群体等

7. 社会责任国际标准体系是一种基于(　　)而制定的管理标准体系。

A. 国际劳工组织宪章　　　　　　　　B. 联合国儿童权利公约

C. 世界人权宣言　　　　　　　　　　D. 劳工权利

E. 其他国际组织

8. 企业社会责任国际标准(SA 8000)的主要内容包括(　　)等。

A. 童工。公司不应使用或者支持使用童工,应与其他人员或利益团体采取必要的措施确保儿童和应受当地义务教育的青少年的教育,不得将其置于不安全或不健康的工作环境或条件下

B. 强迫性劳动。公司不得使用或支持使用强迫性劳动,也不得要求员工在受雇起始时交

纳抵押金或寄存身份证件

C. 健康与安全。公司应具备如何降低各种工业与特定危害的知识,为员工提供健康、安全的工作环境,采取必要的措施,最大限度地降低工作中的危害隐患,尽量防止意外或伤害的发生

D. 结社自由和集体谈判权。公司应尊重所有员工自由组建和参加工会以及集体谈判的权利

E. 歧视。公司不得因种族、社会等级、国籍、宗教、身体、残疾、性别、工会会员、政治从属或年龄等而对员工在聘用、报酬、培训机会、升迁、解职或退休等方面有歧视行为

9. 企业社会责任国际标准(SA 8000)的其他相关内容包括(   )。

A. 惩戒性措施。公司不得从事或支持体罚、精神或肉体胁迫以及言语侮辱

B. 工作时间。公司应遵守适用法律及行业标准有关工作时间的规定,标准工作周不得超过 48 小时;同时,员工每周至少有一天休息时间。任何情况下每个员工每周加班时间不得超过 12 小时,且所有加班必须是自愿的

C. 工资报酬。公司支付给员工的工资不应低于法律或行业的最低标准,并且必须足以满足员工的基本需求,以及提供一些可随意支配的收入并以员工方便的形式支付

D. 管理系统。高级管理阶层应根据本标准制定公开透明、各个层面都能了解和实施的符合社会责任与劳工条件的公司政策,并对此进行定期审核

E. 委派专职的资深管理代表具体负责,同时让非管理阶层自选代表与其沟通;建立并维持适当的程序,证明所选择的供应商与分包商符合本标准的规定

10. 企业社会责任国际标准(SA 8000)对我国的影响表现在两个方面,即积极影响与消极影响,包括(   )。

A. 有利于促进构建和谐的劳动关系

B. 有利于企业可持续发展战略的实施和落实科学发展观

C. 产品出口受阻或者被取消供应商资格

D. 降低出口产品的国际竞争力

E. 降低我国国际贸易的比较优势

11. 我国的劳动法律体系,包括(   )等法律法规对劳动者合法权益的保护都有比较具体的规定,劳动关系可以得到《劳动法》的广泛调整。

A.《劳动法》　　　　B.《工会法》　　　　C.《劳动合同法》　　　D.《就业促进法》

E.《劳动争议调解仲裁法》

12. 企业社会责任国际标准的推行在我国企业可以采取的主要应对措施有(   )。

A. 充分认识企业社会责任国际标准的客观存在性及其重要性

B. 进一步完善我国劳动立法

C. 积极改善国内劳动条件

D. 加快经济增长方式的转变,推动出口产品结构升级

E. 积极树立企业社会责任意识

13. 进一步完善我国劳动立法,加强国际劳工标准特别是核心劳工标准的研究,吸收其合理成分,同时要抓紧制定包括(   )等单项法律,形成比较完善的劳动法律体系。

A.《劳动监察法》　　B.《工资法》　　　　C.《集体合同法》　　　D.《社会保险法》

E.《就业法》

第二单元　国际劳动立法的主要内容

一、单项选择题（每小题只有一个正确答案,请将正确答案的序号填写在括号内）

1.国际劳动立法泛指由若干国家或国际组织共同制定的,为各国劳动立法提供标准的规范的(　　)。

A. 总和　　　　　　B. 准则　　　　　　C. 细则　　　　　　D. 条例

2.国际劳工公约和建议书构成了国际劳动立法的(　　)。

A. 主体　　　　　　B. 客体　　　　　　C. 准则　　　　　　D. 标准

3.国际劳工公约具有渗入国内法调节各国劳动关系的(　　)。

A. 共同属性　　　　B. 独特性质　　　　C. 利益　　　　　　D. 标准

4.我国政府承认和批准了(　　)个国际劳工公约,其中包括(　　)项基本公约。

A. 23,2　　　　　　B. 20,3　　　　　　C. 23,3　　　　　　D. 23,4

5.国际劳工组织的最高权力机关是国际劳工大会,由全体会员国政府、雇主和工人代表按(　　)的比例组成。

A. 1：1：1　　　　B. 2：1：1　　　　C. 2：2：1　　　　D. 1：1：2

二、多项选择题（请将正确答案的序号填写在括号内,选项中有两个或两个以上正确答案,多选、错选、少选均不得分）

1.国际劳工公约具有如下特点(　　)。

A. 国际劳工公约以保护雇员为主要目的,兼顾了国家和雇主的利益与可能,但其总的指导思想是保护各国劳动者

B. 国际劳工公约内容非常广泛,覆盖劳动关系的各个方面。国际劳工公约既然是通过国内法起作用,那么国内劳动立法包含多少领域,国际劳工公约就要覆盖多少领域

C. 国际劳工公约既有原则的坚定性,又有措施的灵活性,便于各国根据国情参照实施

D. 国际劳工公约对公约批准国发生效力,对会员国劳动立法有规范指导作用

E. 某些国际劳工公约偏离了会员国的政治结构、政治体制的特点

2.国际劳动立法的主要内容包括(　　)。

A. 基本人权、就业　　　　　　B. 劳动行政、劳动关系、工作条件

C. 社会保障、特殊群体就业　　D. 各类劳动安全技术卫生标准

E. 社会政策

3. 主要国际劳工公约的内容包括(　　)。

A. 强迫或强制劳动公约(29 号公约)

B. 废除强迫劳动公约(105 号公约)

C. 准予就业最低年龄公约(138 号公约)

D. 禁止和立即行动消除最恶劣形式的童工劳动公约(182 号公约)

E. 同酬公约(100 号公约)、就业和职业歧视公约(111 号公约)

4. 废除强迫劳动公约规定不得以各种理由为借口实行强迫劳动,分别是(　　)。

A. 作为政治强制或教育的手段　　　　　B. 作为发展经济的手段

C. 作为执行劳动纪律的手段　　　　　　D. 作为对参加罢工的惩罚

E. 作为种族、社会、民族宗教歧视的方法等

5. 制定国际劳工公约的程序是(　　)。

A. 确定立法主题　　　B. 形成拟议草案　　　C. 落实调查内容　　　D. 初稿确定

E. 审议通过

参 考 答 案

1. ABCDE,463　　　　2. ABCDE,463　　　　3. ABCDE, 464~465　　　　4. ABCDE,464

5. ABE,466

第六节　工作压力管理与员工援助计划

第一单元　工作压力管理

一、单项选择题(每小题只有一个正确答案,请将正确答案的序号填写在括号内)

1. 为人们普遍认可的工作压力的定义至今尚未形成,人们一般以三种模式界定其含义,其中不含(　　)。

A. 心理压力模式　　　　　　　　　　　B. 以刺激为基础的模式

C. 交互作用模式　　　　　　　　　　　D. 以反应为基础的模式

2. 人面临压力的反应阶段不包含(　　)。

A. 报警反应阶段　　　B. 抵抗阶段　　　　C. 消耗阶段　　　　D. 调动阶段

3. 压力的影响因素不包括(　　)。

A. 环境因素　　　　　B. 社会因素　　　　C. 组织因素　　　　D. 个人因素

4. 压力因素中的环境因素不包括(　　)。

A. 员工的压力水平的不确定性　　　　　B. 经济的不确定性

C. 政治的不确定性　　　　　　　　　　D. 技术的不确定性

5. 个体水平压力管理的主要策略不包括(　　)。

A. 压力源导向　　　B. 压力反应导向　　　C. 压力思维导向　　　D. 个人导向

6. 生理和人际关系需求不包括( )。

A. 弹性工作制   B. 标准工作制   C. 参与管理   D. 放松训练

<h2 style="text-align:center">参 考 答 案</h2>

1. A,467   2. D,467   3. B,467   4. A,468   5. C,472   6. B,475

二、多项选择题(请将正确答案的序号填写在括号内,选项中有两个或两个以上正确答案,多选、错选、少选均不得分)

1. 工作组织中的压力源主要有( )。

A. 工作本身因素   B. 组织中的角色   C. 职业发展   D. 组织结构与气候

E. 组织中的人际关系

2. 个人紧张的产生,除了压力源存在之外,还必须满足的条件有( )。

A. 以个人动机和应付压力的能力信息作为补充

B. 个人紧张的产生

C. 个人感觉到对自己需要和动机的威胁

D. 自己不能对压力源进行有效应付

E. 潜在的工作压力有规律可循

3. 组织内有许多因素能引起压力感产生,包括( )等都会给员工带来压力。

A. 角色模糊、角色冲突   B. 任务超载、任务欠载

C. 人际关系   D. 企业文化

E. 工作条件

4. 影响员工工作压力的个人因素有( )。

A. 家庭问题   B. 经济问题   C. 生活条件   D. 员工个性特点

E. 员工来自的地区

5. 工作压力的积极作用有( )。

A. 使人集中注意力   B. 使人提高忍受力

C. 增强机体活力   D. 提高应付能力

E. 减少错误的发生

6. 过度工作压力所造成的紧张症状可归并为( )。

A. 生理症状   B. 心理症状   C. 行为症状   D. 不适应症

E. 厌烦工作症

7. 压力反应导向中的心理训练方法有( )。

A. 放松训练   B. 生物反馈训练   C. 自生训练   D. 冥想

E. 高压训练

<h2 style="text-align:center">参 考 答 案</h2>

1. ABCDE,467   2. CD,467   3. ABCDE,468   4. ABCD,469

5. ABCE,470   6. ABC,471   7. ABCD,472

第二单元　员工援助计划

一、单项选择题（每小题只有一个正确答案，请将正确答案的序号填写在括号内）

1. 员工援助计划的对象是(　　)。

A. 人力专家　　　　　　　　　　B. 专业人员

C. 所有员工及家属　　　　　　　D. 企业高级主管

2. EAP 起源于 20 世纪二三十年代的美国，最初是为了解决员工的(　　)问题。

A. 酗酒　　　　B. 家庭暴力　　　　C. 离婚　　　　　　D. 心情抑郁

3. OAP 项目扩大了范围，把服务对象扩展到(　　)，项目增多，内容也更加丰富。

A. 员工家属　　　B. 员工心理学　　　C. 员工压力学　　　D. 法律咨询

4. (　　)的直接目的在于维护和改善员工的职业心理健康状况，从而提高组织绩效。

A. OAP　　　　　B. APE　　　　　　C. EAP　　　　　　D. PAO

5. 员工援助计划的问题诊断阶段主要关注的层面不包括(　　)。

A. 组织层面　　　B. 团队层面　　　　C. 个体层面　　　　D. 家庭层面

参 考 答 案

1. C, 475　　　　2. A, 476　　　　3. A, 476　　　　4. C, 476　　　　5. D, 477

二、多项选择题（请将正确答案的序号填写在括号内，选项中有两个或两个以上正确答案，多选、错选、少选均不得分）

1. 员工援助计划是由组织如企业、政府部门等单位，向所有员工及家属提供的一项(　　)咨询服务计划。

A. 免费的　　　　B. 专业的　　　　C. 系统的　　　　D. 长期的　　　　E. 额外的

2. 员工援助计划的目的是(　　)。

A. 提高员工工作绩效　　　　　　B. 改善组织管理

C. 建立良好的组织文化　　　　　D. 提高员工福利

E. 扩大企业规模

3. 现在的员工援助计划内容包括(　　)等，可全方位帮助员工解决个人问题。

A. 工作压力、心理健康、灾难事件　　　B. 职业生涯困扰、健康生活方式

C. 法律纠纷　　　　　　　　　　　　　D. 理财问题

E. 减肥和饮食紊乱

4. 员工援助计划的分类包括(　　)。

A. 长期员工援助计划　　　　　　B. 中期员工援助计划

C. 外部员工援助计划　　　　　　D. 内部员工援助计划

E. 短期员工援助计划

5. 员工援助计划的意义在于(　　)。

A. 提高员工的工作生活质量　　　B. 降低企业的成本

C. 增加企业的收益　　　　　　　D. 改善组织文化

E. 改善组织形象

6. EAP 可以提高员工的工作生活质量,包括(   )。

A. 增进个人身心健康,促进心理成熟   B. 减轻压力和增强抗压的心理承受能力

C. 提高工作积极性和个人工作绩效   D. 改善个人生活质量

E. 改善人际关系

7. 员工援助计划的操作流程的实施包括(   )。

A. 问题诊断阶段   B. 方案设计阶段

C. 宣传推广阶段   D. 教育培训阶段和咨询辅导阶段

E. 项目评估和结果反馈阶段

8. 宣传推广阶段和教育培训阶段可分为(   )。

A. 管理者层面   B. 一般员工层面

C. 管理者培训层面   D. 员工培训层面

E. 自我心理层面

9. 项目评估和结果反馈阶段有助于(   )。

A. 提高企业服务工作的质量   B. 总结经验教训

C. 不断改进工作   D. 提高咨询人员的专业知识和技能

E. 掌握一定的心理知识和心理咨询技巧

参 考 答 案

1. ABCD,475   2. ABC,475~476   3. ABCDE,476   4. ACDE,476

5. ABCDE,477   6. ABCDE,477   7. ABCDE,477~478   8. AB, 477~478

9. ABC,478

专业技能题及参考答案

1. 简述《劳动合同法》关于劳动合同制度的订立、内容和期限的新规定。(P417~419)

答:1)订立劳动合同的原则。《劳动合同法》规定:订立劳动合同,应当遵循合法、公平、平等自愿、协商一致、诚实信用的原则。劳动合同由用人单位与劳动者遵循上述原则订立,并经用人单位与劳动者在劳动合同文本上签字或者盖章生效。用人单位与劳动者协商一致,可以变更、解除劳动合同。劳动合同对劳动报酬和劳动条件等标准约定不明确、引发争议的,用人单位与劳动者可以重新协商。

2)建立劳动关系,应当订立书面劳动合同。已建立劳动关系,未同时订立书面劳动合同的,应当自用工之日起一个月内订立书面劳动合同。用人单位与劳动者在用工前订立劳动合同的,劳动关系自用工之日起建立。

用人单位自用工之日起超过一个月不满一年未与劳动者订立书面劳动合同的,自第二个月起应当向劳动者每月支付两倍的工资。但是,非全日制用工可以不订立书面劳动合同,非全日制用工双方当事人可以订立口头协议并建立劳动关系。

3)劳动合同的内容。劳动合同的内容包括法定条款与约定条款。法定条款也称必备条款。《劳动合同法》规定劳动合同的必备条款主要是:劳动合同当事人,劳动合同期限,工作内容和工作地点,工作时间和休息休假,劳动报酬,社会保险,劳动保护,劳动条件和职业危害防护。劳动合同除应具备法律规定的必备条款外,用人单位与劳动者可以约定试用期、培训、保

守秘密、补充保险和福利待遇以及服务期和竞业限制等其他事项。

4)劳动合同的三种不同期限。劳动合同分为固定期限劳动合同、无固定期限劳动合同和以完成一定工作任务为期限的劳动合同。固定期限劳动合同,是指用人单位与劳动者约定合同终止时间的劳动合同。无固定期限劳动合同,是指用人单位与劳动者约定无确定合同终止时间的劳动合同。以完成一定工作任务为期限的劳动合同,是指用人单位与劳动者约定以某项工作的完成为合同期限的劳动合同。必须说明,"无固定期限劳动合同"并不是不能解除的合同。只要出现《劳动合同法》规定的情形,无论是用人单位还是劳动者,都有权依法解除合同。

订立无固定期限劳动合同,有利于促进人力资本投资,保证国民经济熟练劳动力的供给;有利于劳动者与用人单位建立利益共同体,促进劳动关系稳定;有利于改善国民经济发展质量。因而,《劳动合同法》对于订立无固定期限劳动合同给予了比较详细的规定:第一,根据订立劳动合同应遵循的原则,只要用人单位与劳动者协商一致,可以订立无固定期限劳动合同。第二,有下述法定情形之一,劳动者只要提出或者同意续订、订立劳动合同的,除劳动者提出订立固定期限劳动合同外,应当订立无固定期限劳动合同:①劳动者在该用人单位连续工作满十年的;②用人单位初次实行劳动合同制度或者国有企业改制重新订立劳动合同时,劳动者在该用人单位连续工作满十年且距法定退休年龄不足十年的;③连续订立两次固定期限劳动合同,且劳动者没有《劳动合同法》第三十九条和第四十条第一项、第二项规定的情形,续订劳动合同的;④用人单位自用工之日起满一年不与劳动者订立书面劳动合同的,视为用人单位与劳动者已订立无固定期限劳动合同。

5)劳动合同的无效。《劳动合同法》规定下列劳动合同无效或者部分无效:以欺诈、胁迫的手段或者乘人之危,使对方在违背真实意思的情况下订立或者变更劳动合同的;用人单位免除自己的法定责任、排除劳动者权利的;违反法律、行政法规强制性规定的。劳动合同部分无效,不影响其他部分效力的,其他部分仍然有效。劳动合同被确认无效,劳动者已付出劳动的,用人单位应当向劳动者支付劳动报酬。劳动报酬的数额,参照本单位相同或者相近岗位劳动者的劳动报酬确定。

2. 简述《劳动争议调解仲裁法》关于劳动争议处理新的制度设计。(P423～424)

答:(1)强化了劳动争议调解程序。劳动争议处理制度中的调解是解决劳动争议的一个独立程序。它是社会对劳动关系运行中出现矛盾的一种自我化解形式,其基本特点是:第一,群众性。包括企业劳动争议调解委员会(由职工代表、用人单位代表、工会代表三方组成),或其他调解组织、基层人民调解组织、其他具有调解职能的组织。各类调解组织既非司法机关,又非行政机构,而是群众组织。它依靠群众的直接参与化解矛盾,其组成决定了它的群众性。第二,自治性。它是通过社会力量对劳动争议实行自我管理、自我调解、自我化解矛盾的一种途径。第三,非强制性。调解组织调解劳动争议贯彻自愿原则,即申请调解自愿、调解过程自愿、达成协议自愿、履行协议自愿。

劳动争议调解仲裁法》的制定体现了尽量把劳动争议解决在基层,最大限度地减少社会成本的立法精神。《劳动争议调解仲裁法》规定:发生劳动争议,当事人可以到下列调解组织申请调解:①企业劳动争议调解委员会;②依法设立的基层人民调解组织;③在乡镇、街道设立的具有劳动争议调解职能的组织。

同时还规定:对因支付拖欠劳动报酬、工伤医疗费、经济补偿或赔偿金事项达成调解协议,用人单位在协议约定期限内不履行的,劳动者可持调解协议书依法向人民法院申请支付令,人民法院应当依法发出支付令。这是劳动者向人民法院申请追索工资报酬等经济福利待遇的一条捷径。

(2)《劳动争议调解仲裁法》规定部分案件实行有条件的"一裁终局"制度。为防止一些用人单位恶意诉讼以拖延时间、加大劳动者维权成本,为对劳动者的权利救济保障更为充分,《劳动争议调解仲裁法》在仲裁程序中规定部分案件实行有条件的"一裁终局"制度,即对因追索劳动报酬、工伤医疗费、经济补偿或赔偿金不超过当地月最低工资标准12个月金额的争议,以及因执行国家劳动标准在工作时间、休息休假、社会保险等方面发生争议等案件的裁决,在劳动者在法定期限内不向法院提起诉讼,用人单位向法院提起撤销仲裁裁决的申请被驳回的情况下,仲裁裁决为终局裁决,裁决书自作出之日起发生法律效力。

(3)《劳动争议调解仲裁法》对申请劳动争议仲裁时效期间作了更为科学的规定。按《企业劳动争议处理条例》的规定,劳动争议当事人应当自劳动争议发生之日起60日内向劳动争议仲裁委员会提出书面申请。在实践中,一些劳动者因为超过时效期间而丧失了获得法律救济的机会。为更好地保护劳动关系当事人特别是劳动者的合法权益,《劳动争议调解仲裁法》对申请仲裁的时效期间作了更具操作性的变动。该法第二十七条规定:"劳动争议申请仲裁的时效期间为一年。仲裁时效期间从当事人知道或者应当知道其权利被侵害之日起计算。前款规定的仲裁时效,因当事人一方向对方当事人主张权利,或者向有关部门请求权利救济,或者对方当事人同意履行义务而中断。从中断时起,仲裁时效期间重新计算。因不可抗力或者有其他正当理由,当事人不能在本条第一款规定的仲裁时效期间申请仲裁的,仲裁时效中止。从中止时效的原因消除之日起,仲裁时效期间继续计算。劳动关系存续期间因拖欠劳动报酬发生争议的,劳动者申请仲裁不受本条第一款规定的仲裁时效期间的限制;但是,劳动关系终止的,应当自劳动关系终止之日起一年内提出。"

(4)缩短了劳动争议仲裁审理期限,并明确了先行裁决的条件。根据原仲裁条例的规定,仲裁裁决一般应在收到仲裁申请的60日内作出;如案情复杂确需延期的,经法定程序批准可适当延期,但延期不得超过30日。为提高效率,《劳动争议调解仲裁法》缩短了仲裁审理时限,规定应当自受理仲裁申请之日起45日内结束;案情复杂需要延期的,经劳动争议仲裁委员会主任批准,可延期并书面通知当事人,但延期不得超过15日。同时,该法还规定:"仲裁庭裁决劳动争议案件时,其中一部分事实已经清楚,可以就该部分先行裁决。"仲裁庭对追索劳动报酬、工伤医疗费、经济补偿或者赔偿金的案件,根据当事人的申请,可以裁决先予执行,移送人民法院执行。仲裁庭裁决先予执行的,应当符合下列条件:①当事人之间权利义务关系明确;②不先予执行将严重影响申请人的生活。劳动者申请先予执行的,可以不提供担保。

(5)合理分配举证责任。劳动争议处理中的证明责任也称举证责任,指劳动争议当事人对自己提出的主张,负有向劳动争议处理机构提供证据并加以证明的义务。不履行证明责任者就要承担不利于己的处理结果。由劳动关系的特点所决定,反映平等主体关系的争议事项,遵循"谁主张、谁举证"的原则;反映隶属性关系的争议事项,实行"谁决定、谁举证"的原则。《劳动争议调解仲裁法》规定,当事人对自己提出的主张,有责任提供证据。考虑到劳动关系的特征及用人单位在劳动关系运行中的作用,又特别规定:与争议事项有关的证据属用人单位掌握管理的,用人单位应当提供,不提供的应承担不利后果。

(6)减轻了当事人的经济负担。《劳动争议调解仲裁法》规定,劳动争议仲裁不收费。劳动争议仲裁委员会经费由财政予以保障。

3. 简述集体谈判范围论和效率合约理论的主要内容和特点,以及在集体协商中所应采取的主要策略。

答:(1)集体谈判范围论的主要内容(P426～427):模型结构由工会和雇主各自的谈判要求构成:反映工会的谈判要求分为上限与坚持点;反映雇主的谈判要求分为下限与坚持点。当工资率通过集体交涉决定,而不是通过劳动力市场的自由竞争决定时,工资率不再是由劳动供求决定的单一点,而存在一个由工会工资要求的上限和雇主愿意提供的工资下限构成的"不确定性范围"。集体谈判中工会的最初工资增长要求(通常高于竞争工资率以上的某一点)决定这个范围的上限,工会认为上限以外的工资增长会对其会员就业产生不利影响;工会的坚持点(底线)是集体谈判工资增长的最低要求,若低于此点则不会被会员接受,而宁愿以产业行动为抵制手段。雇主最初愿意提供的工资增长(通常低于竞争工资率以下的某一点)决定这个范围的下限,认为低于此限度就难以保证生产所需的必要的劳动力供给和企业的市场形象;雇主的坚持点则是其能够允诺的最大工资增长,即雇主可以接受的最高货币工资增长率;雇主宁愿接受该水平的货币工资增长率,以避免因工会会员反对而对利润及生产经营产生负面影响。若超过该点,则以关闭企业为抵制手段。谈判双方"不确定性范围"的水平与谈判时期的宏观经济状况、谈判单位所处的行业特点、外部环境,以及劳动力需求弹性和供给弹性有着密切的联系,"不确定性范围"不是固定的,而是可变的。

(2)效率合约理论的主要内容(P427～428):集体谈判的范围论只是简单地描述短期货币工资的决定,这种描述是极为概括的、粗线条的。实际上,利益协调性劳动关系的运行和实践还有更为深刻的原因,即通过集体协商谈判决定一般劳动条件符合经济效率的原则。

劳动关系利益的协调是两大组织间的行为,在阐述企业劳动关系的调整理论时一般是以工会组织为线索,阐述其行为理论和影响,同时涵盖雇主组织的行为。在劳动关系双方利益调整的各种形式当中,集体协商、谈判、订立立集体合同占主导地位,实际上,在市场经济条件下,劳动条件的决定方式能为劳动关系双方接受的也只能是在符合国家劳动立法的基础上的集体谈判。

(3)集体协商的特点(P433～434):工会与雇主之间的集体谈判,是谈判行为在劳动关系领域中的一种表现形式,而作为谈判的一个特征,是谈判的不确定性和特殊复杂性。这种不确定性可以概括为以下几个方面:

第一,谈判本身的不确定性。谈判延续多长时间、谈判是否有结果、谈判结果是什么、谈判中是否会出现产业行动或关闭企业等抵制行为、谈判双方是否能够达到各自目的等,存在着不确定性。

第二,谈判未来的不确定性。集体谈判的目的在于未来,双方谈判未来几年的集体合同,然而在谈判中双方均不可能准确预计未来合同期间的经济形势。

集体谈判还有一个特征,就是谈判问题的特殊复杂性。这种复杂性源于以下一些因素:首先,劳动力是附着在劳动者身上的,劳动者把劳动力让渡给雇主,两者必然形成一种人身关系,存在着领导与被领导,指挥、命令和服从的关系。劳动者必须每周在就业场所里至少工作40个小时。这种时时刻刻的依存关系势必影响集体协商谈判活动。其次,工资只是劳动条件的一个方面,集体谈判不仅仅涉及工资的决定问题,而且必然涉及劳动条件的其他方面,诸如工作规则、晋升和培训、劳动安全、附加福利、裁员条款及其他一系列问题。两者在上述协商谈判事项方面客观地存在着某种信息的不对称,因而也决定了谈判的复杂性。最后,工人和雇主之间的关系是长期的。双方现在谈判签订了一份集体合同,经过一定时期如2~3年以后还需再行谈判签订新的协议,如此继续下去。这种团体劳动关系的长期性是非常重要的,因为今年所签订协议的内容对以后的协议有着系统的影响,从而增加了谈判的复杂性。

(4)集体协商中所应采取的主要策略(P434):集体协商的不确定性和特殊复杂性,决定了劳动关系双方在谈判中的基本策略。在谈判中,双方首先是对各种谈判问题进行分析,从而确定谈判的目标和各个项目的先后顺序,然而在几乎所有的集体谈判中,各方对于各种问题的公开要求与可以接受的条件之间,与国家相应最低劳动标准之间,与有关的劳动条件标准的指导意见之间,如工资指导线、工种岗位的劳动力市场工资指导价位之间等总是留有较大的余地。企业同时还要考虑短期与未来长期发展战略之间的种种复杂关系等,这就使双方均难以确定对方对各种问题的实际态度(最后的位置),双方既不能读透对方的心理,也不能对谈判的发展作出预测。这种情况也决定了谈判的必要性,因为通过谈判过程的信息交换、对话与讨论,双方将获得较为完整的信息,并对上述问题有较好的了解。这样,就可以在谈判过程中了解对方关心的问题以及对方对这些问题的态度。通过谈判,各方了解各种谈判问题对于对方的重要程度,了解在这些问题上对方留有多大的余地。

集体谈判的另一项策略是妥协与让步。在几乎所有的谈判中,妥协是关键要素。在尽可能考虑自己利益的前提之下,谈判各方都在寻找一种可以接受的解决途径。

4. 简述集体劳动争议的含义,集体劳动争议与团体劳动争议的区别。

答:(1)集体劳动争议的含义(P436):集体劳动争议是指有共同理由、劳动者一方当事人在3人以上的劳动争议。《劳动争议调解仲裁法》第七条规定:"发生劳动争议的劳动者一方在10人以上,并有共同请求的,可以推举代表参加调解、仲裁或者诉讼活动。"从上述规定中可以看出,集体劳动争议的标准由3人改为10人以上。劳动者一方当事人在30人以上的集体劳动争议,根据国家劳动法律法规的规定适用劳动争议处理的特别程序。

(2)集体劳动争议与团体劳动争议的区别(P436~437):集体劳动争议与团体劳动争议是性质不同的劳动争议。团体劳动争议仅指工会组织或集体协商的职工代表因签订或履行集体合同而与用人单位或其组织(雇主组织)发生的争议。两者的区别是:

第一,当事人不同。集体劳动争议的当事人劳动者一方是10人以上基于共同理由与用人单位发生的争议;团体劳动争议的当事人劳动者一方是工会组织或集体协商的职工代表,另一方是用人单位或其组织(雇主组织)。

第二,内容不同。集体劳动争议中的各个当事人应当具有与用人单位发生争议的共同理由,即基于同样的事实和共同的要求,但是只限于争议申诉的特定部分劳动者各自的具体利益;团体劳动争议则是以全体劳动者的整体利益为争议标的。

第三,处理程序不同。集体劳动争议因有共同理由,为简化争议处理程序,法律规定提请集体劳动争议的劳动者应推举代表参加争议处理活动,其实质仍为个人劳动争议;而且,集体劳动争议推举的代表在争议处理程序中的行为只代表提起申诉的劳动者的意愿和利益,对未提起申诉的劳动者不具有法律意义。此外,劳动争议仲裁委员会对集体劳动争议作出仲裁裁决后,部分劳动者对仲裁裁决不服,依法向人民法院起诉的,仲裁裁决对提出起诉的劳动者不发生法律效力;对未提出起诉的部分劳动者发生法律效力,如其申请执行的,人民法院应当受理。团体劳动争议中的工会的法定代表人是工会主席或职工代表中的首席代表,在争议处理程序中,其行为涉及工会(或职工代表)所代表的全体劳动者的意愿和利益,仲裁、协调或诉讼结果对全体劳动者具有法律意义。

5.简述团体劳动争议的特点,集体劳动争议和团体劳动争议处理的基本程序。

答:(1)团体劳动争议的特点(P437):团体劳动争议是指集体合同双方当事人因签订或履行集体合同所发生的争议。团体劳动争议与一般的劳动争议相比,具有以下特点:

1)争议主体的团体性。团体劳动争议的主体一方是用人单位或其组织(雇主组织),另一方是劳动者团体——工会组织或职工代表,而不是劳动者个人。

2)争议内容的特定性。团体劳动争议的标的涉及订立、变更或履行集体合同等一般劳动条件事项。团体劳动争议分为利益争议与权利争议。利益争议是当事人因签订或变更集体合同所发生的争议,其标的是在集体合同中如何设定尚未确定的集体合同条款即劳动者的整体利益。它往往表现为集体协商谈判出现破裂或僵局,此种争议处理不好,甚至出现示威、请愿、游行、罢工或闭厂等激烈情形。权利争议是在集体合同履行过程中,当事人双方就如何将集体合同条款付诸实践所发生的争议。其标的是实现集体合同中已经设定并且表现为权利义务的团体劳动关系双方的利益,往往由于解释集体合同条款有分歧或违法而导致出现。无论是何种团体劳动争议,内容都具有广泛性和整体性,而其他劳动争议只涉及劳动者个人。这一特点将团体劳动争议与集体劳动争议区别开来。

3)影响的广泛性。团体劳动争议主体的团体性及内容的特定性,事关劳动者的整体权利义务,这就决定了团体劳动争议影响的广泛性。若处理不及时或不得当,极易导致出现其他激化矛盾的行为。

(2)集体劳动争议处理的基本程序(P437~438):集体劳动争议处理的特别程序与普通程序相比,其特点表现在:

1)仲裁委员会应当自收到集体劳动争议申诉书之日起 3 日内作出受理或不予受理的决定。

2)劳动争议仲裁庭为特别合议仲裁庭,由 3 人以上的单数仲裁员组成。

3)劳动者一方当事人应当推举代表参加仲裁活动,代表人数由仲裁委员会确定。

4)影响范围大的集体劳动争议案件,县级仲裁委员会认为有必要,可以将集体劳动争议报请市(地、州、盟)仲裁委员会处理;仲裁委员会在作出受理决定的同时,组成特别仲裁庭,以通知书或布告形式通知当事人;决定不予受理的,应当说明理由。

5)集体劳动争议应自组成仲裁庭之日起 15 日内结束,需要延期的,延长期限不得超过15 日。

6)仲裁庭应按照就地就近原则进行处理,开庭场所可设在发生争议的企业或其他便于及时办案的地方。

7)劳动争议仲裁委员会对受理的劳动争议及其处理结果应及时向当地政府汇报。

此外,根据《工会参与劳动争议处理试行办法》的有关规定,工会组织应积极参与集体劳动争议的处理活动。该办法规定:

①发生集体劳动争议,用人单位工会应当及时向上级工会报告,依法参与处理。工会参与处理集体劳动争议,应积极反映职工的正当要求,维护职工的合法权益。

②因集体劳动争议导致停工、怠工的,工会应当及时与有关方面协商解决,协商不成的,按集体劳动争议处理程序解决。

(3)团体劳动争议处理的基本程序(P438)：

1)当事人协商。这是团体争议处理的一般程序,当事人必要的妥协与让步是利益协调的惯例。《工会参与劳动争议处理试行办法》第二十八条规定:"因签订和履行集体合同发生争议,用人单位工会可以就解决争议问题与用人单位平等协商。"第二十九条规定:"因签订集体合同发生争议,当事人双方协商解决不成的,用人单位工会应当提请上级工会协同政府劳动行政部门协调处理。"

2)由劳动争议协调处理机构协调处理。劳动行政部门是代表政府协调处理团体劳动争议的职能机构,它所设置的劳动争议协调处理机构是处理团体劳动争议的日常工作机构。劳动行政部门协调处理团体劳动争议时,应遵循三方原则,组织同级工会代表、企业方面代表及其他代表与团体争议当事人各方首席代表共同进行协调。同级工会以及有权代表企业的部门和社会团体,如企业家协会等部门是协调处理利益争议的协助机构。

6. 简述劳工问题的含义和特点,突发事件的主要表现形式及其特点。

答:(1)劳工问题的含义(P440):劳工问题是伴随劳动关系现象的出现而同时出现的问题。雇员及其组织与雇主及其组织两大集团出现并形成了普遍的利益冲突。劳工问题就是对劳动者和社会整体造成负面影响,占社会主导地位的利益群体和组织不能接受,因而需要采取集体行动进行干预的社会现象。它是众多劳动者个人及其团体或社会整体的需要得不到满足的一种社会状况。社会整体的需要包括社会整合、有序、稳定以及发展。

(2)劳工问题的特点(P442~443):劳工问题既然是众多劳动者个人及其团体或社会整体的需要得不到满足的一种社会状况,因而它是经济社会中普遍存在的各种矛盾的表现之一。

1)客观性。劳工问题的存在总是一种客观现象,它独立于人们的主观意志之外,它的产生发展有其自身规律性。人们对劳工问题的认识和解决,可以减轻劳工问题的危害程度,却不能彻底消灭劳工问题。

2)主观性。并不是所有的劳动关系运行中的矛盾现象及其事实都会构成劳工问题,只有在特定的利益群体或权力阶层就社会劳动关系运行中的矛盾事实作出反应之后,劳动关系运行中的矛盾事实才会成为劳工问题,即劳工问题具有主观性特征。此外,对于劳工问题的认识和界定与社会的主流价值观、人们的思维模式有着直接的联系。由于价值准则和思维模式的差异,对于劳工问题的认识和判断是绝不相同的。

3)社会性。社会性是劳工问题的显著特征,同时也是劳工问题客观性特征的另一表现。劳工问题的社会性特征表现为劳工问题产生原因的社会性:劳工问题并不是由于某一个别劳动者的原因而产生,它是一种社会问题;劳工问题内容与形式的社会性:劳工问题绝不是个别劳动者、个别劳动关系的矛盾事实或利益冲突,它不是一种个体性现象,而是群体性、社会性现象;劳工问题后果的社会性:矛盾事实或利益冲突处理不当会造成社会性后果甚至是整个社会的震荡;以及劳工问题责任的社会性、解决劳工问题方法和过程的社会性等诸多方面。联系我国现阶段存在的大规模的农民工欠薪现象,可以清晰地观察和认识到劳工问题的社会性特征。

4)历史性。由于经济社会发展水平的差异,以及人们对劳工问题主观价值判断的不同,在某个国家的不同历史发展阶段上会存在着特定的劳工问题。它是一个历史的、变化的问题。同时,人们对劳工问题的认识、评价和判断也需要一个过程。任何一个劳工问题总有其产生、发展、认识与解决、处理、转化等过程。这种过程性显示出劳工问题的历史性特征。

在某一时期,劳工问题处理不当,可以突发事件的形式表现出来。

(3)突发事件的主要表现形式(P443～444):突发事件是组织运行过程中危机的表现。在不同的领域,以不同的视角,采用不同的思维方式,对突发事件的认识、理解是不一样的。在劳动关系领域,通常可以将突发事件描述为带来高度不确定性,对生产经营的正常秩序具有高度威胁性。

(4)突发事件的特点(P445～446):无论是重大劳动安全卫生事故、重大集体劳动争议或团体劳动争议,还是劳资冲突,都具有下述特点:

1)突发性和不可预期性。

2)群体性。

3)社会的影响性。

4)利益的矛盾性。

7. 简述处理突发事件的一般对策,处理重大劳动安全卫生事故、重大集体劳动争议或团体劳动争议,以及重大突发事件的对策。

答:(1)处理突发事件的一般对策(P447～448):突发事件处理对策一般是指针对上述突发事件的事前、事后管理和应对处理办法,包括对突发事件的规避、评估、控制、解决和应变措施。突发事件处理对策就是要在偶然性中发现必然性,尽量避免突发事件所造成的危害和损失,并且能够缓解矛盾,推动企业劳动关系的健康发展。

(2)处理重大劳动安全卫生事故的对策(P449～450):重大劳动安全卫生事故处理对策的基本前提是在企业全体职工中树立牢固的"事故"意识。事实表明,没有事故隐患的企业几乎是不存在的。由于企业事故何时发生、何处发生、以何种形式发生等问题往往是事先很难预测的,所以事故管理不能只是企业决策部门,也不只是某个职能部门的事情,而是企业全体职工都要参与和关心的事情。尽管对事故很难预测,但绝大多数事故都不是突然发生的,而是有前兆的、有过程的。

企业必须通过各种宣传和考核手段,使全体员工树立起强烈的事故管理意识,在观念上使员工减少因不负责任的工作作风而导致事故发生的可能性,即便是事故发生的非常时刻,也能够使职工自觉按照企业事故管理制度,利用非常手段避免企业事故带来更大损失。因此,实施重大劳动安全卫生事故管理的前提就是使全体职工时刻保持事故意识。

(3)重大集体劳动争议或团体劳动争议的对策(P450～451):

1)自觉并积极地参与劳动争议处理机构的调解、仲裁活动或人民法院的诉讼活动。劳动关系当事人之间虽然存在着管理与被管理,领导、指挥、命令和服从的隶属性关系,但在劳动法律关系上处于平等地位,在劳动争议处理活动中,企业应充分行使劳动争议当事人的权利,包括:申诉的权利、委托代理人的权利、申请回避的权利、提供证据的权利、辩论的权利、申请调解或拒绝调解的权利、胜诉者要求向人民法院申请强制执行的权利等,自觉承担劳动争议当事人应履行的义务。

2)积极参与因签订集体合同而产生的团体劳动争议的协调活动。

①签订集体合同是劳动者团体与企业两大对等权利主体的自主行为,必须坚持平等合作、协商一致的原则,因此,因签订集体合同而发生的团体劳动争议,国家不能采取行政命令、仲裁或司法强制等手段强行消除分歧,只能通过双方协商、政府有关部门指导或协调的形式,使争议双方在维护劳动者和企业合法权益的基础上达成共识,求大同存小异,从而完成集体合同的协商和签订,达到促进劳动关系和谐稳定的目的。因签订集体合同发生劳动争议,当事人应自

主协商解决,企业应通过协商力求达到意见的统一。

②积极配合劳动争议协调处理机构进行协调处理。劳动争议协调处理机构协调处理因签订集体合同发生的争议,是指国家劳动行政部门的劳动争议协调处理机构在集体合同双方当事人因签订集体合同发生争议不能协调解决时,按照三方原则,组织有关各方,通过宣传国家法律法规,对集体合同谈判过程中出现的分歧进行协调和斡旋,使争议双方尽快达成共识,恢复集体协商,进而签订集体合同的劳动争议的处理方式。在此种处理方式中,企业应审时度势,适时提出协调处理申请,并积极配合,如实提供必要的经营资料和相关证据,配合协调处理机构的必要调查,不采取过激行为,不得解除与职工代表的劳动关系,同时自觉履行劳动争议协调处理机构制作的《协调处理协议书》。

(4)重大突发事件的对策(P451～452):

1)重大突发事件的必然性:重大突发事件的实质是劳资权利纠纷激化的具体表现,只要劳动关系存在,劳资双方有着不同的利益追求,劳动关系双方的纠纷或争议就不可避免。特别是推行市场经济体制改革以来,国民经济中的资本结构已经发生了重大变化,国有资本所占比重逐渐下降,在经济结构调整进行的同时,就业结构的深刻调整也在进行,非国有经济成分中就业人员数量逐年上升,资本结构的调整带来了劳动关系的重构。同时,国有企业以非国有经济作为参照系,劳动关系主体地位日益凸显,利益分歧也在逐步加大,对立性增强。在此种情况下,应努力降低重大突发事件发生的频率以及重大突发事件的影响程度,但不可能完全消灭突发性事件。重大突发事件以及其他相关的团体劳动争议的出现和上升趋势属于市场经济发展过程中的客观现象,问题的关键是如何缓和冲突,如何形成一种机制使突发性事件消弭于无形之中。重大突发事件发生时应做到:第一,准确迅捷的信息传递;第二,及时的信息确认,杜绝任何形式的信息偏误;第三,科学地理解信息以及据此信息作出迅速反应。

2)坚持劳动权益保障:劳动权保障问题是我国社会转型时期非常突出的社会经济问题。在劳动关系的社会调整与控制中,政府劳动政策与社会政策制定的原则和出发点应当以追求社会公平、公正为基本宗旨,政府劳动政策层面对劳动关系的社会调整与微观经济领域的效率机制应当有比较清晰的界限。很多突发性事件是因为基本劳动权被雇主侵犯所致,执行《劳动法》的监督检查是政府的义务。最低劳动标准属于强行性法律规范,具有单方面的强制性,不得由劳动关系当事人协议予以变更,在这里所谓的有了问题"不找政府找市场"的解决原则可以说是不适用的。依法保障劳动者的合法权益是法律规定的政府的基本职责,也是执政为民的集中体现,政府在劳动领域的政策毫无疑问应以保护劳动权为其中心。政策的灵活性和快速反应性在一定程度上可以弥补劳动立法的滞后性,坚持劳动权保障的政策原则可以极大地促进最低劳动标准的执行。

此外,坚持劳动权保障还须完善劳动立法。团体劳动争议和绝大部分劳动关系领域中的突发性事件是市场经济体制运行中的必然现象,争议的最初起因属于私法领域中的利益冲突,之所以扩散到公共领域,使之具有比较大的社会影响性的一个重要原因还在于缺乏在私法领域解决矛盾和纠纷的有效机制。

《工会法》规定:"企业、事业单位发生停工、怠工事件,工会应当代表职工同企业、事业单位或者有关方面协商,反映职工的意见和要求并提出解决意见。对于职工的合理要求,企业、事业单位应当予以解决。工会协助企业、事业单位做好工作,尽快恢复生产、工作秩序。"这里所指的停工、怠工,实质上即为团体行动,如果立法对"对于职工的合理要求,企业、事业单位应当予以解决"的事项未能解决时工会可采取的行为模式作进一步明确设定,必将会使无组织、无秩序、自发性的突发事件转化为有序和受控状态,并使之限定在劳动关系领域,从而克服或弱化突发事件对社会造成的负面影响。必须明确,产业行动权由法律予以规范,那么就必然与相应的法律责任相联系,法律中的权利通常都有相对应的义务,自由与限制是相互联系的,许多国家在宪法和劳动关系法中对产业行动所作的规范,一方面体现自由、民主和进步的法治精神,另一方面更多的是确认产业行动在调整劳动关系中的地位和功能。它不仅可以成为解决劳动关系利益冲突的手段,同时也成为维护社会公共秩序的有效机制。

3)强化工会职能的转换:预防和化解突发事件还必须强化工会职能的转换,使工会的工作方式和活动方式与市场经济体制对工会的要求统一起来。一方面,必须加快工会的组建步伐,形成并建立雇员与雇主权利对等的社会条件,扭转分散的、孤立的雇员个人与社会化的资本力量严重失衡的状态,增强雇员在工资、工时和劳动条件决定方面的力量。提高工会组建率的重要措施是强化上级工会对新建企业、未成立工会的企业在组建工会方面的指导,化解雇主对工会组建的各种干扰。另一方面,坚决贯彻落实《工会法》对工会基本职责的要求,强化工会的经济职能,切实将集体协商、订立集体合同作为工会维权的主要途径,强化工会干部的法律保护,使工会真正成为雇员利益的代表和雇员利益的表达渠道,成为雇主违反国家劳动标准的强有力的威慑力量。

8. 简述我国工会组织的主要职能。

答:我国工会组织的主要职能为:(P454～456)

1)工会帮助、指导职工与企业以及实行企业化管理的事业单位签订劳动合同。工会代表职工与企业以及实行企业化管理的事业单位进行平等协商,签订集体合同。集体合同草案应当提交职工代表大会或者全体职工讨论通过。工会签订集体合同,上级工会应当给予支持和帮助。

企业违反集体合同,侵犯职工劳动权益的,工会可以依法要求企业承担责任;因履行集体合同发生争议,经协商解决不成的,工会可以向劳动争议仲裁机构提请仲裁,仲裁机构不予受理或者对仲裁裁决不服的,可以向人民法院提起诉讼。

企业、事业单位违反职工代表大会制度和其他民主管理制度,工会有权要求纠正,保障职工依法行使民主管理的权利。法律法规规定应当提交职工大会或者职工代表大会审议、通过、决定的事项,企业、事业单位应当依法办理。

2)企业、事业单位处分职工,工会认为不适当的,有权提出意见。企业单方面解除职工劳动合同时,应当事先将理由通知工会,工会认为企业违反法律法规和有关合同,要求重新研究处理时,企业应当研究工会的意见,并将处理结果书面通知工会。职工认为企业侵犯其劳动权益而申请劳动争议仲裁或者向人民法院提起诉讼的,工会应当给予支持和帮助。

3)企业、事业单位违反劳动法律法规规定,有下列侵犯职工劳动权益情形,工会应当代表职工与企业、事业单位进行交涉,要求企业、事业单位采取措施予以改正;企业、事业单位应当予以研究处理,并向工会作出答复;企业、事业单位拒不改正的,工会可以请求当地人民政府依法作出处理。

4)工会依照国家规定对新建、扩建企业和技术改造工程中的劳动条件和安全卫生设施与主体工程同时设计、同时施工、同时投产使用进行监督。

对工会提出的意见,企业或者主管部门应当认真处理,并将处理结果书面通知工会。工会发现企业违章指挥、强令职工冒险作业,或者在生产过程中发现明显重大事故隐患和职业危害,有权提出解决的建议,企业应当及时研究答复;发现危及职工生命安全的情况时,工会有权向企业建议组织职工撤离危险现场,企业必须及时作出处理决定。

5)工会有权对企业、事业单位侵犯职工合法权益的问题进行调查,有关单位应当予以协助。

6)职工因工伤亡事故和其他严重危害职工健康问题的调查处理,必须有工会参加。工会应当向有关部门提出处理意见,并有权要求追究直接负责的主管人员和有关责任人员的责任。对工会提出的意见,应当及时研究并给予答复。

7)企业、事业单位发生停工、怠工事件,工会应当代表职工同企业、事业单位或者有关方面协商,反映职工的意见和要求并提出解决意见。对于职工的合理要求,企业、事业单位应当予以满足。工会协助企业、事业单位做好工作,尽快恢复生产、工作秩序。

8)工会参加企业的劳动争议调解工作。地方劳动争议仲裁组织应当有同级工会代表参加。县级以上各级总工会可以为所属工会和职工提供法律服务。

9. 简述企业社会责任的含义,社会责任国际标准对我国产生的积极影响和消极影响,以及我国企业应采取的应对措施。

答:(1)企业社会责任的含义(P456～457):"企业社会责任"这一概念已被社会广泛接受,但是就学术界或企业界而言,还没有一个统一的定义。一般的经济理论认为,企业仅具有一种而且只有一种社会责任——在法律规章制度许可的范围内,利用其资源从事旨在增加其利润的活动。企业作为社会的基本经济组织,其唯一任务或目标就在于为社会提供产品和服务,赚取利润。筹集资本、进行投资、生产销售管理、赚取利润是企业的基本流程。这种企业社会责任的认识集中于企业的经济责任方面。然而自20世纪60年代以来,这种传统的企业社会责任的认识即"股东至上主义"受到越来越多的质疑,利益相关者理论对以股东利益最大化为目标的"股东至上主义"理念提出了挑战,利益相关者理论立足的关键之处在于,它认为随着时代的发展,物质资本所有者在企业中的地位呈逐渐弱化的趋势。主张利益相关者理论的学者指出,公司本质上是一个受多种市场因素影响的组织实体,而不应该是由股东主导的企业组织制度;考虑到债权人、管理者和雇员等许多为公司贡献出特殊资源的参与者的话,股东并不是公司唯一的所有者。

在利益相关者理论的影响之下,人们关于企业社会责任的认识有了新的发展,其基本含义是:企业社会责任是指企业在创造利润、对股东利益负责的同时,还要承担对员工、对消费者、对社区和环境的社会责任,包括遵守商业道德、生产安全、职业健康、保护劳动者的合法权益、保护环境、参与社会公益活动、保护弱势群体等。

从企业社会责任的性质来看,它是企业理论的一种发展。企业首先是一个经济实体,它追求最大利润以回报投资者;企业同时也是一个法律概念,作为法律范畴的企业,应当守法经营,遵守法律,保障劳动者的合法权益;作为道德范畴的企业,它要承担社会伦理责任。经济责任、法律责任与伦理责任构成企业的社会责任。

(2)社会责任国际标准对我国产生的积极影响和消极影响:(P459～460)

1)积极影响:①有利于促进构建和谐的劳动关系;②有利于企业可持续发展战略的实施;③有利于落实科学发展观。

2)消极影响:①产品出口受阻或者被取消供应商资格;②降低出口产品的国际竞争力;

③降低我国国际贸易的比较优势。

（3）我国企业应采取的应对措施：(P461～462)

1)充分认识企业社会责任国际标准的客观存在行及其重要性,在世界贸易组织协商机制和框架下,参与全球社会责任标准的研讨和起草活动,积极参与国际多边谈判,积极关注社会责任标准的发展态势,妥善处理相关问题。

2)进一步完善我国劳动立法。

3)积极改善国内劳动条件。

4)加快经济增长方式的转变,推动出口产品结构升级。

5)积极树立企业社会责任意识。

6)加快现代企业制度建设。

10. 简述国际劳动立法的含义、主要内容和特点。

答：(1)国际劳动立法的含义(P462)：国际劳动立法泛指由若干国家或国际组织共同制定的,为各国劳动立法提供标准的规范的总和。在国际劳工组织成立之前,国际劳动立法主要由国际劳动立法协会制定和通过。在国际劳工组织成立之后,则主要由国际劳工组织制定和通过。国际劳工组织制定国际劳工公约和建议书供会员国立法机关批准和国内劳动立法借鉴参考,这些国际劳工公约和建议书构成了国际劳动立法的主体。此外,联合国这一最大的国际组织及其有关专门机构制定的关于劳动和社会发展以及人权保障方面的有关决议和国际公约,因其许多内容涉及公民基本权利与劳动权,故也属于国际劳动立法的范畴。

(2)国际劳动立法的主要内容(P463)：国际劳工组织所制定的国际劳工公约和各项建议书内容丰富,覆盖了劳动关系的各个方面,主要包括基本人权、就业、社会政策、劳动行政、劳动关系、工作条件、社会保障、特殊群体就业以及各类劳动安全技术卫生标准等广泛领域,形成了全面而系统的国际劳动法律体系。

(3)国际劳动立法的特点：(P463)

1)国际劳工公约以保护雇员为主要目的,兼顾了国家和雇主的利益与可能,但其总的指导思想是保护各国劳动者。

2)国际劳工公约内容非常广泛,覆盖劳动关系的各个方面。国际劳工公约既然是通过国内法起作用,那么国内劳动立法包含多少领域,国际劳工公约就要覆盖多少领域。

3)国际劳工公约既有原则的坚定性,又有措施的灵活性,便于各国根据国情参照实施。

4)国际劳工公约对公约批准国发生效力,对会员国劳动立法有规范指导作用。

5)某些国际劳工公约偏离了会员国的政治结构、政治体制的特点。某些规定与一些国家的国内体制不相一致,不符合一些国家的国内立法和劳动关系调整的实践。

6)国际劳工公约的作用随着经济全球化的发展越来越突出。

11. 简述国际劳工公约的分类和主要国际劳工公约的内容,国际劳动立法与我国的关系,以及国际劳动立法的基本程序。

答：(1)国际劳工公约的分类(P463～464)：国际劳工公约和建议书采取的是单行法的形式,每一个国际劳工公约或建议书只涉及某一项劳动问题或问题的某一方面。国际劳工公约和建议书按照内容可以分为11类,具体分类如下：

1)基本人权：包含结社自由、禁止强迫劳动、机会和待遇平等以及禁止童工劳动。

2)就业与失业：包括就业政策、就业服务和机构、职业指导和培训、残疾人职业康复与就业、就业保障。

3)工作时间和休息时间：日工作时间、周工作时间、年休假等。

4)工资：工资制度、最低工资确定机制、工资保护。

5)劳动安全卫生标准。

6)女工保护。

7)童工和未成年工保护。

8)社会保障。

9)劳动关系。

10)劳动行政与检查。

11)其他。适用于特殊类别雇员，包括老年工人、移民工人、土著工人、海员、渔民、内河航运和码头工人、种植园工人等70多项标准。

(2)主要国际劳工公约的内容：(P464~465)

1)强迫或强制劳动公约(29号公约)：各种形式的强迫或强制劳动作为一种严重侵犯劳动者基本权利的现象在一些国家广泛存在，人们已经深刻地认识到其危害性。制定该公约的目的是为了禁止和消除强迫劳动。公约对强迫劳动概念作出明确界定，即任何以惩罚或威胁为手段，强迫任何人从事的非本人自愿的一切劳动或服务。但根据法院判决强制从事的任何劳动或服务不属于强迫劳动。公约要求各国尽快实现禁止所有形式的强迫或强制劳动，并规定对违法的强迫或强制劳动行为进行刑事处罚。

2)废除强迫劳动公约(105号公约)：该公约的目标是禁止一切形式的强迫或强制劳动。与29号公约相比，该公约的特点在于彻底废除强迫劳动而未留回旋空间。公约规定不得以各种理由为借口实行强迫劳动，分别是：①作为政治强制或教育的手段，或作为对持有或发表某些政治观点或从意识形态上反对现行政治、社会或经济制度的观点的一种惩罚；②作为发展经济的手段；③作为执行劳动纪律的手段；④作为对参加罢工的惩罚；⑤作为种族、社会、民族宗教歧视的方法等。

3)准予就业最低年龄公约(138号公约)：该公约的基本内容是全面废除童工劳动，基本要求是15岁以下儿童不得从事以获得经济收入为目的的生产性劳动；实行严格禁止童工劳动的国家政策；准许就业的最低年龄应保证国家义务教育制度的实施；最低就业年龄一般不得低于15岁；在少数不发达国家最低就业年龄可暂定为14岁；对未成年人身心健康可能造成伤害的危险繁重工作，最低就业年龄不得低于18岁；以职业和技术教育为目的的活动不受最低就业年龄限制；13~15岁未成年人可在不影响学校学习的情况下从事课余轻微劳动。

4)禁止和立即行动消除最恶劣形式的童工劳动公约(182号公约)：该公约的指导思想是，从首先消除最恶劣形式的童工劳动开始，推动全球禁止童工劳动运动。公约对"最恶劣形式的童工劳动"作出明确界定，即那些最有可能损害儿童健康、安全或道德的活动。主要包括：奴隶或奴役性质的劳动；利用儿童从事卖淫活动，生产色情制品，进行色情表演；利用儿童从事非法活动，特别是生产和贩卖毒品。公约要求各国采取措施，尽快制止并消除最恶劣形式的童工劳动。为此，应加强国际合作，争取国际援助，促进社会与经济发展，实施消除贫困和普及教育计划等相关措施。

5)同酬公约(100号公约)：该公约规定在工资分配方面实行男女同工同酬、禁止性别歧视的原则。公约主要内容包括：各国应确立和保证对所有劳动者实行男女同工同酬原则；男女同工同酬原则应在国家立法以及依法建立实行的工资决定机制中得到体现;为真正实现男女同工同酬,在必要时政府应采取措施对不同工作岗位应有的工资率进行客观评定。

6)就业和职业歧视公约(111号公约):该公约的目的是促进就业平等,禁止一切形式的劳动歧视。公约主要内容包括:各国应制定和实行旨在消除就业和职业方面任何形式歧视的国家政策;将就业和职业歧视界定为基于种族、肤色、性别、宗教、政治观点、民族血统或社会出身等原因,对劳动者实行的具有损害就业和职业平等机会和待遇的有差别对待的做法;规定非歧视性原则适用于职业培训和就业机会的获得,以及就业条件和待遇的获得;要求采取措施修改或废除不符合就业平等的法律法规和习惯做法;要求设立专门机构确保在职业指导和培训以及就业服务活动中切实贯彻执行就业平等的国家政策。

(3)国际劳动立法与我国的关系(P465):中国是国际劳工组织创始成员国之一,1919—1928年当时的北洋军阀政府指派驻外使领馆人员作为政府代表参加国际劳工大会。从1929年开始,当时的国民党政府每年派遣包括政府、雇主和雇员三方代表组成的代表团参加国际劳工大会。1944年,中国成为国际劳工组织常任理事国之一。国际工组织的活动与国际劳动立法对旧中国的劳动立法产生了积极影响,1923年北洋军阀政府制定和颁布的《暂行工厂通则》,以及国民党政府1929年制定的《工厂法》和其后公布的其他一些劳动法规,部分内容参考和借鉴了国际劳工公约和建议书的有关规定。

1983年,我国决定恢复参加该组织的活动。到目前为止,我国政府已经先后承认和批准了23个国际劳工公约,其中包括3项基本劳工公约,即《同酬公约》(100号公约)、《准予就业最低年龄公约》(138号公约)和《禁止和立即行动消除最恶劣形式的童工劳动公约》(182号公约),并将结合我国实际,继续批准一些公约。此外,我国政府已经批准了《经济、社会和文化权利国际公约》和《公民权利和政治权利国际公约》这两个非常重要的国际人权公约。在完善和发展劳动立法方面,我国将会进一步参考和借鉴国际劳动立法的有益经验。

(4)国际劳动立法的基本程序(P465~466):在制定国际劳工公约的过程中,其制定程序是:

第一阶段,确定立法主题。由秘书处收集会员国三方对确需立法的重大劳动和社会问题的要求和建议,组织相应的会议讨论,整理成背景材料,提交理事会选择确定。理事会经过两次会议讨论、比较,最后确定若干主题。如有争议,可以表决决定,列入下届国际劳工大会立法议程。

第二阶段,形成拟议草案。秘书处对理事会选定的主题参照各国现有法规和实际做法并根据新的要求,形成关于公约的初步原则,送交会员国三方征求意见。然后,秘书处以报告形式提交国际劳工大会审议。

第三阶段,审议通过。国际劳工大会设专题委员会对公约草案的报告进行两次讨论,最后提交大会全体会议投票表决,表决结果达到2/3多数票赞成,新的国际劳工公约或建议书即宣告通过。新通过的公约和建议书,会员国有义务呈送给本国立法机关,新的公约在获得两个会员国批准后即开始生效。

12. 简述工作压力的概念,工作压力的来源及其对工作绩效所产生的积极影响和消极影响。

答:(1)工作压力的概念(P466~467):心理学把压力看做个体对外界刺激的反应过程,包括对威胁的感知和相应的身心反应;紧张则是压力导致的消极后果之一,即对压力无效应付而导致的消极影响,如自我评价降低、肌肉紧张、血压升高、心不在焉、工作绩效降低等,从长远角度来看,更为严重的紧张状态还包括工作衰竭。因此,压力与紧张是既相互联系又有区别的两个概念,压力是紧张产生的心理条件,而紧张是压力导致的后果。

(2)工作压力的来源(P467~469):尽管不同的人有不同的感受,但潜在的工作压力还是有规律可循的。它包括环境因素、组织因素和个人因素。

(3)工作压力的对工作绩效所产生的积极影响和消极影响:(P470~472)

1)工作压力的积极作用。适度的压力水平可以使人集中注意力,提高忍受力,增强机体活力,减少错误的发生。压力可以说是机体对外界的一种调节的需要,而调节则往往意味着成长。当我们在压力情境下不断地学会应付的有效办法,就可以使我们的应付能力不断提高,工作效率也会随之上升。所以,压力是提高人的动机水平的有力工具,通过设计有挑战性的目标、激发员工的成就动机等手段,给下属以一定程度的心理压力,可使其动机得以激发,从而更好地完成工作。

2)工作压力的消极作用。对工作压力的消极作用的研究相对来说更为广泛。一般认为,过度工作压力所造成的紧张症状可归并为三种类型,即生理症状、心理症状和行为症状。

13. 简述工作压力管理的主要措施和基本方法。(P472~475)

答:工作压力不仅关系到员工的身心健康,而且对个人和组织的工作绩效有着很大的影响。因此,对压力的有效应对与管理是企业人力资源高级管理者应予以关注的重要问题之一。总的来说,工作压力的应对与管理可以从个体与组织两个角度来考虑。

1)个体水平压力管理的主要策略。从个体角度来看,压力和紧张可针对其内在机制的环境、反应及个性三方面导向来进行管理:①压力源导向;②压力反应导向;③个性导向。

2)组织水平上的压力管理策略。从组织角度来看,压力管理主要是为被管理者营造一个能充分调动员工积极性的适度压力的工作环境,避免导致紧张的过度压力产生。管理者可从工作任务和角色需求以及生理和人际关系需求方面来满足员工的各种需求,从而消除紧张情绪,提高工作绩效。

14. 简述员工援助计划的含义、分类及意义。

答:(1)员工援助计划的含义(P475~476):员工援助计划是由组织如企业、政府部门等单位,向所有员工及其家属提供的一项免费的、专业的、系统的和长期的咨询服务计划。在这项计划中,专业人员将协助企业尤其是人力资源管理部门,诊断企业、团队和个体存在的问题,为员工提供培训、指导及咨询服务,及时处理和解决他们所面临的各种与工作相关的心理和行为问题,以达到提高员工工作绩效、改善组织管理和建立良好的组织文化等目的。

(2)员工援助分类:(P476)

1)根据实施时间长短,可分为长期 EAP 和短期 EAP。

2)根据服务提供者,可分为内部 EAP 和外部 EAP。

(3)员工援助计划的意义(P476~477):员工援助计划的直接目的就在于维护和改善员工的职业心理健康状况,从而提高组织绩效。一项研究表明,组织每投入 1 美元在 EAP 上,可节省运营成本 5~16 美元。因此,截至 1987 年,财富 500 强企业中已有 80% 的企业为员工提供了 EAP。具体而言,EAP 的意义在于:

1)个体层面:提高员工的工作生活质量。包括:增进个人身心健康,促进心理成熟,减轻压力和增强抗压的心理承受能力,提高工作积极性,提高个人工作绩效,改善个人生活质量,改善人际关系。

2)组织层面:成本减少,收益增加。节省招聘和培训费用,减少人员流失,提高出勤率,降低管理成本,提高员工满意度,改善组织文化,改善组织形象,提高组织绩效。

15.简述员工援助计划的历史沿革与操作流程。

答:(1)员工援助计划的历史沿革(P476):员工援助计划(以下简称 EAP)起源于 20 世纪二三十年代的美国,最初是为了解决员工的酗酒问题。当时,由于人们已经认识到酒精依赖是疾病而非精神或道德问题,因此,为消除员工酗酒问题给个人和企业绩效所带来的负面影响,有的企业聘请专家帮助员工解决这些问题,并建立了职业酒精依赖项目(OAP),这就是员工援助计划的雏形。

20 世纪 60 年代以后,美国社会酗酒、吸毒、滥用药物等问题日益严重,家庭暴力、离婚、心情抑郁等越来越影响员工的工作表现,于是 OAP 项目扩大了范围,把服务对象扩展到员工家属,项目增多,内容也更加丰富。早期的 EAP 主要集中于帮助员工解决酗酒或滥用药物问题,经过几十年的发展,已远远超出了原有的 OAP 模式。现在的内容包括:工作压力、心理健康、灾难事件、职业生涯困扰、健康生活方式、法律纠纷、理财问题、减肥和饮食紊乱等,全方位帮助员工解决个人问题。

(2)员工援助计划的操作流程(P477~478):包括问题诊断阶段、方案设计阶段、宣传推广阶段、教育培训阶段、咨询辅导阶段、项目评估和结果反馈阶段。

附 录

附录A 仿真模拟题

仿真模拟题

第一部分 职业道德

(第1~25题,共25道题)

一、职业道德基础理论与知识部分

◆该部分均为选择题,每题均有四个备选项,其中单项选择题只有一个选项是正确的;多项选择题有两个或两个以上选项是正确的,错选、少选、多选,则该题均不得分。

◆请根据题意的内容和要求答题,并在答题卡上将所选答案的相应字母涂黑。

(一)单项选择题(第1~8题)

1.关于职业道德的说法中,正确的是( )。

(A)职业道德规范是管理者为了减少矛盾设置的主观性要求

(B)良好的职业道德品质是从业人员成长的重要保障

(C)职业道德与经济效益之间没有内在的关联性

(D)职业道德是对职工的普遍要求,没有先进与落后之分

2.关于社会公德与职业道德之间的关系,正确的是( )。

(A)社会公德的建设方式决定了职业道德的建设方式

(B)职业道德只在职业范围内起作用,在社会公德领域不适用

(C)职业道德与社会公德之间相互推动、相互促进

(D)社会公德的任何变化,必然引起职业道德的相应变化

3.对于集体主义,理解正确的是( )。

(A)坚持集体利益至上,一切以集体利益为转移

(B)在集体认为必要的情况下,牺牲个人利益应是无条件的

(C)集体有责任帮助个人实现个人利益

(D)把员工的思想、行动集中起来是集体主义的核心要求

4."审慎"作为职业活动内在的道德准则之一,其本质要求是( )。

(A)选择最佳手段以达到职责最优结果,努力规避风险

(B)小心谨慎地处理每一件事情,说话办事要三思而后行

(C)对所做工作要仔细审查和研究,以免作出错误判断

(D)"审慎"就是要求一方面要耐心细致,另一方面要敢闯敢干

5.关于职业化管理,正确的说法是( )。

(A)职业化管理是倡导并要求从一而终的职业生涯状态的管理模式

(B)职业化管理日益趋向宏观管理,不再像以往那样强调过程管理

(C)职业化管理是根据从业人员各自的聪明才智建立的人力资源管理体系

(D)职业化管理不是靠直觉和灵活应变,而是靠职业道德、制度和标准

6.诚信的特征是( )。

(A)社会性、强制性、自觉性、智慧性　　(B)通识性、智慧性、止损性、资质性

(C)人本性、资质性、历史性、公约性　　(D)通识性、规范性、普遍性、止损性

7.关于"节约",正确的看法是( )。

(A)节约的根本要求是节用有度

(B)节约是一种主观判定,所以个人节约完全取决于个人如何认识

(C)节约只是对物质资源的节省

(D)贫富差距的现实存在,导致节约与否因人而异

8.奉献的特征是( )。

(A)非强制性及社会性、倡导性　　(B)非利己性及随意性、条件性

(C)非明确性及自主性、人本性　　(D)非功利性及普遍性、可为性

(二)多项选择题(第9～16题)

9.职业道德对职业技能所起的作用是( )。

(A)统领作用　　　(B)决定作用　　　(C)阻滞作用　　　(D)促进作用

10.从业人员需要树立的正确义利观是( )。

(A)先利后义　　　(B)见利思义　　　(C)非利不为　　　(D)义然后利

11.社会主义核心价值体系的基本内容是( )。

(A)马克思主义指导思想　　　　　(B)中国特色社会主义共同理想

(C)以爱国主义为核心的民族精神和以改革创新为核心的时代精神

(D)社会主义荣辱观

12.诚信对于个人职业生涯的意义在于( )。

(A)诚信是人的社会化的必需　　　(B)诚信是人们谋得职业的必需

(C)诚信是人们职业发展的必需　　　(D)诚信是人的潜能发挥的必需

13.有员工这样说:"板着面孔训人,我们不怕;不联系实际讲大道理,我们不听;说一套做一套,我们不服;自己做好了的事再要求我们做,我们不得不服。"这段话表明( )。

(A)民主是一把双刃剑,既能集中力量,又会丧失权威

(B)国企体制必然导致员工"牛气",进而造成组织纪律涣散

(C)领导身先士卒、做出表率是一种带动力量

(D)坚持原则、以德服人是公道的具体体现

14.根据《关于禁止商业贿赂行为的暂行规定》,下列说法中正确的是( )。

(A)任何单位在销售商品时不得收受或者索取贿赂

(B)在账外暗中给予对方单位回扣的,暂不核定为行贿行为

(C)经营者销售商品,可以以明示方式给予对方折扣,需如实入账

(D)经营者购买商品,可以以明示方式给中间人佣金,无需入账

15.践行职业纪律的要求包括( )。

(A)学习岗位规则　　(B)执行操作规程　　(C)遵守行业规范　　(D)严守法律法规

16. 关于原则性与灵活性,正确的认识是(　　)。

(A)为处理好员工间的关系,原则性要让位于灵活性

(B)在企业经营过程中固守原则性,会导致办事僵化

(C)在原则性与灵活性之间,原则性是前提

(D)坚持原则性和适度灵活性是和谐企业建设的根本

二、职业道德个人表现部分(第17~25题)

◆该部分均为选择题,每题均有四个备选项,您只能根据自己的实际状况选择其中一个选项作为您的答案。

◆请在答题卡上将所选择答案的相应字母涂黑。

17. 假如你是某公司一个部门的负责人,上级领导征求你的意见,说是要给你部门分派一名残疾人,但你清楚,残疾人是很难适应你部门正常工作要求的,这时你会(　　)。

(A)迫于压力,只能接受　　　　　　(B)向领导说明自己不能接受的理由

(C)既然领导分派,就应接受　　　　(D)先接受了再说

18. 如果你每天驾驶私家车上班,现在政府作出了规定,要求开车的人们每周少开一天车,但是由于你家离单位路途太远,为此你会在路上多花费 3 个多小时,你会(　　)。

(A)理解,支持　　　　　　　　　　(B)理解,但不支持

(C)理解,但会提出疑问　　　　　　(D)理解,但希望获得补偿

19. 下班时你无意间发现同事装有重要资料的抽屉没有关好,你会(　　)。

(A)赶紧离开　　　　　　　　　　　(B)马上打电话告诉同事

(C)装作没有看见　　　　　　　　　(D)第二天再告诉对方

20. 两个同事为了一点鸡毛蒜皮的小事而吵架,双方互不相让,你会(　　)。

(A)同时吵架很正常,不予理会　　　(B)介入同事的争吵只会添乱,所以只是旁观

(C)感觉为了鸡毛蒜皮的事情吵架,很无聊　　(D)事不关己,干脆走开

21. 如果你钟爱某支足球队,但这支球队成绩始终不好,原因是少数球员的职业作风存在问题,这令你十分失望,如果这支球队马上又要在你所居住的地方进行一场十分重要的比赛,你会(　　)。

(A)虽然失望,但仍会关注,只是不再去现场看比赛了

(B)已经失望透顶,不会再关注他们的比赛了

(C)要是自己有权力决定足球队的去留,一定会解散它

(D)虽然感到很失望,还是会到现场观看

22. 假如你只是某公司一名普通员工,遇到下列状况时,你认为自己最有可能作出的选择是(　　)。

(A)如果有人给我 50 万,我就可以辞职不干了

(B)如果有出国深造的机会,我绝不会放弃

(C)如果有公司聘我去当总经理,我会认真考虑

(D)就目前状态而言,我会继续待在这家公司

23. 在日常工作中,你感觉自己处理最好的关系是(　　)。

(A)上下级关系　　(B)同事关系　　(C)与客户的关系　　(D)朋友关系

24. 邻居家的几个小孩在楼下踢足球,不小心把你家的玻璃打碎了,孩子们作鸟兽散,你会( )。

(A)逐个找孩子的家长,要求对方集体赔偿

(B)找到其中一个孩子,要他说出打碎玻璃的真相

(C)自认倒霉,自己处理了事

(D)吓唬孩子,告诉他们自己一定会惩罚他们

25. 假如张某是你的邻居,他的车不知被谁划了一道长长的划痕,为这事张某一家人连续几天在你家附近骂街,你会( )。

(A)认为一定是张某怀疑自己划了他的车　　(B)认为张某一家的做法可以理解

(C)建议张某报案,别指桑骂槐　　(D)离张某一家人远一点

第二部分　理论知识

(第 26～125 题,共 100 道题,满分为 100 分)

一、单项选择题(第 26～85 题,每题 1 分,共 60 分。每小题只有一个最恰当的答案,请在答题卡上将所选答案的相应字母涂黑)

26. 西方现代人力资源管理的发展阶段不包括( )。

(A)经验管理时期　　(B)科学管理时期　　(C)现代管理时期　　(D)理想管理时期

27. 现代人力资源管理经历的三个具体发展阶段不包括( )。

(A)传统人事管理由萌芽到成长迅速发展的阶段

(B)现代人力资源管理替代传统人事管理的阶段

(C)传统人事管理与现代人力资源管理交叉发展的阶段

(D)现代人力资源管理由初阶段向高阶段发展的阶段

28. 泛指企业战略管理中人力资源问题时,一般使用( )这一术语。

(A)人力资源战术　　(B)人力资源战略　　(C)人力资源信息　　(D)人力资源策略

29. 人力资源管理中各种策略的培训内容不包括( )。

(A)应用范围有限的知识和技能　　(B)应用范围广泛的知识和技能

(C)应用范围适中的知识和技能　　(D)应用范围较窄的知识和技能

30. ( )强调创新和创业,企业组织比较松散,非正规化,一切注重发展与创新。

(A)家族式企业文化　　(B)发展式企业文化　　(C)市场式企业文化　　(D)官僚式企业文化

31. 现代企业的生存与发展过程,实际上是"( )"的循环。

(A)制定战略—实施战略—实现战略目标—制定战略

(B)制定战略—实施战略—实现战略目标—制定新战略

(C)制定战略—实行战略—实现战略目标—制定新战略

(D)制定战略—实施战略—实现战略措施—制定新战略

32. 根据企业集团组织结构的功能特点,其层次不包括( )。

(A)核心企业　　(B)控股母公司　　(C)控股子公司　　(D)协作关系企业

33. 经济学中著名的柯布-道格拉斯生产函数说明的是( ),前者约为后者的 3 倍。

(A)人力资本的弹性远比物力的产量弹性大　　(B)人力的产量远比物力的产量弹性大

(C)物力的产量要比人力的产量弹性大　　(D)人力的产量弹性远比物力的产量弹性大

34. 单独制定人力资本战略的优点不包括(　　)。

(A)不依赖企业集团总体战略

(B)可以针对某个具体问题或主题而独立制定

(C)可以在其他方面计划、政策和活动中强调人力资本的重要作用

(D)影响人力资本战略整体措施

35. 下面关于人力资本投资预算管理的做法,错误的是(　　)。

(A)外部环境不确定,预算必须灵活适应环境变化

(B)要防止一些人或自主为了个人或举办利益而虚报预算

(C)预算只重视短期的问题,不重视中期的赢利能力

(D)预算既要重视短期重要问题,也有重视长期赢利能力

36. 胜任特征是潜在的、深层次的特征,即(　　)。

(A)水面的冰山　　　　(B)水中冰山　　　　(C)水面上的冰山　　　　(D)水面下的冰山

37. 专家评分法的过程不包括(　　)。

(A)专家分别对某个岗位所需要的胜任特征指标进行评估

(B)主持者分别对不同专家的资料进行整理

(C)专家重新审视自己的思路和结论,得出新结论

(D)专家使用的是德尔菲法

38. 心理测试是指在控制情境的情况下,向被试提供一组标准化的(　　),以所引起的反应作为代表行为的样本,从而对个人行为作出评价。

(A)要求　　　　　　(B)方法　　　　　　(C)刺激　　　　　　(D)数量

39. 职业心理测试的种类不包括(　　)。

(A)学业成就测试　　(B)职业兴趣测试　　(C)智商测试　　　　(D)职业人格测试

40. 下面关于内部招聘环境变化的说法,不正确的是(　　)。

(A)指挥组织的变化　　　　　　　　(B)组织战略变化

(C)人力资源管理政策的变化　　　　(D)内部员工流动状况的变化

41. 投射技术只能有限地用于(　　)的选拔。

(A)高级工人　　(B)高级技工　　　　(C)高级人才　　　　(D)高级管理人员

42. 产品、服务市场状况分析不包括(　　)。

(A)市场状况对用工要求的影响　　　　(B)市场状况对用工量的影响

(C)市场预测对劳动力供给的影响　　　(D)市场状况对工资的影响

43. 一般而言,晋升策略不包括(　　)。

(A)以员工实际绩效为依据的晋升策略　　(B)以员工工作为依据的晋升策略

(C)以员工竞争能力为依据的晋升策略　　(D)以员工综合实力为依据的晋升策略

44. (　　)是企业员工由现有工作岗位向更低级别工作岗位移动的过程。

(A)职业转换　　(B)职业调动　　　　(C)降职　　　　　　(D)更职

45. 在多数高科技企业中,造成员工流失的最主要原因是(　　)。

(A)薪酬水平没有竞争力　　　　　　(B)流动的变量

(C)地域因素　　　　　　　　　　　(D)缺乏发展机会

46. 以下说法不属于矩阵模式优点的是(　　)。

(A)有助于将培训与经营需要联系起来

(B)培训师可以通过了解某一些特定经营职能而获得专门知识

(C)培训师还要对培训部门主管负责

(D)培训项目的有效性一致

47. 虚拟培训组织模式运作遵循的三个原则不包括（　　）。

(A)员工对学习负一般责任

(B)在工作中而不是在课堂上进行有效的学习

(C)员工对学习负主要责任

(D)经理与员工的关系对将培训成果转换成工作绩效起着重要的作用

48. 对信息的掌握并不停留于个人手中，而是要在正规组织中达成共识，体现的是组织学习力不同于（　　）的一个特征。

(A)个人学习力　　　(B)集体学习力　　　(C)员工学习力　　　(D)个人能力学习力

49. 直线型思维障碍是指（　　），生搬硬套现有理论。

(A)迂回思维　　　　　　　　　(B)从侧面思维

(C)死记硬背现有答案　　　　　(D)阻碍思维

50. 分析和综合的统一是辩证思维的重要准则。（　　），就是找主要矛盾，找矛盾的双方并明确各自的地位，或者把整体分解成局部，将诸多矛盾各个击破。

(A)整体分解方法　　(B)特殊分析法　　(C)辩证思维分析法　　(D)分析的方法

51. 主体附加法是指以某一特定的对象为主体，通过置换或插入其他技术或增加新的附件而导致发明或创新的方法，它又可称为（　　）。

(A)置换式组合　　(B)置换插入组合　　(C)内插式组合　　(D)新附加组合

52. 执行机会的多少具体体现在几个方面，其中不包括（　　）。

(A)受训者是否执行过该类型任务

(B)受训者执行了多少次该类型任务

(C)可用于工作当中的培训内容的数量

(D)难度大且富有挑战性的该类型任务的执行情况

53. 员工职业生涯中提拔晋升的途径不包括（　　）。

(A)工资的提升进级　　　　　　(B)职务的提拔晋升

(C)转变职业　　　　　　　　　(D)承担重要的技术项目任务

54. 组织为员工提供发展通道方面应注意的问题不包括（　　）。

(A)组织为员工的发展提供长期规划　　(B)基于组织前途建立员工的职业发展愿景

(C)明晰组织职业生涯发展路径　　　　(D)注重工作与职业的弹性化

55. 通常绩效管理系统不含（　　）方面的关系。

(A)要素与要素　　(B)要素与结构　　(C)要素与系统　　(D)系统与环境

56. 目前广泛应用的绩效管理系统设计方法体系不包括（　　）。

(A)目标管理　　(B)综合管理　　(C)关键绩效指标　　(D)平衡计分卡

57. 对战略目标进行分析，就能找出影响成功的（　　）。

(A)CSF　　　(B)SWOT　　　(C)PEST　　　(D)KPI

58. （　　）是根据企业的实际情况而设定的最关键的指标。

(A)否决指标　　　(B)暂缓指标　　　(C)延后指标　　　(D)推迟指标

59. 绩效管理日常小组不包括(　　)。

(A)战略规划部　　(B)战术规划部　　(C)财务部　　　(D)人力资源部

60. 个人培训需求＝(　　)一实际工作绩效。

(A)规定工作绩效　(B)理想工作绩效　(C)绩效考评　　(D)愿望工作绩效

61. 有代表性的新绩效管理(评价)的工具不包括(　　)。

(A)目标管理理论　　　　　　　　(B)关键绩效指标理论

(C)平衡计分卡　　　　　　　　　(D)财务分析理论

62. 学习与成长绩效指标不包括(　　)。

(A)评价员工智力的指标　　　　　(B)评价员工能力的指标

(C)评价企业信息能力的指标　　　(D)评价激励、授权与协作的指标

63. 企业的管理水平、管理环境的状况会直接影响平衡计分卡的有效运行,主要表现不包括(　　)。

(A)组织与管理系统方面的障碍　　(B)信息交流方面的障碍

(C)对绩效考评认识方面的障碍　　(D)人员交流的障碍

64. 在制定 KPI 时要明确指标的种类不含(　　)。

(A)业绩指标和驱动指标　　　　　(B)财务和非财务指标。

(C)内部指标和外部指标　　　　　(D)NNI 指标

65. 企业要实现可持续发展,必须解决的价值分配中的内在矛盾不包括(　　)。

(A)现在与将来的矛盾　　　　　　(B)老员工与新员工的矛盾

(C)个体与团体的矛盾　　　　　　(D)经营者和员工之间的矛盾

66. 通过对国外专家们研究成果的分析和比较,我们至少可以得出的结论不包括(　　)。

(A)对企业来说,薪酬战略没有最好的只有最适合的

(B)薪酬战略的制定与实施必须坚持系统性、配套性和实用性,实施薪酬战略比制定薪酬战略更具重要性

(C)外专家们研究成果,还进一步证明了企业薪酬影响员工工作行为很组织绩效的观点

(D)包括薪酬在内的人力资源战略可以发挥积极的引导作用,赢得企业竞争的优势

67. 下列不属于现代西方工资决定理论的是(　　)。

(A)边际生产力工资理论　　　　　(B)均衡价格工资理论

(C)集体谈判工资理论　　　　　　(D)人力资本工资理论

68. 员工可以通过绩效工资或激励工资得到更高水平的报酬,企业应采取(　　)薪酬策略。

(A)领先型　　　(B)跟随型　　　(C)混合型　　　(D)等待型

69. 赫兹泊格将需要层次分为比较低级层次的需要和(　　)。

(A)比较高级的需要　(B)比较中层的需要　(C)比较需求的需要　(D)比较激励的需要

70. 经营者所持股份一般以出资额的(　　)倍确定。

(A)1～2　　　(B)1～3　　　(C)1～4　　　(D)1～5

71. ESOP 的发展,除了政府税收和信贷上的优惠之外,还有其他原因,不正确的是(　　)。

(A)为了招聘和挽留人才　　　　　(B)鼓励员工

(C)奖励员工 　　　　　　　　　(D)提高劳动生产率

72. 企业内部员工股具有的特点不包括(　　)。

(A)内部员工股一般不可以流通、上市、上柜、继承、赠送

(B)内部员工持股自愿原则

(C)内部员工股同其他股份一样同股同权同利

(D)内部员工必须购买一定额度的股份

73. 以下关于专业技术人员主要薪酬模式的说法,错误的有(　　)。

(A)单一的高工资模式 　　　　　(B)较高的工资加奖金

(C)较高的工资加科技成果转化提成制 　(D)科技薪酬

74. 企业采用工资成熟曲线图对员工的表现分为表现合格者、能够胜任者和表现最佳者,他们分别获得(　　)工资标记。

(A)10P、50P、70P 　(B)20P、55P、75P 　(C)25P、50P、70P 　(D)25P、50P、75P

75. 劳动关系当事人是否遵循法律规范是(　　)劳动争议产生的直接原因。

(A)劳动关系 　　　(B)劳动合同 　　　(C)劳动法律 　　　(D)合同规范

76.《企业劳动争议处理条例》规定,劳动争议当事人应当自劳动争议发生之日起(　　)日内向劳动争议仲裁委员会提出书面申请。

(A)15 　　　　　　(B)20 　　　　　　(C)30 　　　　　　(D)60

77.《劳动争议调解仲裁法》缩短了仲裁审理时限,规定应当自受理仲裁申请之日起(　　)日内结束。

(A)10 　　　　　　(B)15 　　　　　　(C)30 　　　　　　(D)45

78. 用人单位与本单位职工签订集体合同或(　　),以及确定相关事宜,应当采取集体协商的方式。

(A)专项面议合同 　(B)专项集体合同 　(C)专项合同 　　　(D)采用协商合同

79. 团体劳动争议的特点不包括(　　)。

(A)争议主体的团体性 　　　　　(B)争议内容的特定性

(C)影响的广泛性 　　　　　　　(D)争议客体的一致性

80. 因集体劳动争议导致停工、怠工的,(　　)应当及时与有关方面协商解决,协商不成的,按集体劳动争议处理程序解决。

(A)职工代表 　　　(B)工会代表 　　　(C)工会 　　　　　(D)主管部门

81. 在社会中存在着社会分层现象,依据一定(　　),将具有相对稳定特征的社会群体称为劳工阶层。

(A)要求 　　　　　(B)细则 　　　　　(C)标准 　　　　　(D)规定

82. SA 8000 体系的宗旨是(　　)。

(A)确保供应商所供应的产品符合社会责任标准的要求

(B)保护劳动环境和条件

(C)保护劳工权利

(D)为社会提供产品和服务

83. 压力的环境因素不包括(　　)。

(A)错误的不确定性 　　　　　　(B)经济的不确定性

(C)政治的不确定性 （D)技术的不确定性

84. OAP 项目扩大了范围,把服务对象扩展到( ),项目增多,内容也更加丰富。

(A)员工家属 （B)员工心理学 （C)员工压力学 （D)法律咨询

85. ( )主要是讲授基本知识和自我管理技巧,帮助员工了解自我,澄清困惑。

(A)管理者培训 （B)管理者宣传内容 （C)员工培训 （D)专题讲座

二、多项选择题(第 86～125 题,每题 1 分,共 40 分。每题有多个答案正确,请在答题卡上将所选答案的相应字母涂黑。错选、少选、多选,均不得分)

86. 企业人力资源管理的职能包括( )。

(A)吸引 （B)录用 （C)保持 （D)发展

(E)评价和调整

87. 企业劳动力的补充来源有( )。

(A)外部劳动力供给量 （B)外部劳动力市场

(C)外部劳动力供给水平 （D)内部劳动力相互调整

(E)企业内在劳动力市场

88. 正确处理集团利益关系的基本原则是( )。

(A)坚持等价交换原则 （B)坚持共同协商、适当让步原则

(C)坚持集团整体效益原则 （D)坚持集团成员企业利益统一的原则

(E)坚持平等互利的原则

89. 为保障企业集团组织有效运行,集团公司人力资源管理部门应当采取的措施是( )。

(A)对组织机构的运行情况进行全面控制

(B)建立健全各种原始记录和统计分析制度

(C)定期采集相关数据资料

(D)对组织进行深入的诊断分析

(E)及时发现问题,提出改进对策

90. 人力资本的概念包括( )。

(A)人力是生产力的一大要素

(B)人力与物力结合进行生产,推动着人类社会的发展

(C)对人力不断投资会导致相应的生产力的提高

(D)将人力视为通过投资便可提高其生产能力的资本

(E)扩大生产能力以及提高生产效率的物质称为资本

91. 关于预算的说法,正确的是( )。

(A)制定预算是资源分配的主要方式

(B)预算是管理人员进行资源分配的重要工具

(C)预算是一种管理过程中的工具

(D)预算通常是衡量管理人员的主要工具

(E)预算通常是衡量管理绩效的主要工具

92. 胜任特征模型定义的含义有( )。

(A)建立在卓越标准基础之上的结构模式

(B)它反映了胜任特征的内涵

(C)胜任特征模型建立在区别了员工绩效优异组和一般组的基础上

(D)建立胜任特征模型可采用 t 检验、回归等数量分析方法

(E)胜任特征模型是一组结构化了的胜任特征指标

93.沙盘推演测评法具有的特点是(　　　)。

(A)场景能激发被试的兴趣 　　　　(B)被试之间可以实现互动

(C)直观展示被试的真实水平 　　　　(D)能使被试获得身临其境的体验

(E)能考察被试的综合能力

94.公文筐测试的特点包括(　　　)。

(A)适应对象为中高层管理人员 　　　(B)从两个角度对管理人员进行测查

(C)对评分者要求高 　　　　(D)考查内容范围十分广泛

(E)情境性强

95.职业心理测试主要手段是(　　　　)。

(A)学业成就测试 　(B)职业兴趣测试 　(C)职业能力测试 　(D)职业人格测试

(E)投射测试

96.有关人员招聘的竞争对手分析主要包括的信息有(　　　)。

(A)竞争对手正在招聘哪类人员 　　　(B)竞争对手招聘条件是怎样的

(C)竞争对手采取怎样的招聘方式 　　(D)竞争对手提供的薪酬水平是怎样的

(E)竞争对手的用人政策是怎样的

97.对晋升员工的主要选拔标准是(　　　)。

(A)工作绩效,从完成工作的质量和数量两个方面对候选人进行考察

(B)工作态度,评价候选人工作责任感、事业心和进取精神

(C)工作能力,综合考察候选人与工作相关的能力和技能

(D)岗位适应性,考察候选人适应新岗位和新环境的能力

(E)人品,从个人的诚实性、勤勉性、容忍性、合作性等多个角度进行评价

98.一线员工工作岗位轮换给企业带来的好处是(　　　)。

(A)生产效益提高 　　　　(B)解决了单一岗位索然寡味的问题

(C)解决了"耗竭"精神问题 　　　(D)经济收益大

(E)解决了生理状态问题

99.有关培训开发的系统思想,正确的说法是(　　　)。

(A)将培训开发作为一种目的

(B)将培训作为一种常态系统

(C)将培训开发作为一种常态系统

(D)培训开发系统总是与组织的其他系统发生相互作用

(E)培训开发包括一系列方法、步骤、程序

100.创建学习型组织应坚持的行为准则是(　　　)等。

(A)创造不断学习的机会 　　　　(B)促进学习者之间的探讨和对话

(C)鼓励共同合作和团队学习 　　　(D)建立学习及学习共享系统

(E)促使成员迈向共同愿景

101. 常见的思维障碍有( )。

(A)习惯性思维障碍

(B)直线型思维障碍

(C)权威型思维障碍

(D)从众型思维障碍

(E)书本型思维障碍

102. 和田十二法包括( )。

(A)加、减 (B)扩、缩、变 (C)改、联、学 (D)代、搬 (E)反、定

103. 促进员工职业向顶峰发展的具体措施是( )。

(A)提拔晋升,职业通路畅通

(B)安排富有挑战性的工作和新的工作任务

(C)实施工作轮换

(D)继续教育和培训

(E)赋予员工以良师益友角色,提供适宜的职业机会

104. 绩效管理系统定义是由( )与考评结果组成。

(A)考评者 (B)被考评者 (C)绩效指标 (D)考评方法

(E)考评程序

105. 绩效管理系统与人力资源管理其他子系统之间的关系是( )。

(A)工作分析是绩效指标设定的基础

(B)两个不相关的系统

(C)绩效管理为员工培训提供了依据

(D)绩效管理为人员配置提供了依据

(E)绩效管理是薪酬调整的依据

106. 工作态度考评的项目包括( )。

(A)积极性 (B)学历 (C)工作热忱 (D)责任感

(E)纪律性

107. 绩效管理运作体系设计主要包括( )。

(A)考评的组织设计 (B)考评流程设计 (C)考评的方式方法 (D)考评工具设计

(E)考评评估设计

108. 360度考评模式内容包括( )。

(A)上级对我 (B)自己对我 (C)客户对我 (D)同事对我

(E)下属对我

109. 薪酬的表现形式有( )。

(A)基本工资 (B)效益工资 (C)绩效工资 (D)激励工资

(E)员工福利保险

110. 不同的交易模式有( )。

(A)高薪—低责任 (B)高薪—高责任 (C)低薪—低责任 (D)低薪—高责任

(E)与交易收益关联

111. 现代西方工资决定理论有( )。

(A)边际生产力工资理论

(B)均衡价格工资理论

(C)集体谈判工资理论

(D)人力资本理论

(E)人力资源理论

112. 满足比较高级层次需要的因素是激励因子,包括( )。

(A)工作丰富化 (B)承担责任 (C)成就感 (D)认同感

(E)有挑战性的工作机会

113.股票期权与期股的区别是(　　)。

(A)购买时间不同　(B)获取方式不同　(C)约束机制不同　(D)适用范围不同

(E)价值不同

114.集体谈判的约束条件,包括(　　)等事项通常是由政府立法强制规定下来的。

(A)最低工资标准　　　　　　　　(B)最长劳动时间标准

(C)劳动安全卫生标准　　　　　　(D)法定社会保险

(E)休假

115.根据《集体合同规定》的规定,进行集体协商,签订集体合同或专项集体合同,应当遵循的原则是(　　)。

(A)遵守法律、法规、规章及国家有关规定　(B)相互尊重,平等协商

(C)诚实守信,公平合作　　　　　　　　　(D)兼顾双方合法权益

(E)不得采取过激行为

116.企业员工培训开发的发展趋势包括(　　)。

(A)加强新技术在培训中的运用　　(B)加强对智力资本的存储

(C)加强对智力资本的应用　　　　(D)加强与外界的合作

(E)新型培训方式的实施与开发

117.辩证思维在创新中的局性限中不包括(　　)。

(A)突破性　　　(B)常规性　　　(C)严密性　　　(D)稳定性　　(E)运作性

118.组织职业生涯管理的原则包括(　　)。

(A)利益整合原则　(B)机会均等原则　(C)协作进行原则　(D)时间梯度原则

(E)发展创新、全面评价原则

119.平衡计分卡在保留了传统财务指标的基础上,增加了(　　)三方面的非财务指标。

(A)顾客　　　　　(B)客户　　　　　(C)内部流程　　　(D)考量

(E)学习与成长

120.平衡计分卡的优点包括(　　)。

(A)外部衡量和内部衡量之间的平衡

(B)期望的成果和产生这些成果的动因之间的平衡

(C)市场占有率和生产成果的动因之间的平衡

(D)定量衡量和定性衡量之间的平衡

(E)短期目标和长期目标之间的平衡

121.经营者年薪制的特点包括(　　)。

(A)确保资产所有者的利益

(B)能够从工资制度上突出经营者的重要地位

(C)能够较好地体现企业经营者的工作特点

(D)使经营者的收入公开化、规范化

(E)经营者按年薪取得收入后,应缴纳个人所得税

122.股票期权的特点是(　　)。

(A)股票期权是权利而非义务

(B)这种权利是公司无偿"赠送"的

(C)股票不能免费得到,必须支付"行权价"

(D)期权是经营者一种不确定的预期收入

(E)实现了经营者与投资者利益的高度一致

123.劳工问题的特征包括(   )。

(A)劳工问题的存在总是一种客观现象

(B)劳工问题具有主观性特征

(C)劳工问题存在是现代劳务不可避免的现象

(D)社会性是劳工问题的显著特征

(E)劳动问题的历史特征

124.企业、事业单位违反劳动法律法规规定的情况包括(   )。

(A)克扣职工工资   (B)不提供劳动安全卫生条件的

(C)随意延长劳动时间的   (D)侵犯女职工和未成年工特殊权益的

(E)其他严重侵犯职工劳动权益的

125.员工援助计划的操作流程实施可分为(   )。

(A)问题诊断阶段   (B)方案设计阶段

(C)宣传推广阶段   (D)教育培训咨询辅导阶段

(E)项目评估和结果反馈阶段

参 考 答 案

第一部分 职业道德 因此部分是按读者自己的道德标准完成的,故无标准答案。

第二部分 理论知识

26. D,2~3	27. C,5	28. B,19	29. D,23	30. B,28
31. B,35	32. B,49~51	33. D,69	34. D,81	35. C,82
36. D,88	37. D,100	38. C,116	39. C,119	40. A,130
41. D,120	42. A,132	43. B,143	44. C,150	45. D,157
46. D,166	47. A,167	48. A,182	49. C,185	50. D,200
51. C,208	52. C,219	53. A,245	54. A,241	55. B,258
56. B,260	57. A,262	58. A,276	59. B,280	60. B,290
61. D,297	62. A,299	63. D,305~306	64. D,307	65. D,328
66. C,339	67. D,342	68. C,351	69. A,352	70. C,384
71. C,386	72. D,389~390	73. D,394	74. D,401	75. D,416
76. D,423	77. D,424	78. B,425	79. D,437	80. C,438
81. C,441	82. A,457	83. A,467	84. A,476	85. C,478
86. ABCDE,17	87. BE,26	88. ABCDE,44		
89. ABCDE,67	90. ABCD,69	91. ABCDE,82		
92. ABCDE,89	93. ABCDE,107	94. ABCDE,110		
95. ABCDE,118	96. ABCDE,133	97. ADCDE,146		
98. ABCDE,149	99. CDE,161	100. ABCDE,178		
101. ABCDE,184	102. ABCDE,208	103. ABCDE,245		

104. ABCDE,258　　105. ACDE,259～260　　106. ACDE,276

107. ABCD,279　　108. ABCDE,282　　109. ABCDE,321

110. ABCD,332　　111. ABCD,341　　112. ABCDE,345

113. ABCD,382　　114. ABCDE,428　　115. ABCDE,439

116. ABCDE,165　　117. BCDE,190　　118. ABCDE,226～227

119. BCE,297　　120. ABDE,300～301　　121. ABCD,363～364

122. ABCDE,376～377　　123. ABDE,443　　124. ABCDE,455

125. ABCDE,477～478

专业技能题[⊖]

一、简答题(本题共 2 题,每小题 10 分,共 20 分)

得分	
评分人	

1.学习型组织的 评价标准有哪些?(10 分)

得分	
评分人	

2.从事高级人力资源管理师工作应具备哪些鉴别性胜任特征?(10 分)

二、综合分析题(本题共 4 题,第 1 题 20 分,第 2 题 20 分,第 3 题 30 分,第 4 题 10 分,共 80 分)

得分	
评分人	

1.A 公司是一家钢结构建筑材料生产企业,最近面向社会公开招聘人力资源部经理。

(1)请为该职位的胜任特征"危机处理能力"设计一道结构化面试题目及评分标准。(10 分)

(2)如果公司决定对顺利通过面试的应聘者进行背景调查,应注意哪些问题?(10 分)

得分	
评分人	

2.B 公司最近引进了多位知识层次高、工作经验丰富的营销人才,销售部的副主任老李感到压力很大。作为公司老员工,老李虽然文化层次不高,但一直兢兢业业地工作,积累了较为丰富的实践经验,具有很强的市场开拓能力,为公司的发展作出了一定贡献。随着外部人才的大量引进,老李对自己的前途充满了担扰。

(1)李主任处于职业发展的哪个阶段?该阶段的组织管理措施包括哪些?(12 分)

⊖ 此专业技能题是根据第 1 版"教程"出的题,此处仅给出题型和配分比例供读者参考,不给答案,下同。

（2）请分析在员工不同职业发展阶段的管理任务，并填写在表1中。（8分）

表1　不同阶段职业生涯管理的任务

职业生涯期	职业生涯管理任务
进入组织阶段	
早期职业阶段	
中期职业阶段	
后期职业阶段	

得分	
评分人	

3. Y企业是一家生产电子仪表的大型国有企业，由于技术落后，销售渠道畅通不畅，已经连续4年亏损，库存积压严重，人才大量流失。该企业的上级领导单位决定公开招聘企业总经理，以改变企业目前的状况。经过多方努力，终于在众多应聘者中挑选到一位令人满意的候选人。

（1）如果要与候选人签订三年的任期绩效合同，在制定绩效指标时，上级领导单位应注意哪些问题？（10分）

（2）为该候选人制定薪酬方案时应注意哪些问题？（10分）

(3)如果该总经理一年后由于工作压力过大而辞职,导致其压力过大的组织因素可能有哪些?(10分)

得分	
评分人	

4.S公司在预警线左右制定公司的工资水平。

(1)一般而言,S公司最可能是哪种类型的企业?(2分)

(2)S公司为保证员工工资每年8%的增长率,如果突破预警线的限制连续几年增加工资,可能带来哪些问题?(8分)

综合评审题[⊖]

【情境】

辉跃制药厂是一家国有企业,始建于1969年,现有在岗职工1500人,离退休员工734人。20世纪90年代初,该厂一度获得"百强企业"、"重点企业"和"全国制药企业500强"的荣誉。后来由于机制落后,经营不善等原因,该厂连年亏损。至2005年底,已累计亏损2600万元,资产负债率达72%。从去年5月起,辉跃一直在寻找新的合作方,希望能吸引投资,借此改进生产设备,提升品牌效应,使企业起死回生。在与多家公司的合作洽谈中,常林公司(常林公司是一家从事房地产开发的民营企业,拥有总资产5.1亿元,去年年销售收入达3.09亿元)对合作表示了极大的兴趣。两家公司已就合作展开了多次洽谈。

假设:您(周源)的职务是辉跃制药厂人力资源部主任,您的直接上级是制药厂的总经理(王复利),制药厂还分设了生产副总和市场副总。人力资源部下设五个主管岗位:招聘主管、薪酬主管、绩效主管、培训主管和劳动主管,每个主管均有1~2位下属。

现在是2007年11月16日上午8点,您必须在3小时内处理累计下来的电子邮件和电话录音等信息文件,并做出批示,11点钟还有一个重要的会议要您主持,在这3小时里您的秘书为会为您推掉所有的杂事,没有任何人打扰您。

【任务】

在以下3小时中,请您查阅文件框中的各种信函、电话记录,以及电子邮件等。并用如下的回复表作为样例,给出您对每个文件的处理意见。

(1)确定您所选择的回复方式,并在相应选项前的"□"里划"√"。

⊖ 此题是根据第1版"教程"出的题,此处仅给出题型供读者参考,不给答案,下同。

（2）请给出您的处理意见，并准确、详细地写出您将采取的措施及意见。

（3）在处理文件的过程中，请注意各个文件之间的相互联系。

【回复表示例】

关于文件的回复表

回复方式：（请在相应选项前的"□"里划"√"）

□ 信件/便函

□ 电子邮件

□ 电话

□ 面谈

□ 不予处理

□ 其他处理方式，请注明 _____

回复内容：（请作出准确、详细的回答）

得分	
评分人	

文件一

类　别：电话录音

来电人：李为国　生产副总

接收人：周源　人力资源部主任

日　期：11 月 15 日

周主任：

您好！我是李为国。

厂里效益一直不好，今年下半年几个车间基本处于停产状态，产品质检工作也处于停滞状态。上月产品质检部部长魏家科提出辞职，您和我都参加过他的离职面谈。虽然大家努力挽留，但他去意已定，据说是猎头公司以高于我们三倍的工资将其挖到九崎医药集团。这个消息正在厂里蔓延，很多中层干部的工作状态都受到了影响。我听说已经有人私下和猎头公司联络。我希望能和你就此事找个时间聊聊。不知道你何时有空。

李为国

关于文件一的回复表

回复方式：（请在相应选项前的"□"里划"√"）

□ 信件/便函

□ 电子邮件

□ 电话

☐　面谈

☐　不予处理

☐　其他处理方式,请注明_____

回复内容:(请作出准确、详细的回答)

得分	
评分人	

文件二

类　　别:便签

来电人:魏蓝清　办公室主任

接收人:周源　人力资源部主任

日　　期:11 月 15 日

周主任:

您好!

还是上周和您提的那件事情,希望能为我们办公室招聘一位文员。我知道公司效益不好,人事部门已规定原则上不再增加行政人员,但目前办公室只有我和两个下属,每天要忙到晚上九十点钟才能下班。两个小姑娘都吃不消了。希望您能和王总说说,给办公室增加一名文员,拜托了。

魏蓝清

关于文件二的回复表

回复方式:(请在相应选项前的"☐"里划"√")

☐　信件/便函

☐　电子邮件

☐　电话

☐　面谈

☐　不予处理

☐　其他处理方式,请注明_____

回复内容:(请作出准确、详细的回答)

得分	
评分人	

文件三

类　　别：电话录音

来电人：钟天　财务部主任

接收人：周源　人力资源部主任

日　　期：11月13日

周主任：

您好！我是钟天。

有个问题要和您商量。本来销售部说好月中能结会几笔款，如果贷款能顺利收回，能维持一年左右的人工费用。昨天销售部说由于部分客户投诉我们的药膏有过敏现象，很多药房都暂扣了我们的货款，短期内拿不到回款。这样一来，半年后发工资都成了问题。我约了王总，他希望你能一起来商量此事。

关于文件三的回复表

回复方式：(请在相应选项前的"□"里划"√")

□　信件/便函

□　电子邮件

□　电话

□　面谈

□　不予处理

□　其他处理方式，请注明_____

回复内容：(请作出准确、详细的回答)

得分	
评分人	

文件四

类　　别：便函

来电人：柳钢　第四车间主任

接收人：周源　人力资源部主任

日　　期：11月15日

周主任：

您好！我是柳钢。

我们车间现在是厂里唯一满负荷运转的车间，但最近工人们的工作效率一直不高。其实原因很简单,其他车间的人一天到晚没事干,照样拿工资。他们每天加班加点干活,一个月才比别的车间的人多拿 200 多块钱。说实话,我自己也觉得不公平,我们车间生产的止咳喷雾剂是厂里的新产品,也是目前唯一高利的产品。如果这些干活的工人不痛快,我真的怕对生产有影响,如果出了问题,厂里的情况就更糟了。这件事情靠做思想工作可能无法解决。周主任,咱们厂奖金比例都是人力资源部定的,您最好能帮我想想办法,看能否为我车间的工人提高一下奖金比例。谢谢。

柳钢

关于文件四的回复表

回复方式:(请在相应选项前的"□"里划"√")

- □ 信件/便函
- □ 电子邮件
- □ 电话
- □ 面谈
- □ 不予处理
- □ 其他处理方式,请注明_____

回复内容:(请作出准确、详细的回答)

得分	
评分人	

文件五

类　别:电子邮件

来电人:伍庆　劳动关系主管

接收人:周源　人力资源部主任

日　期:11 月 14 日

周主任:

您好!

最近的员工满意度调查结果出来了,结果非常让人担心,总体满意度已经到了历史最低点,在组织凝聚力方面下降得最为明显。我私下和一些员工沟通过,很多老员工都认为和常林公司的合作是饮鸩止渴。常林公司看中的不是我们的生产和发展能力,而是厂里的这块土地,和他们合作大家就只能等着下岗。我发现这种观点得到很多员工的认同。希望您能关注此事并能向王总反映一下。

伍庆

关于文件五的回复表

回复方式：（请在相应选项前的"□"里划"√"）

　　□　信件/便函

　　□　电子邮件

　　□　电话

　　□　面谈

　　□　不予处理

　　□　其他处理方式，请注明＿＿＿＿＿＿

回复内容：（请作出准确、详细的回答）

得分	
评分人	

文件六

　　类　　别：电话录音

　　来电人：王复利　　总经理

　　接收人：周源　　人力资源部主任

　　日　　期：11 月 16 日

小周：

　　上周我和常林的刘总又作了一次沟通，在很多问题上都达成了一致。昨天刘总突然给我打了一个电话，希望在合作协议中增加一条，以后辉跃的市场副总由他们来指派，并提供了一个人选，其简历就在我这里。这个问题让我很为难。咱们公司的市场副总是公司的元老，虽然营销思路保守，但在企业这么多年，没有功劳也有苦劳。另外，如果把公司的市场管理拱手让出，会让我们在合作中处于被动地位。你先了解一下他们推荐的人选，明早来我办公室谈谈。

王复利

关于文件六的回复表

回复方式：（请在相应选项前的"□"里划"√"）

　　□　信件/便函

　　□　电子邮件

　　□　电话

　　□　面谈

　　□　不予处理

　　□　其他处理方式，请注明＿＿＿＿＿＿

回复内容：（请作出准确、详细的回答）

得分	
评分人	

文件七

类　　别：电子邮件
来电人：丁越　新药研发主管
接收人：周源　人力资源部主任
日　　期：11月15日

周主任：

您好！

我是新药研究主管丁越。我来的时间不长，对很多制度还不熟悉。我上月向人力资源部提出了我们部门的培训计划，人力资源部一直没有给我们答复。今天我询问了培训主管刘金，她说咱们厂已经很长时间没有培训费了，所有的培训项目都不可能被批准。周主任，我也知道厂里遇到了困难，但研发部门比其他部门更急需培训。去年我刚到厂里的时候，王总曾经承诺过对研发部各方面的工作会全力支持，我们去年研发止咳喷雾剂就是在公司的多方支持下完成的。培训对研发而言非常重要，希望周主任能协调一下，谢谢！

丁越

关于文件七的回复表

回复方式：（请在相应选项前的"□"里划"√"）

□　信件/便函
□　电子邮件
□　电话
□　面谈
□　不予处理
□　其他处理方式，请注明_____

回复内容：（请作出准确、详细的回答）

得分	
评分人	

文件八

类　别：电子邮件

来电人：田晴　常林公司人力资源部部长

接收人：周源　人力资源部主任

日　期：11月15日

周主任：

　　您好！

　　上周常林公司和辉跃公司的沟通会议中，王总提议让您和我具体沟通一下关于辉跃人力资源的总体情况，以便确定合作中的一些具体问题。不知道您何时比较方便，我想和您面谈一次。

田晴

关于文件八的回复表

回复方式：（请在相应选项前的"□"里划"√"）

　　□　信件/便函

　　□　电子邮件

　　□　电话

　　□　面谈

　　□　不予处理

　　□　其他处理方式，请注明_____

回复内容：（请作出准确、详细的回答）

得分	
评分人	

文件九

类　别：电话录音

来电人：伍庆　劳动关系主管

接收人：周源　人力资源部主任

日　期：11月14日

周主任：

　　您好！我是伍庆。

　　有件事情非常紧急。今早七点，我接到保定市交通管理局的电话，六点十分在保定发生重大交通事故,我公司销售部的刘向东驾车与一辆大货车相撞,刘向东当场死亡,对方司机重伤,目前正在医院抢救。与刘向东同车的还有我公司的销售人员蔡庆华、隋东和王小亮,三人都不同程度受伤,但无生命危险。目前事故责任还不能确定。我准备立刻前往保定处理相关事务,希望您能尽快和我联系,商量一下应对措施。

伍庆

关于文件九的回复表

回复方式:(请在相应选项前的"□"里划"√")

- □ 信件/便函
- □ 电子邮件
- □ 电话
- □ 面谈
- □ 不予处理
- □ 其他处理方式,请注明_____

回复内容:(请作出准确、详细的回答)

得分	
评分人	

文件十

类　别:信函

来电人:孙跃　市医药企业协会秘书长

接收人:周源　人力资源部主任

日　期:11 月 14 日

周主任:

今年 12 月 20 日,市医药协会正式开展"送健康到乡村"活动,希望我们协会会员单位能将一些常用药品捐献给省里的一些贫困乡村的卫生站。同时我们也接受捐款,所得款项会用于帮助贫困乡村的白内障患者重见光明。辉跃是市里知名的制药企业,也是咱们协会的老会员,希望你们能积极参加本次活动。如果有什么问题,随时和我联系。

孙跃

关于文件十的回复表

回复方式:(请在相应选项前的"□"里划"√")

- □ 信件/便函
- □ 电子邮件
- □ 电话

☐　面谈

☐　不予处理

☐　其他处理方式，请注明_____

回复内容：（请作出准确、详细的回答）

专业技能仿真模拟题

专业技能题

一、简答题:(本题共 2 题,每小题 10 分,共 20 分)

得分	
评分人	

1.与职位分析问卷(PAQ)相比,通用工作分析问卷(CMQ)有何改进之处?(10 分)

得分	
评分人	

2.在设定考评标准前,绩效目标设计过程中应注意哪些问题?(10 分)

二、综合分析题(本题共 4 题,每小题 20 分,共 80 分)

得分	
评分人	

1.盛华集团是一家生产电气设备的企业,其产品在华北地区的市场占有率超过 60%,售价比竞争对手的同类产品低 5%左右,该企业计划在五年之内将产量提高 180%,进入国内同类生产厂家前三名。

(1)该公司采用了何种产品竞争策略?此种策略适合哪些企业?

(2)与此种竞争策略相适应的组织特征是什么?

(3)针对该公司的产品竞争策略,进行人力资源管理时应注意哪些问题?

得分	
评分人	

2.S公司委托 Y 咨询公司进行薪酬调查,S 公司向 Y 咨询公司提供了公司典型岗位的薪酬情况,如表 3 所示。Y 咨询公司经过薪酬调查后向 S 公司提供了调查结果。

表3 S公司典型岗位的薪酬情况

岗位级别	典型岗位	基本薪酬水平(元)	总体薪酬水平(元)
1	司机	1000	1000
2	行政人员	1200	1300
3	销售人员	1400	1600
4	客服主管	1800	2000
5	销售经理	2200	2800
6	总工程师	2300	3300
7	总经理	3000	4000

(1)请描述 S 公司的薪酬特点。

(2)除表 3 提供的信息外,Y 咨询公司还应要求 S 公司提供哪些信息?

(3)为了确保薪酬调查结果的可用性,S 公司需要向 Y 咨询公司确认哪些信息?

得分	
评分人	

3.设计公司计划招聘汽车设计师,该职位的职责如下:

职位名称:汽车设计师

职责描述:

- 负责汽车电子以及其他控制单元的设计、开发和测试;
- 与其他工程师一起和客户共同确定开发需求;
- 对设计项目可行性进行研究,并进行评估;
- 负责从项目概念设计到交付的整个开发过程。

(1)招聘时应从哪些方面进行选拔?并分别指出至少一种具体的选拔方法。

(2)公司计划在一年后对所招聘的汽车设计师进行职业生涯发展评估,在此过程中,员工、部门主管和人力资源管理部门各自的任务是什么?

得分	
评分人	

4.商河第一机电设备厂是一家成立于1954年的国有企业,现有在职员860人,离退休人员420人。自1995年起,由于产品老化、生产率下降、经营状况逐年下滑,2005年首次出现亏损。为增强市场竞争力,建立产权明晰的现代企业制度,该公司计划采取一系列变革措施来实施改制,包括精简部分在职的成员、对管理人员进行调整、改进薪酬制度、实行经营层和员工持股的股份制改造。

(1)该企业在改制过程中处理劳动关系时要注意哪些问题?
(2)该企业实行经营层和员工持股时应注意什么?

综合评审题及参考答案

【情境】

华达公司是一家大型民营上市公司,业务涉及水利工程、环保科技和电力自动化等多个领域,其人力资源部下设五个主管岗位,分别是招聘主管、薪酬主管、绩效主管、培训主管和劳动关系与安全主管,每个主管有2~3位下属。今天是2006年7月9日,你(李明翔)有机会在以后的3个小时里担任公司的人力资源部总监的职务,全面主持公司的人力资源管理工作。

现在是上午8点,你提前来到办公室。秘书已经将你需要处理的邮件和电话录音整理完毕,放在文件夹内,文件的顺序是随机排列的。你必须在3小时内处理好这些文件,并作出批示。在11点还有一个公司董事会的会议需要你主持。在这3小时中,你的秘书会为你推掉所有的杂事,没有人会打扰你的工作。

【任务】

在接下来的3小时中,请您查阅文件框中的各种信函、电话录音,以及电子邮件等,并用如下的回复表作为样例,给出您对每个文件的处理意见。

(1)确定您所选择的回复方式,并在相应选项前的"□"里划"√"。
(2)请给出您的处理意见,并准确、详细地写出您将采取的措施及意图。
(3)在处理文件的过程中,请注意各个文件之间的相互联系。

【回复表示例】

关于文件的回复表

回复方式:(请在相应选项前的"□"里划"√")

□ 信件/便函

□　电子邮件
□　电话
□　面谈
□　不予处理
□　其他处理方式,请注明_____

回复内容:(请作出准确、详细的回答)

得分	
评分人	

文件一

类　别:电话录音
来电人:刘 增　国际事业部总监
接受人:李明翔　人力资源部总监
日　期:7月8日

李总:

您好,我是国际事业部的刘增。去年10月中旬,人力资源部曾要求各部门上报2006年的大学生招聘计划。由于我部业务的特殊性,不仅要求较高的英语水平,而且要懂得一定的专业知识,这类人员在校内招聘的难度很大。此外,由于我们公司薪酬水平较低,即使招聘来也很容易流失,过去几年的流失率高达74%。为此我们国际事业部多次召开会议,并初步达成共识:公司需要制定中长期的人才规划以吸引并留住优秀人才。但是,到底该如何操作,尚无具体方案。我刚和总裁通过电话,他建议我直接与您沟通,不知您有何意见想法,请尽快告知。

关于文件一的回复表

回复方式:(请在相应选项前的"□"里划"√")
□　信件/便函
□　电子邮件
□　电话
☑　面谈
□　不予处理
□　其他处理方式,请注明_____

回复内容:(请作出准确、详细的回答)

参考答案

找刘增面谈有如下内容准备：

1. 派员工去国际业务部作人员流失调查,并分析原因。

2. 派员做一份同行业薪金水平调查,对比分析国际业务部薪金水平情况。

3. 派员与流失人员面谈,了解流失原因。

4. 指定人员到国际业务部听取意见,草拟适合公司特点的中长期人才规划。

5. 修改完善员工培训管理规划,重点突出英语培训。

6. 派员与财务等部门沟通,了解公司工资承受能力,决定国际业务部人员薪金提升幅度的可能性。

7. 建立吸引员工、留住人才的机制。

8. 关于国际业务部从在校学生中招聘难的问题,可适当扩大招聘范围和招聘方法,制定新的招聘制度。

得分	
评分人	

文件二

类　别:电话录音
来件人:王睿　劳动关系与安全主管
收件人:李明翔　人力资源部总监
日　期:7 月 19 日

李总:

您好!

我是王睿,有件事情非常紧急。今早七点,我接到郑州交通管理局的电话,六点十分在郑州 203 国道上发生重大交通事故,我公司销售部的刘向东驾车与一辆货车相撞,刘向东当场死亡,对方司机重伤,目前正在医院抢救。与刘向东同车的还有公司的销售人员蔡庆华、隋东和王小亮等人,都不同程度受伤,但无生命危险。目前事故责任还不能确定,我准备立刻前往郑州处理相关事务,希望您能尽快和我联系,商量一下应对措施。

关于文件二的回复表

回复方式:(请在相应选项前的"□"里划"√")

□　信件/便函

□　电子邮件

☑　电话

□　面谈

□　不予处理

□　其他处理方式,请注明_____

回复内容:(请作出准确、详细的回答)

参考答案

立即电话联系王睿,并作如下安排:

1. 立即向主管总裁汇报。
2. 立即根据公司应急预案组成事故处理小组。
3. 联系相关医院和郑州交警部门,确保伤病员的全力救治。
4. 联系伤亡员工家属。
5. 联系郑州交警部门,确定事故责任,全力维护公司利益。
6. 与销售部门联系,确保货物安全,做好工作交接,处理好与供应商的联系,求得理解。
7. 做好伤亡员工家属前往郑州的准备。
8. 联系保险公司,协商理赔事宜。
9. 事故处理完后,要召开一次会议,分析事故原因,修改应急预案,防止事故再次发生。

文件三

类　别:电子邮件
来件人:张玲　绩效主管
收件人:李明翔　人力资源部总监
日　期:7月7日

李总:

　　您好!

　　公司今年结束年中的绩效考核后,准备实施基于目标考核的新的绩效考核系统,从上周起要求各部门经理和员工一起制定员工下半年的工作目标。按原定计划,该项工作应在下周三前完成,绩效监督小组对工作进程进行了检查,发现全公司 32 名部门经理仅有 4 个完成了工作,大部分经理尚未开始进行目标设定。当我们希望他们加快进度时,很多部门经理抱怨根本没有时间,觉得和员工共同制定工作目标是表面文章;还有部分部门经理认为这是部门内部的事,监督小组是在干涉他们的工作。目前工作进展很不顺利,请您能给我们一些支持。

张玲

关于文件三的回复表

回复方式:(请在相应选项前的"□"里划"√")
□ 信件/便函
□ 电子邮件
□ 电话
□ 面谈
□ 不予处理
□ 其他处理方式,请注明＿＿书面＿＿

回复内容:(请作出准确、详细的回答)

参考答案

　　对张玲作如下工作安排:

1. 请在近期内根据工作安排继续落实新方案。
2. 召开各部门会议,分析绩效考核系统进展缓慢的原因。
3. 向各部门解释新绩效考核的目的、意义和要求。
4. 肯定四个已完成方案制定部门的成绩,推广他们的做法。
5. 派员协助各部门制定新考核体系。

6. 在原基础上,适当延长 2~3 天时间让各部门能充分结合公司要求做好新方案。

7. 监督小组及时加强与各部门的沟通和协调,确保新考核体系的制定与公司提出的总目标的一致性。

8. 决定绩效考核方案的制定必须有员工参加,确保公平与公正,发挥好激励作用。

得分	
评分人	

文件四

类　　别:电子邮件

来件人:陈欣　培训专员

收件人:李明翔　人力资源部总监

日　　期:7 月 8 日

李总:

您好!

公司四月份在南非首次承接的 420 工程现已开工,工程部准备委派 6 名高级技术人员到南非提供技术报务。可是,这 6 名技术人员英语水平较差,虽经过为期半年的在岗英语培训,但效果不尽如人意。因此,工程部计划临时安排他们去英语学校参加封闭式培训,培训时间为 2 个月,费用为每人 10000 元。该计划已经上报人力资源部。可是,昨天工程部来电称,财务部不同意支付培训费用,理由是该培训事先没有计划和预算,资金周转不过来。这几名员工原计划十月份赴南非,工程部担心如果不能按期派人提供技术支持,可能会影响合同的执行和公司的声誉。目前,工程部非常焦急,请求您出面协调,敬请尽快回复。

关于文件四的回复表

回复方式:(请在相应选项前的"□"里划"√")

□　信件/便函

☑　电子邮件

□　电话

□　面谈

□　不予处理

□　其他处理方式,请注明_____

回复内容:(请作出准确、详细的回答)

参考答案

陈欣,对你的工作提出如下要求和安排:

1. 为树立公司良好形象,确保工作如期开展,必须开展好本次英语培训。

2. 与工程师面谈,了解培训效果不好的原因。

3. 认真总结这次岗位培训情况,分析效果不好的原因。

4. 与工程部沟通,请他们放心,英语培训一定要进行,人员可以如期派出。

5. 与英语学校沟通,拟定外语学校培训方案。

6. 与财务部门沟通,拟定新培训费用预算。

7. 加强培训工作管理,对培训情况进行跟踪评估,确保效果。

8. 要吸取教训,今后在培训开发上要注意:

①过程控制,确保效果。

②要考虑公司在南非业务的拓展,重点要做好相关人员的英语培训。

得分	
评分人	

文件五

类　别:书面请示

来件人:娄奇　招聘主管

收件人:李明翔　人力资源部总监

日　期:7月7日

李总:

您好!

由于业务调整,今年三月,公司决定停止化工产品的研发工作,将化工研发小组并入到研究方向相似的环保研发小组,并由原环保小组的项目主管全权负责。最近几个月,原化工小组的成员流失严重,我们高薪聘用的几位博士也提出了离职申请。通过和他们的沟通,原化工小组的成员普遍反映无法与原环保小组的成员合作,在工作中受到忽视,重要的研讨会议从来不通知他们,只让他们做一些类似输入数据的简单工作。在上半年的绩效考核中,很多原化工小组的成员觉得受到了排挤,考核结果都不理想。针对此事希望您能给予指示。

关于文件五的回复表

回复方式:(请在相应选项前的"□"里划"√")

　　□　信件/便函

　　□　电子邮件

　　□　电话

　　□　面谈

　　□　不予处理

　　□　其他处理方式,请注明___书面___

回复内容:(请作出准确、详细的回答)

参考答案

准备约谈娄奇,并要求娄奇做好如下安排:

1. 公司因业务调整,将化工小组并入环保小组的决定是不可改变的。

2. 与环保小组项目负责人座谈,了解原化工小组人员的离职原因。

3. 与原化工小组人员面谈,调查了解工作现状及不满意的原因;了解离职原因,并做出相应安排。

4. 召开离职人员座谈会,感谢他们为公司所作的贡献,并为他们办理相关手续。

5. 加强工作职位分析,做到人员与职位匹配。

6. 建立吸引和留住员工的长效机制。

7. 建立员工沟通平台和申诉机制。

8. 加强团队建设。

9. 加强沟通,建立与公司战略目标一致的人力资源规划。

10. 绩效考核方案要注意员工的参与,充分发挥激励作用。

得分	
评分人	

文件六

类　　别:便函

来件人:章　亮　　总裁

收件人:李明翔　　人力资源部总监

日　　期:7月8日

小李:

9号下午你是否有空,我刚刚看过上半年的绩效考评结果,综合过去两年来各部门运行情况,我觉得有必要对公司的中层干部进行调整。另外,公司明年要上一些大项目,需要有针对性地补充一些管理人员,我想听听你的意见,请准备一下相关资料,并与我联系。

章亮

关于文件六的回复表

回复方式:(请在相应选项前的"□"里划"√")

□　信件/便函

□　电子邮件

☑　电话

□　面谈

□　不予处理

□　其他处理方式,请注明_____

回复内容:(请作出准确、详细的回答)

参考答案

章总裁你好? 我同您约定面谈,我要做如下准备:

1. 准备好两年来各部门的绩效考核评估结果。

2. 分析绩效考核排名靠后部门存在问题的原因。

3. 准备好现有中层干部名单。

4. 根据考核结果和人才库名单,准备好拟提人员名单。

5. 根据新上项目,做好岗位分析和胜任能力评估。

6. 实施同行业人员薪金调查,拟定新设岗位薪酬方案。

7. 拟调整人员的工作岗位安排建议。

8. 完善中层干部培训方案,提高中层干部素质。

9. 完善绩效考核机制,充分发挥激励作用。

得分	
评分人	

文件七

类　别:书面报告

来件人:张越　华南分公司总经理

收件人:李明翔　人力资源部总监

日　期:7月8日

李总:

您好!

有一个重要情况向你反映。前两天我们调查发现,总公司派驻华南分公司负责人力资源工作的王昌骏,在编制2006年度人力资源培训费用预算时,采取虚报培训项目、抬高项目价格、收取回扣、刁难培训公司等手法,违规牟利2万余元。既给公司造成了经济损失,耽误了工作,也损害了公司的形象,更败坏了公司的风气。按照总公司的规定,由总公司派往分公司的职员如果出现问题,需上报总公司人力资源部统一处理。因此,特向你汇报此事,如何处理请您尽快指示。

华南分公司总经理　张越

关于文件七的回复表

回复方式:(请在相应选项前的"□"里划"√")

　　□　信件/便函

　　□　电子邮件

　　☑　电话

　　□　面谈

　　□　不予处理

　　□　其他处理方式,请注明_____

回复内容:(请作出准确、详细的回答)

参考答案

张越总经理,安排如下:

1. 请华南分公司立即上报关于王昌骏的书面调查报告。

2. 总公司立即派人员前往华南公司进行调查。

3. 如果调查不实,将按总公司有关规定给张越总经理予以相应处理。

4. 调查如果属实,将按总公司有关规定给予王昌俊相应处理。

5. 调查期间请做好有关预防工作,注意保密。

6. 向培训公司道歉,挽回公司形象。

7. 向王昌俊调查时,一定要取得其本人书面签字的文书。

8. 对总公司派出人员视察给华南公司造成的损失,表示深刻歉意。

9. 改进员工培训开发的开发内容,加强法纪教育。

10. 物色称职人员接替王昌俊工作。

11. 总结经验,吸取教训,强化管理,防止类似事件再次发生。

12. 以上意见形成书面材料报总公司。

得分	
评分人	

文件八

类　别：电话录音
来件人：张辉　副总裁（分管生产与物流）
收件人：李明翔　人力资源部总监
日　期：7月8日

明翔：

你好！

明年初，公司投资1500万元的配电设备生产线即将在东莞分厂安装并试运行，提供生产线的德国QDK公司也会提前安排4名技术人员参与生产线的安装与运行。我想通过人力资源部安排一次关于新生产线岗位设置与人员安排的专题讨论会。请你先提出一个大致想法，并在这几天与我沟通一下这个问题。

关于文件八的回复表

回复方式：（请在相应选项前的"□"里划"√"）
- □　信件/便函
- □　电子邮件
- ☑　电话
- □　面谈
- □　不予处理
- □　其他处理方式，请注明_____

回复内容：（请作出准确、详细的回答）

参考答案

电话向张副总裁汇报，约定面谈时间，并做好如下安排：

1. 向东莞分厂负责人了解所需人员配置要求。
2. 与德国分公司专家座谈，听取生产线人员设置要求。
3. 派员协助东莞分厂进行岗位设置。
4. 对生产线岗位作出岗位分析和胜任能力评估。
5. 调查行业其他公司同岗位人员配置及薪金水平。
6. 与财务部门沟通，确定东莞分厂生产线员工薪酬政策。
7. 安排人员依据相关要求，拟定人才需求计划。
8. 做好会议安排，拟定会议议题。

得分	
评分人	

文件九

类　别：电话录音

来电人:常进　业务一部

接受人:李明翔　人力资源部总监

日期:7月8日

李总:

　　您好! 我是业务一部的经理常进。2月中旬,我曾和薪酬主管王杰就业务一部的奖金分配方案进行过讨论。我们部门的客户和其他业务部不太一样,多是大型客户。在我们部门里,需要通过项目小组的模式才能完成客户的定单,员工相互协作的要求很高。目前公司的奖金分配方案完全和个人的业绩挂钩,我认为这种发放方式不太适合我们部门的实情。在上次和王杰的讨论中,我们曾设想采取基于团队的奖励计划,但没有做出具体的方案。您也知道,公司要求各部门的奖金分配方案必须在8月初制定完毕,所以我想听听您对我们采用团队奖励计划的看法。

关于文件九的回复表

回复方式:(请在相应选项前的"□"里划"√")

　　□　信件/便函

　　□　电子邮件

　　□　电话

　　□　面谈

　　□　不予处理

　　□　其他处理方式,请注明___书面___

回复内容:(请作出准确、详细的回答)

参考答案

　　常进:你好,感谢你对奖金分配方案的思考,我将派人员做好方案调整,并作如下安排:

1. 请提供一份今年以来业务一部的绩效考核情况和奖金分配情况报告。

2. 请王杰主管尽快到业务一部与主管座谈,调查了解奖金分配情况,分析不合理原因。

3. 与业务一部员工座谈,听取员工对奖金分配方式的意见。

4. 分析业务一部与公司其他部门的业务区别。

5. 在业务一部的协助下做好基于项目小组模式的奖金分配方案。

6. 在制定基于项目小组模式的分配方案时要注意与原定方案的基本平衡。

7. 要注意效率与公平。

8. 评估分配方案中的激励作用。

得分	
评分人	

文件十

类　别:电话录音

来件人:田力平　培训专员

收件人:李明翔　人力资源部总监

日期:7月8日

李总：

您好！我是田力平。我刚收到一份通知，本月 30 日在北京召开大型企业人力资源管理研讨会，此次会议的主要议题涉及我公司目前正在实施的"360 度评估"、"EAP"和"企业文化建设实务"等内容。该研讨会级别较高，与会者均为各企业人力资源的主要负责人，还有一些人力资源管理专家和学者。会议费用也比较高，每人 2500 元，包括会议资料费，但不包括住宿和交通费用。

公司一向重视培训工作，但目前经费较紧张，这次是否还派人参加？由于临近报名截止时限，请尽快回复，以便我及早作出安排并办理报名事宜。

关于文件十的回复表

回复方式：（请在相应选项前的"□"里划"√"）

- □ 信件/便函
- □ 电子邮件
- ☑ 电话
- □ 面谈
- □ 不予处理
- □ 其他处理方式，请注明_____

回复内容：（请作出准确、详细的回答）

参考答案

电话通知田力平派员参加会议，并提出如下要求：

1. 会议研讨内容与我公司所正在开展的工作密切相关，参会有利于提升工作质量。

2. 这次会议规模大，层次高，有利于公司的形象。

3. 有助于学习其他公司和专家的经验。

4. 可以丰富和提升参会人员的专业知识。

5. 可以发现人才，丰富我公司人才信息库。

6. 需做好参会的有关准备工作：

①做好参会的资料准备；

②确定食宿及交通事项；

③安排好参会人员参会期间的工作，以利参会人员作预先安排；

④会后要做好会议精神的传达和学习。

附录 B　2010 年 5 月国家职业资格
全国统一鉴定真题及参考答案

2010 年 5 月人力资源和社会保障部
国家职业资格全国统一鉴定

职　　业:企业人力资源管理师

等　　级:国家职业资格一级

卷册一:职业道德
　　　　理论知识

注意事项: 1. 考生应首先将自己的姓名,准考证号等用钢笔、圆珠笔等写在试卷册和答题卡的相应位置上。并用铅笔填涂答题卡上的相应位置处。

2. 考生同时应将本页右上角的科目代码填涂在答题卡右上角的相应位置处。

3. 本试卷册包括职业道德和理论知识两部分:
   第一部分,1~25 小题为职业道德试题;
   第二部分,26~125 小题为理论知识试题。

4. 每小题选出答案后,用铅笔将答题卡上对应题目的答案涂黑。如需改动,用橡皮擦干净后再选涂其他答案。所有答案均不得答在试卷上。

5. 考试结束时,考生务必将本卷册和答题卡一并交给监考人员。

6. 考生应按要求在答题卡上作答,如果不按标准要求进行填涂,则均属作答无效。

地　　区＿＿＿＿＿＿＿＿＿＿＿＿＿＿＿＿＿＿＿＿＿＿＿

姓　　名＿＿＿＿＿＿＿＿＿＿＿＿＿＿＿＿＿＿＿＿＿＿＿

准考证号＿＿＿＿＿＿＿＿＿＿＿＿＿＿＿＿＿＿＿＿＿＿＿

劳动和社会保障部职业技能鉴定中心监制

第一部分 职业道德

（第 1～25 题，共 25 道题）

一、职业道德基础理论与知识部分（第 1～16 题）

答题指导：

◆该部分均为选择题。每题均有四个备选项，其中单项选择题只有一个选项是正确的，多项选择题有两个或两个以上选项是正确的。

◆请根据题意的内容和要求答题，并在答题卡上将所选答案的相应字母涂黑。

◆错选、少选、多选，则该题均不得分。

（一）单项选择题（第 1～8 题）

1. 关于会计职业，其职业道德的根本要求是（　　）。

(A)业务熟练　　　(B)举止得体　　　(C)不做假账　　　(D)仪表规范

2. 职业道德具有规范功能，其作用主要体现在对从业人员开展职业活动的（　　）。

(A)操作规程和道德底线上　　　(B)文明礼貌和职业着装上

(C)服务态度和职业用语上　　　(D)职业良心和开拓创新上

3. 在职业活动中，统领我国社会主义职业道德建设的价值导向是（　　）。

(A)中国特色社会主义　　　(B)爱国主义

(C)社会主义荣辱观　　　(D)社会主义核心价值体系

4. 职业活动内在的道德准则是（　　）。

(A)忠诚、无私、敬业　　　(B)忠诚、审慎、勤勉

(C)爱岗、慎独、勤勉　　　(D)爱岗、敬业、审慎

5. 关于职业化，正确的说法是（　　）。

(A)职业化是一种以履行职业责任为根本要求的自律性工作态度

(B)职业化包含三个层次，其中居于核心地位的是职业化技能

(C)职业化在观念意识方面的根本要求是确立自立、创新的价值取向

(D)职业化在劳动观上倡导劳动作为谋生手段的人性需求

6. 意大利诗人但丁说："道德常常能够填补智慧的缺陷，而智慧永远也填补不了道德的缺陷。"与这一言论相符合的中国传统道德思想是（　　）。

(A)君子敏于言而慎于行　　　(B)才者，德之资也；德者，才之帅也

(C)专心致志，以事其业　　　(D)人无礼则不立，事无礼则不成

7. 关于敬业，正确的说法是（　　）。

(A)敬业度越高的员工，离开企业独立创业的愿望越加强烈

(B)美国社会学家帕森斯最早提出了"员工敬业度"的概念

(C)在关心工作质量等方面，敬业度高的员工比敬业度低的员工高出几倍

(D)敬业度需要掌控在一定范围内，因为高度敬业会降低创新能力

8. 关于优秀员工的执行力，世界 500 强企业提出了明确要求，根据世界 500 强企业的要求，所谓执行力是指员工（　　）。

(A)绝不涉足企业规定之外的事务　　　　(B)对要求之外的事务也要敢于突破

(C)像战士服从命令一样,令行禁止　　　(D)把事情做成,做到他自己认为最好

(二)多项选择题(第9～16题)

9. 下列做法中,属于"比尔·盖茨"关于10大优秀员工准则的是(　　)。

(A)关注市场,对其他公司的产品抱有极大的兴趣

(B)以传教士般的热情执着地打动客户

(C)乐于思考,让客户更贴近产品

(D)关注公司的长期目标,把握自己努力的方向

10. 作为职业道德规范——"诚信"的特征包括(　　)。

(A)通识性　　　　(B)智慧性　　　　(C)单边性　　　　(D)资质性

11. 从业人员践行职业道德规范——"诚信"的特征包括(　　)。

(A)诚实劳动,不弄虚作假　　　　　(B)踏实肯干,不搭便车

(C)以诚相待,不欺上瞒下　　　　　(D)宁欺自己,不骗他人

12. 根据《禁止商业贿赂行为的暂行规定》,下列说法中正确的是(　　)。

(A)个人在账外暗中收受回扣的,以受贿论处

(B)经营者销售商品,可以以明示方式给予对方折扣

(C)中间人接收佣金的,根据情况确定是否入账

(D)经营者在商品交易中不得向对方单位或者其个人附赠现金

13. 员工践行职业道德规范——"纪律"的要求是(　　)。

(A)学习岗位规则　　(B)创编操作规程　　(C)遵守行业规范　　(D)严守法律法规

14. 一个优秀团队的表现是(　　)。

(A)个人目标与团队目标一致

(B)员工对团队不满,怀有改变现状的欲求

(C)团队领袖具有说一不二的权威影响力

(D)团队成员具有强烈的归属感

15. 在职业道德规范——"合作"中,关于平等性的要求包括(　　)。

(A)端正态度,树立大局意识　　　　(B)善于沟通,提高合作能力

(C)律己宽人,融入团队之中　　　　(D)倡导民主,消除上下意识

16. 关于奉献,正确的认识是(　　)。

(A)努力把产品做到最好　　　　　(B)给多少钱办多少事

(C)不以追求报酬为最终目的　　　(D)具有人人可为性

二、职业道德个人表现部分(第17～25题)

答题指导:

◆该部分均为选择题,每题均有四个备选项,您只能根据自己的实际状况选择其中一个选项作为您的答案。

◆请在答题卡上将所选择答案的相应字母涂黑。

17. 春节期间,家家户户放鞭炮,如果你是负责这项工作的社区管理人员,发现有居民未按市府要求在规定时间和地点燃放鞭炮,你会(　　)。

(A)按照规定给予处罚　　　　　　　　(B)劝导

(C)只要觉得没有危险,可以让居民燃放　(D)向上级反映

18. 在对待公司员工,公司主管具有明显的亲疏薄厚倾向,而你觉得自己属于比较受冷遇的那一类,这时你会(　　　)。

(A)多接近公司主管,让他多了解自己　(B)团结那些受冷遇的员工,与主管对话

(C)把这种问题向公司的主要领导反映　(D)虽不怕穿小鞋,但也不要轻举妄动

19. 公司员工迟到早退现象严重,为监督员工按规定时间上下班,在下列措施中,你认为最为有效的办法是(　　　)。

(A)公司各级领导亲自参与监督　　　　(B)统一使用指纹报到器

(C)大幅度提高迟到早退者的处罚金额　(D)对迟到早退者,一经发现立即予以辞退

20. 晚上与朋友有个重要约会,为了不迟到,你会(　　　)。

(A)抓紧时间把当天的工作干完,提前赴会

(B)把自己的工作托付给同事,早早出发约会

(C)向领导请假,早一点赶去约会

(D)下班后乘坐最快的交通工具赶过去

21. 公司准备招聘一批新员工,你希望这批新员工是(　　　)。

(A)活泼开朗型的　(B)埋头苦干型的　(C)学习钻研型的　(D)时髦新潮型的

22. 在职业活动中,总会有一些爱较真的人,这些人很容易得罪人,如果要你给他们提出建议,你的建议是(　　　)。

(A)要增强灵活性,别太死较真　　　　(B)要较真,但较真之后更要沟通

(C)是否较真因人而异　　　　　　　　(D)为了团结,别太较真

23. 单位经常组织员工周末加班,但从来不支付加班费。过去,因有员工提出支付加班费而被公司寻找不同理由辞退,同事们都不敢再提加班费的事,虽然没付加班费,但你对目前的这份工作还算满意,这时你会(　　　)。

(A)既然自己对工作满意,所以就不提加班费的事情

(B)虽然自己对工作满意,但加班费的事,是另一码事,自己会提出来

(C)既然公司不支付加班费,那么就劝大家消极对待工作

(D)既然人家都不提加班费的事,那么自己就没有必要提出来

24. 某公司主管十分爱听别人表扬他的话,许多员工了解主管的脾气,都学着说表扬主管的话。如果你的身边有这样一位主管,和他打交道,你会(　　　)。

(A)和其他员工一样多表扬主管　　　　(B)专挑主管的缺点说

(C)少接触,少说话　　　　　　　　　(D)适当时候要表扬一点

25. 如果你发现某同事因粗心出现纰漏,但在向领导汇报时撒谎敷衍塞责,你会(　　　)。

(A)对企业要真诚,向领导说明实情

(B)谁的工作都会出现差错,故而装作并不知情

(C)自己不会把实情说出去,但会私下建议同事找领导承担责任

(D)责任自负,自己不要越位关心此事

第二部分　理论知识

(26～125 题,共 100 道题,满分为 100 分)

一、单项选择题(26～85 题,每题 1 分,共 60 分。每小题只有一个最恰当的答案,请在答题卡上将所选答案的相应字母涂黑)。

26. (　　)认为员工的知识技能是"投入",员工的行为是"转换",员工的满意度和绩效是"产出"。
(A)一般系统理论　　(B)行为角色理论　　(C)人力资本理论　　(D)交易成本理论

27. (　　)属于事业部层次的战略。
(A)总体战略　　　(B)业务战略　　　(C)职能战略　　　(D)技术战略

28. (　　)属于影响人力资源战略规划的外部影响因素。
(A)企业文化　　　　　　　　　　(B)企业资本和财务实力
(C)工会组织的作用　　　　　　　　(D)企业竞争策略的定位

29. 当外部环境处于巨大劣势,企业人力资源具备较强优势时宜采取(　　)。
(A)扭转型战略　　(B)进攻型战略　　(C)防御型战略　　(D)多样型战略

30. (　　)是企业集团的最高权力机构。
(A)股东大会　　　(B)董事会　　　(C)集团党委　　　(D)监事会

31. 日本型企业集团母公司的职能不包括(　　)
(A)安排集团外的投资　　　　　　　(B)决定集团成员的生产计划
(C)保持成员公司之间的协调　　　　　(D)决定成员公司领导层的人事问题

32. 母子公司之间一般的联络方式不包括(　　)。
(A)层层控股型　　(B)环状持股型　　(C)资金借贷型　　(D)共同出资型

33. 相对控股是指母公司对子公司(　　)。
(A)持有少量股份　　　　　　　　(B)持有少于 100%
(C)持股比例在 1/3～1/2 之间　　　　(D)持股未达 50%

34. (　　)过程是采取自上和自下而上的方式结合起来制定人力资源战略。
(A)双向规划　　　(B)并列并联　　　(C)单独制定　　　(D)循序制定

35. 在人力资源战略实施的(　　)模式中,高层人员应激励下层管理者创造性地制定和实施战略。
(A)增长型　　　　(B)变革型　　　　(C)合作型　　　　(D)文化型

36. 与其他公司协作的能力属于(　　)。
(A)元胜任特征　　　　　　　　　(B)行业通用胜任特征
(C)组织内部胜任特征　　　　　　　(D)行业技术胜任特征

37. (　　)模型需要对不同胜任特征进行排序。
(A)盒型　　　　　(B)簇型　　　　　(C)层级式　　　　(D)锚型

38. 在构建岗位胜任特征模型的方法中,(　　)属于定量研究。
(A)编码字典法　　(B)专家评分法　　(C)频次选择法　　(D)相关分析法

39. 沙盘游戏被正式创立后,早期主要用于(　　)。

(A)企业管理人员训练   (B)军事训练

(C)儿童心理疾病治疗   (D)儿童游戏

40. 公文筐测试不适合测评(   )。

(A)计划能力   (B)决策能力   (C)整体运作能力   (D)谈判能力

41. 职业特征属于现实型的是(   )。

(A)司机   (B)推销员   (C)秘书   (D)市场研究人员

42. 银行柜台员这一职位吸引人才的优势不包括(   )。

(A)良好的组织形象   (B)较高的工资和福利

(C)更大的责任和权利   (D)岗位的稳定性和安全感

43. (   )属于非自愿流出。

(A)解聘   (B)主动辞职   (C)停薪留职   (D)离职创业

44. (   )主要适合管理人员。

(A)配对比较法   (B)主管评定法   (C)评价中心法   (D)升等考试法

45. 企业每年年终都会对流出和仍留在企业的员工进行分析的方法是(   )。

(A)成本收益分析法   (B)群体批次分析法   (C)员工满意度分析   (D)员工流动后果分析

46. 实施(   )的企业在培训重点上更关注培养创造性思维和分析能力。

(A)集中战略   (B)内部成长战略   (C)外部成长战略   (D)紧缩投资战略

47. 技能水平不高,但智力水平和心理品质都不错的员工,其人力资源素质结构属于(   )。

(A)发展型   (B)限制型   (C)衰退型   (D)学习型

48. 在学习型组织中,"分权"的重要性体现在(   )。

(A)形成多个自主管理团队   (B)组织由愿景驱动

(C)组织是自主管理的扁平型结构   (D)组织要不断学习

49. (   )思维障碍对解决老问题并没有什么影响。

(A)直线型   (B)习惯型   (C)权威型   (D)自我中心型

50. 看到广告牌上的内容就想起使用广告中产品的情景,属于(   )。

(A)接近想象   (B)相似想象   (C)对比想象   (D)因果想象

51. 在培训成果转化的(   )层面,情境模拟的转移效果最显著。

(A)依样画瓢   (B)融会贯通   (C)举一反三   (D)自我管理

52. 适合激烈变化的工作环境的培训转化理论是(   )。

(A)同因素理论   (B)激励推广理论   (C)认知转化理论   (D)环境限制理论

53. (   )同时存在平级调动和晋升。

(A)双重职业路径   (B)网状职业生涯路径

(C)横向职业路径   (D)传统职业生涯路径

54. 一般情况下,帮助员工建立和发展职业锚是在(   )阶段。

(A)职业生涯中期   (B)职业生涯早期

(C)职业选择和准备   (D)职业生涯后期

55. 职业锚是指(   )。

(A)日前岗位   (B)职业定位   (C)员工的个人兴趣   (D)员工的价值观

56. (   )是绩效指标体系设定的基础。

(A)工作分析　　　(B)员工培训　　　(C)岗位调整　　　(D)薪酬调整

57. KPI 是指(   )。

(A)否决指标　　　(B)岗位职责指标　　　(C)岗位特征指标　　　(D)关键绩效指标

58. 相对其他绩效管理结构,绩效棱镜的突出优点在于(   )。

(A)提供了全面的综合框架　　　　　　(B)能更有效地提高组织绩效

(C)考虑到了组织的所有利益相关者　　(D)能明确企业需要什么样的能力来执行战略

59. 企业在设计 KPI 时,可使用(   )将战略性衡量项目落实到各部门。

(A)战略地图　　　(B)任务分工矩阵　　　(C)目标分解鱼骨图　　　(D)岗位职责说明书

60. 某企业绩效指标库自公司岗位分为一至四层,某部门下属班组的绩效指标会位于(   )。

(A)第一层　　　(B)第二层　　　(C)第三层　　　(D)第四层

61. 如果没有异常就会得满分的方法是(   )。

(A)减分考评法　　　(B)说明法　　　(C)区间赋分法　　　(D)百分率法

62. 在考评实践中,最前沿、最复杂的是(   )。

(A)上级考评　　　(B)180 度考评　　　(C)同级考评　　　(D)360 度考评

63. 市场份额属于平衡计分卡的(   )方面。

(A)财务　　　(B)客户　　　(C)内部流程　　　(D)学习和成长

64. 关于岗位的平衡计分卡,说法错误的是(   )。

(A)要体现不同的岗位的特点

(B)四个方面指标都是必需的

(C)四个方面指标之间的驱动关系并不严格

(D)可以按照设计部门平衡记分卡的方法来设计

65. 在对平衡记分卡进行综合数据处理时,数据处理的顺序是(   )。

(A)先计算最低层次指标值,然后计算较高层次指标值

(B)先计算最高层次指标值,然后计算较低层次指标值

(C)先计算中间层次指标值,然后计算最低和最高层次指标值

(D)先计算最低和最高层次指标值,然后计算中间层次指标值

66. 股票期权属于(   )。

(A)基本工资　　　(B)绩效工资　　　(C)激励工资　　　(D)员工保险福利

67. 在同一企业不同岗位或不同技能水平之间,(   )是薪酬战略的决定性因素。

(A)内部一致性　　　(B)外部竞争性　　　(C)员工贡献率　　　(D)薪酬体系的完备性

68. 在企业迅速发展的阶段,薪酬结构(   )。

(A)折中,以绩效为导向　　　　　　(B)高弹性,以绩效为导向

(C)折中,以能力为导向　　　　　　(D)高弹性,以能力为导向

69. 因为在投资期间无法工作而放弃的收入属于人力资本的(   )。

(A)有形支出　　　(B)资本投入　　　(C)无形支出　　　(D)心理损失

70. 采用(   )型薪酬策略的薪酬成本和竞争对手最接近。

(A)跟随　　　(B)领先　　　(C)滞后　　　(D)混合

71. ( )的因素是保健因子。

(A)成就感　　　　(B)更多的责任　　　(C)满足低级需要　　(D)工作的安全感

72. 在计算经营者的效益年薪时,( )模式认为经营者的效益收入就是其经营的风险收入。

(A)G　　　　　　(B)S　　　　　　　(C)Y　　　　　　　(D)WX

73. 经营者年薪的( )模式未规定要缴纳风险抵押余。

(A)G　　　　　　(B)N　　　　　　　(C)Y　　　　　　　(D)J

74. 股票期权的强制持有期一般为( )。

(A)1～2年　　　　(B)2～3年　　　　(C)3～5年　　　　　(D)5～10年

75. 员工因公负伤所获得的医疗和生活补助属于( )。

(A)非工作福利　　(B)保险福利　　　(C)员工服务福利　　(D)额外津贴

76. 只有劳动争议上体参与的劳动争议解决机制是( )。

(A)公力救济　　　(B)社会救济　　　(C)员公力救济　　　(D)调解救济

77. 《劳动合同法》规定用人单位对劳动者的竞业限制不得超过( )。

(A)半年　　　　　(B)一年　　　　　(C)两年　　　　　　(D)五年

78. 关于效率合约曲线,说法错误是( )。

(A)在效率合约曲线的所有决策点上双方的福利是无差异的

(B)在效率合约曲线上,任何一方福利增加都不会使对方的福利受损

(C)集体谈判的结果落在效率合约的哪一点上取决于双方的谈判力量大小

(D)效率合约曲线是雇主的等利润曲线与工会的无差异曲线相切的那些点形成的曲线

79. 团体劳动争议的主体不包括( )。

(A)用人单位　　(B)工会组织　　　(C)雇主组织　　　　(D)劳动者个人

80. 关于劳工问题,错误的说法是( )。

(A)劳工问题的发展有其自身规律

(B)劳工问题是群体性、社会性的现象

(C)只有部分劳动关系运行中出现的矛盾会构成劳工问题

(D)经济社会发展水平的差异不会影响人们对劳工问题的主观价值判断

81. 重大伤亡事故(一次死亡3人以上)需上报( )。

(A)省级劳动保障部门　　　　　　　(B)地市级工会织织

(C)县级以上公安部门　　　　　　　(D)国务院主管部门

82. 企业社会责任国际标准规定,任何情况下员工每周加班时间不能超过( )。

(A)10小时　　　(B)12小时　　　　(C)18小时　　　　　(D)20小时

83. 保护劳动者的合法权益规定是企业社会责任中的( )。

(A)经济责任　　(B)法律责任　　　(C)伦理责任　　　　(D)股东责任

84. 国际劳工公约的同酬公约规定禁止( )歧视的原则。

(A)年龄　　　　(B)性别　　　　　(C)种族　　　　　　(D)地域

85. 讲授基本的心理知识和自我管理技巧是属于 EAP 操作的( )阶段的工作。

(A)问题诊断　　(B)方案设计　　　(C)教育培训　　　　(D)咨询辅导

二、多项选择题(86~125题,每题1分,共40分,每题有多个答案正确,请在答题卡上将所选答案的相应字母涂黑,错选、少选、多选,均不得分)

86. 战略性人力资源管理(   )。
(A)是对人力资源进行系统化管理的过程
(B)将人力资源管理活动和业务战略联系起来
(C)将人力资源管理提高到企业战略管理的高度
(D)认为人力资源管理和资金、技术等要素有同等重要的地位
(E)对企业专职人力资源管理人员和直线主管提出了更高更新的要求

87. 资源基础理论认为,人力资源管理对(   )影响巨大。
(A)物质资源   (B)设备资源   (C)人力资源   (D)组织资源
(E)技术资源

88. 通常情况下(   )。
(A)实施吸引战略的企业雇佣保障比较低
(B)实施吸引战略的企业的招聘主要来源于内在劳动力市场
(C)实施投资策略的企业的岗位分析评价会尽可能详尽具体
(D)实施参与战略的企业的员工更容易形成对企业的认同感
(E)实施参与战略的企业的薪酬水平在市场上处于较高水平

89. 某公司产品售价比竞争对手略低,市场占有率第一,适合该企业的企业文化包括(   )。
(A)官僚式   (B)市场式   (C)家庭式   (D)参与式
(E)发展式

90. 关于产权结构,说法正确的有(   )。
(A)产权是指企业的所有权和经营权
(B)产权结构设计的目的之一就是为了选择企业的治理结构
(C)经理班子在经营管理过程中造成的经济损失由经理班子负责
(D)个人股份所占的比重越大,对企业进行控制所需要的股权就越小
(E)法人股东可以通过分散个人股东股权的方式来增强对企业的控制力

91. 对企业集团各组织机构的工作效率进行评定的考评指标包括(   )。
(A)机构的执行能力   (B)决策机构的效率和效果
(C)决策机构的反应速度   (D)和其他机构的配合情况
(E)公文流转的层级和传递的范围

92. 人力资本管理中对(   )的管理较为困难。
(A)高级经营人才   (B)管理人才   (C)高级技术人才   (D)一线生产人员
(E)辅助性工作人员

93. 概念胜任特征包括(   )。
(A)创造力   (B)分析能力   (C)社会敏感   (D)合作能力
(E)解决问题的有效性

94. 在建立胜任特征模型的过程中,(   )。
(A)首先要进行的是高层访谈

(B)需要对行为事件访谈报告的内容进行编码并分析

(C)要遵循"不重叠、能区分、易理解"的建模原则

(D)应保留优秀组和普通组的共性,去除两组的差异特征

(E)除了寻找胜任特征的能力指标,还要对各种能力作出等级和含义的界定

95. 沙盘推演测评的特点包括(   )。

(A)能考察参与者的综合能力 (B)能直观展现参与者的真实水平

(C)能对参与者进行精确的量化评估 (D)能使参与者获得身临其境的体验

(E)能确保参与者在小受干扰的情况下独立做出经营决策

96. 投射测试的不足之处包括(   )。

(A)耗时费力

(B)投射测试的重测信度较低

(C)被试容易受施测的情境影响

(D)不同的主试对同一测试结果的解释往往不同

(E)测试结果的分析依赖于主试的主观经验,科学性不强

97. 招聘过程,需要人力资源部经理和部门经理共同完成的工作包括(   )。

(A)研究员工的需求情况 (B)参与面试

(C)批准招聘的总体规划 (D)审核候选人的简历

(E)分析人事政策对招聘的影响

98. 关于预备性面试,说法正确的有(   )。

(A)部门经理开始介入 (B)对简历的内容进行简要核对

(C)审核求职者的简历和应聘中请表 (D)在面试过程中关注应聘者的非语言行为

(E)采取大量高级人才测评考察应聘者的综合能力

99. 对员工的流动率进行分析时,(   )属于企业工作条件和环境方面的因素。

(A)工资福利待遇 (B)上下班的交通状况

(C)工作时间与轮班制度 (D)员工在试用期内是否符合企业的要求

(E)直接主管的人格和工作能力,是否关注下属的发展

100. 实施外部成长战略的企业的培训重点包括(   )。

(A)团队建设 (B)向外配置的辅助培训

(C)合并公司的方法和程序 (D)培养员工的创新能力

(E)搜寻岗位、获取工作的技能培训

101. 依靠自己独立进行思考对克服(   )有所帮助。

(A)习惯性思维障碍 (B)权威型思维障碍

(C)从众型思维障碍 (D)书本型思维障碍

(E)直线型思维障碍

102. 逻辑思维在创新中的作用包括(   )。

(A)发现问题 (B)突破作用 (C)直接创新 (D)筛选设想

(E)统帅作用

103. 在实施智力激励法时,要注意(   )。

(A)自由畅想 (B)延时批评 (C)以量求质 (D)综合改善

(E)限时限人

104. 关于培训成果的转化机制,说法正确的有( )。

(A)技术支持对培训成果转化有决定性作用

(B)应向受训者及时提供应用所学技能的机会

(C)在受训者之间建立支持互助制有利于培训成果的转化

(D)受训者的培训动机不是影响培训成果转化程度的主要因素

(E)培训得到管理者支持的程度和培训成果转化的程度正相关

105. ( )表示组织愿意接纳新员工。

(A)减少原有的工作量   (B)增加薪资

(C)允许分享组织的"机密"   (D)提拔升级

(E)邀请参与组织的业绩考试

106. 目标管理的基本思想包括( )。

(A)明确的目标是有效管理的首要前提

(B)组织目标的实现有赖于各分目标的实现

(C)员工的个人发展最终可以帮助组织实现财务指标

(D)目标管理是一种参与式的、民主的、自我控制的管理模式

(E)主管人员应当更细致地对员工的工作流程进行监督和管理

107. 关于绩效棱镜,说法正确的有( )。

(A)以企业战略为出发点

(B)能表现组织内部的复杂性

(C)考虑到了组织的所有利益相关

(D)能为了解组织绩效提供相关联的多维视角

(E)绩效棱镜包括战略、流程、能力和利益相关者等四个维度

108. 关于工作态度指标,说法正确的有( )。

(A)和工作指标结果相冲突

(B)和职位级别、能力大小无关

(C)是工作能力向工作业绩转换的"中介"

(D)积极的工作态度能将能力完全转换为工作业绩

(E)一般情况下,行政岗位的考核权重要大于销售岗位

109. 关于 PCI 考评,说法正确的有( )。

(A)通过整体核算的形式进行

(B)适用于 360 度考评或 180 度考评

(C)考察员工与岗位在胜任特征上的匹配度

(D)可以通过绩效管理委员会的否决考评来进行

(E)考评标准是基于胜任特征发展目标而设计的任务绩效目标

110. ( )属于学习与成长方面的目标。

(A)员工满意度   (B)信息覆盖率   (C)员工保持率   (D)客户利率贡献率

(E)新产品开发所需要的时间和所耗费的成本

111. 在建立企业愿景与战略的过程中,可以运用( )等战略管理工具。

(A)BSC　　　　　　(B)价值链分析　　(C)PEST　　　　　(D)全面质量分析

(E)SWOT

112. 效率工资理论认为,高工资反而降低劳动成本的原因包括(　　)。

(A)增加员工的工作压力　　　　　　(B)减低员工流失率

(C)增加管理人员的监控　　　　　　(D)吸纳高素质人才

(E)提高员工对企业的认同感

113. 跟随型薪酬策略(　　)。

(A)是企业最常用的薪酬策略

(B)要确保员工在未来获得其他形式的收入

(C)根据不同员工群体制定不同的薪酬策略

(D)力图使企业的薪酬成本明显低于竞争对手

(E)使企业在吸纳员工的能力上接近竞争对手

114. 外部激励包括(　　)。

(A)自我实现　　　(B)监督　　　　(C)工作具有挑战性　(D)惩罚

(E)与领导的良好关系

115. 和基本年薪挂钩的风险抵押金模式包括(　　)模式。

(A)J　　　　　　(B)N　　　　　　(C)Y　　　　　　(D)G　　　　(E)WX

116. 股票期权和期股的区别在于(　　)。

(A)购买的时间不同　　　　　　　　(B)针对的人群不同

(C)获取的方式不同　　　　　　　　(D)约束的机制不同

(E)适用的公司范围不同

117. 员工持股的参与人员不包括(　　)。

(A)试用人员　　　(B)监事会成员　　(C)短期合同工　　(D)离退休人员

(E)正式签约的顾问

118. 薪酬设计的平衡定价法适合(　　)。

(A)通过给员工支付一定数量的薪酬

(B)员工确保与母国相同或相近的生活水平

(C)执行半年任务,然后回国的员工

(D)超过三年,并有重返国内工作需要的管理人员

(E)薪酬结构与母国适中具有一定的可比性

119. 弹性福利制度(　　)。

(A)适合各种企业

(B)要求企业必须制定总成本约束线

(C)可以更好地满足不同员工群体的需求

(D)每一种福利组合都必须包括一些非选择项目

(E)员工可以自由选择不同的福利项目及项目组合

120. (　　)情形出现,用人单位要承担经济补偿的义务。

(A)经济性裁员

(B)非过失性辞退

(C)劳动者被迫解除劳动合同

(D)用人单位维持劳动合同的约定条件续订劳动合同,劳动者不同意续订

(E)劳动者违反与用人单位签订的劳动合同中的保密条约,与用人单位解约

121. 集体谈判的不正确定性表现为( )。

(A)谈判时间不确定 (B)谈判结果不确定

(C)谈判焦点不确定 (D)谈判主体不确定

(E)未来的形势不确定

122. 签订集体劳动合同要遵循的原则包括( )。

(A)避免过激行为 (B)公平合作 (C)遵守国家的相关规定 (D)平等协商

(E)确保劳动者权益最大化

123. 事故所处的阶段一般分为( )。

(A)事故潜伏期 (B)慢性危险期 (C)事故爆发期 (D)事故维持期

(E)事故消解期

124. 和 ISO9000 等国际标准相比,SA8000( )。

(A)是一种法律标准 (B)标准体系并不十分规范清晰

(C)认证机构没有国际化 (D)认证不具备权威性

(E)认证条件、程序非常规范

125. 从生理角度进行压力反应导向管理的措施有( )。

(A)冥想 (B)认知评价 (C)生物反馈训练 (D)放松训练

(E)寻求心理咨询师支持

参 考 答 案

第一部分 职业道德 此部分是按读者自己的心理思维道德完成的,无标准答案。

第二部分 理论知识

一、单项选择题

26. A,8	27. B,18	28. C,25	29. B,32	30. A,40	31. B,46
32. B,52	33. C,52	34. A,80	35. A,84	36. B,90	37. C,92
38. D,99	39. C,106	40. C,111	41. A,122 表 2-7	42. C,135	43. A,140
44. C,147	45. B,158	46. B,168	47. D,178	48. C,179	49. B,184
50. B,188	51. A,215	52. B,216	53. C,232	54. B,242	55. B,248
56. A,259	57. D,260	58. C,266	59. B,268	60. C,277	61. A,278
62. D,282	63. B,298	64. B,310	65. A,313	66. C,322	67. C,326
68. B,333 表 5-1	69. C,344	70. A,350	71. C,352	72. A,368	73. B,374
74. C,379	75. B,406	76. B,416	77. C,421	78. A,432	79. D,437
80. B,443	81. D,449	82. B,458	83. A,460	84. B,465	85. C,478

二、多项选择题

86. AE,2	87. ACD,9	88. BCD,19	89. ABE,28
90. ABDE,39	91. ABC,67~68	92. ABC,73	93. ABE,90
94. ABC,97	95. ABD,108	96. ABCDE,121	97. AB,131

98. BD,137　　　99. ACE,154　　　100. AC,168,表 3-1　　　101. BCDE,185

102. ACD,189　　103. ABCDE,203～204　104. ABCDE,217～220

105. BCD,243　　106. ABD,261　　107. BCD,265　　108. CD,275

109. BCE,283　　110. ABC,299　　111. BCE,303　　112. BDE,345

113. AE,349～350　114. BD,355　　115. ABCDE,374～375　116. ACDE,382

117. ACD,391　　118. ABE,394～395　119. BD,409　　120. ABC,420

121. ABE,433～434　122. ABCD,439　123. ABCE,449　124. BCD,459

125. ACD,472

2010 年 5 月人力资源和社会保障部
国家职业资格全国统一鉴定

职　　业：企业人力资源管理师

等　　级：国家职业资格一级

卷册二：专业能力

	一		二				总　分	总分人
	1	2	1	2	3	4		
得分								

人力资源和社会保障部职业技能鉴定中心监制

一、简答题(本题共 2 题,每小题 10 分,共 20 分)

1. 某高尔夫俱乐部以会员资格销售的模式来拓展市场,会员将在一年会员资格结束后决定是否继续购买第二年的会员资格,俱乐部的硬件条件优越,收费在市场上偏高,并且只为会员服务。该俱乐部在绩效考核过程中采取平衡计分卡的考核体系。请问:在该俱乐部的考计体系中,从客户方面看,应采取哪些绩效指标来进行考评?(10 分)

2. 某企业希望通过谈判的方式解决遇到的劳资冲突。在进行谈判之前,企业的谈判小组准备了一套谈判方案,谈判的条款在最大限度上确保了企业的利益,而企业职工代表也在广泛征洵意见的基础上,提出了一个确保员工利益的方案,在谈判中双方僵持不下,请问:在谈判中企业可以运用哪些技巧使谈判顺利进行?(10 分)

二、综合分析题(本题共 4 题,第 1 小题 20 分,第 2 小题 20 分,第 3 小题 30 分,第 4 小题 10 分,共 80 分)

1. 某跨国企业 A 公司在数据库技术上处于全球的领先地位,该公司希望能在近期进入中国市场,并立足中国市场的长期发展。公司首先在北京建立了研发中心,计划在一年内组织好国内的研发队伍,迅速开发出适合中国市场的产品,争取以市场技术优势拓展中国市场。

(1)该公司应当采取哪种人力资源管理策略?这种策略的特点是什么?(4 分)

(2)该公司目前和未来应当采取哪些措施来积累公司研发人员的人力资本存量?(16 分)

2. L 公司是一家知名广告设计公司,每年都为广告设计专业的应届毕业生提供实习机会。这些毕业生在实习期间会参与不同的产品设计团队的工作,了解不同产品的广告设计流程,并承担一些基础性的工作。实习期结束后,各团队的管理者会给这些学生按照不同的项目进行评分,邀请其中的优秀者加入公司,成为公司的初级设计师。公司运作项目的流程是:

● 为客户的产品成立设计团队;

● 和客户进行深入沟通,了解产品和产品的用户群;

● 作出多套初步方案;

● 获得客户对方案的意见,反复修改,直至客户认同;

● 制作广告小样;

● 了解典型产品使用者对广告的反馈;

● 修改并正式制作广告。

(1)表 1 是在实习期结束后,各团队管理者对参与实习的学生进行评价的部分表格,表中不同项目代表不同的思维障碍,请填写对应的思维障碍类型(10 分)。

表 1　团队管理者对实习学生进行评价的部分表格

编号	评价内容	思维障碍类型
1	在参与讨论时,习惯沿用类似的产品广告的思路	
2	提出产品设计思路时,固执己见,不愿聆听他人的想法	
3	如果上级的想法和自己不一致,会马上放弃自己的意见	
4	在广告设计思路上没有自己的想法,人云亦云	
5	习惯套用理论或概念,但对理论的理解仅限于字面的意义	

(2)可以通过哪些训练培养学生的思维创新?(10 分)

3. P公司 2007 年的员工流失率为 14％,2008 年的员工流失率为 12％,这两年的公司人力资源部都进行了员工满意度调查,发现连续两年员工对公司薪酬的满意度都比较低,公司在 2009 年将全体员工的基本薪酬提高了 15％,当年员工的流失率下降为 6％。

(1)该公司提高薪酬的做法是否正确?为什么?(14 分)

(2)掌握哪些信息有助于找出员工流失的真实原因?(16 分)

4. 张刚是公司技术部的副经理,今年 40 岁,在公司工作了整整 12 年,从普通的技术员做到目前的职位,他工作勤奋,技术过硬,也有一定的管理能力,今年,张刚参加了公司内部竞聘的选拔,申请了技术部经理的职位,由于有其他竞争者技术能力和管理能力都比其更胜一筹,张刚竞聘未能成功,根据公司规定,参加内部竞聘上岗的年龄不得超过 40 岁,张刚未来在公司晋升的可能性已经不大。

请问:张刚目前处于职业生涯哪个阶段?人力资源部应当采取哪些措施为其拓宽职业路径?拓宽职业路径时需要注意哪些问题?(10 分)

参 考 答 案

一、简答题

1. 答:客户方面绩效指标主要包括:(10 分,P298~299)

1)市场份额,即在一定的市场中(可以是客户的数量,也可以是产品销售的数量)企业销售产品的比例;(2 分)

2)客户保留度,即企业继续保持与老客户交易关系的比例,既可以用绝对数来表示,也可以用相对数来表示;(2 分)

3)客户获取率,即企业吸引或取得新客户的数量或比例,既可以用绝对数来表示,也可以用相对数来表示;(2 分)

4)客户满意度,即反映客户对其从企业获得价值的满意程度,可以通过函询、会见等方法来加以估计;(2 分)

5)客户利润贡献率,即企业为客户提供产品或劳务后所取得的利润水平。(2 分)

2. 答:(10 分,P435)

1)根据企业的生产经营状况确定几套方案,当工资谈不下来时,谈休息休假、福利、补充保险等内容;实际上,谈判中总是有多种替代方案,同意或者不同意某一条款,完全取决于最佳可选方案的吸引力。(3 分)

2)预计达到的期望值一般要低于谈判时提出的目标,确保能实现期望值。解决问题在本质上应是这样一个过程:清楚地列出期望的结果,分析达到目标所需要的条件,寻求一种将它们结合起来的方式。在处理需要通过合力解决问题的情况时,不仅要考虑本方的期望,同时还要充分考虑对方的期望。(4 分)

3)掌握好进退度,有进有退,每次妥协要通过集体讨论,适时让步。(1 分)

4)掌握的材料按重要程度确定顺序,依谈判情况确定提交的材料。(1 分)

5)当谈判陷入僵局时,可以采取让其他代表发言或休会等方式加以解决。(1 分)

二、综合分析题

1.(20 分)

(1)(4分,P21)

答:1)吸引策略。其特点是:中央集权,高度分工,严格控制,依靠工资、奖金维持员工的积极性。

2)投资策略。其特点是:重视人才储备和人力资本投资,企业与员工建立长期工作关系,重视发挥管理人员和技术人员的作用。

3)参与策略。其特点是:企业决策权下放,员工参与管理,使员工具有归属感;注重发挥绝大多数员工的积极性、主动性和创造性。

(2)(16分,P76)

答:1)人力资本的战略管理。人力资本管理是实现企业集团发展战略的最重要的职能战略,要实现企业集团的战略目标,必须重视人力资本战略的制定和实施。人力资本战略可以帮助企业集团确定集团内部与人有关的最重要的问题,并且能够从总体上和全局上对这些问题予以重点解决。

2)人力资本的获得与配置。任何企业要想正常运营,必须获得足够的企业集团所需要的人力资本,并对获得的人力资本进行合理配置。企业集团的人力资本可以通过人才市场从企业外部获得,也可以通过企业集团内部的人才市场或人力资本的内部转移而获得。

3)人力资本的价值计量。价值计量是行使企业集团人力资本管理其他职能的重要基础。企业集团人力资本的价值计量和会计核算的主要特征是:如何把各成员企业的人力资本综合起来,作为企业集团总的人力资本;如何对成员企业的人力资本进行比较分析;如何通过会计报表为高层管理者的决策提供及时、准确可靠的人力资本存量信息。

4)人力资本投资。人力资本投资就是通过对人力资源一定的投入(货币、资本或实物),使人力资源质量和数量指标均有所改善,并且这种改善最终反映在劳动产出增加上的一种投资行为。人力资本投资是企业集团能够及时获得其所需要的人力资本的重要手段。在企业集团内部,成员企业需要进行人力资本投资,集团公司也需要进行人力资本投资。到底哪些投资由集团公司投入,哪些投资由成员企业投入,如何协调这些利益关系,使企业集团总体人力资本投资收益最大化,这是企业集团人力资本投资的重要研究内容。

5)人力资本绩效评价。绩效评价是实施人力资本管理的重要手段,是企业集团员工报酬、人力资本配置、员工职务调整以及人力资本投资的重要依据,也是人力资本激励的重要手段。企业集团一般都是跨行业、跨地域甚至跨国界的多元化经营,各个企业的经营环境、经营条件、经营目标和产业赢利水平都不一样。如何针对不同的环境条件和经营目标对成员企业的人力资本进行绩效评价,也是企业集团人力资本绩效管理的重要课题。

6)人力资本激励与约束机制。人力资本管理,特别是对高存量人力资本的管理必须以激励为主。不仅要重视物质激励,而且更应重视非物质激励。对不同成员企业、不同地域和不同产业的员工,根据其人力资本价值量的大小和专业方向给予合理的收益分配和有效激励,是企业集团人力资本管理者的一项主要任务。同时,要建立对高存量人力资本的监督和约束机制。

2.(20分)

(1)(10分,P184~185)

答：

表1 团队管理者对实习学生进行评价的部分表格

编号	评价内容	思维障碍类型
1	在参与讨论时，习惯沿用类似的产品广告的思路	习惯性(P184)
2	提出产品设计思路时，固执己见，不愿聆听他人的想法	自我中心型(P185)
3	如果上级的想法和自己不一致，会马上放弃自己的意见	权威型(P185)
4	在广告设计思路上没有自己的想法，人云亦云	从众型(P185)
5	习惯套用理论或概念，但对理论的理解仅限于字面的意义	书本型(P185)

(2)(10分，P191)

答：可以通过下述训练培养学生的思维创新：

1)发散思维训练

①关于材料性能选择的发散思维训练；②关于形态位置选择的发散思维；③关于数量选择的发散思维；④关于方式方法选择的发散思维。

2)收敛思维

3)想象思维训练

①无意想象训练：Ⅰ精神放松；Ⅱ注意力集中；Ⅲ记下结果。

②再造性想象训练。③创造性想象训练。④幻想性想象训练。

4)联想思维训练

①空间接近联想；②时间接近联想；③外形相似联想；④意义相似联想；⑤对比联想；⑥因果联想。

5)逻辑思维训练

①严格遵循逻辑法则；②结合案例，深思熟虑；③熟能生巧，举一反三。

6)辩证思维训练

3. **(1)**(14分，P321~322)

答：只提高基本工资15％是不正确的。因为薪酬主要包括四种形式：基本工资、绩效工资、短期和长期的激励工资、员工福利保险和服务。(2分)

基本工资是企业支付给员工的基本现金薪酬。它反映了员工的工作岗位或技能的价值，但往往忽视了员工之间的个体差异。某些薪酬制度把基本工资看做是员工所受教育、所拥有技能的一个函数。对基本工资的定期调整，一般是基于以下事实：整个生活水平发生变化或通货膨胀；其他员工对同类工作的薪酬有所改变；员工的经验进一步丰富；或其业绩、技能有所提高。(2分)

在此基础上应补充以下几点薪酬：

1)绩效工资，是企业根据员工过去工作行为和已取得的工作业绩，在基本工资之外增加支付的工资，绩效工资往往随员工的工作表现及其业绩的变化而调整。因此，有突出业绩的员工，可以在基本工资之外，获得一定额度的绩效工资。(2分)

2)激励工资，也和业绩直接挂钩，但它具有一定的弹性，人们通常将激励工资看做是可变性薪酬，它可以是长期的，也可以是短期的；它可以与员工的个人业绩挂钩，也可以与员工的团队或整个企业的业绩挂钩,还可以与个人、团队、企业混合为一体的业绩挂钩。衡量业绩的标准有利润增加、成本节约、质量提高、数量增长、投资增值等。又可分为以下两种具体形式:(2分)

①短期激励工资,通常采取非常特殊的绩效标准。如:每个季度如果达到或者超过8%的资本回报率目标,员工就可得到等于一天工资的奖金;回报率达到9.6%,则员工可得到等于两天工资的奖金;如果达到20%,员工就可以得到等于8.5天工资的奖金。(2分)

②长期激励工资,则把重点放在员工多年努力的成果上。高层管理人员或高级专业技术人员经常获得股份或红利,这样,他们会把精力主要放在投资回报、市场占有率、资产净收益等企业的长期目标上。让所有的员工都拥有股票期权。(2分)

企业建立长期激励工资的制度可以使员工利益与公司利益紧密地连接在一起,有利于培养员工的主人翁责任感和参与意识,使他们更加关注企业的未来和发展。

绩效工资通常是基本工资的辅助形式,它是对基本工资永久性的补充和增加。(2分)

③企业员工福利保险的待遇,以及企业为其提供的各种服务,越来越为企业薪酬的一种重要的补充形式。例如,大约占企业人工总成本的30%。(2分)

员工总薪酬的构成,除了上述的四种基本形式之外,非货币收益也对员工工作态度、行为和绩效产生同等重要的影响力。具体包括:各种名义的赞扬、表彰和嘉奖,职业安全和工作条件的改善,创新性的工作和学习的机会,成功地接受新的挑战,与才华出众的同事一起工作的自我满足感等。不容置疑,这些非货币的薪酬形式也是员工总报酬体系中重要的组成部分。

(2)(16分)

答:1)外部竞争力,包括工资的价位。(1分)

2)同行业相互竞争。(1分)

3)企业采用专门设计出来的薪酬框架,不能吸纳和留住人才等。(1分)

4)报酬是在人们选择职业时比较注重的一个因素,但它并不是人们作出最终决策的唯一依据。(3分)

5)存在着内部人员关系过于复杂、人际关系过于紧张的问题,一些员工因无法忍受这种压抑的工作环境而跳槽。(3分)

6)薪酬分配模式落后。(1分)

7)缺乏良好的企业文化及氛围,(1分)

8)选用人才不当。(1分)

9)任人唯亲,而非任人唯贤。(1分)

10)不注重员工的发展与培训。(1分)

11)缺少远景规划。(1分)

12)缺少管理。(1分)

4.(10分,P245)

答:张刚目前处于职业生涯的中期阶段。(1分)

应采取的措施是:

对于处于职业生涯中期的员工,组织依然要充满信任,大胆地将富有挑战性的工作和新的工作任务交给他们。对于圆满、出色地完成任务者,组织应给予各种形式的表扬和奖励,委派员工承担挑战性工作,或者承担以至负责某项新的或特别的任务,一是表明组织看重他们的才能,对其很好地完成任务充满信任;二是给予员工表现自己才干、实现自我价值的机会,增强其成就感。这样能起到增进员工工作的自信心、上进心,鼓励他们继续好好工作,调动积极性的作用。(3分)

实施工作轮换。(0.5分)

继续教育和培训。(0.5分)

赋予员工以良师益友角色,提供适宜的职业机会。(1分)

改善工作环境和条件,增加报酬福利。(1分)

对于职业中期的员工来讲,改进工作环境和条件,增加薪酬、津贴、奖金,使他们享受更多的福利待遇,是一项预防职业中期危机、调动员工积极性、激发其活力的有效措施。

应注意的问题:帮助员工度过中期阶段危险期;要做到分类进行指导,对于那些难以调动积极性、进取心,工作参与感确实已经下降,而参与家庭、社团和个人爱好等活动的需要与日俱增的员工来说,采取允许其从事非全日制工作、休假、半休等措施,应当说是有意义的。只要这些员工的工作对组织仍有价值,那么,某种形式的非全日制工作总是比终止他的职业工作更好。(3分)

2010 年 5 月劳动和社会保障部
国家职业资格全国统一鉴定

职　　业:企业人力资源管理师
等　　级:国家职业资格一级
卷册三:综合评审

	一	二	三	四	五	六	七	八	九	十	总　分	总分人
得分												

人力资源和社会保障部职业技能鉴定中心监制

【情境】

点通电子设备有限公司是一家研发生产数字芯片的专业公司,公司的创始人陆华涛多年前留学美国,获得电子工程学博士学位,在集成电路设计方面颇有声誉,取得多项发明专利。2006 年,陆华涛回国创业,并获得某风险投资公司的风险投资。公司将研发基地设立在 M 市留学人员科技创业园,得到当地政府的大力支持。陆华涛迅速组织了研发团队,经过两年多日以继夜的工作,公司的数字芯片产品不断创新,不断突破核心技术。员工人数也从 2006 年的 17 人扩大到目前的 165 人,其中,70% 为研发技术人员,20% 为生产人员,公司暂时没有成立销售部门,销售业务都是高层直接负责。过去两年,风险投资公司没有对产品的销售提出过高的要求,希望公司高层能把主要精力放到产品的研发上,现在产品已经成型,且技术领先,风险投资公司对明年提出了明确的盈利目标。虽然很多知名的企业要表示出批量购买的意愿,但公司高层都是技术出身,缺乏市场动作经验,产品也还没形成批量生产,过去两年的市场指标都是在高层团队的奔走之下勉强达成,因此,风险公司提出的盈利目标让公司管理层感受到沉重的压力。

您(李峰)是负责行政事务和人力资源管理的综合事务部的经理,有三名下属,分别负责行政事务(行政专员)、人力资源事务(人力资源专员)和商务事务(商务专员)。现在是 2009 年 11 月 22 日下午 2 点,您刚出差回到办公室,需要处理完累积下来的邮件和电话录音等文件,您必须在 3 个小时内处理好这些文件,并做出批示,5 点钟还有一个重要的会议需要您主持,在这 3 个小时里,没有任何人来打扰您,您在处理文件的过程中,需要对不同文件涉及的问题有一个处理的基本思路,现在请您开始处理这些文件。

【任务】

在接下来的 3 个小时中,请您查阅文件筐中的各种信函、电话录音以及电子邮件等,并用如下回复表作为样例,给出您对每个文件的处理思路,并做出书面表述。

具体答题要求是:

(1)确定您所选择的回复方式,并在相应选项前的"口"里划"√";

(2)请给出您的处理思路,并准确、详细地写出您将采取的措施及意图;

(3)在处理文件的过程中,请认真阅读情景和十个文件的内容,注意文件之间的相互联系;

(4)在处理每个具体文件时,请考虑需要准备哪些资料,需要确认哪些信息,需要和哪些人(或部门)进行沟通,需要您的下属做哪些工作,您在处理这些问题时的权限和责任,如果相关问题的处理过程中可能出现不同的情况,也要考虑针对不同的情况给出不同的处理意见。

【回复表示例】

关于文件的回复表

回复方式:(请在相应选项前的"□"里划"√")

□ 信件/便函

□ 电子邮件

□ 电话

□ 面谈

□ 不予处理

□ 其他处理方式,请注明_____

回复内容:(请作出准确、详细的回答)

```
┌─────────────────────────────────────────────────────────────┐
│                                                             │
│                                                             │
│                                                             │
│                                                             │
│                                                             │
│                                                             │
└─────────────────────────────────────────────────────────────┘
```

文件一

类　别:电子邮件

来电人:隋蓝　图像芯片研发部经理

接受人:李峰　综合事务部经理

日　期:11 月 18 日

李峰:

　　我和数模技术研发部的常靖经理想和你就研发部员工的绩效考核和薪酬分配的方案沟通一下。公司内部的研发人员基本上实行的都是能力工资制,根据进入公司时定的能力等级发放薪酬,所以一般的研发人员的固定工资比例都很高,只有 10% 左右是绩效工资。按照规定,绩效工资和团队的整体绩效挂钩,出于公司的产品尚未大规模进入市场,所以同一个级别的研发人员的薪酬没有太大差异。而且,有的技术水平很高的员工未必业绩就好。我和几个研发部的经理都认为目前的考核方式和薪酬模式对员工和公司都有很大的负面影响,我们希望就这些问题和你深入沟通一次,如果你下周有时间,请尽快告诉我。

隋蓝

关于文件一的回复表

回复方式:(请在相应选项前的"□"里划"√")

□　信件/便函

☑电子邮件

□　电话

□　面谈

□　不予处理

□　其他处理方式,请注明_____

回复内容:(请作出准确、详细的回答)

参考答案

　　回复内容如下:

　　1. 隋蓝,问题我已清楚,我下周二安排人力资源专员到你技术开发部协助你将现有的问题调查清楚。

　　2. 在调查的基础上我研究出一套适合你们的绩效工资和奖励工资的办法。

　　3. 我要求你在人力资源专员到你处前,进行一次比较细致的调查,写出一份报告。

　　4. 内容要求将你研究开发部人员在绩效等级上的现有情况分别列出。

　　5. 将现有在岗科研人员的能力列出。

　　6. 写出你的薪酬模式。

文件二

类　别:电话录音

来电人:刘彩薇　生产一车间主任

收电人:李峰　综合事务部经理

日　期:11 月 21 日

李经理:

我遇到一个非常棘手的问题。最近我们车间由于产品质量问题频频返工,废品率达到了 13％。几位老总都非常不满意。产品确实出现了不少问题,但我们也有自己的苦衷。现在公司的产品都是小批量生产,目前就有 78 种不同的产品型号,而且随着研发实力的增强,新产品的推出越来越快。我们的员工虽然懂一些基本的芯片技术,但从事芯片生产的工作经历大都不足 3 年,应付频繁的产品更新非常吃力,虽然在每次生产新产品的时候都让研发部的人员对我们进行产品培训,但时间很仓促,大家还没有熟练掌握就要立刻投入生产,所以导致质量问题越来越严重。希望您能到车间来了解一下实际情况,帮我们和老总沟通一下,给我们提供足够的支持来改进质量问题。

刘采薇

关于文件二的回复表

回复方式:(请在相应选项前的"□"里划"√")

- □　信件/便函
- □　电子邮件
- ☑　电话
- □　面谈
- □　不予处理
- □　其他处理方式,请注明_____

回复内容:(请作出准确、详细的回答)

参考答案

回复内容如下:

1. 对于您的情况我们会派商务专员到您处深入了解。
2. 芯片的生产品种多,是市场的需要。
3. 员工对生产工艺不熟悉,必须进行上岗前的培训。
4. 我请您写出一份有关各种产品的培训方法和时间,在保证生产的同时开展培训的时间表。
5. 商务专员下周一到您那里,你们二位到研发部与相关开发人员商定培训方式。
6. 一定要在培训的基础上,生产出合格的产品。
7. 关于和老总沟通的问题,在您们生产出合格的产品后我会和老总进一步沟通。
8. 预祝刘主任早日生产出合格的芯片产品。

文件三

类　别:电子邮件

来件人:温玲　商务专员

收件人:李峰 综合事务部经理

日　期:11 月 21 日

李经理,您好!

　　不知道您什么时候有空,关于我的工作安排问题,想和您聊聊。在入职的时候,公司为我设定的主要职责是负责商务合同的审核、签订和管理,以及部分市场推广的工作。参加工作一年来,一方面公司的销售业务并没有展开,合同管理的工作量不大;另一方面,合同的签订完全由高层负责,我没有什么机会接触到这类业务。除了参加两次产品展销会以外,我基本上都是在辅助行政事务和人力资源事务,虽然这些工作也很重要,但我大学的专业是商务管理和市场营销,非常希望能从事与专业相关的工作。其实,我也萌生过离开公司的念头,但公司的工作气氛很好,未来的发展也很有前景,这让我非常犹豫。很想和您深入地聊聊这个事情,不知您什么时候有空。

温玲

关于文件三的回复表

回复方式:(请在相应选项前的"□"里划"√")

- □　信件/便函
- ☑　电子邮件
- □　电话
- □　面谈
- □　不予处理
- □　其他处理方式,请注明_____

回复内容:(请作出准确、详细的回答)

参考答案

　　回复内容如下:

　　温玲:关于你的问题我略有所知,由于公司现在将全部精力放在研发上,对市场开发意识不到,所以现在工作还一时落实不了。我认为多做一些其他工作对你今后的工作会有一定的帮助,会使你开拓眼界。为今后商务管理和市场营销提供一定的方便,希望认真考虑。

文件四

类　别:电话录音

来件人:刘辉　新产品研发副总裁

收件人:李峰　综合事务部经理

日　期:11 月 21 日

李峰:

　　我听说最近有几家猎头公司在和数模技术研发部的常靖进行接触,我有些担心,因为数模转换器是公司今年重点开发的项目,我们的芯片技术在国内绝对领先,这个产品市场潜力很大,是最有可能在明年进行大批量生产和销售的产品。国内的其他厂家也非常关注我们的核心技术。常靖一直在负责这个项目,对核心技术非常了解,他带领团队的能力也很强,我们非常看好他的发展,我担心他会有想法。希望你能从侧面了解一下他与猎头公司接触的情况和他的真实想法,然后我们商量怎么办。

刘辉

关于文件四的回复表

回复方式:(请在相应选项前的"□"里划"√")

- □ 信件/便函
- ☑ 电子邮件
- □ 电话
- □ 面谈
- □ 不予处理
- □ 其他处理方式,请注明_____

回复内容:(请作出准确、详细的回答)

参考答案

回复内容如下:

1. 请你进一步了解是否有此事,以及猎头公司的主要目标是什么。

2. 有时间从侧面先了解常靖的工作态度表现。

3. 在了解情况的基础上同常靖进行面谈,了解常靖的真实想法和目的。

4. 如果是我们的工作安排和绩效工资的问题,同我共同商量。

5. 如果常靖就想离开我们公司,要同他签订一份对他工作内容的保密合同。在内容上要有保密的时间,如发生同我们公司相似的产品在市场上出现,会按有关法律规定惩罚。

文件五

类　　别:电话录音

来件人:陆华涛　总裁

收件人:李峰　综合事务部经理

日　　期:11 月 21 日

李峰:

公司负责市场的副总裁魏征后天正式上任。你安排一下,帮他熟悉公司的情况。魏总有非常丰富的市场经验和运营能力,在公司的未来市场拓展方面能担重任。在上次和我的沟通中,他提到要尽快组建市场营销队伍,此类人员的大规模招聘工作也要提上日程。等他上任后你要和他充分沟通,配合他完成销售团队的组建工作,有问题可以随时联系我。

总裁　陆华涛

关于文件五的回复表

回复方式:(请在相应选项前的"□"里划"√")

- □ 信件/便函
- ☑ 电子邮件
- □ 电话
- □ 面谈
- □ 不予处理
- □ 其他处理方式,请注明_____

回复内容:(请作出准确、详细的回答)

参考答案

回复内容如下:

1. 我安排人力资源专员、商务专员共同协助市场部副总裁魏征对公司现有的情况进行了解。

2. 根据魏征所提出的尽快组建市场营销队伍一事,要看公司的人事而定。

3. 关于大规模招聘问题,我认为应立足在公司内部的基础上,再加上外部招聘比较妥当。

4. 具体如何组建市场销售队伍,应由副总裁魏征提出一个招聘方法和计划。

文件六

类　别:便条

来件人:柯欣　行政专员

收件人:李峰　综合事务部经理

日　期:11 月 20 日

李经理:

最近我发现考勤情况越来越糟糕,打卡形同虚设,迟到也司空见惯。我和各个部门的经理谈过,希望他们能严格执行考勤制度,但他们只是简单答应,并未采取实际措施。此外,各部门的加班申请也越来越多,我觉得有必要向各个部门严肃地提醒这个问题,您如有空,想和您讨论一下。

柯欣

关于文件六的回复表

回复方式:(请在相应选项前的"□"里划"√")

□　信件/便函

☑　电子邮件

□　电话

□　面谈

□　不予处理

□　其他处理方式,请注明_____

回复内容:(请作出准确、详细的回答)

参考答案

回复内容如下:

1. 请你了解一下员工迟到的原因。

2. 要求各部门在解决员工迟到问题的基础上加强打卡管理。

3. 请你了解员工加班的主要原因:

1)看是否是劳动工时安排的问题。

2)是否是员工对现有的生产工艺流程不熟悉。

3)生产环境是否合理。

4. 绩效工资是否产生分配上的不合理。

文件七

类　别:电子邮件

来件人:林威　财务部经理

收件人:李峰　综合事务部经理

日　期:11 月 20 日

李峰:您好!

公司今年实施了部门成本核算制度,原则上每个部门的花费都不能超出年初预算,但目前大部分部门的费用都超过了预算,其中超支的项目基本上都集中在与人有关的费用上,如加班工资、培训、部门内的活动等等。照这样下去,按预算规定,下个月有些部门连发工资都成问题,这事我想先和你商量一一下,再向领导汇报。

林威

关于文件七的回复表

回复方式:(请在相应选项前的"□"里划"√")

- □ 信件/便函
- ☑ 电子邮件
- □ 电话
- □ 面谈
- □ 不予处理
- □ 其他处理方式,请注明_____

回复内容:(请作出准确、详细的回答)

参考答案

回复内容如下:

1. 要进一步核实原各部门成本。
2. 找出各部门超支的主要原因,是原预算制定的不合理还是有漏项。
3. 进一步要求各部门重新进行成本核算,在核算项目中每项具体成本是多少,要留一定余地,备用。
4. 对加班要严格控制。工时制定要重新核定,在没有必要的情况下杜绝加班或少加班。
5. 在完成上面的事后,还有什么问题可进行面谈。

文件八

类　别:信函

来件人:国建林　M市留学人员科技创业园人才开发中心秘书长

收件人:李峰　综合事务部经理

日　期:11月19日

各位人力资源部门的负责人:

感谢大家多年来对留学人员科技创业园人才开发中心工作的支持。我中心计划12月17日在创业园苑景会议中心召开年会,发言嘉宾有创业园的相关领导、专家学者和创业园的部分企业家代表(详细安排见会议日程)。如果贵公司有意参加,请尽快通过传真进行书面确认。

会议日程

会议地点:M市留学人员科技创业园苑景会议中心B203会议室

会议时间:2009年12月27日9:00—16:00

会议费用:免费参加,创业园区的公司参加人数不超过3人

日程安排

时　　间	会议内容	发言嘉宾
9：00—9：10	开场致辞	M市留学人员科技创业园人才开发中心主任,刘凯
9：10—10：00	科技型企业的发展对国内经济结构调整的重要意义	M市发改委领导
10：00—10：20	茶歇	
10：20—10：50	创业园相关支持性政策的深入解读	M市留学人员科技创业园管理委员会副主任,淡有新
10：50—11：20	知识型员工的管理难点和应对策略	M市××入学经济管理学院院长,曹刚力教授
11：20—12：00	多种方式解决创业型高科技公司的融资难题	康力风险投资公司总经理,焦界方
12：00—13：00	午餐及午休	
13：00—13：50	宏海公司的人才培养战略	宏海科技发展公司总经理,郭宏海
13：50—14：00	茶歇	
14：00—14：50	关于高科技创业型公司股份设置的几点思考	微数字电子设备公司董事长,张萨
14：50—15：00	茶歇	
15：00—16：00	科技研发人员的薪酬激励问题	K宏飞跃管理咨询公司总经理,王台霏

关于文件八的回复表

回复方式:(请在相应选项前的"□"里划"√")

☑　信件/便函
□　电子邮件
□　电话
□　面谈
□　不予处理
□　其他处理方式,请注明_____

回复内容:(请作出准确、详细的回答)

参考答案

回复内容如下:

秘书长:您好!

来函已收到,我公司派一名行政专员按时到达会议现场。感谢科技创业园人才开发中心。

文件九

类　别:电子邮件

来电人:秦俭　人力资源专员

接受人:李峰　综合事务部经理

日　期:11月21日

李经理:

下个月就要开始进行公司中层人员的360度考核了,去年的考核出现了天花板效应,所有经理的分数都为优秀,当时因为部门的工作很忙,并没有分析具体原因,今年在实施考核前,我想和您就考核方式沟通一下,看如何在本次的考核中避免这个问题。

秦伶

关于文件九的回复表

回复方式:(请在相应选项前的"□"里划"√")

　　□　信件/便函

　　☑　电子邮件

　　□　电话

　　□　面谈

　　□　不予处理

　　□　其他处理方式,请注明_____

回复内容:(请作出准确、详细的回答)

参考答案

回复内容如下:

1. 如果采用360度考评首先要求考评员是非常公正的。

2. 在上级评定下级时要求下级的业绩应真实,要有员工的认可。

3. 自我鉴定时要有业绩说明,不能有虚假不实内容,如发现不实要降职或处罚。

4. 对鉴定出的优秀人员的得分要有三人复核后才能生效。

5. 排队的成绩最好实行百分制。

文件十

类　别:电子邮件

来电人:刘铁山　生产部经理

接受人:李峰　综合事务部经理

日　期:11月21日

李峰:

上周开会时领导们提出了关于部分产品进行外包生产的问题,大家的想法很多,我当时都记录下来了,基本上都倾向将比较成熟、技术含量较低的产品外包出去生产。陆总让我先和你沟通一下此事,希望你能协助我拟定一个初步计划,下次开会时我们向公司管理层详细汇报。

铁山

关于文件十的回复表

回复方式:(请在相应选项前的"□"里划"√")

　　□　信件/便函

　　☑　电子邮件

　　□　电话

□　面谈

□　不予处理

□　其他处理方式，请注明_____

回复内容：（请作出准确、详细的回答）

参考答案

回复内容如下：

铁山：你好，关于你提出的产品外包问题我认为可能是一件好事，可使公司的新产品开发得到发展。技术转让也可以得到一笔转让费，补充到新产品开发。关于你让我协助拟定一个初步计划问题。我认为关于这个方面的内容铁山你能写好。但要提醒的是分析问题要全面，避免片面性和主观性。

附录 C 综合评审题考试入门指导

为了更好地使考生了解公文筐考试题的特点和要求,我们将公文筐的组成方式和考试方法提供给你们,可能会有所帮助。完成综合评审题是需要深思后再回答的问题,也要注意案例内容的连贯性,回答不能单一化,前后案例的相关回答要前后呼应。

一、题目的基本组成方式

信度 从信度上看,公文筐测验给每个被试者提供相等的条件和机会,比较公平,不会因为情境的不同或者小组成员的差异等因素而影响测评结果。

效度 从效度上看,公文筐测验所采用的文件都是取材于实际管理活动,几乎都类似于被试者所拟任职的工作中日常所需要处理的文件,有时候直接选取真实文件。同时,处理公文这项管理工作活动也是任何一个管理者在日常管理中必不可少的事情。因此被试者对其工作并不陌生。所以被试者非常容易接受此种表面效度高的测评方式。

二、公文筐测验的实施程序

1. 测评前的准备

1)要有清楚、详细的指导语。

2)测验材料:包括背景材料,也包括应试者的特定身份;工作职能和组织机构等。测验材料包括信函、请示、报告、备忘录等。

3)答题纸。

4)事先编制好评分标准,在必要时可给出好、中、差三种情况的特征描述。

5)安排一个尽可能与真实情境相似的环境。

2. 正式测评阶段

1)通常需要 2 小时。应试者一般需要独立工作,没有机会与外界进行任何方式的交流。应试者有任何问题都不得提问。

2)应试者处理文件时,主试者应注意对其进行观察,了解他们是如何工作的;对这些公文的处理是否互有联系;什么时授权别人干工作,还是自己全部干所有的工作;紧张程度如何,等等。

例 1 以市场总监为例,给出五种能力的操作性定义。

1)计划能力的考察 计划能力是指被测评者分析每一个既得信息所反映的问题,问题产生的根源,以及各问题间的相互关系,并据此确定工作目标、工作任务、工作方法和工作实施步骤的能力。

对于市场总监来讲,就是考察他(她)在特定的外部竞争环境和内部资源条件下进行产品计划、价格计划、分销计划和促销计划的能力,滚动计划的应用情况、计划的可行性、实施所需时间、成本以及风险度是考评管理者计划能力的关键指标之一。

2)组织能力考察 组织能力是指被测评者按照各项既定工作任务的重要和紧急程度安排工作的顺序,如调配人力、物力、财务资源、合理分工、授权并进行相应组织机构或人事调整的能力。

例如,在某大区的商品营业出现大幅度滑坡,市场总监往往要组织增派新的促销人员、调拨促销用品、加大营销费用，授予大区市场经理临时特别全力，甚至调整大区市场部组织机构或管理班子来加以应对此事。工作顺序安排、资源配置、工作分工、授权情况以及组织措施的成本和风险度是考评管理者组织能力的关键指标之一。

3）预测能力考察　预测能力是指被测评者对模拟工作环境中相关联的事项和各类因素及总体形势未来发展趋势进行准确判断并预先采取相应措施的能力考察。

例如，某竞争对手在某大中型城市的各大商场中刚刚投放一类明显优于我公司现在各大商场的主导性产品（新产品），而该城市正是公司计划下一步准备要投放此类新产品的关键市场。作为市场总监的对外预测及有效的应对措施来讲就显得十分关键。而对工作环境中各类相关因素及总体形势未来发展的多种可能性及其发生概率的分析、论证是十分必要的，确定的各种防范措施应是合理的。以上就是考察管理者预测能力的关键指标之一。

4）决策能力　决策能力是指被测评者在解决实际工作问题（特别是解决重要而且紧急的关键事务问题）时策划并选择高质量方案的能力。

例如，公司的新产品已被消费者认同，销售额和利润正在快速增长，仿制品也开始进入市场，其首要的任务应重点放在开拓新市场、建立新的分销渠道，转变投放宣传广告的策略，降低促销成本。作为市场总监就应审时度势、全方位进行斟酌，正确决策，确定决策目标的清晰度，选择备选方案（注意备选方案在制定时不能少三个），确定已选定方案的可行性，对比其他方案，作出最终决定。各方案的评价比较和最终确定也是考评管理者能力的关键指标之一。

5）沟通能力　所谓沟通能力是指被测评者通过局面形势准确表达个人思想和意见的能力。

例如，在实际工作中，市场总监会经常以电子邮件、传真、信函或公文的形式与各大区经理进行工作交流，根据市场人员的状况和市场竞争态势对大区经理进行日常慰问和精神鼓励等等，这就需要良好的书面沟通能力。沟通网络和沟通方式的选择、信息的准确性、思维的逻辑性、结构的层次性、文字的流畅也是考评管理者沟通能力的关键指标之一。

3. 测评指标可以整理成的不同形式

1）操作定义式：如对于"人际交往的意识与技巧"可以定义为："人际合作主动；理解组织中的权属关系；人际间适应；有效沟通；处理人际关系原则性和灵活性相结合"

2）极端特征式：高分特征；低分特征。

3）典型行为描述式。

公文筐得分评价表见表1

表1　公文筐得分评价表

姓名	文化程度	竞争岗位			
测评要素		观察要素	满分	得分	备注
问题解决	洞察问题	觉察问题的起因，把握相关问题的联系，归纳综合，形成正确判断，预计问题的可能后果			
	解决问题	提出问题解决的有效措施并付诸实施，即使在情况不明朗时也能及时决策			
	计划统筹	确定富于前瞻性的目标安排、实现目标的有效举措和行动步骤，预定正确可靠的行动时间表			

姓名		文化程度	竞争岗位			
测评要素		观察要素		满分	得分	备注
日常管理	任用授权	给下属分配与其职责专长相适应的任务,给下属提供完成任务所必需的人、财,支持、调动、使用下属的力量发挥下属的特长和潜能				
	指导控制	给下属指明行动和努力的方向,适时地发起、促进或终止有关工作,维护组织机构正常运转,监督、控制经费开支及其他资源				
	组织协调	协调各项工作和下属的行动,使之成为有机的整体,按一定的原则要求,调节不同利益方向的矛盾冲突				
	团结下属	理解、尊重下属,倾听下属意见,爱护下属的积极性,帮助下属适应新的工作要求,重视并并在可能的条件下促进下属的个人发展				
个人技能		注重实干、效率和行为,合理有效地使用、分配,控制自己的时间				
考官评语			考官签字:			

4. 评分标准样例

计划能力分为三种:好、中、差。

好:能够有条不紊地处理各种公文和信息材料,并根据信息的性质和轻重缓急对信息进行准确地分类处理。在处理问题时,能及时提出切实可行的解决方案,主要表现在能系统地利用人、财、物和信息资源。

中:分析和处理问题时能够区分事件的轻重缓急,能够看到不同信息间的关系,但解决问题的办法不是很有效,在资源的分配与调用方面也不尽合理。

差:处理各种公文和信息材料时不分轻重缓急,没有觉察到各种事件之间的内在联系。解决问题时没有考虑到时间,成本和资源方面的种种限制,以致提出的问题解决办法不可行。

公文筐处理的评分标准见表 2

表 2   公文筐处理的评分标准

1~2分	轻重缓急不分,专业和知识欠缺,考虑问题不同,解决问题措施不得力
3~4分	未能抓住重点,专业知识有所欠缺,考虑问题欠周,解决问题措施欠得力
5~6分	尚能分清主次,有专业知识,考虑问题较周,解决问题措施较得力
7~8分	能抓住重点,能灵活运用专业知识,考虑问题措施得力
9~10分	能分清轻重缓急,急件处理及时,专业知识丰富,考虑问题非常周到,解决问题的措施非常得力

附录 D　中华人民共和国劳动合同法

第一章　总　　则

第一条　为了完善劳动合同制度,明确劳动合同双方当事人的权利和义务,保护劳动者的合法权益,构建和发展和谐稳定的劳动关系,制定本法。

第二条　中华人民共和国境内的企业、个体经济组织、民办非企业单位等组织(以下称用人单位)与劳动者建立劳动关系,订立、履行、变更、解除或者终止劳动合同,适用本法。

国家机关、事业单位、社会团体和与其建立劳动关系的劳动者,订立、履行、变更、解除或者终止劳动合同,依照本法执行。

第三条　订立劳动合同,应当遵循合法、公平、平等自愿、协商一致、诚实信用的原则。

依法订立的劳动合同具有约束力,用人单位与劳动者应当履行劳动合同约定的义务。

第四条　用人单位应当依法建立和完善劳动规章制度,保障劳动者享有劳动权利、履行劳动义务。

用人单位在制定、修改或者决定有关劳动报酬、工作时间、休息休假、劳动安全卫生、保险福利、职工培训、劳动纪律以及劳动定额管理等直接涉及劳动者切身利益的规章制度或者重大事项时,应当经职工代表大会或者全体职工讨论,提出方案和意见,与工会或者职工代表平等协商确定。

在规章制度和重大事项决定实施过程中,工会或者职工认为不适当的,有权向用人单位提出,通过协商予以修改完善。

用人单位应当将直接涉及劳动者切身利益的规章制度和重大事项决定公示,或者告知劳动者。

第五条　县级以上人民政府劳动行政部门会同工会和企业方面代表,建立健全协调劳动关系三方机制,共同研究解决有关劳动关系的重大问题。

第六条　工会应当帮助、指导劳动者与用人单位依法订立和履行劳动合同,并与用人单位建立集体协商机制,维护劳动者的合法权益。

第二章　劳动合同的订立

第七条　用人单位自用工之日起即与劳动者建立劳动关系。用人单位应当建立职工名册备查。

第八条　用人单位招用劳动者时,应当如实告知劳动者工作内容、工作条件、工作地点、职业危害、安全生产状况、劳动报酬,以及劳动者要求了解的其他情况;用人单位有权了解劳动者与劳动合同直接相关的基本情况,劳动者应当如实说明。

第九条　用人单位招用劳动者,不得扣押劳动者的居民身份证和其他证件,不得要求劳动者提供担保或者以其他名义向劳动者收取财物。

第十条　建立劳动关系,应当订立书面劳动合同。

已建立劳动关系,未同时订立书面劳动合同的,应当自用工之日起一个月内订立书面劳动合同。

用人单位与劳动者在用工前订立劳动合同的,劳动关系自用工之日起建立。

第十一条 用人单位未在用工的同时订立书面劳动合同,与劳动者约定的劳动报酬不明确的,新招用的劳动者的劳动报酬按照集体合同规定的标准执行;没有集体合同或者集体合同未规定的,实行同工同酬。

第十二条 劳动合同分为固定期限劳动合同、无固定期限劳动合同和以完成一定工作任务为期限的劳动合同。

第十三条 固定期限劳动合同,是指用人单位与劳动者约定合同终止时间的劳动合同。

用人单位与劳动者协商一致,可以订立固定期限劳动合同。

第十四条 无固定期限劳动合同,是指用人单位与劳动者约定无确定终止时间的劳动合同。

用人单位与劳动者协商一致,可以订立无固定期限劳动合同。有下列情形之一,劳动者提出或者同意续订、订立劳动合同的,除劳动者提出订立固定期限劳动合同外,应当订立无固定期限劳动合同:

(一)劳动者在该用人单位连续工作满十年的;

(二)用人单位初次实行劳动合同制度或者国有企业改制重新订立劳动合同时,劳动者在该用人单位连续工作满十年且距法定退休年龄不足十年的;

(三)连续订立二次固定期限劳动合同,且劳动者没有本法第三十九条和第四十条第一项、第二项规定的情形,续订劳动合同的。

用人单位自用工之日起满一年不与劳动者订立书面劳动合同的,视为用人单位与劳动者已订立无固定期限劳动合同。

第十五条 以完成一定工作任务为期限的劳动合同,是指用人单位与劳动者约定以某项工作的完成为合同期限的劳动合同。

用人单位与劳动者协商一致,可以订立以完成一定工作任务为期限的劳动合同。

第十六条 劳动合同由用人单位与劳动者协商一致,并经用人单位与劳动者在劳动合同文本上签字或者盖章生效。

劳动合同文本由用人单位和劳动者各执一份。

第十七条 劳动合同应当具备以下条款:

(一)用人单位的名称、住所和法定代表人或者主要负责人;

(二)劳动者的姓名、住址和居民身份证或者其他有效身份证件号码;

(三)劳动合同期限;

(四)工作内容和工作地点;

(五)工作时间和休息休假;

(六)劳动报酬;

(七)社会保险;

(八)劳动保护、劳动条件和职业危害防护;

(九)法律、法规规定应当纳入劳动合同的其他事项。

劳动合同除前款规定的必备条款外,用人单位与劳动者可以约定试用期、培训、保守秘密、补充保险和福利待遇等其他事项。

第十八条 劳动合同对劳动报酬和劳动条件等标准约定不明确，引发争议的，用人单位与劳动者可以重新协商；协商不成的，适用集体合同规定；没有集体合同或者集体合同未规定劳动报酬的，实行同工同酬；没有集体合同或者集体合同未规定劳动条件等标准的，适用国家有关规定。

第十九条 劳动合同期限三个月以上不满一年的，试用期不得超过一个月；劳动合同期限一年以上不满三年的，试用期不得超过二个月；三年以上固定期限和无固定期限的劳动合同，试用期不得超过六个月。

同一用人单位与同一劳动者只能约定一次试用期。

以完成一定工作任务为期限的劳动合同或者劳动合同期限不满三个月的，不得约定试用期。

试用期包含在劳动合同期限内。劳动合同仅约定试用期的，试用期不成立，该期限为劳动合同期限。

第二十条 劳动者在试用期的工资不得低于本单位相同岗位最低档工资或者劳动合同约定工资的百分之八十，并不得低于用人单位所在地的最低工资标准。

第二十一条 在试用期中，除劳动者有本法第三十九条和第四十条第一项、第二项规定的情形外，用人单位不得解除劳动合同。用人单位在试用期解除劳动合同的，应当向劳动者说明理由。

第二十二条 用人单位为劳动者提供专项培训费用，对其进行专业技术培训的，可以与该劳动者订立协议，约定服务期。

劳动者违反服务期约定的，应当按照约定向用人单位支付违约金。违约金的数额不得超过用人单位提供的培训费用。用人单位要求劳动者支付的违约金不得超过服务期尚未履行部分所应分摊的培训费用。

用人单位与劳动者约定服务期的，不影响按照正常的工资调整机制提高劳动者在服务期期间的劳动报酬。

第二十三条 用人单位与劳动者可以在劳动合同中约定保守用人单位的商业秘密和与知识产权相关的保密事项。

对负有保密义务的劳动者，用人单位可以在劳动合同或者保密协议中与劳动者约定竞业限制条款，并约定在解除或者终止劳动合同后，在竞业限制期限内按月给予劳动者经济补偿。劳动者违反竞业限制约定的，应当按照约定向用人单位支付违约金。

第二十四条 竞业限制的人员限于用人单位的高级管理人员、高级技术人员和其他负有保密义务的人员。竞业限制的范围、地域、期限由用人单位与劳动者约定，竞业限制的约定不得违反法律、法规的规定。

在解除或者终止劳动合同后，前款规定的人员到与本单位生产或者经营同类产品、从事同类业务的有竞争关系的其他用人单位，或者自己开业生产或者经营同类产品、从事同类业务的竞业限制期限，不得超过二年。

第二十五条 除本法第二十二条和第二十三条规定的情形外，用人单位不得与劳动者约定由劳动者承担违约金。

第二十六条 下列劳动合同无效或者部分无效：

（一）以欺诈、胁迫的手段或者乘人之危，使对方在违背真实意思的情况下订立或者变更劳

动合同的;

(二)用人单位免除自己的法定责任、排除劳动者权利的;

(三)违反法律、行政法规强制性规定的。

对劳动合同的无效或者部分无效有争议的,由劳动争议仲裁机构或者人民法院确认。

第二十七条 劳动合同部分无效,不影响其他部分效力的,其他部分仍然有效。

第二十八条 劳动合同被确认无效,劳动者已付出劳动的,用人单位应当向劳动者支付劳动报酬。劳动报酬的数额,参照本单位相同或者相近岗位劳动者的劳动报酬确定。

第三章 劳动合同的履行和变更

第二十九条 用人单位与劳动者应当按照劳动合同的约定,全面履行各自的义务。

第三十条 用人单位应当按照劳动合同约定和国家规定,向劳动者及时足额支付劳动报酬。

用人单位拖欠或者未足额支付劳动报酬的,劳动者可以依法向当地人民法院申请支付令,人民法院应当依法发出支付令。

第三十一条 用人单位应当严格执行劳动定额标准,不得强迫或者变相强迫劳动者加班。用人单位安排加班的,应当按照国家有关规定向劳动者支付加班费。

第三十二条 劳动者拒绝用人单位管理人员违章指挥、强令冒险作业的,不视为违反劳动合同。

劳动者对危害生命安全和身体健康的劳动条件,有权对用人单位提出批评、检举和控告。

第三十三条 用人单位变更名称、法定代表人、主要负责人或者投资人等事项,不影响劳动合同的履行。

第三十四条 用人单位发生合并或者分立等情况,原劳动合同继续有效,劳动合同由承继其权利和义务的用人单位继续履行。

第三十五条 用人单位与劳动者协商一致,可以变更劳动合同约定的内容。变更劳动合同,应当采用书面形式。

变更后的劳动合同文本由用人单位和劳动者各执一份。

第四章 劳动合同的解除和终止

第三十六条 用人单位与劳动者协商一致,可以解除劳动合同。

第三十七条 劳动者提前三十日以书面形式通知用人单位,可以解除劳动合同。劳动者在试用期内提前三日通知用人单位,可以解除劳动合同。

第三十八条 用人单位有下列情形之一的,劳动者可以解除劳动合同:

(一)未按照劳动合同约定提供劳动保护或者劳动条件的;

(二)未及时足额支付劳动报酬的;

(三)未依法为劳动者缴纳社会保险费的;

(四)用人单位的规章制度违反法律、法规的规定,损害劳动者权益的;

(五)因本法第二十六条第一款规定的情形致使劳动合同无效的;

(六)法律、行政法规规定劳动者可以解除劳动合同的其他情形。

用人单位以暴力、威胁或者非法限制人身自由的手段强迫劳动者劳动的,或者用人单位违章指挥、强令冒险作业危及劳动者人身安全的,劳动者可以立即解除劳动合同,不需事先告知用人单位。

第三十九条 劳动者有下列情形之一的,用人单位可以解除劳动合同:

(一)在试用期间被证明不符合录用条件的;

(二)严重违反用人单位的规章制度的;

(三)严重失职,营私舞弊,给用人单位造成重大损害的;

(四)劳动者同时与其他用人单位建立劳动关系,对完成本单位的工作任务造成严重影响,或者经用人单位提出,拒不改正的;

(五)因本法第二十六条第一款第一项规定的情形致使劳动合同无效的;

(六)被依法追究刑事责任的。

第四十条 有下列情形之一的,用人单位提前三十日以书面形式通知劳动者本人或者额外支付劳动者一个月工资后,可以解除劳动合同:

(一)劳动者患病或者非因工负伤,在规定的医疗期满后不能从事原工作,也不能从事由用人单位另行安排的工作的;

(二)劳动者不能胜任工作,经过培训或者调整工作岗位,仍不能胜任工作的;

(三)劳动合同订立时所依据的客观情况发生重大变化,致使劳动合同无法履行,经用人单位与劳动者协商,未能就变更劳动合同内容达成协议的。

第四十一条 有下列情形之一,需要裁减人员二十人以上或者裁减不足二十人但占企业职工总数百分之十以上的,用人单位提前三十日向工会或者全体职工说明情况,听取工会或者职工的意见后,裁减人员方案经向劳动行政部门报告,可以裁减人员:

(一)依照企业破产法规定进行重整的;

(二)生产经营发生严重困难的;

(三)企业转产、重大技术革新或者经营方式调整,经变更劳动合同后,仍需裁减人员的;

(四)其他因劳动合同订立时所依据的客观经济情况发生重大变化,致使劳动合同无法履行的。

裁减人员时,应当优先留用下列人员:

(一)与本单位订立较长期限的固定期限劳动合同的;

(二)与本单位订立无固定期限劳动合同的;

(三)家庭无其他就业人员,有需要扶养的老人或者未成年人的。

用人单位依照本条第一款规定裁减人员,在六个月内重新招用人员的,应当通知被裁减的人员,并在同等条件下优先招用被裁减的人员。

第四十二条 劳动者有下列情形之一的,用人单位不得依照本法第四十条、第四十一条的规定解除劳动合同:

(一)从事接触职业病危害作业的劳动者未进行离岗前职业健康检查,或者疑似职业病病人在诊断或者医学观察期间的;

(二)在本单位患职业病或者因工负伤并被确认丧失或者部分丧失劳动能力的;

(三)患病或者非因工负伤,在规定的医疗期内的;

(四)女职工在孕期、产期、哺乳期的;

(五)在本单位连续工作满十五年,且距法定退休年龄不足五年的;

（六）法律、行政法规规定的其他情形。

第四十三条 用人单位单方解除劳动合同，应当事先将理由通知工会。用人单位违反法律、行政法规规定或者劳动合同约定的，工会有权要求用人单位纠正。用人单位应当研究工会的意见，并将处理结果书面通知工会。

第四十四条 有下列情形之一的，劳动合同终止：

（一）劳动合同期满的；

（二）劳动者开始依法享受基本养老保险待遇的；

（三）劳动者死亡，或者被人民法院宣告死亡或者宣告失踪的；

（四）用人单位被依法宣告破产的；

（五）用人单位被吊销营业执照、责令关闭、撤销或者用人单位决定提前解散的；

（六）法律、行政法规规定的其他情形。

第四十五条 劳动合同期满，有本法第四十二条规定情形之一的，劳动合同应当续延至相应的情形消失时终止。但是，本法第四十二条第二项规定丧失或者部分丧失劳动能力劳动者的劳动合同的终止，按照国家有关工伤保险的规定执行。

第四十六条 有下列情形之一的，用人单位应当向劳动者支付经济补偿：

（一）劳动者依照本法第三十八条规定解除劳动合同的；

（二）用人单位依照本法第三十六条规定向劳动者提出解除劳动合同并与劳动者协商一致解除劳动合同的；

（三）用人单位依照本法第四十条规定解除劳动合同的；

（四）用人单位依照本法第四十一条第一款规定解除劳动合同的；

（五）除用人单位维持或者提高劳动合同约定条件续订劳动合同，劳动者不同意续订的情形外，依照本法第四十四条第一项规定终止固定期限劳动合同的；

（六）依照本法第四十四条第四项、第五项规定终止劳动合同的；

（七）法律、行政法规规定的其他情形。

第四十七条 经济补偿按劳动者在本单位工作的年限，每满一年支付一个月工资的标准向劳动者支付。六个月以上不满一年的，按一年计算；不满六个月的，向劳动者支付半个月工资的经济补偿。

劳动者月工资高于用人单位所在直辖市、设区的市级人民政府公布的本地区上年度职工月平均工资三倍的，向其支付经济补偿的标准按职工月平均工资三倍的数额支付，向其支付经济补偿的年限最高不超过十二年。

本条所称月工资是指劳动者在劳动合同解除或者终止前十二个月的平均工资。

第四十八条 用人单位违反本法规定解除或者终止劳动合同，劳动者要求继续履行劳动合同的，用人单位应当继续履行；劳动者不要求继续履行劳动合同或者劳动合同已经不能继续履行的，用人单位应当依照本法第八十七条规定支付赔偿金。

第四十九条 国家采取措施，建立健全劳动者社会保险关系跨地区转移接续制度。

第五十条 用人单位应当在解除或者终止劳动合同时出具解除或者终止劳动合同的证明，并在十五日内为劳动者办理档案和社会保险关系转移手续。

劳动者应当按照双方约定，办理工作交接。用人单位依照本法有关规定应当向劳动者支付经济补偿的，在办结工作交接时支付。

用人单位对已经解除或者终止的劳动合同的文本,至少保存二年备查。

第五章 特别规定

第一节 集体合同

第五十一条 企业职工一方与用人单位通过平等协商,可以就劳动报酬、工作时间、休息休假、劳动安全卫生、保险福利等事项订立集体合同。集体合同草案应当提交职工代表大会或者全体职工讨论通过。

集体合同由工会代表企业职工一方与用人单位订立;尚未建立工会的用人单位,由上级工会指导劳动者推举的代表与用人单位订立。

第五十二条 企业职工一方与用人单位可以订立劳动安全卫生、女职工权益保护、工资调整机制等专项集体合同。

第五十三条 在县级以下区域内,建筑业、采矿业、餐饮服务业等行业可以由工会与企业方面代表订立行业性集体合同,或者订立区域性集体合同。

第五十四条 集体合同订立后,应当报送劳动行政部门;劳动行政部门自收到集体合同文本之日起十五日内未提出异议的,集体合同即行生效。

依法订立的集体合同对用人单位和劳动者具有约束力。行业性、区域性集体合同对当地本行业、本区域的用人单位和劳动者具有约束力。

第五十五条 集体合同中劳动报酬和劳动条件等标准不得低于当地人民政府规定的最低标准;用人单位与劳动者订立的劳动合同中劳动报酬和劳动条件等标准不得低于集体合同规定的标准。

第五十六条 用人单位违反集体合同,侵犯职工劳动权益的,工会可以依法要求用人单位承担责任;因履行集体合同发生争议,经协商解决不成的,工会可以依法申请仲裁、提起诉讼。

第二节 劳务派遣

第五十七条 劳务派遣单位应当依照公司法的有关规定设立,注册资本不得少于五十万元。

第五十八条 劳务派遣单位是本法所称用人单位,应当履行用人单位对劳动者的义务。劳务派遣单位与被派遣劳动者订立的劳动合同,除应当载明本法第十七条规定的事项外,还应当载明被派遣劳动者的用工单位以及派遣期限、工作岗位等情况。

劳务派遣单位应当与被派遣劳动者订立二年以上的固定期限劳动合同,按月支付劳动报酬;被派遣劳动者在无工作期间,劳务派遣单位应当按照所在地人民政府规定的最低工资标准,向其按月支付报酬。

第五十九条 劳务派遣单位派遣劳动者应当与接受以劳务派遣形式用工的单位(以下称用工单位)订立劳务派遣协议。劳务派遣协议应当约定派遣岗位和人员数量、派遣期限、劳动报酬和社会保险费的数额与支付方式以及违反协议的责任。

用工单位应当根据工作岗位的实际需要与劳务派遣单位确定派遣期限,不得将连续用工期限分割订立数个短期劳务派遣协议。

第六十条 劳务派遣单位应当将劳务派遣协议的内容告知被派遣劳动者。

劳务派遣单位不得克扣用工单位按照劳务派遣协议支付给被派遣劳动者的劳动报酬。

劳务派遣单位和用工单位不得向被派遣劳动者收取费用。

第六十一条 劳务派遣单位跨地区派遣劳动者的,被派遣劳动者享有的劳动报酬和劳动条件,按照用工单位所在地的标准执行。

第六十二条 用工单位应当履行下列义务:

(一)执行国家劳动标准,提供相应的劳动条件和劳动保护;

(二)告知被派遣劳动者的工作要求和劳动报酬;

(三)支付加班费、绩效奖金,提供与工作岗位相关的福利待遇;

(四)对在岗被派遣劳动者进行工作岗位所必需的培训;

(五)连续用工的,实行正常的工资调整机制。

用工单位不得将被派遣劳动者再派遣到其他用人单位。

第六十三条 被派遣劳动者享有与用工单位的劳动者同工同酬的权利。用工单位无同类岗位劳动者的,参照用工单位所在地相同或者相近岗位劳动者的劳动报酬确定。

第六十四条 被派遣劳动者有权在劳务派遣单位或者用工单位依法参加或者组织工会,维护自身的合法权益。

第六十五条 被派遣劳动者可以依照本法第三十六条、第三十八条的规定与劳务派遣单位解除劳动合同。

被派遣劳动者有本法第三十九条和第四十条第一项、第二项规定情形的,用工单位可以将劳动者退回劳务派遣单位,劳务派遣单位依照本法有关规定,可以与劳动者解除劳动合同。

第六十六条 劳务派遣一般在临时性、辅助性或者替代性的工作岗位上实施。

第六十七条 用人单位不得设立劳务派遣单位向本单位或者所属单位派遣劳动者。

第三节 非全日制用工

第六十八条 非全日制用工,是指以小时计酬为主,劳动者在同一用人单位一般平均每日工作时间不超过四小时,每周工作时间累计不超过二十四小时的用工形式。

第六十九条 非全日制用工双方当事人可以订立口头协议。

从事非全日制用工的劳动者可以与一个或者一个以上用人单位订立劳动合同;但是,后订立的劳动合同不得影响先订立的劳动合同的履行。

第七十条 非全日制用工双方当事人不得约定试用期。

第七十一条 非全日制用工双方当事人任何一方都可以随时通知对方终止用工。终止用工,用人单位不向劳动者支付经济补偿。

第七十二条 非全日制用工小时计酬标准不得低于用人单位所在地人民政府规定的最低小时工资标准。

非全日制用工劳动报酬结算支付周期最长不得超过十五日。

第六章 监督检查

第七十三条 国务院劳动行政部门负责全国劳动合同制度实施的监督管理。

县级以上地方人民政府劳动行政部门负责本行政区域内劳动合同制度实施的监督管理。

县级以上各级人民政府劳动行政部门在劳动合同制度实施的监督管理工作中,应当听取工会、企业方面代表以及有关行业主管部门的意见。

第七十四条 县级以上地方人民政府劳动行政部门依法对下列实施劳动合同制度的情况进行监督检查：

（一）用人单位制定直接涉及劳动者切身利益的规章制度及其执行的情况；

（二）用人单位与劳动者订立和解除劳动合同的情况；

（三）劳务派遣单位和用工单位遵守劳务派遣有关规定的情况；

（四）用人单位遵守国家关于劳动者工作时间和休息休假规定的情况；

（五）用人单位支付劳动合同约定的劳动报酬和执行最低工资标准的情况；

（六）用人单位参加各项社会保险和缴纳社会保险费的情况；

（七）法律、法规规定的其他劳动监察事项。

第七十五条 县级以上地方人民政府劳动行政部门实施监督检查时，有权查阅与劳动合同、集体合同有关的材料，有权对劳动场所进行实地检查，用人单位和劳动者都应当如实提供有关情况和材料。

劳动行政部门的工作人员进行监督检查，应当出示证件，依法行使职权，文明执法。

第七十六条 县级以上人民政府建设、卫生、安全生产监督管理等有关主管部门在各自职责范围内，对用人单位执行劳动合同制度的情况进行监督管理。

第七十七条 劳动者合法权益受到侵害的，有权要求有关部门依法处理，或者依法申请仲裁、提起诉讼。

第七十八条 工会依法维护劳动者的合法权益，对用人单位履行劳动合同、集体合同的情况进行监督。用人单位违反劳动法律、法规和劳动合同、集体合同的，工会有权提出意见或者要求纠正；劳动者申请仲裁、提起诉讼的，工会依法给予支持和帮助。

第七十九条 任何组织或者个人对违反本法的行为都有权举报，县级以上人民政府劳动行政部门应当及时核实、处理，并对举报有功人员给予奖励。

第七章 法律责任

第八十条 用人单位直接涉及劳动者切身利益的规章制度违反法律、法规规定的，由劳动行政部门责令改正，给予警告；给劳动者造成损害的，应当承担赔偿责任。

第八十一条 用人单位提供的劳动合同文本未载明本法规定的劳动合同必备条款或者用人单位未将劳动合同文本交付劳动者的，由劳动行政部门责令改正；给劳动者造成损害的，应当承担赔偿责任。

第八十二条 用人单位自用工之日起超过一个月不满一年未与劳动者订立书面劳动合同的，应当向劳动者每月支付二倍的工资。

用人单位违反本法规定不与劳动者订立无固定期限劳动合同的，自应当订立无固定期限劳动合同之日起向劳动者每月支付二倍的工资。

第八十三条 用人单位违反本法规定与劳动者约定试用期的，由劳动行政部门责令改正；违法约定的试用期已经履行的，由用人单位以劳动者试用期满月工资为标准，按已经履行的超过法定试用期的期间向劳动者支付赔偿金。

第八十四条 用人单位违反本法规定，扣押劳动者居民身份证等证件的，由劳动行政部门责令限期退还劳动者本人，并依照有关法律规定给予处罚。

用人单位违反本法规定,以担保或者其他名义向劳动者收取财物的,由劳动行政部门责令限期退还劳动者本人,并以每人五百元以上二千元以下的标准处以罚款;给劳动者造成损害的,应当承担赔偿责任。

劳动者依法解除或者终止劳动合同,用人单位扣押劳动者档案或者其他物品的,依照前款规定处罚。

第八十五条 用人单位有下列情形之一的,由劳动行政部门责令限期支付劳动报酬、加班费或者经济补偿;劳动报酬低于当地最低工资标准的,应当支付其差额部分;逾期不支付的,责令用人单位按应付金额百分之五十以上百分之一百以下的标准向劳动者加付赔偿金:

(一)未按照劳动合同的约定或者国家规定及时足额支付劳动者劳动报酬的;

(二)低于当地最低工资标准支付劳动者工资的;

(三)安排加班不支付加班费的;

(四)解除或者终止劳动合同,未依照本法规定向劳动者支付经济补偿的。

第八十六条 劳动合同依照本法第二十六条规定被确认无效,给对方造成损害的,有过错的一方应当承担赔偿责任。

第八十七条 用人单位违反本法规定解除或者终止劳动合同的,应当依照本法第四十七条规定的经济补偿标准的二倍向劳动者支付赔偿金。

第八十八条 用人单位有下列情形之一的,依法给予行政处罚;构成犯罪的,依法追究刑事责任;给劳动者造成损害的,应当承担赔偿责任:

(一)以暴力、威胁或者非法限制人身自由的手段强迫劳动的;

(二)违章指挥或者强令冒险作业危及劳动者人身安全的;

(三)侮辱、体罚、殴打、非法搜查或者拘禁劳动者的;

(四)劳动条件恶劣、环境污染严重,给劳动者身心健康造成严重损害的。

第八十九条 用人单位违反本法规定未向劳动者出具解除或者终止劳动合同的书面证明,由劳动行政部门责令改正;给劳动者造成损害的,应当承担赔偿责任。

第九十条 劳动者违反本法规定解除劳动合同,或者违反劳动合同中约定的保密义务或者竞业限制,给用人单位造成损失的,应当承担赔偿责任。

第九十一条 用人单位招用与其他用人单位尚未解除或者终止劳动合同的劳动者,给其他用人单位造成损失的,应当承担连带赔偿责任。

第九十二条 劳务派遣单位违反本法规定的,由劳动行政部门和其他有关主管部门责令改正;情节严重的,以每人一千元以上五千元以下的标准处以罚款,并由工商行政管理部门吊销营业执照;给被派遣劳动者造成损害的,劳务派遣单位与用工单位承担连带赔偿责任。

第九十三条 对不具备合法经营资格的用人单位的违法犯罪行为,依法追究法律责任;劳动者已经付出劳动的,该单位或者其出资人应当依照本法有关规定向劳动者支付劳动报酬、经济补偿、赔偿金;给劳动者造成损害的,应当承担赔偿责任。

第九十四条 个人承包经营违反本法规定招用劳动者,给劳动者造成损害的,发包的组织与个人承包经营者承担连带赔偿责任。

第九十五条 劳动行政部门和其他有关主管部门及其工作人员玩忽职守、不履行法定职责,或者违法行使职权,给劳动者或者用人单位造成损害的,应当承担赔偿责任;对直接负责的主管人员和其他直接责任人员,依法给予行政处分;构成犯罪的,依法追究刑事责任。

第八章 附 则

第九十六条 事业单位与实行聘用制的工作人员订立、履行、变更、解除或者终止劳动合同,法律、行政法规或者国务院另有规定的,依照其规定;未作规定的,依照本法有关规定执行。

第九十七条 本法施行前已依法订立且在本法施行之日存续的劳动合同,继续履行;本法第十四条第二款第三项规定连续订立固定期限劳动合同的次数,自本法施行后续订固定期限劳动合同时开始计算。

本法施行前已建立劳动关系,尚未订立书面劳动合同的,应当自本法施行之日起一个月内订立。

本法施行之日存续的劳动合同在本法施行后解除或者终止,依照本法第四十六条规定应当支付经济补偿的,经济补偿年限自本法施行之日起计算;本法施行前按照当时有关规定,用人单位应当向劳动者支付经济补偿的,按照当时有关规定执行。

第九十八条 本法自 2008 年 1 月 1 日起施行。

附录 E 中华人民共和国劳动争议调解仲裁法

第一章 总 则

第一条 为了公正及时解决劳动争议,保护当事人合法权益,促进劳动关系和谐稳定,制定本法。

第二条 中华人民共和国境内的用人单位与劳动者发生的下列劳动争议,适用本法:

(一)因确认劳动关系发生的争议;

(二)因订立、履行、变更、解除和终止劳动合同发生的争议;

(三)因除名、辞退和辞职、离职发生的争议;

(四)因工作时间、休息休假、社会保险、福利、培训以及劳动保护发生的争议;

(五)因劳动报酬、工伤医疗费、经济补偿或者赔偿金等发生的争议;

(六)法律、法规规定的其他劳动争议。

第三条 解决劳动争议,应当根据事实,遵循合法、公正、及时、着重调解的原则,依法保护当事人的合法权益。

第四条 发生劳动争议,劳动者可以与用人单位协商,也可以请工会或者第三方共同与用人单位协商,达成和解协议。

第五条 发生劳动争议,当事人不愿协商、协商不成或者达成和解协议后不履行的,可以向调解组织申请调解;不愿调解、调解不成或者达成调解协议后不履行的,可以向劳动争议仲裁委员会申请仲裁;对仲裁裁决不服的,除本法另有规定的外,可以向人民法院提起诉讼。

第六条 发生劳动争议,当事人对自己提出的主张,有责任提供证据。与争议事项有关的证据属于用人单位掌握管理的,用人单位应当提供;用人单位不提供的,应当承担不利后果。

第七条 发生劳动争议的劳动者一方在十人以上,并有共同请求的,可以推举代表参加调解、仲裁或者诉讼活动。

第八条 县级以上人民政府劳动行政部门会同工会和企业方面代表建立协调劳动关系三方机制,共同研究解决劳动争议的重大问题。

第九条 用人单位违反国家规定,拖欠或者未足额支付劳动报酬,或者拖欠工伤医疗费、经济补偿或者赔偿金的,劳动者可以向劳动行政部门投诉,劳动行政部门应当依法处理。

第二章 调 解

第十条 发生劳动争议,当事人可以到下列调解组织申请调解:

(一)企业劳动争议调解委员会;

(二)依法设立的基层人民调解组织;

(三)在乡镇、街道设立的具有劳动争议调解职能的组织。

企业劳动争议调解委员会由职工代表和企业代表组成。职工代表由工会成员担任或者由全体职工推举产生,企业代表由企业负责人指定。企业劳动争议调解委员会主任由工会成员或者双方推举的人员担任。

第十一条　劳动争议调解组织的调解员应当由公道正派、联系群众、热心调解工作，并具有一定法律知识、政策水平和文化水平的成年公民担任。

第十二条　当事人申请劳动争议调解可以书面申请，也可以口头申请。口头申请的，调解组织应当当场记录申请人基本情况、申请调解的争议事项、理由和时间。

第十三条　调解劳动争议，应当充分听取双方当事人对事实和理由的陈述，耐心疏导，帮助其达成协议。

第十四条　经调解达成协议的，应当制作调解协议书。

调解协议书由双方当事人签名或者盖章，经调解员签名并加盖调解组织印章后生效，对双方当事人具有约束力，当事人应当履行。

自劳动争议调解组织收到调解申请之日起十五日内未达成调解协议的，当事人可以依法申请仲裁。

第十五条　达成调解协议后，一方当事人在协议约定期限内不履行调解协议的，另一方当事人可以依法申请仲裁。

第十六条　因支付拖欠劳动报酬、工伤医疗费、经济补偿或者赔偿金事项达成调解协议，用人单位在协议约定期限内不履行的，劳动者可以持调解协议书依法向人民法院申请支付令。人民法院应当依法发出支付令。

第三章　仲　裁

第一节　一般规定

第十七条　劳动争议仲裁委员会按照统筹规划、合理布局和适应实际需要的原则设立。省、自治区人民政府可以决定在市、县设立；直辖市人民政府可以决定在区、县设立。直辖市、设区的市也可以设立一个或者若干个劳动争议仲裁委员会。劳动争议仲裁委员会不按行政区划层层设立。

第十八条　国务院劳动行政部门依照本法有关规定制定仲裁规则。省、自治区、直辖市人民政府劳动行政部门对本行政区域的劳动争议仲裁工作进行指导。

第十九条　劳动争议仲裁委员会由劳动行政部门代表、工会代表和企业方面代表组成。劳动争议仲裁委员会组成人员应当是单数。

劳动争议仲裁委员会依法履行下列职责：

（一）聘任、解聘专职或者兼职仲裁员；

（二）受理劳动争议案件；

（三）讨论重大或者疑难的劳动争议案件；

（四）对仲裁活动进行监督。

劳动争议仲裁委员会下设办事机构，负责办理劳动争议仲裁委员会的日常工作。

第二十条　劳动争议仲裁委员会应当设仲裁员名册。

仲裁员应当公道正派并符合下列条件之一：

（一）曾任审判员的；

（二）从事法律研究、教学工作并具有中级以上职称的；

（三）具有法律知识、从事人力资源管理或者工会等专业工作满五年的；

（四）律师执业满三年的。

第二十一条 劳动争议仲裁委员会负责管辖本区域内发生的劳动争议。

劳动争议由劳动合同履行地或者用人单位所在地的劳动争议仲裁委员会管辖。双方当事人分别向劳动合同履行地和用人单位所在地的劳动争议仲裁委员会申请仲裁的，由劳动合同履行地的劳动争议仲裁委员会管辖。

第二十二条 发生劳动争议的劳动者和用人单位为劳动争议仲裁案件的双方当事人。

劳务派遣单位或者用工单位与劳动者发生劳动争议的，劳务派遣单位和用工单位为共同当事人。

第二十三条 与劳动争议案件的处理结果有利害关系的第三人，可以申请参加仲裁活动或者由劳动争议仲裁委员会通知其参加仲裁活动。

第二十四条 当事人可以委托代理人参加仲裁活动。委托他人参加仲裁活动，应当向劳动争议仲裁委员会提交有委托人签名或者盖章的委托书，委托书应当载明委托事项和权限。

第二十五条 丧失或者部分丧失民事行为能力的劳动者，由其法定代理人代为参加仲裁活动；无法定代理人的，由劳动争议仲裁委员会为其指定代理人。劳动者死亡的，由其近亲属或者代理人参加仲裁活动。

第二十六条 劳动争议仲裁公开进行，但当事人协议不公开进行或者涉及国家秘密、商业秘密和个人隐私的除外。

第二节　申请和受理

第二十七条 劳动争议申请仲裁的时效期间为一年。仲裁时效期间从当事人知道或者应当知道其权利被侵害之日起计算。

前款规定的仲裁时效，因当事人一方向对方当事人主张权利，或者向有关部门请求权利救济，或者对方当事人同意履行义务而中断。从中断时起，仲裁时效期间重新计算。

因不可抗力或者有其他正当理由，当事人不能在本条第一款规定的仲裁时效期间申请仲裁的，仲裁时效中止。从中止时效的原因消除之日起，仲裁时效期间继续计算。

劳动关系存续期间因拖欠劳动报酬发生争议的，劳动者申请仲裁不受本条第一款规定的仲裁时效期间的限制；但是，劳动关系终止的，应当自劳动关系终止之日起一年内提出。

第二十八条 申请人申请仲裁应当提交书面仲裁申请，并按照被申请人人数提交副本。

仲裁申请书应当载明下列事项：

（一）劳动者的姓名、性别、年龄、职业、工作单位和住所，用人单位的名称、住所和法定代表人或者主要负责人的姓名、职务；

（二）仲裁请求和所根据的事实、理由；

（三）证据和证据来源、证人姓名和住所。

书写仲裁申请确有困难的，可以口头申请，由劳动争议仲裁委员会记入笔录，并告知对方当事人。

第二十九条 劳动争议仲裁委员会收到仲裁申请之日起五日内，认为符合受理条件的，应当受理，并通知申请人；认为不符合受理条件的，应当书面通知申请人不予受理，并说明理由。对劳动争议仲裁委员会不予受理或者逾期未作出决定的，申请人可以就该劳动争议事项向人民法院提起诉讼。

第三十条 劳动争议仲裁委员会受理仲裁申请后,应当在五日内将仲裁申请书副本送达被申请人。

被申请人收到仲裁申请书副本后,应当在十日内向劳动争议仲裁委员会提交答辩书。劳动争议仲裁委员会收到答辩书后,应当在五日内将答辩书副本送达申请人。被申请人未提交答辩书的,不影响仲裁程序的进行。

第三节 开庭和裁决

第三十一条 劳动争议仲裁委员会裁决劳动争议案件实行仲裁庭制。仲裁庭由三名仲裁员组成,设首席仲裁员。简单劳动争议案件可以由一名仲裁员独任仲裁。

第三十二条 劳动争议仲裁委员会应当在受理仲裁申请之日起五日内将仲裁庭的组成情况书面通知当事人。

第三十三条 仲裁员有下列情形之一,应当回避,当事人也有权以口头或者书面方式提出回避申请:

(一)是本案当事人或者当事人、代理人的近亲属的;

(二)与本案有利害关系的;

(三)与本案当事人、代理人有其他关系,可能影响公正裁决的;

(四)私自会见当事人、代理人,或者接受当事人、代理人的请客送礼的。

劳动争议仲裁委员会对回避申请应当及时作出决定,并以口头或者书面方式通知当事人。

第三十四条 仲裁员有本法第三十三条第四项规定情形,或者有索贿受贿、徇私舞弊、枉法裁决行为的,应当依法承担法律责任。劳动争议仲裁委员会应当将其解聘。

第三十五条 仲裁庭应当在开庭五日前,将开庭日期、地点书面通知双方当事人。当事人有正当理由的,可以在开庭三日前请求延期开庭。是否延期,由劳动争议仲裁委员会决定。

第三十六条 申请人收到书面通知,无正当理由拒不到庭或者未经仲裁庭同意中途退庭的,可以视为撤回仲裁申请。

被申请人收到书面通知,无正当理由拒不到庭或者未经仲裁庭同意中途退庭的,可以缺席裁决。

第三十七条 仲裁庭对专门性问题认为需要鉴定的,可以交由当事人约定的鉴定机构鉴定;当事人没有约定或者无法达成约定的,由仲裁庭指定的鉴定机构鉴定。

根据当事人的请求或者仲裁庭的要求,鉴定机构应当派鉴定人参加开庭。当事人经仲裁庭许可,可以向鉴定人提问。

第三十八条 当事人在仲裁过程中有权进行质证和辩论。质证和辩论终结时,首席仲裁员或者独任仲裁员应当征询当事人的最后意见。

第三十九条 当事人提供的证据经查证属实的,仲裁庭应当将其作为认定事实的根据。

劳动者无法提供由用人单位掌握管理的与仲裁请求有关的证据,仲裁庭可以要求用人单位在指定期限内提供。用人单位在指定期限内不提供的,应当承担不利后果。

第四十条 仲裁庭应当将开庭情况记入笔录。当事人和其他仲裁参加人认为对自己陈述的记录有遗漏或者差错的,有权申请补正。如果不予补正,应当记录该申请。

笔录由仲裁员、记录人员、当事人和其他仲裁参加人签名或者盖章。

第四十一条 当事人申请劳动争议仲裁后,可以自行和解。达成和解协议的,可以撤回仲裁申请。

第四十二条 仲裁庭在作出裁决前,应当先行调解。

调解达成协议的,仲裁庭应当制作调解书。

调解书应当写明仲裁请求和当事人协议的结果。调解书由仲裁员签名,加盖劳动争议仲裁委员会印章,送达双方当事人。调解书经双方当事人签收后,发生法律效力。

调解不成或者调解书送达前,一方当事人反悔的,仲裁庭应当及时作出裁决。

第四十三条 仲裁庭裁决劳动争议案件,应当自劳动争议仲裁委员会受理仲裁申请之日起四十五日内结束。案情复杂需要延期的,经劳动争议仲裁委员会主任批准,可以延期并书面通知当事人,但是延长期限不得超过十五日。逾期未作出仲裁裁决的,当事人可以就该劳动争议事项向人民法院提起诉讼。

仲裁庭裁决劳动争议案件时,其中一部分事实已经清楚,可以就该部分先行裁决。

第四十四条 仲裁庭对追索劳动报酬、工伤医疗费、经济补偿或者赔偿金的案件,根据当事人的申请,可以裁决先予执行,移送人民法院执行。

仲裁庭裁决先予执行的,应当符合下列条件:

(一)当事人之间权利义务关系明确;

(二)不先予执行将严重影响申请人的生活。

劳动者申请先予执行的,可以不提供担保。

第四十五条 裁决应当按照多数仲裁员的意见作出,少数仲裁员的不同意见应当记入笔录。仲裁庭不能形成多数意见时,裁决应当按照首席仲裁员的意见作出。

第四十六条 裁决书应当载明仲裁请求、争议事实、裁决理由、裁决结果和裁决日期。裁决书由仲裁员签名,加盖劳动争议仲裁委员会印章。对裁决持不同意见的仲裁员,可以签名,也可以不签名。

第四十七条 下列劳动争议,除本法另有规定的外,仲裁裁决为终局裁决,裁决书自作出之日起发生法律效力:

(一)追索劳动报酬、工伤医疗费、经济补偿或者赔偿金,不超过当地月最低工资标准十二个月金额的争议;

(二)因执行国家的劳动标准在工作时间、休息休假、社会保险等方面发生的争议。

第四十八条 劳动者对本法第四十七条规定的仲裁裁决不服的,可以自收到仲裁裁决书之日起十五日内向人民法院提起诉讼。

第四十九条 用人单位有证据证明本法第四十七条规定的仲裁裁决有下列情形之一,可以自收到仲裁裁决书之日起三十日内向劳动争议仲裁委员会所在地的中级人民法院申请撤销裁决:

(一)适用法律、法规确有错误的;

(二)劳动争议仲裁委员会无管辖权的;

(三)违反法定程序的;

(四)裁决所根据的证据是伪造的;

(五)对方当事人隐瞒了足以影响公正裁决的证据的;

(六)仲裁员在仲裁该案时有索贿受贿、徇私舞弊、枉法裁决行为的。

人民法院经组成合议庭审查核实裁决有前款规定情形之一的,应当裁定撤销。

仲裁裁决被人民法院裁定撤销的,当事人可以自收到裁定书之日起十五日内就该劳动争议事项向人民法院提起诉讼。

第五十条　当事人对本法第四十七条规定以外的其他劳动争议案件的仲裁裁决不服的,可以自收到仲裁裁决书之日起十五日内向人民法院提起诉讼;期满不起诉的,裁决书发生法律效力。

第五十一条　当事人对发生法律效力的调解书、裁决书,应当依照规定的期限履行。一方当事人逾期不履行的,另一方当事人可以依照民事诉讼法的有关规定向人民法院申请执行。受理申请的人民法院应当依法执行。

第四章　附　则

第五十二条　事业单位实行聘用制的工作人员与本单位发生劳动争议的,依照本法执行;法律、行政法规或者国务院另有规定的,依照其规定。

第五十三条　劳动争议仲裁不收费。劳动争议仲裁委员会的经费由财政予以保障。

第五十四条　本法自 2008 年 5 月 1 日起施行。

附录 F　国家职业资格考试答题卡

省(自治区、直辖市)：_____ 地区(市)：_____ 鉴定地点：_____ 所在单位：_____

姓名：	准 考 证 号 码		科 目

报考职业：

报考等级：

A -

准考证号码及科目各列数字栏：[0] [1] [2] [3] [4] [5] [6] [7] [8] [9]

答 题 区

1 2 3 4 5	6 7 8 9 10	11 12 13 14 15	16 17 18 19 20	21 22 23 24 25
[A] [A] [A] [A] [A]	[A] [A] [A] [A] [A]	[A] [A] [A] [A] [A]	[A] [A] [A] [A] [A]	[A] [A] [A] [A] [A]
[B] [B] [B] [B] [B]	[B] [B] [B] [B] [B]	[B] [B] [B] [B] [B]	[B] [B] [B] [B] [B]	[B] [B] [B] [B] [B]
[C] [C] [C] [C] [C]	[C] [C] [C] [C] [C]	[C] [C] [C] [C] [C]	[C] [C] [C] [C] [C]	[C] [C] [C] [C] [C]
[D] [D] [D] [D] [D]	[D] [D] [D] [D] [D]	[D] [D] [D] [D] [D]	[D] [D] [D] [D] [D]	[D] [D] [D] [D] [D]
[E] [E] [E] [E] [E]	[E] [E] [E] [E] [E]	[E] [E] [E] [E] [E]	[E] [E] [E] [E] [E]	[E] [E] [E] [E] [E]

26 27 28 29 30	31 32 33 34 35	36 37 38 39 40	41 42 43 44 45	46 47 48 49 50
[A] [A] [A] [A] [A]	[A] [A] [A] [A] [A]	[A] [A] [A] [A] [A]	[A] [A] [A] [A] [A]	[A] [A] [A] [A] [A]
[B] [B] [B] [B] [B]	[B] [B] [B] [B] [B]	[B] [B] [B] [B] [B]	[B] [B] [B] [B] [B]	[B] [B] [B] [B] [B]
[C] [C] [C] [C] [C]	[C] [C] [C] [C] [C]	[C] [C] [C] [C] [C]	[C] [C] [C] [C] [C]	[C] [C] [C] [C] [C]
[D] [D] [D] [D] [D]	[D] [D] [D] [D] [D]	[D] [D] [D] [D] [D]	[D] [D] [D] [D] [D]	[D] [D] [D] [D] [D]
[E] [E] [E] [E] [E]	[E] [E] [E] [E] [E]	[E] [E] [E] [E] [E]	[E] [E] [E] [E] [E]	[E] [E] [E] [E] [E]

51 52 53 54 55	56 57 58 59 60	61 62 63 64 65	66 67 68 69 70	71 72 73 74 75
[A] [A] [A] [A] [A]	[A] [A] [A] [A] [A]	[A] [A] [A] [A] [A]	[A] [A] [A] [A] [A]	[A] [A] [A] [A] [A]
[B] [B] [B] [B] [B]	[B] [B] [B] [B] [B]	[B] [B] [B] [B] [B]	[B] [B] [B] [B] [B]	[B] [B] [B] [B] [B]
[C] [C] [C] [C] [C]	[C] [C] [C] [C] [C]	[C] [C] [C] [C] [C]	[C] [C] [C] [C] [C]	[C] [C] [C] [C] [C]
[D] [D] [D] [D] [D]	[D] [D] [D] [D] [D]	[D] [D] [D] [D] [D]	[D] [D] [D] [D] [D]	[D] [D] [D] [D] [D]
[E] [E] [E] [E] [E]	[E] [E] [E] [E] [E]	[E] [E] [E] [E] [E]	[E] [E] [E] [E] [E]	[E] [E] [E] [E] [E]

76 77 78 79 80	81 82 83 84 85	86 87 88 89 90	91 92 93 94 95	96 97 98 99 100
[A] [A] [A] [A] [A]	[A] [A] [A] [A] [A]	[A] [A] [A] [A] [A]	[A] [A] [A] [A] [A]	[A] [A] [A] [A] [A]
[B] [B] [B] [B] [B]	[B] [B] [B] [B] [B]	[B] [B] [B] [B] [B]	[B] [B] [B] [B] [B]	[B] [B] [B] [B] [B]
[C] [C] [C] [C] [C]	[C] [C] [C] [C] [C]	[C] [C] [C] [C] [C]	[C] [C] [C] [C] [C]	[C] [C] [C] [C] [C]
[D] [D] [D] [D] [D]	[D] [D] [D] [D] [D]	[D] [D] [D] [D] [D]	[D] [D] [D] [D] [D]	[D] [D] [D] [D] [D]
[E] [E] [E] [E] [E]	[E] [E] [E] [E] [E]	[E] [E] [E] [E] [E]	[E] [E] [E] [E] [E]	[E] [E] [E] [E] [E]

101 102 103 104 105	106 107 108 109 110	111 112 113 114 115	116 117 118 119 120	121 122 123 124 125
[A] [A] [A] [A] [A]	[A] [A] [A] [A] [A]	[A] [A] [A] [A] [A]	[A] [A] [A] [A] [A]	[A] [A] [A] [A] [A]
[B] [B] [B] [B] [B]	[B] [B] [B] [B] [B]	[B] [B] [B] [B] [B]	[B] [B] [B] [B] [B]	[B] [B] [B] [B] [B]
[C] [C] [C] [C] [C]	[C] [C] [C] [C] [C]	[C] [C] [C] [C] [C]	[C] [C] [C] [C] [C]	[C] [C] [C] [C] [C]
[D] [D] [D] [D] [D]	[D] [D] [D] [D] [D]	[D] [D] [D] [D] [D]	[D] [D] [D] [D] [D]	[D] [D] [D] [D] [D]
[E] [E] [E] [E] [E]	[E] [E] [E] [E] [E]	[E] [E] [E] [E] [E]	[E] [E] [E] [E] [E]	[E] [E] [E] [E] [E]

126 127 128 129 130	131 132 133 134 135	136 137 138 139 140	141 142 143 144 145	146 147 148 149 150
[A] [A] [A] [A] [A]	[A] [A] [A] [A] [A]	[A] [A] [A] [A] [A]	[A] [A] [A] [A] [A]	[A] [A] [A] [A] [A]
[B] [B] [B] [B] [B]	[B] [B] [B] [B] [B]	[B] [B] [B] [B] [B]	[B] [B] [B] [B] [B]	[B] [B] [B] [B] [B]
[C] [C] [C] [C] [C]	[C] [C] [C] [C] [C]	[C] [C] [C] [C] [C]	[C] [C] [C] [C] [C]	[C] [C] [C] [C] [C]
[D] [D] [D] [D] [D]	[D] [D] [D] [D] [D]	[D] [D] [D] [D] [D]	[D] [D] [D] [D] [D]	[D] [D] [D] [D] [D]
[E] [E] [E] [E] [E]	[E] [E] [E] [E] [E]	[E] [E] [E] [E] [E]	[E] [E] [E] [E] [E]	[E] [E] [E] [E] [E]

填涂说明

1. 请用2B铅笔正确填涂，保持卡面清洁，修改时用橡皮擦干净。
2. 科目部分请填涂鉴定科目的代码，科目代码从试卷说明部分查找。
3. 正确填涂样例 ▬，错误填涂样例 ☑ ╱
4. 出现缺考、作弊情况，由考场监考人员填涂右框内容。

缺 考 □
作 弊 □

NHII 南昊 北京南昊信息技术有限公司　TEL：010-63710304　C04051968　＋　劳动和社会保障部职业技能鉴定中心监制　TEL：010-84631199-1801　FAX：010-84635531　PC：100101

附录G 企业人力资源管理师(一级)考试大纲

职业功能	工作内容	能力要求	相关知识
人力资源规划	(一)人力资源战略规划	1.能够根据总体发展战略,制定人力资源战略规划 2.能够监督检查人力资源战略规划实施情况,发现存在问题,提出具体对策	1.战略性人力资源管理师的概念、特征和衡量标准 2.人力资源战略规划的主要影响因素和审计要求
	(二)企业集团人力资本结构设计	1.能够选择企业集团的组织结构模式并进行组织设计 2.能够监督检查职能机构的运行情况,发现存在问题,提出改进对策	1.企业集团的概念、特征、治理结构与管理体制 2.企业集团组织结构的特点、影响因素与变化趋势
	(三)企业集团人力资本战略管理	1.能够制定企业集团人力资本战略 2.能够督导企业集团人力资源资本战略的实施	1.人力资本的含义和人力资本管理的相关概念 2.制定人力资本战略的方法
招聘与配置	(一)胜任特征模型构建	1.能够确立绩效标准 2.能够分析处理有关胜任特征的数据资料 3.能够构建并验证岗位胜任特征模型	1.岗位胜任特征的概念和种类 2.获取胜任特征信息的方法 3.构建和验证岗位胜任特征模型的基本原则和要求
	(二)人才吸引与获取	1.能够提出吸引各类人才的策略 2.能够提出获取各类人才的方法	1.各种吸引人才的策略 2.各种获取人才的方式
	(三)中高级人才选拔	1.能够设计中高级人才招聘方案 2.能够运用心理测试、公文筐测验的方法选拔中高级人才 3.能够提出中高级人才的录用建议	1.心理测试的特点、类型与衡量标准 2.公文筐测验的内涵和测试要素
培训与开发	(一)人才开发	能够制订企业人才开发的总体规划	1.培训文化的概念和特征 2.学习型组织的基本特点 3.人才开发的内容和要求
	(二)创新能力培养	1.能够进行创新思维的训练,提高员工创新思维的能力 2.能够进行创新方法的训练,提高员工的方法创新能力	1.创新思维的概念与特点 2.创新方法的概念与特点

职业功能	工作内容	能力要求	相关知识
培训与开发	（三）培训成果转化	1.能够通过各种激励、保障机制，促进培训成果转化 2.能够运用各种方法促进培训成果转化	1.培训成果转化的四个层面 2.培训成果转化的基本理论和基本方法
	（四）职业生涯规划	1.能够对员工职业生涯发展情况进行评估并作出规划 2.能够根据企业发展要求对员工的职业生涯周期进行管理 3.能够构建完善培训体系，进行员工职业生涯开发	1.职业生涯规划的含义、内容和影响因素 2.职业生涯各个阶段的特征 3.职业生涯管理与开发的目标、原则、任务和方法
绩效管理	（一）绩效管理系统设计与运行	1.能够进行绩效管理系统的设计 2.能够监控检查绩效管理系统运行情况 3.能够采用多种方法实施多维度反馈评价 4.能够根据反馈结果改进绩效管理系统 5.能够根据考评结果调整薪酬、培训策略	1.绩效管理系统的基本原理 2.绩效目标设计依据和原则 3.实施多维度反馈评价的基本方法 4.绩效考评结果的应用范围
	（二）平衡计分卡设计与应用	1.能够进行平衡计分卡评价指标和标准体系的设计 2.能够制定平衡计分卡的实施计划 3.能够检查平衡计分卡制度的执行情况，充实完善平衡计分卡制度	1.平衡计分卡的概念、内容和特点 2.平衡计分卡的设计原则 3.平衡计分卡的要点和注意事项
薪酬管理	（一）战略型薪酬管理	1.能够构建企业薪酬战略并根据形势变化采取不同的实施策略 2.能够对现行制度作出评价，完善并创新企业薪酬制度	1.薪酬战略的基本内容和要求 2.薪酬制度的概念、特点和制定方法
	（二）薪酬激励模型设计	1.能够提出年薪制的实施方案 2.能够制订股票期权赠与计划 3.能够制订期股计划 4.能够制订员工持股计划	1.年薪制、股票期权和期股的概念、特点和设计要求 2.员工持股计划的分类、原则和设计要求
	（三）福利制度设计	能够设计灵活性企业福利制度	1.福利的概念、特点和种类 2.设计福利制度的基本要求
劳动关系管理	（一）集体协商与重大争议处理	1.能够运用各种方式进行集体协商 2.能够根据相关劳动法规处理重大集体劳动争议 3.能够根据相关劳动法规处理团体劳动争议 4.能够针对可能发生的重大争议提出防范、化解措施	1.集体协商的内容和特征 2.集体与团体劳动争议的内容与区别 3.集体与团体劳动争议处理的程序和原则

（续）

职业功能	工作内容	能力要求	相关知识
劳动关系管理	（二）重大突发事件管理	1. 能够分析判断各种信息，对可能出现的重大突发事件提出预防措施 2. 能够采取各种方式方法处理重大突发事件	1. 劳工问题的定义、特征和原因 2. 国外劳工斗争的法律调整 3. 重大突发事件的类型
	（三）和谐劳动关系营造	1. 能够结合企业实际情况，承担企业的社会责任，促进和谐劳动关系的形成 2. 能够制订并实施员工援助计划 3. 能够进行员工压力管理 4. 能够协调工会组织和劳动关系，促进工会组织和企业行为自律	1. 企业社会责任的概念、内容和社会责任标准的内容 2. 国际劳动公约和标准的相关内容 3. 工会组织和企业行为的概念和特点

企业人力资源管理师(一级)理论知识考试配分表

项　目		一级(%)
基本要求		0
相关知识	人力资源规划	17
	招聘与配置	17
	培训与开发	17
	绩效管理	17
	薪酬管理	17
	劳动关系管理	15
合　计		100

企业人力资源管理师(一级)能力要求考试配分表

项　目		一级(%)
基本要求		0
相关知识	人力资源规划	20
	招聘与配置	15
	培训与开发	15
	绩效管理	15
	薪酬管理	20
	劳动关系管理	15
合　计		100

参考文献

[1]中国就业培训技术指导中心.企业人力资源管理师(一级)[M].2版.北京:中国劳动
社会保障出版社,2010.